三國演義 版本資料 集成

경희대학교 동아시아 서지문헌 연구소 서지문헌 연구총서 08

三國演義 版本資料 集成

閔寬東・玉珠 共著

學古房

중국 고전소설의 판본 분야에 관심을 가지고 연구를 시작한 지 벌써 30여 년이 지났다. 2차례의 대형 프로젝트 과제를 수행하면서 또 동아시아 서지문헌연구소를 개설하여 운영하면서 많은 판본자료를 접하게 되었다. 그중에서도 가장 다양한『삼국연의』판본을 접하면서 더 많은 호기심과 궁금증을 자아냈다.

때마침 제자 옥주 양의『삼국연의』관련 박사학위 논문을 지도하면서『삼국연의』의 판본자료들을 본격적으로 수집해 보라고 제안하였다. 그 후 논문지도를 끝내고 자료를 정리하다 보니 적지 않은 분량의 판본자료가 수집되어있었다. 어렵게 수집한 귀한 자료에 대한 활용 방안을 고민한 끝에 본『삼국연의』자료집을 출간하기로 하였다.

이 책은 크게 3부로 구성되었다.

제1부『삼국연의』의 판본과 그 계보를 도표로 만들고 시대별 간행된 판본의 목록을 소개하였다. 그다음『삼국연의』의 판본별 回目을 집중적으로 고찰하여 각 판본마다 다른 回目의 변화양상과 변화원인 등을 분석하였다. 마지막에는『삼국연의』에서 보이는 삽입구의 변화양상과 삽입구의 특징을 판본별로 분석하고 대표적 통행본인 모종강본을 근거로 삽입구의 유형분석을 시도하였다.

제2부 수집된 판본자료들은 元代 建安 虞氏의『三國志平話』부터 시작하여 明代 및 淸代 末期까지 출간된 주요 판본자료들을 위주로 두루 수집하였다. 일반적으로 학계에 알려진 판본은 明版이 30여 종이고 淸版이 70여 종이라고 전해진다. 그러나 필자가 조사해보니 明版은 대략 40여 종이고 淸版도 약 70여 종이 넘었다. 이는 최근에도 지속

적으로 새로운 판본이 발굴되기에 일어나는 현상이기도 하다. 청 판본에 있어서는 모종강 통행본이 출현하면서 그 이후의 판본들은 내용이 大同小異하기에 수집정리에서 제외하였다. 즉 주로 서지학적 가치가 높은 명대 판본을 위주로 수집 정리하였고 상대적으로 문헌학적 가치가 떨어지는 청대 후기 판본은 자료집에서 제외시켰다.

제3부 附錄으로 주로 『삼국연의』의 목차를 정리하였다. 즉 『삼국연의』 가운데 가장 많이 알려진 핵심 판본들을 위주로 정리하였는데 그 범위는 元代 建安 虞氏의 三國志平話本, 그리고 연의계열의 가정본, 주왈교본, 하진우본과 지전계열의 섭봉춘본과 교산당본으로 선정하였고, 비평본 가운데는 이탁오 비평본 그 외 통행본인 모종강본을 대상으로 삼았다.

이처럼 『삼국연의』 판본의 계보와 간행된 판본의 도표 등을 정리하여 소개하고 또 『삼국연의』의 回目과 『삼국연의』의 삽입구에 대한 연구논문 그리고 희귀한 자료들의 원판본 자료들 影印하여 관련 연구자들에게 많은 도움을 주고자 하는 것이 본 출판의 목표였다. 여전히 부족한 자료지만 후학들에게 적지 않은 도움이 되길 기원할 뿐이다.

이번에도 본서의 출간에 흔쾌히 협조해 주신 하운근 학고방 사장님을 비롯한 전 직원 여러분께도 감사를 드린다. 마지막으로 원고정리 및 교정에 도움을 준 양바름 同學에게 감사의 뜻을 표한다.

2023년 08월 08일

민관동 씀

▍목차

第二部 三國演義 版本 資料

第一部

三國演義의 版本 叢論

I
三國演義의 版本과 系譜

　　小說『三國志』는 元代『三國志平話』가 나온 이래, 명대에는 40여 종, 청대에는 70여 종 이상이 출간된 것으로 추정된다. 이러한 판본들을 고찰한 결과 다음과 같은 시대별 특징을 발견할 수 있었다.

　　『三國演義』의 출간은 元代부터 시작된 『三國志平話』의 평화본 시대를 거쳐 본격적인 출발은 역시 나관중의 『三國志通俗演義』부터라 할 수 있다. 이 시기는 대략 元末明初에서 明末까지이며, 크게는 演義系列과 志傳系列로 분류되기에 一名 志傳·演義 時代라 할 수 있다.

　　그 후 明末淸初에는 『李卓吾先生批評三國志』·『鍾伯敬先生批評三國志』·『李笠翁批閱三國志』 등 비평본이 출현하면서 비평본 시대를 열었다. 특히 이 시대는 回目이 240則에서 120回로 재정비되며 내용은 물론 서명도 비교적 簡略化되는 양상을 보인다.

　　다음은 모종강 통행본 시대로 대략 취경당에서 『四大奇書第一種』이 출간된 1679년 이후부터 청말까지를 지칭한다. 통행본 시대로 정착된 청대 중후기는 대부분 모종강본에 근거한 『第一才子書』·『四大奇書』·『三國志』·『三國演義』·『三國志演義』 등의 판본이 출간되었으나 내용은 大同小異하다. 그 후 지금까지 출간된 『三國演義』는 대부분 모종강본을 저본으로 출간되고 있다.

1. 版本의 系譜

다음은 명·청대의 대표적 판본들의 계보를 도표로 만들었다.[1]

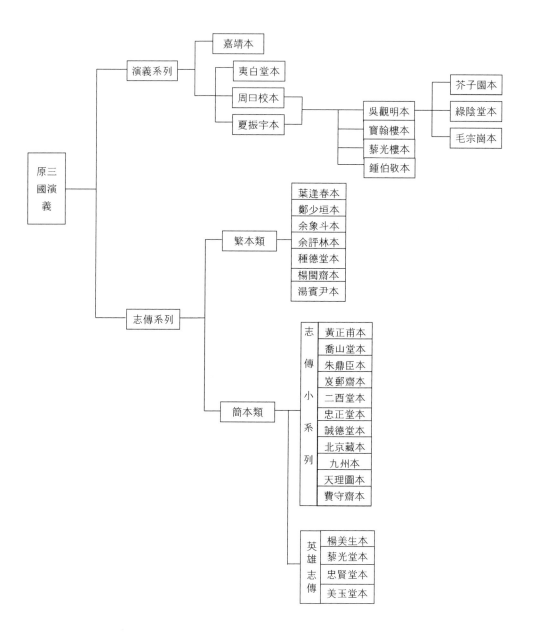

---

1) 본 도표는 周文業·上田望·中川諭 등이 만든 도표를 참고하여 필자가 다시 만들었다.

※ **參考事項** 1:

雙峯堂【余象斗】·喬山堂【劉龍田】·誠德堂【熊淸波】·楊閩齋【楊春元】·聯輝堂【鄭少垣】·
種德堂【熊冲宇】·忠賢堂【劉興我】·忠正堂【熊佛貴】·藜光堂【劉榮吾】·與畊堂【費守齋】·德
馨堂【鄭喬林】

※ **參考事項** 2:

『三國演義』 판본의 계보는 크게 연의계열과 지전계열로 양분된다.

명대로 들어와 초기 수도였던 南京과 杭州 및 蘇州는 새로운 강남문화의 요충지로 급부상하
게 되었다. 이러한 상황에서 宋代以來로 출판문화의 주도권을 가지고 있던 福建地方(建陽一帶)
은 江南의 출판문화에 크게 위협을 받기 시작하였다. 이러한 과정에서 양 지역은 치열한 출판경
쟁을 하게 되었고 이러한 출판경쟁은 다소 다른 출판경향을 보이게 되었다. 즉 강남계열은 대체로
고급스럽고 文人指向的이며 대부분의 서명이 '通俗演義'로 끝나기에 일명 '演義系列'이라 하였
다. 반면 복건계열은 통속적이고 大衆指向的이며 서명이 '三國志傳'으로 끝나기에 '志傳系列'
이라고 통칭되었다. 일반적으로 연의계열은 보통 24卷 240則이나 12卷 240則으로 간행된 것이
주종을 이루고, 지전계열은 20卷 240則과 10卷 240則으로 간행된 특징을 보인다.[2]

※ **參考事項** 3:

먼저 周文業 등 여러 학자들이 분류한 연의계열와 지전계열의 판본목록을 종합하면 다음과
같다.

系列	版種	版本	
演義系列	12種	嘉靖本, 朝鮮活字本, 朝鮮飜刻本(周曰校本), 周曰校丙本, 夏振宇本, 夷白堂本, 李卓吾本. 鍾伯敬本, 李漁本, 英雄譜本, 上海殘葉本, 毛宗崗本.	
志傳系列	繁本(7種)	葉逢春本, 鄭少垣本, 余象斗本, 余評林本, 種德堂本, 楊閩齋本, 湯賓尹本.	
	簡本(16種)	志傳小系列	黃正甫本, 劉龍田本, 朱鼎臣本, 劉榮吾本, 二西堂本, 熊佛貴本, 熊淸波本, 北京藏本, 魏氏刊本, 天理圖本, 費守齋本, 九州本.
		英雄志傳系列	楊美生本, 藜光堂本, 忠賢堂本, 美玉堂本

---

2) 김문경, 『삼국지의 영광』, 사계절 출판사, 2002년. 199~200쪽 참고.

2. 刊行된 版本의 目錄

1) 명대의 판본

『三國演義』의 본격적 시작은 역시 기본적인 틀이 완성된 羅貫中의 編纂本 시대부터라 할 수 있다. 최근까지 학계에 발표된 명대의 판본은 대략 40여 종으로 확인된다. 이들 판본의 書名과 出版者 및 판식 그리고 출간연도와 소장처 등을 조사하여 정리하면 다음과 같다.3)

番號	書名	出版者·堂號/序文	略稱	卷册·則回/行字	出刊年度	所藏處
1	三國志通俗演義	庸愚子序(1494)/張尙德序	[嘉靖本](張尙德本)	24卷·240則/9行 17字	1522	北京圖書館·日本文求堂·商務印書館.
2	新鐫通俗演義三國志傳	夷白堂	[夷白堂本]	24卷·240則/9行 17字	萬曆年間	日本 慶應大
3	三國志通俗演義	殘本1册(卷8上下)丙子字	[朝鮮活字本]	12卷·240則/11行 20字	1560初中	韓國 李亮載所藏
4	新刻校正古本大字音釋三國志通俗演義	周日校·仁壽堂(萬卷樓)	[周日校本]	12卷·240則/13行 26字	乙本：1591	北京大·日本內閣文庫等
5	新刻校正古本大字音釋三國志傳通俗演義	周日校甲本·朝鮮覆刻	[朝鮮覆刻本]	12卷·240則/13行 24字	1627推定	韓國淸州博物館等
6	新刊校正古本大字音釋三國志傳通俗演義	夏振宇·官板三國傳	[夏振宇本]	12卷·240則/12行 25字	明末	日本蓬左文庫
7	新鐫校正京本大字音釋圈點三國志演義	鄭以楨·寶善堂梓	[鄭以楨本]	12卷·240則/14行 30字	明末	商務印書館
8	古今演義三國志			12卷·240則	明末	據[也是園目]
9	新刊通俗演義三國志史傳	元峰子序·葉逢春	[葉逢春本]	10卷·240則16行 20字	1548	스페인 왕립도서관
10	新鋟全像大字通俗演義三國志傳	劉龍田·喬山堂·李祥序	[喬山堂本]	20卷·240則/15行 25字(兩側33字)	1599	옥스퍼드大·九州·嶺南大

---

3) 본 도표는 孫楷第, 『中國通俗小說書目』(臺灣 廣雅出版社, 1984年. 35~44쪽),

　　周兆新 主編, 『三國演義叢考』(北京大學出版社, 1995年. 56~62쪽),

　　김문경, 『삼국지의 영광』(사계절출판사, 2002년. 273~275쪽),

　　정원기, 『최근 삼국지연의 연구동양』(중문출판사, 1998년. 144~162쪽) 등과 기타 출판 자료를 참고하여 만들었다.

番號	書名	出版者·堂號/序文	略稱	卷册·則回/行字	出刊年度	所藏處
11	新鋟(鍥)全像大字通俗演義三國志傳	笈郵齋 *喬山堂本同版	[笈郵齋本]	上同	萬曆年間	옥스퍼드大
12	新刻按鑑全像批評三國志傳	余象斗·雙峰堂	[余象斗本]	20卷·240則/16行 27字	1592	옥스포드대·캠브리지박물관
13	新刊京本校正演義全像三國志傳評林	余象斗·雙峰堂	[評林本]	20卷·240則/15行 22字	萬曆年間	와세다大學
14	新刻湯學士校正古本按鑑演義全像通俗三國志傳	湯賓尹校正	[湯賓尹本]	20卷·240則/14行 22字 *그 외 15行 25字의 판본도 있음.	1595以後	北京圖書館
15	新刻京本補遺通俗演義三國志傳	熊淸波·誠德堂	[誠德堂本]	20卷·240則/14行 28字	1596	臺灣古宮博物院·日本成簣堂文庫等
16	重刻京本通俗演義按鑑三國志傳	楊春元·楊閩齋	[楊閩齋本]	20卷·240則/15行 28字	1610	日本 內閣文庫·京都大
17	新鋟京本校正通俗演義按鑑三國志傳	鄭少垣·聯輝堂	[聯輝堂本]	20卷·240則/15行 27字	1605	日本 內閣·蓬左·尊經閣, 成簣堂文庫
18	新鋟京本校正通俗演義按鑑三國志傳	鄭世容 *聯輝堂本同版	[雲林鄭世容本]	20卷·240則/15行 17字	1611	日本京都大
19	新刻音釋旁訓評林演義三國志史傳	朱鼎臣編輯·王泗源刊	[朱鼎臣本]	20卷·240則/14行 24字	萬曆年間	하버드大
20	新鋟京本校正按鑑演義全像三國志傳	熊沖宇·種德堂	[種德堂本]	20卷·240則/15行 26字 (兩側34字)	萬曆年間	北京圖書館
21	新刻按鑑演義全像三國志傳	劉興我·忠賢堂	[忠賢堂本]	20卷·240則/15行 27字 (兩側 35字)	明末	日本名古屋大
22	新鋟音釋評林演義合相三國史志傳	熊佛貴·忠正堂	[忠正堂本]	20卷·240則/14行 20字 (兩側 30字)	1603	日本叡山文庫
23	新刻京本按鑑演義合像三國志傳		[天理本]	20卷·240則/15行 22字 (兩側 32字)	明末	天理圖書館
24	新刻全像演義三國志傳		[北圖本]	20卷·240則/15行 29字 (兩側 36字)	明末	北京圖書館

番號	書名	出版者·堂號/序文	略稱	卷冊·則回/行字	出刊年度	所藏處
25	精鐫按鑑全像鼎峙三國志傳	劉榮吾·藜光堂	[藜光堂本]	20卷·240則/15行 26字(兩側 34字)	明末	大英博物館
26	考訂按鑑通俗演義三國志傳		[九州本]	20卷 240則/14行 23字	明末	日本 九州大
27	新刻京本全像演義三國志傳	與畊堂·費守齋	[費守齋本]	20卷 240則/14行 23字(兩側 33字)	1620	日本 東北大
28	新刻考訂按鑑通俗演義全像三國志傳	黃正甫·博古生序	[黃正甫本]	20卷·240則/15行 34字	1623	北京圖書館
29	二刻按鑑演義全像三國英雄志傳	書林魏口口(畏所?)刊	[魏某本]	20卷·240則/15行 28字(兩側 35字)	明末	北京圖書館
30	二刻按鑑演義全像三國英雄志傳	美玉堂刊	[美玉堂本]	20卷·240則/17行30字(兩側 37字)	明末	獨逸[魏瑪]
31	新刻按鑑演義全像三國英雄志傳	楊美生	[楊美生本]	20卷·240則/16行 29字(兩側 36字)	明末	日本 大穀大
32	天德堂刊本李卓吾先生評三國志	天德堂·吳翼登序·楊美生本出	[天德堂本]	20卷·240則	明末	根據[日本寶曆甲戌船載書目著錄]
33	精鐫合刻三國水滸全傳	雄飛館熊飛刊	[雄飛館本]	20卷·240回/14行 22字	崇禎年間	內閣文庫·京都大
34	李卓吾先生批評三國志	明建陽吳觀明刊本	[吳觀明本]	120回/10行 22字	明末	北京日本蓬左.文庫大圖書館
35	李卓吾先生批評三國志	吳郡藜光樓植槐堂刊	[藜光樓本]	120回/10行 22字	明末	東京都立圖書館
36	李卓吾先生批評三國志真本	吳郡寶翰樓刊本	[寶翰樓本]	120回/10行 22字	明末	未詳
37	鍾伯敬先生批評三國志	鍾伯敬先生批評	[鍾伯敬本]	20卷·120回/12行 26字	明末	東京大
38	三國志	遺香堂	[遺香堂本]	24卷·120回/10行 22字	明末	東京都立中央圖書館

*(39) 二酉堂本
*(40) 하버드대학본 미확인4)

---

4) 1~38까지는 실체를 확인했으나 39와 40번은 어떤 판본인지 확인하지 못했다.

이처럼 명대에 간행된 판본은 대략 40여 종으로 확인된다. 40여 종 가운데 몇 가지 특징을 살펴보면 다음과 같다.

① 書名과 回目 : 서명에 있어서 출판사 간에 서로의 중복을 피하고 차별화하려는 의도가 역력하다. 또 行數와 글자 數 등 동일한 판본 역시 거의 없다. 이는 비록 서로 모방을 하여 출간하였지만, 이는 상업성을 고려하여 서로 다르게 차별화한 결과이기도 하다. 그리고 120회의 이탁오비평본이 나오기까지 대부분은 24卷 240則·12卷 240則·20卷 240則·10卷 240則으로 卷數와 則數가 나누어지는데 그중 대부분은 20卷 240則의 판본으로 되어있다.

② 출판시기와 출판양상 : 현존하는 판본 중 1522년의 嘉靖本과 1548년의 葉逢春本 그리고 1560대 초·중기의 조선금속활자본은 비교적 이른 판본이고, 그 후 1591년의 周曰校本과 1592년의 余象斗本이 있으며, 나머지는 대부분은 그 이후에 간행된 판본들이다. 또 판본 사이에도 유사한 판본이 발견되는데 즉 喬山堂本과 笈郵齋本은 同一版이며, 또 聯輝堂本과 鄭世容本도 同一版으로 확인된다.

③ 비평본 시대 : 나관중의 240則 시대에서 이탁오의 120回本 시대로 넘어오면서 나타난 두드러진 현상으로 李卓吾批評本·鍾伯敬批評本·李笠(李漁)批評本·金聖嘆批評本 等 유명인의 이름을 첨가한 批評本 시대가 열렸다. 이들은 대부분 상업적 영리를 목적으로 꾸며낸 僞託本이라는 점이 특징이다.

④ 소장처와 조선출판 : 명대의 판본들은 현재 대부분 외국으로 유출되어 타국에 소장되어 있는 것이 특징이다. 그중 일본에 소장된 판본이 가장 많다. 그 외 국내 출판본으로 1560년대 초·중기에 인출한 朝鮮活字本은 나름 상당한 의미를 지닌 희귀본이며, 또 대략 1627년 경 周曰校 甲本을 覆刻出版한 朝鮮覆刻本 또한 서지문헌 연구에 귀중한 자료가 되고 있다.

2) 청대의 판본

청대에 출간된 판본은 대략 70여 종 이상으로 추정되지만 모종강의 판본이 나온 前後 시기를 기점으로 비교적 중요한 판본 10여 종만 도표로 추려보았다.

番號	書名	出版者·堂號·序文	略稱	卷册·則回/行字	出刊年度	所藏處
1	李卓吾先生批評三國志	吳郡綠蔭堂刊	[綠蔭堂本]	24卷 120回/10行 22字	康熙年間	北京圖書館·日本宮內省
2	李卓吾批三國志傳	煙水散人編·嘯花軒本	[嘯花軒本]	20卷 240則	清初	未詳
3	李卓吾先生批評三國志	藜光樓·楠槐堂刊本	[楠槐堂本]	120回不分卷	清初	北京大·北京圖書館等
4	李笠翁批閱三國志	芥子園刊·笠翁李漁序	[芥子園本]	24卷 120回/10行 22字	清初	北京圖書館日本京都大
5	毛宗崗評三國演義.一名：四大奇書第一種	毛宗崗評·聖嘆序·醉耕堂	[毛宗崗本]	60卷 120回	1679	北京大等
6	毛宗崗評四大奇書第一種	毛宗崗評·三槐堂刊	[毛宗崗本]	60卷 120回	清初	北京大·東京大·예일대等
7	新刻按鑑演義京本三國英雄志傳	聚賢山房刊	[聚賢山房本]	6卷 120回/15行 32字	1709	復旦大·東京大·北京大等
8	新刻按鑑演義京本三國英雄志傳	清三餘堂覆刻本	[三餘堂覆刻本]	6卷 240則15行 32字	清初	北京大圖書館等
9	新刻按鑑演義三國英雄志傳		[嘉慶本]	20卷·240則/16行 41字	1802	北京大圖書館等
10	新刻按鑑演義全像三國英雄志傳	楊美生本覆刻本·嘉慶	[楊美生本覆刻本]	20卷·240則/10行 27字(兩側 36字)	嘉慶年間	未詳5)

　　이후에 나온 판본은 대부분 모종강 통행본을 근거로 간행을 한 것이다. 이 책들은 문헌학적 가치가 없기에 생략한다.

---

5) 그 외에도 청초에 나온 松盛堂本·繼志堂本·致和堂本·德馨堂本(鄭喬林)이 있으나 미확인이다.

三國演義 回目의 變化樣相*

    小說 『三國志』는 어떠한 과정을 거치며 만들어졌는가?

    이 논제는 이미 작품 스토리의 첨삭과정을 통한 내용분석과 서지문헌의 출간과정을 통한 판본분석 등 다양한 연구방법을 통하여 검토되고 고증되었다.

    이러한 근거를 가지고 현존하는 小說 『三國志』의 변화양상을 개괄적으로 소개하자면, 小說 『三國志』는 元代 至治年間(1321~1323) 建安 虞氏의 『三國志平話』단계를 거쳐, 明代 1522年에는 羅貫中(1330?~1400?)의 『三國志通俗演義』[1](240則)가 나왔고, 다시 明代 萬曆年間에는 李卓吾(1527~1602)의 『李卓吾先生批評三國志』(120回)가 나왔다가, 청대초기 1679년에 최종적으로 毛宗崗(1632~1709 혹 1710)父子評改本 『三國志演義』(一名 毛本이라 하며 원명은 『四大奇書第一種』, 120회 通行本)가 나오면서 350여 년의 기나긴 여정이 일단락되었다.

    이러한 과정에서 필자가 주목한 것은 小說 『三國志』의 回目에 관한 문제였다. 즉 建安 虞氏의 『三國志平話』에서는 최초 70則(回目이 없이 上·中·下 合 70則으로 되어 있음.)이었던 것이 羅貫中의 『三國志通俗演義』에서는 240則으로 확대되었다가 李卓吾의 『李卓吾先生批評三國志』부터는 120回로 바뀌어 비로소 回目本 時代가 정착되었다. 그 후 毛宗崗의 『三國志演義』에서 回目에 대한 다소의 수정을 거쳐 지금에 이르게 되었다. 이렇게 수백 년에 걸친 成書過程에서 小說 『三國志』의 回目은 과연 어떻게 변화하였고 또 回目의 변화에 따른 소설 내용은 얼마나 변형이 되었는지? 그 일련의 변화양상을 중점적으로 고찰해 보고자 한다.

---

* 본 장은 玉珠·閔寬東, 「소설 삼국지의 回目變化에 대한 고찰」, (『중국학보』 제92집, 2020년)을 수정 보완한 것이다.

1) 一名 嘉靖本으로 현재 존재하는 판본 중 가장 이른 판본.

1. 『三國演義』 回目의 변화양상

　『三國演義』回目의 변화양상을 분석하려면 우선 판본의 분류가 선행되어야 한다. 현재 확인되는『三國演義』판본은 대략 명판본이 40여 종이고 청판본이 70여 종 이상으로 추정된다.

　『三國演義』판본은 출판지역에 따라 크게 복건계열(복건성 북부 建陽一帶[2])과 강남계열(南京·蘇州·杭州 등)로 구분된다. 복건성 건양일대는 원대『삼국지평화』등 평화본 시리즈의 출간을 주도한 곳으로 명나라 때에도 출판이 매우 활발하였던 곳이다. 이곳에서 간행된 텍스트는 대부분『三國志傳』이라는 표제를 지니고 있고『삼국지평화』와 똑같이 판면 위에 삽화를 배치한 上圖下文의 형태를 취하고 있다. 반면 강남지방에서 출간된 판본은『通俗演義』라는 표제가 주류를 이루며 내용도 고급을 지향한 텍스트로 통속위주의 복건계와는 다소의 차이가 있다. 또 120회의 이탁오본이 나오기 전에는 모두가 240則으로 이루어진 章回小說로 복건계는 주로 20권본과 10권본으로 나누어진 반면 강남계는 24권본과 12권본으로 나누어진 차이가 있다.[3]

　먼저 周文業이 분류한 연의류와 지전류 판본의 목록을 살펴보면 다음과 같다.

系列	版種	版本
演義 系列	12種	嘉靖本, 朝鮮活字本, 朝鮮飜刻本(周曰校本), 周曰校丙本, 夏振宇本, 夷白堂本, 李卓吾本. 鍾伯敬本, 李漁本, 毛宗崗本, 英雄譜本, 上海殘葉本.
志傳 系列	繁本(7種)	葉逢春本, 鄭少垣本, 余象斗本, 余評林本, 種德堂本, 楊閩齋本, 湯賓尹本.
	簡本(13種)	黃正甫本, 劉龍田本, 朱鼎臣本, 劉榮吾本, 二酉堂本, 熊佛貴本, 熊淸波本, 北京藏本, 魏氏刊本, 天理圖本, 楊美生本, 費守齋本, 九州本.

　이상의 도표에서[4] 확인되듯 연의류 판본보다는 지전류 판본이 월등히 많고 다양함이 확인된다. 이는 明末까지도 복건성 건양일대의 출판업이 강남지방에 버금갈 정도로 활발했음을 증명하는 근거이기도 하다. 이처럼 복잡한 판본양상 가운데 확연히 드러나는 것은『三國志平話』에서 70則으로 처음 시작된 목차가 嘉靖本『三國志通俗演義』에서는 240則으로 확대되었다는 점으로 이는 나관중에 의하여 小說『三國志』가 새로운 형식으로 환골탈태하였다는 것을 의미하는 것이다. 240則의 출판은 주로 명대 중·후기 때 출간되었는데 크게는 演義系列과 志傳系

列로 분류된다. 演義系列과 志傳系列의 판본은 목차에 있어서 상당한 차이를 보인다. 그 후 明末 李卓吾는 240則의 목차를 과감히 120回로 바꾸어 출간하였고, 다시 淸初 毛宗崗은 이 回目에 약간의 첨삭을 거쳐 지금의 통행본이 완성되었다.

필자는 回目硏究를 위하여 먼저 다섯 개의 판본에 주목하였다. 즉 建安 虞氏의 『三國志平話』를 기본으로 삼고, 240則에서는 演義系列(강남계)의 嘉靖本(羅貫中 『三國志通俗演義』)과 志傳系列(복건계)의 喬山堂本(劉龍田의 『新鋟全像大字通俗演義三國志傳』)을 핵심 텍스트로 삼았다. 또 120回本에서는 李卓吾의 『李卓吾先生批評三國志』와 毛宗崗의 『三國志演義』를 근거로 回目을 분석하고자 한다.

1) 建安 虞氏의 『三國志平話』

『三國志平話』는 원나라 至治年間(1321~1323)에 福建省 建安의 출판업자 虞氏가 간행한 5종의 平話本 판본 중의 하나이다.[5] 복건성 建陽은 송대 이래 출판이 왕성했던 곳으로 상업성에 근거한 염가의 서적을 대량으로 출간한 곳이다. 상업성에 근거하다 보니 통속적이고 다소 조잡한 판본이 출현하기도 하였다. 虞氏가 편찬한 『新全相三國志平話』는 서명에서 확인되듯 이야기와 그림이 있는 그림책이라는 의미이다. 이 책은 판면의 위쪽 3분지 1이 그림이고 아래쪽 3분지 2는 본문으로 구성된 이른바 上圖下文 형식이며 한 면이 20行 20字로 되어 있다.[6] 또 回目이 따로 없고 총 3권(상[23]·중[24]·하[23]) 70則으로 구성되었다. 먼저 이 판본의 목차를 살펴보면 다음과 같다.

- 上卷 -

1. 漢帝賞春
2. 天差仲相作陰君
3. 仲相斷陰間公事
4. 孫李究得天書
5. 黃巾叛
6. 桃園結義(一)
7. 桃園結義(二)
8. 張飛見黃巾
9. 破黃巾
10. 得勝班師
11. 張飛殺太守
12. 張飛鞭督郵
13. 玄德作平原縣丞
14. 玄德平原德政及民
15. 董卓弄
16. 三戰呂布
17. 王允獻董卓貂蟬
18. 呂布刺董卓

5) 建安(지금의 建陽)에서 출간된 5종의 평화본은 『全相平話武王伐紂書』·『全相平話樂毅圖齊七國春秋後集』·『全相秦併六國平話』·『全相平話前漢書續集』·『新全相三國志平話』가 있다. 현재 日本 內閣文庫에 소장되어 있다.
6) 오순방외 번역, 『中國古典小說總目提要』1, 울산대학교 출판부, 1993년, 85~95쪽 참고.

19. 張飛捽袁襄　　　　20. 張飛三出小沛　　　　21. 張飛見曹操

22. 水浸下邳擒呂布　　23. 曹操斬陳宮

- 中卷 -

24. 漢獻帝宣玄德関張　25. 曹操勘吉平　　　　26. 関公襲車冑

27. 趙雲見玄德　　　　28. 関公刺顔良　　　　29. 曹公贈雲長袍

30. **雲長千里獨行**　　31. 関公斬蔡陽　　　　32. 古城聚義

33. 先主跳澶渓　　　　34. 三顧孔明　　　　　35. 孔明下山

36. 玄德哭荆王墓　　　37. 趙雲抱太子　　　　38. 張飛拒橋退卒

39. 孔明殺曹使　　　　40. 魯肅引孔明説周瑜　41. 黃蓋詐降蔣幹

42. 赤壁鏖兵　　　　　43. 玄德黃鶴樓私遁　　44. 曹璋射周瑜

45. 孔明班師入荆州　　46. 吳夫人欲殺玄德　　47. 吳夫人回面

- 下卷 -

48. 龐統謁玄德　　　　49. 張飛刺蔣雄　　　　50. 孔明引衆現玄德

51. 曹操殺馬滕　　　　52. 馬超敗曹公　　　　53. 玄德符江會劉璋

54. 落城龐統中箭　　　55. 孔明説降張益　　　56. 封五虎將

57. 関公單刀會　　　　58. 黃忠斬夏侯淵　　　59. 張飛捉于昶

60. 関公斬龐德佐　　　61. 関公水淹於禁軍　　62. 先主托孔明佐太子

63. 劉禪即位　　　　　64. 孔明七縱七擒　　　65. 孔明木牛流馬

66. 孔明斬馬謖　　　　67. 孔明百箭射張郃　　68. 孔明出師

69. 秋風五丈原　　　　70. 將星墜孔明營[7]

　　그런데 이 판본의 특징은 나관중의 『三國志通俗演義』처럼 도원결의부터 시작되어 쯥이 천하를 통일하는 것에서 끝나는 것이 아니라 후한의 광무제 때 司馬仲相의 명토재판(冥土裁判)이라는 이야기로 시작하여 촉한이 멸망할 때 도망간 劉淵이 漢王이 되어 쯥을 멸망시켰다는 것으로 다소 황당하게 꾸며져 있다. 즉 목차 1~5則까지와 마지막 70則은 나관중의 『三國志通俗演義』와는 전혀 무관한 내용들이다. 그리고 도원결의 부분은 6~7則에 가서야 나온다.

---

7) 臺灣桂冠圖書公司 출판(1993年) 『삼국지평화』와 中國 文聯出版公司(1990년)의 『中國通俗小說總目提要』에는 총 69則으로 되어있으나, 中國 上海古籍出版社(1984年)의 『古本小說集成』과 정원기 역주(도서출판 청양, 2000년) 『三國志平話』에는 3권(상[23]·중[24]·하[23]) 70則으로 되어있다. 이는 중권에 끼어있는 반쪽짜리 関公襲車冑(26)를 하나의 則으로 독립시킨 결과이다. 원판을 대조한 결과 필자도 이 판본에 근거하여 분류하였다.

또 나관중의『三國志通俗演義』와 일치하는 목차가 하나도 없다. 그나마 유사한 것이 3~4군데 확인될 뿐이다. 예를 들면『三國志平話』의 30則 雲長千里獨行(『三國志通俗演義』53則. 關雲長千里獨行), 58則 黃忠斬夏侯淵(141則. 黃忠馘斬夏侯淵), 65則 孔明木牛流馬(204則. 孔明造木牛流馬), 69則 秋風五丈原(207則. 孔明秋風五丈原) 등에서 비슷한 목차가 나올 뿐 나머지 부분에서는 확연히 다른 목차와 제목으로 구성되었다.

이처럼 총 70則으로 꾸며진『三國志平話』는 내용이 투박하고 조잡하여 문맥의 소통에 문제가 많고 또 잘못된 어휘 구사는 물론 오탈자도 많이 보인다. 庸愚子는 나관중의『三國志通俗演義』서문에서(弘治 甲寅年[1494] 三國志通俗演義序) "이러한 이유에서 羅貫中은 陳壽의『三國志』를 바탕으로 하고 역사적 사실을 신중하게 취사 선택하여『三國志通俗演義』를 만들었다고 밝히고 있다."[8] 그렇다고『三國志平話』의 영향이 없었던 것은 아니다. 역시 기본 골격에 있어서『三國志平話』가 근간이 되었음은 부인할 수 없는 사실이다.

그 외 至元年間(1335~1340)에 복건에서 출간된 방각본『三分事略』(別題 三國志故事)이 있으나 내용은『三國志平話』와 동일하다.[9]

2) 羅貫中의 嘉靖本『三國志通俗演義』

현존하는 小說『三國志』의 출간본 가운데 建安 虞氏의『三國志平話』는 元 至治年間(1321~1323)에 나왔고, 그 다음은 나관중의『三國志通俗演義』(嘉靖本)로 明 1522年에 출간되었다. 이처럼 平話本과 嘉靖本 사이의 격차가 무려 200여 년이나 된다.

그동안 학계에서는 이 200여 년의 공백을 찾기 위하여 다양한 연구를 진행하였다. 특히 柳存仁·劉世德·沈伯俊·周兆新·周文業·金文京·上田望·中川諭 등 수 많은 학자들이 판본분류문제에서 연의계열과 지전계열 분류·關索故事의 출현 유무·周靜軒 詩의 유무 등 다양한 방법으로 연구한 결과, 최근에는 嘉靖本이 최초 출판본이 아니라 이전에 다른 판본의 존재 가능성에 더 많은 힘이 실리고 있다.

---

8) 沈伯俊校註,『三國志通俗演義』, 華山文藝出版社, 1993년, 庸愚子序文.
9) 오순방외 번역,『中國古典小說總目提要』, 울산대학교 출판부, 1993년. 86~95쪽 참고.
   이 책은 총 3권(상·중·하)으로 되어 있으며『三國志平話』처럼 上圖下文 형식이다. 한 면이 20行 20字로 되어 있으며 건안서당이라는 출판처가 기록되어 있다. 저자는 失名이며 현재 일본 천리대학에 소장되어 있다.

日本 中川諭 主張 圖表10)

이상의 도표에서처럼 中川諭 등 여러 학자들의 주장이 비교적 설득력이 있어 최근에는 이것이 정설로 굳어지고 있다. 그러함에도 불구하고 嘉靖本은 현존하는 나관중의 최초 판본이라는 점에서 여전히 그 가치를 높게 평가하고 있는 판본이다. 연의계열 판본 가운데 嘉靖本・周曰校本・夏振宇本・夷白堂本・朝鮮活字本 등이 있으나 그중에서 비교적 중요한 판본은 嘉靖本과 周曰校本이라 할 수 있다. 이 판본을 비교해 보면 가정본은 24권 240則이며 한 면이 9행 17자로 되어 있는 반면에, 주왈교본은 12권 240則이고 한 면이 13행 26자(조선번각본은 13행 24자)로 되어 있다. 이들의 목차를 비교하면 240則 모두가 거의 유사하다. 다만 몇 군데서 略字나 誤脫字의 수정 외에는 크게 바뀐 것이 없다.

예를 들면 嘉靖本(괄호 안은 周曰校本이다.)의 43則 曹操分兵拒袁紹(曹公分兵拒袁紹), 82則 長阪坡趙雲救主(長坂坡趙雲救主), 225則 孫琳廢吳主孫休(孫琳廢吳主孫亮), 236則 鄧艾鍾會大爭功(鍾會鄧艾大爭功) 등의 수정이 있었고 그 외 讐 → 讎(20則), 乱 → 亂(25則), 関 → 關(54則 / 65則 / 115則 / 232則), 幹 → 干(90則), 修 → 脩(119則), 于 → 於(223則) 등처럼 略字나 簡字만 바꿨다.

江南系 판본에서 공통적으로 보이는 현상은 문체가 수려하고 삽화도 정교한 편이어서 통속적인 福建系에 비하면 세련미가 엿보인다. 강남의 문화중심지인 南京・杭州・蘇州는 당시 출판문화를 주도하는 중심지로 명성이 높았기에 가정본의 간행지도 강남지역 가운데 남경으로 보는 이유도 여기에 근거한다.

3) 劉龍田의 喬山堂本『新鋟全像大字通俗演義三國志傳』

志傳系列(복건계)의 판본으로는 雙峯堂의 余象斗本과 喬山堂의 劉龍田本이 비교적 주목되는 판본이다. 그중 필자는 喬山堂에서 간행한『新鋟全像大字通俗演義三國志傳』을 살펴보았다. 매클래언(馬蘭安)에 의하면 喬山堂本은 대략 1609~1619년에 출간되었고 關索故事가 가장 잘 보존된 판본이라 소개하고 있다.11) 그러나 근래 周文業 등 대부분의 학자들은 출간

<hr>

10) 周兆新主編,『三國演義叢考』(中川諭 - 三國志演義 版本 硏究), 北京大學出版社, 1995년, 124쪽.

년대를 萬曆 27年(1599)으로 추정하고 있다. 喬山堂本은 총 20권 본으로 上圖下文의 형태로 만들어졌으며 한 면이 15행 25자로 되어있다. 序頭에는 "歲在屠維季冬朔日淸瀾居士李祥序" 가 있다.[12]

앞서 嘉靖本과 周曰校本을 비교한 결과 10여 군데에서 略字·誤脫字 정도 외에는 크게 바뀐 것이 없었다. 그러나 演義系列의 嘉靖本과 志傳系列의 喬山堂本을 서로 비교해 보니 상당한 차이가 발견되었다. 총 240則 가운데 100여 군데(略字除外) 이상에서 목차가 다르게 나타난다.

서로 다른 유형을 살펴보면 다음과 같다. :

① 이름에 오류가 난 경우 :
　　劉玄德北海解圍(嘉靖本) ─ 劉表北海解圍(喬山堂本)[21則]
② 姓名을 字·號로 대체한 경우 :
　　諸葛亮七擒孟獲(嘉靖) ─ 孔明七擒孟獲(喬山堂)[180則]
③ 단어가 뒤바뀐 경우 :
　　青梅煮酒論英雄(嘉靖) ─ 論英雄青梅煮酒(喬山堂)[41則]
④ 제목을 크게 수정한 경우 :
　　獻荊州粲說劉琮(嘉靖) ─ 王粲說劉琮獻荊州(喬山堂)[79則]
⑤ 新型 故事가 첨가된 경우 :
　　瓦口張飛戰張郃(嘉靖) ─ 張飛關索取閬中(喬山堂)[139則]
⑥ 글자를 추가한 경우 :
　　吳臣趙咨說曹丕(嘉靖) ─ 吳大夫趙咨說曹丕(喬山堂)[163則] 등

이상에서처럼 다양한 유형으로 서로 다른 목차가 나타나는 곳이 100則이 넘는다. 사실 嘉靖本은 1522년에 출간한 것이고 喬山堂本은 70여 년이 지난 대략 1599년경에 출간된 판본이다. 그러함에도 불구하고 후대에 나온 喬山堂本에서 誤脫字는 물론 세련되지 못한 목차의 제목 그리고 기타의 오류가 더 많이 보인다. 심지어는 喬山堂本이 나온 후에 출간된 李卓吾本이나

---

11) 周兆新 主編, 『三國演義叢考』, 北京大學出版社, 1995년, 145쪽 참고.
　　그 외 劉軍傑(蘭州大學, 甘肅 蘭州)는 「劉龍田本『三國志演義』刊刻時間考」(『雞西大學學報』, 第12
　　卷 第8期, 2012年 8月)에서 萬曆 37年 1609年으로 주장하고 있다.
12) 劉龍田, 『新鋟全像大字通俗演義三國志傳』, 교산당본은 최근 영남대에서 발굴한 판본을 근거로 하였다.

毛宗崗本과도 상당한 차이를 보인다. 특히 주목되는 것은 이탁오본이나 모종강본이 교산당본과는 다르지만, 오히려 그전에 나온 가정본과 일치하는 부분이 많다는 점이다. 이러한 근거가 바로 이탁오본과 모종강본이 演義系列인(嘉靖本 · 周曰校本 · 夏振宇本)계통에서 파생되었다는 점을 입증하는 것이다. 또 喬山堂本과 같은 志傳本系列(복건 건안계열)이 演義本系列보다 古本形態를 더 많이 보존하고 있기에 嘉靖本 이전에 志傳本 유형의 古本이 존재하였다는 학설이 더 탄력을 받고 있다.13) 이 목차에 대한 자세한 분석은 제3장의 도표를 참고하면 명확하다.

4) 李卓吾本『李卓吾先生批評三國志』

明代 建陽 吳觀明 간행본『李卓吾先生批評三國志』는 120회 不分卷으로 되어있다. 이 책은 한 면이 10행 22자로 되어있고 120개의 정밀한 삽화가 있으며 권두에는 李贄(이탁오, 1527~1602)의 서문과 繆尊素序, 無名氏序 (사실은 庸愚子의 序이다), 讀三國史答問, 宗僚姓氏, 목록 순으로 되어있다. 명대말기에 나온『李卓吾先生批評三國志』의 특징은 기존의 240則本 가운데 각 2則을 1回로 묶어서 총 120회로 새롭게 만들었으며 單句의 回目을 雙句의 回目으로 만들었다는 것이다. 현재 북경대학도서관과 日本 蓬左文庫 등에 소장되어 있다.14)

그 외 이 판본의 亞流로 명대에 나온 鍾伯敬批評『三國志傳』과 吳郡 寶翰樓刊本『三國志傳』그리고 청대에 나온 吳郡 綠蔭堂 복각본『三國志』와 吳郡 黎光樓 간본『三國志』등 모두가 이 판본에서 유래된 것이다.15)

回目을 분석해 보니 이탁오본은 志傳系列의 喬山堂本과는 상당한 차이가 있었다. 오히려 演義系列 嘉靖本과 동일한 부분이 대부분이었다. 단지 10여 곳에서 오탈자 등 교정된 것이 일부분일 뿐이다.

가정본의 則目과 이탁오본의 回目을 비교분석 해보니 대부분이 일치하고 대략 9군데에서만 미세한 차이가 보인다. 예를 들면:

---

13) 演義本系列과 志傳本系列에 대한 논평 자료는 정원기,『최근 삼국지연의 연구동양』(중문출판사, 1998년) 121~232쪽에 상세하다.

14) 孫楷第,『中國通俗小說書目』, 廣雅出版社, 1984년, 35~45쪽 참고.
　　李卓吾의『李卓吾先生批評三國志』와 鍾伯敬先生批評『三國志傳』에 대해서는 위탁이라는 대한 견해가 지배적이다. 沈伯俊,『三國演義新探』, 中國 四川人民出版社, 2002년, 56~70쪽 참고.

15) 오순방외 번역,『中國古典小說總目提要』, 울산대학교 출판부, 1993년. 113~115쪽 참고.

① 呂布夜月奪徐州 (嘉靖本 第28則) : 呂布月下奪徐州 (李卓吾本 第14回)

② 白門曹操斬呂布 (嘉靖本 第38則) : 白門樓操漸呂布 (李卓吾本 第19回)

③ 玄德風雪訪孔明 (嘉靖本 第74則) : 玄德風雪請孔明 (李卓吾本 第37回)

④ 孫權跨江破黃祖 (嘉靖本 第76則) : 孫權跨江戰黃祖 (李卓吾本 第38回)

⑤ 耒陽張飛薦鳳雛 (嘉靖本 第114則) : 耒陽縣張飛薦統 (李卓吾本 第57回)

⑥ 黃忠嚴顏雙建功 (嘉靖本 第140則) : 黃忠嚴顏雙立功 (李卓吾本 第70回)

⑦ 關雲長刮骨療毒 (嘉靖本 第149則) : 關雲長刮骨蓼毒 (李卓吾本 第75回)

⑧ 范強張達刺張飛 (嘉靖本 第161則) : 范疆張達刺張飛 (李卓吾本 第81回)

⑨ 孫琳廢吳主孫休 (嘉靖本 第225則) : 孫琳廢吳主孫亮 (李卓吾本 第113回)

이상의 결과에서 이탁오본『李卓吾先生批評三國志』는 演義系列의 嘉靖本 혹은 周日校本이나 夏振宇의 판본을 근거로 꾸며졌다는 것이 재확인 된다. 특히 嘉靖本보다 周日校本과의 차이가 더 적었다. 결론적으로 李卓吾本은 嘉靖本 보다 후대에 나온 周日校本이나 夏振宇本 계열을 근거로 재단장하여 나온 것이 확실해 보인다.

5) 毛宗崗本『毛宗崗評三國志演義』

四大奇書第一種(一名 古本三國志四大奇書第一種)이 바로 모종강본의 본명이다. 毛本은 대략 1664년에서 1666년 사이에 江南 蘇州의 毛綸(字는 德音, 號는 聲山)과 毛宗崗(字는 序始, 號는 子庵, 1632~1709 혹은 1710년) 父子가 이탁오본의 기초위에 回目을 정리하고 본문을 수정하여 만들었고 1679년에 출간하였다. 특히 論贊을 삭제하고 시문을 고쳤으며 일부 대목은 첨삭하여 자신들의 評點을 가한「讀三國志法」을 만들었다. 현존하는 가장 이른 판본은 1679년(康熙 18)에 醉耕堂에서 간행된 판본으로 60권 120회로 되어있다. 권두에 順治 甲申年 (1644)의 金聖歎序文(위탁)이 있고 목록 앞에는 "聖歎外書, 茂苑毛宗崗序始氏評, 聲山別集, 吳門杭永資能氏定"이라 표기되어 있다.[16]

毛本은 장기간에 걸쳐 여러 차례 출판되면서 책 이름 역시 몇 차례나 바뀌게 되었다. 명칭 변화를 시간 순서로 나열하면『四大奇書第一種』→『第一才子書』→『貫華堂第一才子書』 →『繡像金批第一才子書』→『三國志演義』→『三國演義』의 형태가 된다.[17]

---

16) 오순방외 번역, 『中國古典小說總目提要』, 울산대학교 출판부, 1993년. 115쪽 참고.

이탁오본과 모종강본의 回目을 비교한 결과 回目이 일치하는 곳이 거의 없음에 필자도 깜짝 놀랐다. 120회 가운데 일치하는 回가 제64회「孔明定計捉張任 楊阜借兵破馬超」딱 한곳 뿐이다. 그리고 약 第17回에서「陶恭祖三讓徐州 曹操定陶破呂布」(이탁오본) →「陶恭祖三讓徐州 曹孟德大破呂布」(모종강본)처럼 雙句 가운데 하나만 일치한다.(제12회, 제13회, 제18회, 제33회, 제36회, 제40회, 제43회, 제47회, 제49회, 제50회, 제56회, 제60회, 제63회, 제66회, 제77회, 제96회, 제110회) 나머지 103回에서는「祭天地桃園結義 劉玄德斬寇立功」(이탁오본, 제1회) →「宴桃園豪傑三結義 斬黃巾英雄首立功」(모종강본, 제1회),「羊祐病中薦杜預 王濬計取石頭城」(이탁오본, 제120회) →「薦杜預老將獻新謀 降孫皓三分歸一統」(모종강본, 제120회)처럼 확연히 다른 회목으로 차별화하였다.

이처럼 모종강은 의도적으로 이탁오본과 차별화하려는 의도를 가지고 회목을 총체적으로 전면 개편한 것처럼 보인다. 그렇다고 내용이 전면개편된 것은 아니다. 모종강은 회목을 개편하면서 문체를 다듬고 揷入詩는 유명시인의 시로 대체하는 등, 내용 일부를 첨삭하였을 뿐 전체의 내용을 흔들지는 않았다. 이러한 노력의 결과 毛宗崗本은 구조와 내용이 치밀해지고 또 언어가 간결하게 다듬어졌기 때문에 다른 판본들을 압도하게 되었다. 그러기에 모종강본은 지금까지 통행본으로 정착할 수 있었던 것이다.

2. 小說 『三國志』 回目의 변화에 대한 分析

본장에서는 먼저 回目研究의 핵심 판본인 嘉靖本·劉龍田의 喬山堂本·李卓吾本·毛宗崗本의 回目을 도표로 만들었다. 도표는 연구 분석의 편리함을 위하여 각 40則(20回)씩 나누어 분석하였다.[18]

---

17) 정원기 역, 『정역삼국지』1권 , 현암사, 2008년, 서문참고.
　　여기에서 『貫華堂第一才子書』와 『綉像金批第一才子書』 서명 가운데 貫華堂 金批는 모두 金聖嘆을 의미하는 것이다. 즉 貫華堂은 김성탄의 서재 이름이고 金批는 바로 김성탄 비평이란 뜻을 축약한 것이다. 또 서문에 聖嘆 外書라는 이름을 가탁하기도 하였는데 이는 당시 출판업자들이 상업성의 일환에서 나온 것이다.
18) 여기서 인용된 판본으로 가정본(북경대본), 교산당본(嶺南大 발굴본), 이탁오본(日本 九州大本), 모종강본(臺灣 天一出版社 影印本)을 근거로 도표를 만들었다. 또 지전계열 가운데 葉逢春本과 余象斗本의 則目을 비교해보니 大同小異하였다. 다만 余象斗本은 第一則에서 劉關張桃園結義로 시작하는 부분이 다르다.

卷	則	嘉靖本 (24卷240則)	卷	喬山堂本 (20卷240則)	回	李卓吾本 (120回)	毛宗崗本 (120回)
第1卷	1	祭天地桃園結義	第1卷	祭天地桃園結義	1回	祭天地桃園結義 劉玄德斬寇立功	宴桃園豪傑三結義 斬黃巾英雄首立功
	2	劉玄德斬寇立功		劉玄德斬寇立功			
	3	**安喜**張飛鞭督郵		**安喜縣**張飛鞭督郵	2回	**安喜**張飛鞭督郵 何進謀殺十常侍	張翼德怒鞭督郵 何國舅謀誅宦豎
	4	何進謀殺十常侍		何進謀殺十常侍			
	5	董卓議立陳留王		董卓議立陳留王	3回	董卓議立陳留王 呂布刺殺丁建陽	議溫明董卓叱丁原 餽金珠李肅說呂布
	6	呂布刺殺丁建陽		呂布刺殺丁建陽			
	7	廢漢君董卓弄權		廢漢君董卓弄權	4回	廢漢君董卓弄權 **曹孟德**謀殺董卓	廢漢帝陳留踐位 謀董賊孟德獻刀
	8	**曹孟德**謀殺董卓		**曹操**謀殺董卓			
	9	曹操起兵伐董卓		曹操起兵伐董卓	5回	曹操起兵伐董卓 虎牢關三戰呂布	發矯詔諸鎮應曹公 破關兵三英戰呂布
	10	虎牢關三戰呂布		虎牢關三戰呂布			
第2卷	11	董卓火燒長樂宮		董卓火燒長樂宮	6回	董卓火燒長樂宮 袁紹孫堅奪玉璽	焚金闕董卓行兇 匿玉璽孫堅背約
	12	袁紹孫堅奪玉璽		袁紹孫堅奪玉璽			
	13	趙子龍磐河大戰		趙子龍磐河大戰	7回	趙子龍艦河大戰 孫堅跨江戰劉表	袁紹磐河戰公孫 孫堅跨江擊劉表
	14	孫堅跨江戰劉表		孫堅跨江戰劉表			
	15	司徒王允說貂蟬		司徒王允說貂蟬	8回	司徒王允說貂蟬 鳳儀亭**布**戲貂蟬	王司徒巧使連環計 董太師大鬧鳳儀亭
	16	鳳儀亭**布**戲貂蟬	第2卷	鳳儀亭**呂布**戲貂蟬			
	17	王允**授計誅**董卓		王允**定計誅**董卓	9回	王允**授計誅**董卓 李催**郭汜**寇長安	除兇暴呂布助司徒 犯長安李催聽賈詡
	18	李催**郭汜**寇長安		李催**郭汜**寇長安			
	19	李催郭汜殺樊稠		李催**郭汜**殺樊稠	10回	李催**郭汜**殺樊稠 曹操興兵報父**讐**	勤王室馬騰舉義 報父讐曹操興師
	20	曹操興兵報父**讐**		曹操興兵報父**仇**			
第3卷	21	**劉玄德**北海解圍		**劉表**北海解圍	11回	**劉玄德**北海解圍 **呂溫侯**濮陽大戰	劉皇叔北海救孔融 呂溫侯濮陽破曹操
	22	**呂溫侯**濮陽大戰		**呂布**濮陽大戰			
	23	**陶恭祖**三讓徐州		**陶謙**三讓徐州	12回	**陶恭祖**三讓徐州 曹操定陶破呂布	陶恭祖三讓徐州 曹孟德大破呂布
	24	曹操定陶破呂布		曹操定陶破呂布			
	25	李催**郭汜乱**長安		李催**郭汜乱**長安	13回	李催**郭汜亂**長安 楊奉董承**雙**救駕	李催郭汜大交兵 楊奉董承雙救駕
	26	楊奉董承**雙**救駕	第3卷	楊奉董承**双**救駕			
	27	遷鑾輿曹操秉政		遷鑾輿曹操秉政	14回	遷鑾輿曹操秉政 呂布**月下**奪徐州	曹孟德移駕幸許都 呂奉先乘夜襲徐郡
	28	呂布**夜月**奪徐州		呂布**月夜**奪徐州			
	29	孫策大戰太史慈		孫策大戰太史慈	15回	孫策大戰太史慈 孫策**大戰**嚴白虎	太史慈酣鬪小霸王 孫伯符大戰嚴白虎
	30	孫策**大戰**嚴白虎		孫策**火破**嚴白虎			

卷	則	嘉靖本 (24卷240則)	卷	喬山堂本 (20卷240則)	回	李卓吾本 (120回)	毛宗崗本 (120回)
第 4 卷	31	呂**奉先**轅門射戟		呂**布**轅門射戟	16回	呂**奉先**轅門射戟 曹操興兵擊張**繡**	呂奉先射戟轅門 曹孟德敗師淯水
	32	曹操興兵擊張**繡**		曹操興兵擊張**綉**			
	33	袁術七路下徐州	第 4 卷	袁術七路下徐州	17回	袁術七路下徐州 曹操會兵**擊**袁術	袁公路大起七軍 曹孟德會合三將
	34	曹操會兵**擊**袁術		曹操會兵**擊**袁術			
	35	決勝負賈詡談兵		決勝負賈詡談兵	18回	決**滕**負賈詡談兵 夏侯惇拔矢啖睛	賈文和料敵決勝 夏侯惇拔矢啖睛
	36	夏侯惇拔矢啖睛		夏侯惇拔矢啖睛			
	37	呂布敗走下邳城		呂布敗走下邳城	19回	呂布敗走下邳城 **白門樓**操斬呂布	下邳城曹操鏖兵 白門樓呂布殞命
	38	**白門**曹操斬呂布		**白門城**曹操斬呂布			
	39	曹孟德許田射鹿		曹孟德許田射鹿	20回	曹孟德許田射鹿 董承密受衣帶詔	曹阿瞞許田打圍 董國舅內閣受詔
	40	董承密受衣帶詔		董承密受衣帶詔			

연구의 편리를 위해 40則씩 나눠 분석하였지만 총 240則(120回)에서 서로 비슷한 양상을 보인다. 그 특징을 살펴보면, 첫째, 먼저 눈에 두드러지게 나타나는 현상으로 가정본·교산당본·이탁오본은 거의 回目變化가 미미하다는 점이다. 즉 40則中에서 23則은 완전히 동일하고 나머지도 거의 유사하다. 그러나 모종강본은 의외로 일치하는 부분이 거의 없다.

둘째, 回目이 비교적 유사한 가정본과 교산당본 및 이탁오본에서 등장인물의 이름을 각기 다르게 표기하고 있다는 점이다. 즉 第8則, 16則, 22則, 23則, 31則에서 확인되듯 姓名이나 字·號를 써서 각기 차별화하였다. 이러한 현상은 마치 의도적으로 판본의 차별을 강조하듯 다르게 표기하였다.

셋째, 가끔씩 誤脫字가 발견되는데(교산당본이 많음) 다른 판본에서 이를 바로 잡는 현상이 보인다. 예를 들면 第18則, 19則, 25則에서 李催郭汜乱長安을 교산당본에서는 李催郭玘寇長安으로 오기하였고 또 第21則의 劉玄德北海解圍에서도 교산당본은 劉表北海解圍라고 誤記하였다.

넷째, 단어나 문장구조를 바로잡는 현상이 보인다. 즉 第38則에서 白門曹操斬呂布(가정본) → 白門城曹操斬呂布(교산당본) → 白門樓操斬呂布(이탁오본) → 白門樓呂布殞命(모종강본)으로 수정되었다. 또 第28則도 유사한 케이스이다. 그 외에 第20則, 25則, 32則처럼 약자나 간자로 쓴 경우와 第17則, 30則처럼 문장을 적절하게 교정한 유형 등 다양하다.

卷	則	嘉靖本 (24卷240則)	卷	喬山堂本 (20卷240則)	回	李卓吾本 (120回)	毛宗崗本 (120回)
第5卷	41	**青梅煮酒論英雄**	第4卷	**論英雄青梅煮酒**	21回	**青梅賣酒論英雄**	曹操煮酒論英雄
	42	關雲長**襲斬**車冑		關雲長**襲**車冑		關雲長**襲斬**車冑	關公賺城斬車冑
	43	曹操**分兵拒**袁紹		曹操**興兵擊**袁紹	22回	曹操**分兵拒**袁紹	袁曹各起馬步三軍
	44	關張擒劉岱王忠		關張擒劉岱王忠		關張擒劉岱王忠	關張共擒王劉二將
	45	禰衡裸衣罵曹操		禰衡裸衣罵曹操	23回	彌衡裸衣罵曹操	禰正平裸衣罵賊
	46	**曹孟德**三勘吉平		**曹操**三勘吉平		**曹孟德**三勘吉平	吉太醫下毒遭刑
	47	曹操勒死董貴妃		曹操勒死董貴妃	24回	曹操勒死董貴妃	國賊行兇殺貴妃
	48	玄德匹馬奔**冀州**		玄德匹馬奔**冀州**		玄德匹馬奔**冀州**	皇叔敗走投袁紹
第6卷	49	張遼義說關雲長	第5卷	張遼義說關雲長	25回	張遼義說關雲長	屯土山關公約三事
	50	雲長策馬刺顏良		雲長策馬刺顏良		雲長策馬刺顏良	救白馬曹操解重圍
	51	雲長延津誅文醜		雲長延津誅文醜	26回	雲長延津誅文醜	袁本初損兵折將
	52	**關雲長**封金掛印		**雲長**封金掛印		**關雲長**封金掛印	關雲長掛印封金
	53	**關雲長**千里獨行		**雲長**千里獨行	27回	**關雲長**千里獨行	美髯公千里走單騎
	54	**關雲長**五関斬將		**雲長**五關斬六將		**關雲長**五關斬將	漢壽侯五關斬六將
	55	雲長**擂鼓**斬蔡陽		雲長**三鼓**斬蔡陽	28回	雲長**擂鼓**斬蔡陽	斬蔡陽兄弟釋疑
	56	劉玄德古城聚義		劉玄德古城聚義		劉玄德古城聚義	會古城主臣聚義
	57	孫策怒斬于神仙		孫策怒斬于神仙	29回	孫策怒斬于神仙	小霸王怒斬于吉
	58	孫權**領衆**據江東		孫權**領衆**據江東		孫權**領衆**據江東	碧眼兒坐領江東
	59	曹操官渡戰袁紹		曹操官渡戰袁紹	30回	曹操官渡戰袁紹	戰官渡本初敗績
	60	曹操烏巢燒糧草		曹操烏巢燒糧草		曹操烏巢燒糧草	劫烏巢孟德燒糧
第7卷	61	曹操倉亭破袁紹	第6卷	曹操倉亭破袁紹	31回	曹操倉亭破袁紹	曹操倉亭破本初
	62	劉玄德敗走荆州		劉玄德敗走荆州		劉玄德敗走荆州	玄德荆州依劉表
	63	袁譚袁尚爭**冀州**		袁譚袁尚爭**冀州**	32回	袁譚袁尚爭**冀州**	奪冀州袁尚爭鋒
	64	曹操決水淹**冀州**		曹操決水淹**冀州**		曹操決水淹**冀州**	決漳河許攸獻計
	65	曹操引兵**取**壺関		曹操引兵**渡**壺關	33回	曹操引兵**取**壺關	曹丕乘亂納甄氏
	66	郭嘉遺計定遼東		郭嘉遺計定遼東		郭嘉遺計定遼東	郭嘉遺計定遼東
	67	劉玄德**襄陽赴會**		劉玄德**赴襄陽會**	34回	劉玄德**襄陽赴會**	蔡夫人隔屏聽密語
	68	玄德躍馬跳檀溪		玄德躍馬跳檀溪		玄德躍馬跳檀溪	劉皇叔躍馬過檀溪
	69	**劉玄德**遇司馬徽		**玄德**遇司馬德操	35回	**劉玄德**遇司馬徽	玄德南漳逢隱淪
	70	玄德新野遇徐庶		玄德新野遇徐庶		玄德新野遇徐庶	單福新野遇英主

卷	則	嘉靖本 (24卷240則)	卷	喬山堂本 (20卷240則)	回	李卓吾本 (120回)	毛宗崗本 (120回)
第8卷	71	徐庶定計取樊城	第7卷	徐庶定計取樊城	36回	徐庶定計取樊城 徐庶走薦諸葛亮	玄德用計取樊城 徐庶走馬薦諸葛
	72	徐庶走薦諸葛亮		徐庶走薦諸葛			
	73	**劉玄德**三顧茅廬		**玄德**三顧**諸葛亮**	37回	**劉玄德**三顧茅廬 玄德風雪**請**孔明	司馬徽再薦名士 劉玄德三顧草廬
	74	玄德風雪**訪**孔明		玄德風雪**訪**孔明			
	75	定三分亮出**茅**廬		定三分亮出**茅**廬	38回	定三分亮出**艸**廬 孫權跨江**戰**黃祖	定三分隆中決策 戰長江孫氏報讐
	76	孫權跨江**破**黃祖		孫權跨江**戰**黃祖			
	77	孔明遣計救劉琦		孔明遣計救劉琦	39回	孔明遣計救劉琦 諸葛亮博望燒屯	荊州城公子三求計 博望坡軍師初用兵
	78	諸葛亮博望燒屯		諸葛亮博望燒屯			
	79	**獻荊州粲說劉琮**		**王粲說劉琮獻荊州**	40回	**獻荊州粲說劉琮** 諸葛亮火燒**新野**	蔡夫人議獻荊州 諸葛亮火燒新野
	80	諸葛亮火燒**新野**		諸葛亮火燒**野**			

본 도표에서는 가정본과 교산당본의 異同을 중점적으로 분석하였다. 40則 가운데 서로 다른 것과 동일한 것이 각 20則이었다. 그중에서도 제목의 변화가 가장 심한 곳이 第41則과 79則이다. 第41則에서는 가정본이 靑梅煮酒論英雄라 되어있지만 교산당본은 論英雄靑梅煮酒로 되어 있고, 또 第79則에서는 가정본이 獻荊州粲說劉琮이라 되어있으나 교산당본에서는 王粲說劉琮獻荊州라 되어있다. 그러나 어휘만 도치되었을 뿐 의미에 있어서는 큰 변화가 없다.

그 외 나머지 목차는 미세한 변화로 단어나 어휘가 바뀌었다. 예를 들어 第42則에서처럼 가정본 關雲長襲斬車冑라 되어있고 교산당본은 關雲長襲車冑라 되어있다. 이런 유형은 第43則, 55則, 58則, 67則, 74則, 76則에서 다수 보인다. 또 오탈자가 보이는 곳은 第80則으로 가정본에서는 諸葛亮火燒新野로 되어있지만 교산당본에서는 諸葛亮火燒野로 되어있다. 이는 교산당본에서 新野에서 新을 누락시키고 野만 남긴 케이스이다. 이처럼 교산당본에서는 오탈자가 많고 목차도 세련되지 못할 뿐만 아니라 어눌한 부분과 古本形態가 더 많이 드러난다. 이는 교산당본 뿐만 아니라 지전계열에서 공통으로 나타나는 현상이다. 이러한 연유에서 嘉靖本 이전에 志傳本 유형의 古本이 존재하였다는 학설이 더 신빙성이 있어 보인다. 또 姓名·字·號를 써서 각기 차별화한 현상이 第46則, 52則, 53則, 54則, 69則, 73則에서, 略字나 簡字를 써서 차별화한 현상이 第63則, 64則, 75則에서 나타나는데 특히 가정본과 교산당본에서 두드러지게 나타난다.

卷	則	嘉靖本 (24卷240則)	卷	喬山堂本 (20卷240則)	回	李卓吾本 (120回)	毛宗崗本 (120回)
第9卷	81	劉玄德敗走江陵	第7卷	劉玄德敗走江陵	41回	劉玄德敗走江陵 長阪坡趙雲救主	劉玄德儶民渡江 趙子龍單騎救主
	82	**長阪坡**趙雲救主		**長坂坡**趙雲救主			
	83	**張益德據水**斷橋		**張翼德拒水**斷橋	42回	**張翼德據水**斷橋 劉玄德**敗走**夏口	張翼德大鬧長坂橋 劉豫州敗走漢津口
	84	劉玄德**敗走**夏口		劉玄德**走**夏口			
	85	諸葛亮舌戰**群**儒	第8卷	諸葛亮舌戰**群**儒	43回	諸葛亮舌戰**羣**儒 諸葛亮**智激**孫權	諸葛亮舌戰羣儒 魯子敬力排衆議
	86	諸葛亮**智激**孫權		諸葛亮**激**孫權			
	87	諸葛亮**智說**周瑜		諸葛亮**說**周瑜	44回	諸葛亮**智說**周瑜 周瑜定計破曹操	孔明用智激周瑜 孫權決計破曹操
	88	周瑜定計破曹操		周瑜定計破曹操			
	89	周瑜三江戰曹操		周瑜三江戰曹操	45回	周瑜三江戰曹操 羣英會**瑜智**蔣幹	三江口曹操折兵 羣英會蔣幹中計
	90	群英會**瑜智**蔣幹		群英會**智服**蔣幹			
第10卷	91	諸葛亮**計伏**周瑜		諸葛亮**智伏**周瑜	46回	諸葛亮**計伏**周瑜 **黃葢**獻計破曹操	用奇謀孔明借箭 獻密計黃蓋受刑
	92	**黃盖**獻計破曹操		**黃盖**獻計破曹操			
	93	闞澤密獻詐降書		闞澤密獻詐降書	47回	闞澤密獻詐降書 龐統**進獻**連環計	闞澤密獻詐降書 龐統巧授連環計
	94	龐統**進獻**連環計		龐統**智進**連環策			
	95	曹孟德橫槊賦詩		曹孟德橫槊賦詩	48回	曹孟德橫槊賦詩 曹操三江調水軍	宴長江曹操賦詩 鎖戰船北軍用武
	96	曹操三江調水軍		曹操三江調水軍			
	97	**七星壇諸葛**祭風		**七星臺孔明**祭風	49回	**七星壇諸葛**祭風 周公瑾赤壁鏖兵	七星壇諸葛祭風 三江口周郎縱火
	98	周公瑾赤壁鏖兵		周公瑾赤壁鏖兵			
	99	曹操敗走華容道		曹操敗走華容道	50回	曹操敗走華容道 關雲長義釋曹操	諸葛亮智算華容 關雲長義釋曹操
	100	關雲長義釋曹操		關雲長義释曹操			
第11卷	101	周瑜南郡戰曹仁	第9卷	周瑜南郡戰曹仁	51回	周瑜南郡戰曹仁 **諸葛亮**一氣周瑜	曹仁大戰東吳兵 孔明一氣周公瑾
	102	**諸葛亮**一氣周瑜		**孔明**一氣周瑜			
	103	諸葛亮傍**畧**四郡		諸葛亮傍**掠**四郡	52回	請月亮傍**畧**四郡 **趙子龍智取桂陽**	諸葛亮智辭魯肅 趙子龍計取桂陽
	104	**趙子龍智取桂陽**		**子龍翼德各得郡**			
	105	**黃忠魏延獻長沙**		**關索荊州認父**	53回	**黃忠魏延獻長沙** **孫仲謀合淝**大戰	關雲長義釋黃漢升 孫仲謀大戰張文遠
	106	**孫仲謀合淝**大戰		**孫權合肥**大戰			
	107	周瑜定計取荊州		周瑜定計取荊州	54回	周瑜定計取荊州 **劉玄德**娶孫夫人	吳國太佛寺看新郎 劉皇叔洞房續佳偶
	108	**劉玄德**娶孫夫人		**玄德智**娶孫夫人			
	109	錦囊計趙雲救主	第10卷	錦囊計趙雲救主	55回	錦囊計趙雲救主 諸葛亮二氣周瑜	玄德智激孫夫人 孔明二氣周公瑾
	110	諸葛亮二氣周瑜		諸葛亮二氣周瑜			

卷	則	嘉靖本 (24卷240則)	卷	喬山堂本 (20卷240則)	回	李卓吾本 (120回)	毛宗崗本 (120回)
第 12 卷	111	曹操大宴銅雀臺	卷	曹操大宴銅雀臺	56回	曹操大宴銅雀臺 諸葛亮三氣周瑜	曹操大宴銅雀臺 孔明三氣周公瑾
	112	諸葛亮三氣周瑜		諸葛亮三氣周瑜			
	113	諸葛亮**大哭**周瑜		諸葛亮**吊哭**周瑜	57回	諸葛亮**大哭**周瑜 耒陽縣張飛薦**薦統**	柴桑口臥龍弔喪 耒陽縣鳳雛理事
	114	耒陽張飛**薦鳳雛**		耒陽縣飛**荐龐統**			
	115	馬超興兵取潼關		馬超興兵取潼關	58回	馬超興兵取潼關 **馬孟起渭橋**大戰	馬孟起興兵雪恨 曹阿瞞割鬚棄袍
	116	**馬孟起渭河**六戰		**馬超渭橋**大戰			
	117	許褚大戰**馬孟起**		許褚大戰**馬超**	59回	許褚大戰**馬孟超** **馬孟起**步戰五將	許褚裸衣鬪馬超 曹操抹書間韓遂
	118	**馬孟起**步戰五將		**馬超**步戰五將			
	119	**張永年返難**楊修		**張松反難**楊修	60回	**張永年反**難楊修 龐統獻策取西川	張永年反難楊修 龐士元議取西蜀
	120	龐統獻策取西川		龐統獻策取西川			

본 도표에서 가장 특이한 부분은 第104則, 105則에서처럼 목차 전체를 수정한 부분이다. 즉 第104則 가정본에서 趙子龍智取桂陽이 교산당본에서는 子龍翼德各淂郡으로 바뀌었고, 또 第105則 가정본은 黃忠魏延獻長沙인데 교산당본은 關索荊州認父로 전혀 다르게 바뀌었다. 여기서 주목할 부분이 바로 喬山堂本中 關索故事가 목차에 언급되었다는 점이다. 관색고사는 嘉靖本과 葉逢春本에는 없지만 뒤에 첨가된 고사로 보통 孔明의 七縱七擒 부분에 나타나 큰 전공도 없이 사라지는 것이 일반적인 내용이다. 그러나 교산당본에서는 관색이 형주로 아버지 관우를 찾아오는 부분이 나온다. 여기에서 이런 則目이 나온다는 것은 관색고사의 영향이 아니라 『화관색전』의 영향을 받았다는 것으로 판본 분류에 매우 중요한 단서가 된다.[19]

그리고 또 다른 특징으로 이탁오본과 모종강본은 차별화를 위해 回目의 대부분을 달리하고 있다는 점이다. 그런데 이곳에서는 6군데나 동일한 부분이 보인다. 한 회가 모두 같은 것이 아니라 雙句가운데 單句만 일치하는 곳이 第43則, 47則, 49則, 50則, 56則, 60回 등 모두 6군데나 된다.

그 외 기타 특징으로는 다른 곳에서처럼 姓名이나 字 혹은 號를 써서 각기 차별화한 곳이

---

19) 지전계열 繁本에는 모두가 화관색고사 계열로 모두 이 則目이 나오나 교산당본의 경우 繁簡 混合本으로 則目에는 관색고사가 있지만 실제 원문에는 없는 케이스이다.

第102則, 104則, 106則, 108則, 114則, 116則, 117則, 118則, 119則 등에서 보이고 略字 혹은
簡字로 차별한 곳은 第82則, 85則, 92則 등에서 나타난다. 또 오탈자나 문구 수정은 第83則,
84則, 86則, 87則, 90則, 91則, 97則, 106則, 114則, 119則 등 여러 곳에서 확인된다.

卷	則	嘉靖本 (24卷240則)	卷	喬山堂本 (20卷240則)	回	李卓吾本 (120回)	毛宗崗本 (120回)
第13卷	121	趙雲截江奪幼主	第11卷	趙雲截江奪幼主	61回	趙雲截江奪幼主	趙雲截江奪阿斗
	122	曹操興兵下江南		曹操興兵下江南		曹操興兵下江南	孫權遺書退老瞞
	123	玄德斬楊懷高沛		玄德斬楊懷高沛	62回	玄德斬楊懷高沛	取涪關楊高授首
	124	黃忠魏延大爭功		黃忠魏延大爭功		黃忠魏延大爭功	攻雒城黃魏爭功
	125	落鳳坡箭射龐統		落鳳坡箭射龐統	63回	落鳳坡箭射龐統	諸葛亮痛哭龐統
	126	**張益德**義**釋**嚴顏		**張翼德**義**釋**嚴顏		**張翼德**義**釋**嚴顏	張翼德義釋嚴顏
	127	孔明定計捉張任		孔明定計捉張任	64回	孔明定計捉張任	孔明定計捉張任
	128	楊阜借兵破馬超		楊阜借兵破馬超		楊阜借兵破馬超	楊阜借兵破馬超
	129	**葭萌**張飛戰馬超		**葭萌關**張飛戰馬超	65回	**葭萌**張飛戰馬超	馬超大戰葭萌關
	130	劉玄德平定益州		劉玄德平定益州		劉玄德平定益州	劉備自領益州牧
第14卷	131	關雲長**單刀赴會**	第12卷	關雲長**赴單刀會**	66回	關雲長**單刀赴會**	關雲長單刀赴會
	132	曹操杖殺伏皇后		曹操杖殺伏皇后		曹操杖殺伏皇后	伏皇后爲國捐生
	133	曹操漢中破張魯		曹操漢中破張魯	67回	曹操漢中破張魯	曹操平定漢中地
	134	張遼大戰逍遙津		張遼大戰逍遙津		張遼大戰逍遙津	張遼威震逍遙津
	135	甘寧百騎劫曹**營**		甘寧百騎劫曹**營**	68回	甘寧百騎劫曹**營**	甘寧百騎劫魏營
	136	魏王宮左慈**擲杯**		魏王宮左慈**擲盃**		魏王宮左慈**擲盃**	左慈擲盃戲曹操
	137	曹操試神卜管輅		曹操試神卜管輅	69回	曹操試神卜管輅	卜周易管輅知機
	138	耿紀韋晃討曹操		耿紀韋晃討曹操		耿紀韋晃討曹操	討漢賊五臣死節
	139	**瓦口張飛戰張郃**		**張飛關索取閬中**	70回	**瓦口張飛戰張郃**	猛張飛智取瓦口隘
	140	黃忠嚴顏**雙建功**		黃忠嚴顏**双建功**		黃忠嚴顏**雙立功**	老黃忠計奪天蕩山
第15卷	141	黃忠鹹斬夏侯淵		黃忠鹹斬夏侯淵	71回	黃忠鹹斬夏侯淵	占對山黃忠逸待勞
	142	趙子龍漢水大戰		趙子龍漢水大戰		趙子龍漢水大戰	據漢水趙雲寡勝眾
	143	劉玄德**智取**漢中		劉玄德**取**漢中	72回	劉玄德**智取**漢中	諸葛亮智取漢中
	144	**曹孟德忌殺**楊修		**曹操殺主簿**楊修		**曹孟德忌殺**楊修	曹阿瞞兵退斜谷
	145	**劉備**進位漢中王	第	**玄德**進位漢中王	73回	**劉備**進位漢中王	玄德進位漢中王

卷	則	嘉靖本 (24卷240則)	卷	喬山堂本 (20卷240則)	回	李卓吾本 (120回)	毛宗崗本 (120回)
	146	關雲長威震華夏		關雲長威震華夏		關雲長威震華夏	雲長攻拔襄陽郡
	147	龐德擡櫬戰關公		龐德抬襯戰關羽	74回	龐德擡櫬戰關公	龐令名擡櫬決死戰
	148	關雲長水浸七軍		關雲長水浸七軍		關雲長水浸七軍	關雲長放水浸七軍
	149	關雲長刮骨療毒		關雲長刮骨療毒	75回	關雲長刮骨療毒	關雲長刮骨療毒
	150	呂子明智取荊州		呂蒙智取荊州		呂子明智取荊州	呂子明白衣渡江
	151	關雲長大戰徐晃	13卷	關雲長大戰徐晃	76回	關雲長大戰徐晃	徐公明大戰沔水
	152	關雲長夜走麥城		關雲長夜走麥城		關雲長夜走麥城	關雲長敗走麥城
	153	玉泉山關公顯聖		玉泉山關公顯聖	77回	玉泉山關公顯聖	玉泉山關公顯聖
第16卷	154	漢中王痛哭關公		劉玄德痛哭雲長		漢中王痛哭關公	洛陽城曹操感神
	155	曹操殺神醫華陀		曹操殺神醫華佗	78回	曹操殺神醫華陀	治風疾神醫身死
	156	魏太子曹丕秉政		魏太子曹丕秉政		魏太子曹丕秉政	傳遺命奸雄數終
	157	曹子建七步成章	第14卷	曹子建七步成文	79回	曹子建七步成章	兄逼弟曹植賦詩
	158	漢中王怒殺劉封		漢中王怒殺劉封		漢中王怒殺劉封	姪陷叔劉封伏法
	159	廢獻帝曹丕篡漢		廢獻帝曹丕篡位	80回	廢獻帝曹丕篡漢	曹丕廢帝篡炎劉
	160	漢中王成都稱帝		玄德成都即帝位		漢中王成都稱帝	漢王正位續大統

　이상의 도표에서 확인되듯 가정본과 교산당본 및 이탁오본의 回目은 비록 미세한 차이는 있지만 대부분 일치한다. 그러나 모종강본은 전혀 다른 양상을 보여주고 있다. 오직 第64回의 孔明定計捉張任 楊阜借兵破馬超 부분만 가정본·교산당본·이탁오본·모종강본이 모두 일치한다. 총 120회 가운데 유일하게 일치하는 부분이다. 모종강은 철저하게 이탁오본과 차별화하여 상대적으로 우위에 서려고 노력한 흔적이 여기저기에서 보인다.

　그 외 특이한 점은 교산당본 第139則에 다시 관색고사가 튀어나온다는 점이다. 교산당본에는 張飛關索取閬中이라 되어있고 가정본과 이탁오본은 瓦口張飛戰張郃, 그리고 모종강본에는 猛張飛智取瓦口隘이라 되어있다. 오직 교산당본에서만 관색고사가 재차 등장하고 있다.

　또 다른 특징으로 보통 가정본과 이탁오본이 일치하고 교산당본이 다른 양상을 보이지만 간혹 가정본과 교산당본은 일치하지만 이탁오본에서 다른 양상을 보이는 케이스도 발견된다. 즉 第149則에서 가정본과 교산당본은 關雲長刮骨療毒으로 표기되었지만 이탁오본은 關雲長刮骨蓼毒으로 하였다가 모종강본에서는 다시 關雲長刮骨療毒으로 바로잡았다. 또 가정본만 다르고 나머지 판본이 동일한 예도 있다. 즉 가정본 第126則에서는 張益德義釋嚴顏이라고 쓰여

졌으나 나머지 교산당본·이탁오본·모종강본에서는 張翼德이라고 바르게 교정하였다.

　　기타 특징으로 姓名이나 字 혹은 號를 다르게 쓴 곳으로 第144則, 145則, 150則, 154則, 160則 등에서 나타나고 略字 혹은 簡字로 차별한 곳은 第135則, 136則, 140則, 147則 등에서 보인다. 또 오탈자나 문구 수정은 第126則, 129則, 131則, 140則, 144則, 157則, 159則, 160則 등 여러 곳에서 확인된다.

卷	則	嘉靖本 (24卷240則)	卷	喬山堂本 (20卷240則)	回	李卓吾本 (120回)	毛宗崗本 (120回)
第17卷	161	**范强**張達刺張飛	第14卷	**范彊**張達刺張飛	81回	**范彊**張達刺張飛	急兄讐張飛遇害
	162	劉先主興兵伐吳		劉先主興兵伐吳		劉先主興兵伐吳	雪弟恨先主興兵
	163	**吳臣**趙咨說曹丕		**吳大夫**趙咨說曹丕	82回	**吳臣**趙咨說曹丕	孫權降魏受九錫
	164	關興斬將救張苞		關興斬將救張苞		關興斬將救張苞	先主征吳賞六軍
	165	劉先主猇亭大戰		劉先主猇亭大戰	83回	劉先主猇亭大戰	戰猇亭先主得讐人
	166	陸遜定計破蜀兵		陸遜定計破蜀兵		陸遜定計破蜀兵	守江口書生拜大將
	167	先主夜走白帝城		先主夜走白帝城	84回	先主夜走白帝城	陸遜營燒七百里
	168	八陣圖石伏陸遜		八陣圖石伏陸遜		八陣圖石伏陸遜	孔明巧布八陣圖
第18卷	169	白帝城先主**託孤**		白帝城先主**托孤**	85回	白帝城先主**託孤**	劉先主遺詔**托孤**兒
	170	曹丕五路下西川		曹丕五路下西川		曹丕五路下西川	諸葛亮安居平五路
	171	難張**溫**秦宓論天	第15卷	難張**溫**秦宓論天	86回	難張**溫**秦宓論天	難張溫秦宓逞天辯
	172	泛龍舟魏主伐吳		泛龍舟魏主伐吳		泛龍舟魏主伐吳	破曹丕徐盛用火攻
	173	孔明興兵征孟獲		孔明興兵征孟獲	87回	孔明興兵征孟獲	征南寇丞相大興師
	174	**諸葛亮**一擒孟獲		**孔明**一擒孟獲		**諸葛亮**一擒孟獲	抗天兵蠻王初受執
	175	**諸葛亮**二擒孟獲		**孔明**二擒孟獲	88回	**諸葛亮**二擒孟獲	渡瀘水再縛番王
	176	**諸葛亮**三擒孟獲		**孔明**三擒孟獲		**諸葛亮**三擒孟獲	識詐降三擒孟獲
	177	**諸葛亮**四擒孟獲		**孔明**四擒孟獲	89回	**諸葛亮**四擒孟獲	武鄉侯四番用計
	178	**諸葛亮**五擒孟獲		**孔明**五擒孟獲		**諸葛亮**五擒孟獲	南蠻王五次遭擒
	179	**諸葛亮**六擒孟獲		**孔明**六擒孟獲	90回	**諸葛亮**六擒孟獲	驅巨獸六破蠻兵
	180	**諸葛亮**七擒孟獲		**孔明**七擒孟獲		**諸葛亮**七擒孟獲	燒藤甲七擒孟獲
第19卷	181	孔明秋夜祭瀘水	第16卷	孔明秋夜祭瀘水	91回	孔明秋夜祭瀘水	祭瀘水漢相班師
	182	孔明**初上**出師表		孔明**上**出師表		孔明**初上**出師表	伐中原武侯上表
	183	趙子龍大破魏兵		趙子龍大破魏兵	92回	趙子龍大破魏兵	趙子龍力斬五將

卷	則	嘉靖本 (24卷240則)	卷	喬山堂本 (20卷240則)	回	李卓吾本 (120回)	毛宗崗本 (120回)
	184	諸葛亮智取三郡		諸葛亮智取三郡		諸葛亮智取三郡	諸葛亮智取三城
	185	孔明**以智伏**姜維		孔明**智伏**姜維	93回	孔明**以智伏**姜維	姜伯約歸降孔明
	186	孔明祁山破**曹真**		孔明祁山破**曹真**		孔明祁山破**曹真**	武鄕侯罵死王朗
	187	孔明大破**鐵車兵**		孔明大破**鉄車軍**	94回	孔明大戰**鐵車兵**	諸葛亮乘雪破羌兵
	188	司馬懿智擒孟達		司馬懿智擒孟達		司馬懿智擒孟達	司馬懿剋日擒孟達
	189	司馬懿**智取**街亭		司馬懿**計取**街亭	95回	司馬懿**計取**街亭	馬謖拒諫失街亭
	190	孔明智退司馬懿		孔明智退司馬懿		孔明智退司馬懿	武侯彈琴退仲達
	191	孔明揮淚斬馬謖		孔明揮淚斬馬謖	96回	孔明揮淚斬馬謖	孔明揮淚斬馬謖
	192	陸遜石亭破曹休		陸遜石亭破曹休		陸遜石亭破曹休	周魴斷髮賺曹休
第20卷	193	孔明再上出師表	第17卷	孔明再上出師表	97回	孔明再上出師表	討魏國武侯再上表
	194	**諸葛亮二出**祁山		**孔明兩出**祁山		**諸葛亮二出**祁山	破曹兵姜維詐獻書
	195	孔明遺計斬王雙		孔明遺計斬王雙	98回	孔明遺計斬王雙	追漢軍王雙受誅
	196	**諸葛亮三出**祁山		**孔明三出**祁山		**諸葛亮三出**祁山	襲陳倉武侯取勝
	197	孔明智敗司馬懿		孔明智敗司馬懿	99回	孔明智敗司馬懿	諸葛亮大破魏兵
	198	**仲達興**兵寇漢中		**司馬懿**兵寇漢中		**仲達興**兵寇漢中	司馬懿入寇西蜀
	199	**諸葛亮四出**祁山		**孔明四出**祁山	100回	**諸葛亮四出**祁山	漢兵劫寨破曹真
	200	孔明祁山布**八陣**		孔明祁山布**八陣圖**		孔明祁山布**八陣**	武侯鬪陣辱仲達

다음은 가정본과 이탁오본의 유사성에 관한 문제이다. 총 40則 가운데 38則이 동일하고 나머지 第161, 189則(范强張達刺張飛[가정본] → 范疆張達刺張飛[이탁오본], 司馬懿智取街亭[가정본] → 司馬懿計取街亭[이탁오본])만 미세하게 다른 양상을 보인다. 오히려 교산당본과 비교해보니 총 40則 가운데 20餘 則에서 차이가 났다.[20] 이는 이탁오본이 지전계열(복건판본)을 참고하여 만든 것이 아니라 演義系列(강남판본)의 판본을 근거로 재편집되었음을 증명하는 단서이기도 하다. 특히 앞에서 언급하였듯이 가정본 이후로 나온 주왈교본 계열이 이탁오본과 가장 유사한 양상을 보인다.

그 외 특징으로는 姓名이나 字 혹은 號를 바꿔서 쓴 곳으로 第174則, 175則, 176則, 177則,

---

20) 가정본과 이탁오본이 동일하고 교산당본이 다른 것이 일반적인데 간혹 가정본이 다르고 교산당본과 이탁오본이 일치하는 현상도 보인다. 즉 第161則, 189則에서 范强張達刺張飛[가정본] → 范疆張達刺張飛[교산당본 / 이탁오본], 司馬懿智取街亭[가정본] → 司馬懿計取街亭[교산당본 / 이탁오본])

178則, 179則, 180則, 194則, 196則, 198則, 199則 등에서 집중적으로 나타난다. 특히 가정본과 이탁오본의 第174~180則에서는 일률적으로 諸葛亮으로 표기하였고 교산당본에서는 孔明으로 고집스레 쓰고 있다.

오탈자나 문구 수정은 第161則, 163則, 168則, 169則, 182則, 185則, 189則, 194則, 200則 등 여러 곳에서 보이고 또 略字 혹은 簡字로 차별한 곳은 第186則, 187則 등에서 확인된다.

卷	則	嘉靖本(24卷240則)	卷	喬山堂本(20卷240則)	回	李卓吾本(120回)	毛宗崗本(120回)
第21卷	201	**諸葛亮**五出祁山	第17卷	**孔明**五出祁山	101回	**諸葛亮**五出祁山	出隴上諸葛粧神
	202	木門道**弩射**張郃		木門道**萬弩射**張郃		木門道**弩射**張郃	逩劍閣張郃中計
	203	**諸葛亮**六出祁山		**孔明**六出祁山	102回	**諸葛亮**六出祁山	司馬懿戰北原渭橋
	204	孔明**造**木牛流馬		孔明**運**木牛流馬		孔明**造**木牛流馬	諸葛亮造木牛流馬
	205	孔明火燒木柵寨	第18卷	孔明火燒木柵寨	103回	孔明火燒木柵寨	上方穀司馬受困
	206	孔明秋夜祭北斗		孔明秋夜祭北斗		孔明秋夜祭北斗	五丈原諸葛禳星
	207	**孔明**秋風五丈原		秋風五丈原	104回	**孔明**秋風五丈原	殞大星漢丞相歸天
	208	死**諸葛**走生仲達		死**孔明**走生仲達		死**諸葛**走生仲達	見木像魏都督喪膽
第22卷	209	武侯遺計斬魏延		武侯遺計斬魏延	105回	武侯遺計斬魏延	武侯預伏錦囊計
	210	魏折長安承露盤		魏折長安承露盤		魏折長安水露盤	魏主拆取承露盤
	211	司馬懿**破**公孫淵		司馬懿**大破**公孫淵	106回	司馬懿**破**公孫淵	公孫淵兵敗死襄平
	212	司馬懿謀殺曹爽		司馬懿謀殺曹爽		司馬懿謀殺曹爽	司馬懿詐病賺曹爽
	213	司馬懿父子秉政		司馬懿父子秉政	107回	司馬懿父子秉政	魏主政歸司馬氏
	214	姜維大戰牛頭山		姜維大戰牛頭山		姜維大戰牛頭山	姜維兵敗牛頭山
	215	戰徐塘吳魏交兵		戰徐塘吳魏交兵	108回	戰徐塘吳魏交兵	丁奉雪中奮短兵
	216	孫峻謀殺諸葛恪		孫峻謀殺諸葛恪		孫峻謀殺諸葛恪	孫峻席間施密計
	217	姜維計困司馬昭	第19卷	姜維計困司馬昭	109回	姜維計困司馬昭	困司馬漢將奇謀
	218	司馬師廢主**立君**		司馬師廢主**立新君**		司馬師廢主**立君**	廢曹芳魏家果報
	219	文鴦單騎退雄兵		文鴦單騎退雄兵	110回	文鴦單騎退雄兵	文鴦單騎退雄兵
	220	姜維洮西敗魏兵		姜維洮西敗魏兵		姜維洮西敗魏兵	姜維背水破大敵
第23卷	221	鄧艾叚谷破姜維		鄧艾叚谷破姜維	111回	鄧艾叚谷破姜維	鄧士載智敗姜伯約
	222	司馬昭破諸葛誕		司馬昭破諸葛誕		司馬昭破諸葛誕	諸葛誕義討司馬昭
	223	忠義士于詮死節		忠義士于銓死節	112回	忠義士于詮死節	救壽春于詮死節

卷	則	嘉靖本(24卷240則)	卷	喬山堂本 (20卷240則)	回	李卓吾本(120回)	毛宗崗本(120回)
	224	姜維長城戰鄧艾		姜維長城戰鄧艾		姜維長城戰鄧艾	取長城伯約鏖兵
	225	孫琳廢**吳主孫休**		孫琳廢**主立孫休**	113回	孫琳廢**吳主孫亮**	丁奉定計斬孫琳
	226	姜維祁山戰鄧艾		姜維祁山戰鄧艾		姜維祁山戰鄧艾	姜維鬭陣破邓艾
	227	司馬昭**弑殺**曹髦		司馬昭**南闕弑**曹髦	114回	司馬昭**弑殺**曹髦	曹髦驅車死南闕
	228	**姜伯約**棄車大戰		**姜維**棄車大戰		**姜伯約**棄車大戰	姜維棄糧勝魏兵
	229	**姜伯約**洮陽大戰		**姜維**洮陽大戰	115回	**姜伯約**洮陽大戰	詔班師後主信讒
	230	姜維避禍屯田計		姜維避禍屯田計		姜維避禍屯田計	托屯田姜維避禍
第24卷	231	鍾會鄧艾取漢中	第20卷	鍾會鄧艾取漢中	116回	鍾會鄧艾取漢中	鍾會分兵漢中道
	232	姜維大戰劍門關		姜維大戰劍門關		姜維大戰劍門關	武侯顯聖定軍山
	233	鑿山嶺鄧艾襲川		鑿山嶺鄧艾襲川	117回	鑿山嶺鄧艾襲川	鄧士載偷渡陰平
	234	諸葛瞻大戰鄧艾		諸葛瞻大戰鄧艾		諸葛瞻大戰鄧艾	諸葛瞻戰死綿竹
	235	蜀後主輿櫬出降		蜀後主輿襯出降	118回	蜀後主輿襯出降	哭祖廟一王死孝
	236	**鄧艾鍾會**大爭功		**鍾會鄧艾**大爭功		**鄧艾鍾會**大爭功	入西川二士爭功
	237	姜維一計害三賢		姜維一計害三賢	119回	姜維一計害三賢	假投降巧計成虛話
	238	**司馬**復奪受禪臺		**司馬炎**復奪受禪臺		**司馬**復奪受禪臺	再受禪依樣畫葫蘆
	239	**羊祜病中薦杜預**		**羊祜病重荐杜預**	120回	**羊祜病中薦杜預**	薦杜預老將獻新謀
	240	王濬**計取**石頭城		王濬**智取**石頭城		王濬**計取**石頭城	降孫皓三分歸一統

　일반적으로 가정본과 교산당본처럼 240則으로 구성된 목차의 제목은 보통 單句로 되어있고 이탁오본이나 모종강본처럼 120回로 구성된 제목은 雙句로 되어있다. 제목의 글자 수를 살펴보면 單句로 되어있는 嘉靖本은 일목요연하게 7言(祭天地桃園結義[第1則])으로 이루어졌으나 　喬山堂本은 　5言(秋風五丈原[第207則])·6言(雲長千里獨行[第53則])·7言(劉玄德平定益州[第130則])·8言(司馬炎復奪受禪臺[第238則]) 등 다소 불규칙하게 구성하였다. 또 雙句로 되어있는 李卓吾本은 120회 모두가 7언 쌍구로(先主夜走白帝城, 八陣圖石伏陸遜[제84회]) 가지런하게 제목을 구성하였으나 毛宗崗本은 7언 쌍구(漢兵劫寨破曹真 武侯鬭陣辱仲達[제100회])와 8언 쌍구(薦杜預老將獻新謀 降孫皓三分歸一統[제120회])를 혼합하여 구성하였다. 그중에서도 8언 쌍구로 구성된 것은 약 30여 회이고 나머지는 90여 회 대부분은 7언 쌍구로 되어있다.

　또 다른 특징으로는 가정본과 교산당본의 오류를 이탁오본에서 바로 잡는 케이스로 가정본과 교산당본에서 孫琳廢吳主孫休라고 잘못 쓴 것을 이탁오본에서는 孫琳廢吳主孫亮으로 바로잡았고, 또 가정본과 교산당본에서 羊祜病重荐杜預라고 誤記한 것을 이탁오본에서는 羊祜病中薦杜預로 교정하였다. 그 외 姓名·字·號를 다르게 쓴 곳으로 第201則, 203則, 228則, 229則, 238則 등에서 나타나고 또 오탈자나 문구 수정은 第202則, 204則, 218則, 227則, 236則, 240則 등 여러 곳에서 확인된다.

3. 回目의 변화원인과 내용의 변화

1) 回目의 변화원인

小說『三國志』는 70則의 『三國志平話』가 나온 이래 200여 년의 공백을 두고 나관중에 의하여 240則이 출현하였다. 그 후 다시 이탁오의 120回로 변화하였다가 모종강에 의해서는 120회의 回目整理가 대대적으로 이루어졌다. 그러면 回目의 변화원인은 무엇이었을까? 그 변화는 크게 2가지 요인으로 분류할 수 있다. 첫째는 내용의 확대에 따른 변화이고, 둘째는 상업성에 근거한 차별화가 원인이라 할 수 있다.

첫 번째 원인은 내용의 확대에 따른 목차의 확장으로 나관중과 모종강이라는 인물에 주목할 필요가 있다. 元末明初에 살았던 羅貫中은 이민족인 원나라의 통치 때부터 명나라 건국시대에 살았던 인물이고, 반면 毛宗崗은 明末淸初의 문인으로 명나라에서 이민족인 청나라로 넘어가던 시대에 살았던 인물이다. 이 두 사람에게는 투철한 民族觀과 儒敎觀이라는 공통점이 있었다. 그러기에 나관중의 경우 건안 우씨의 『三國志平話』가 荒唐無稽한 非歷史性과 輪回思想에 입각한 불교적 색채의 소설을 그대로 수용하기는 어려웠을 것이다. 그래서 그는 민족의식과 유교사상을 부각시키는 관점에서 내용을 대규모로 확대하면서 목차도 크게 변화시켰던 것이다. 모종강 또한 크게 다르지 않다. 그는 여기에 歷史 正統論에 근거한 擁劉貶曹를 더욱 부각시키며 回目의 내용을 크게 정리하였다.

내용의 확대는 단지 민족의식과 유교사상을 부각시키는 관점에서만 이루어진 것은 아니다. 그 외에도 내용의 부실과 문체의 치졸함에도 기인하였다. 앞서 언급하였듯이 庸愚子는 나관중의 『三國志通俗演義』서문에서 내용이 투박하고 조잡하며 잘못된 어휘구사로 문인들이 혐오하여 그러한 연유에서 나관중이 다시 역사적 사실을 신중히 취사선택하여 만들었다고 밝히고 있고, 모종강 또한 기존의 작품내용에 모순이 되거나 문체상의 오류 및 오탈자 등을 바로잡았으며 총체적 回目整理를 다시 하였던 것이다.

두 번째 원인으로 상업성에 근거한 차별화를 들 수 있다. 원대에는 福建省 建安이 출판업의 중심지로 虞氏가 간행한 5종의 平話本이 출판될 정도로 출판업이 왕성했던 곳이었다. 그러다가 명대로 들어오며 江南地域(南京과 蘇州 및 杭州一帶, 남경은 명대초기의 수도이기도 하였다.)이 문화중심으로 부상하기 시작하였다. 그러다보니 자연적으로 江南系列(演義類系列)과 福建系列(志傳類系列)의 판본으로 치열한 상권경쟁이 이루어지게 되었다. 모두가 상업성에 근거하여 염가의 서적을 대량으로 출간하다보니 통속적이고 다소 조잡한 판본이 출현하기도 하였다. 그중 복건계열의 판본이 더욱더 그러하였다. 이처럼 강남지방과 복건지방의 출판경쟁에서 처음엔 복건의 건양지방을 중심으로 출판문화를 선도하였으나 명대 후기에 이르러서는 복건지역이 우수한 남경문화에 밀리기 시작하였다. 그러다가 청나라 초기에 모종강본이 등장하면서 복건본은 거의 매장되다시피 했다. 때마침 건양에 큰불까지 나서 書坊은 커다란 타격을 입고 기나긴 출판업의 역사에 종지부를 찍게 되었다.21)

또 흥미로운 사실은 240則을 120回로 다시 꾸민『李卓吾先生批評三國志』의 경우 출판된 곳이 建陽 吳觀明 간행본이다. 이처럼 건양의 출판업자이면서 남경계 텍스트로 바꾸는 사례도 나왔다. 이는 건양의 출판업자들이 더욱 남경에 경도되어가는 것을 증명하는 것이다. 그리고 이 책의 전문에는 "또 앞서 刊刻했던『批評三國志傳』과 한 글자도 같지 않다. 보는 사람은 이것을 잘 살펴보시라"라고 차별화를 강조한 광고성 문구가 있는가 하면 건양의 출판업자 余象斗가 출간한 雙峯堂本의 선전문 광고에 "우리는 유명인의 비평은 물론 또 圈點을 붙이고 교정에도 만전을 기하여 인물·글자·그림 그 어느 것도 생략하거나 소홀함 없이 본서를 간행하였다. 독자들은 구매시 반드시 雙峯堂의 상표를 확인하기 바랍니다."22)라는 문구가 있는데 이는 다른 판본과 차별화하여 독자적 판권을 가지려는 출판업자의 상업적 의도가 뚜렷하게 드러난 것이라 할 수 있다.

그 후 청대 초기에 이르러 모종강은 이탁오본을 대대적으로 개편하기 시작하였다. 모종강의 개편작업은 이탁오본에 대한 불만에서 출발하였다. 夾批와 總評을 가하는 데서부터 출발하여 문체를 다듬고, 줄거리마다 적절한 첨삭을 가하며, 각 회목을 정돈하고, 論贊이나 碑文 등을 삭제하며, 저질 시가를 유명시인의 시가로 대체함으로써 문장의 합리성, 인물성격의 통일성, 등장인물의 생동감, 스토리의 흥미를 대폭 증가시켰다.23) 이처럼 모종강은 이탁오본에 대한 차

---

21) 김문경,『삼국지의 영광』, 사계절출판사, 2002년, 202~203쪽 참고.
22) 김문경,『삼국지의 영광』, 사계절출판사, 2002년, 204~209쪽 참고.
23) 정원기,『정역삼국지』1, 현암사, 2008년, 서문 중.

별화를 시작하며 회목의 변화를 주도하였다. 그러나 그는 120回目을 전면 개편하는 것이 아니라 120回의 틀은 그대로 유지한 채 回目內容의 변화를 주도하였던 것이다.

2) 내용의 변화양상

回目의 변화가 이루어지면 내용 또한 변화가 이루어지기 마련이다. 다음은 『三國志平話』와 『三國演義』의 嘉靖本·喬山堂本·李卓吾本·毛宗崗本 등의 도입부분과 마무리 부분 그리고 목차 가운데 두개의 則을 합하여 하나의 回로 만드는 과정 등을 비교분석하고 또 小說 『三國志』의 내용변화에서 가장 문제의 중심인 관색고사의 대하여 집중적으로 분석하였다.[24]

(1) 원문의 비교분석

『三國志平話』

江東吳土蜀地川, 曹操英勇占中原。不是三人分天下, 來報高祖斬首冤。(序詩)

昔日南陽鄧州白水村劉秀字文叔帝號爲漢光武皇帝。光者爲日月之光照天下之明。武者是得天下也。此者號爲光武。于洛陽建都在位五載。… 中略 …

嘉靖本·喬山堂本·李卓吾本

後漢, 桓帝崩, 靈帝卽位, 時, 年十二歲。朝廷有大將軍竇武, 太傅陳蕃, 司徒胡廣, 共相輔佐。… 中略 …

*嘉靖本과 喬山堂本 및 李卓吾本은 모두 일치

毛宗崗本

滾滾長江東逝水, 浪花淘盡英雄。… 中略 …

話說天下大勢, 分久必合, 合久必分 : 周末七國分爭, 幷入於秦; 及秦滅之後, 楚·漢分爭, 又幷入於漢; 漢朝自高祖斬白蛇而起義, 一統天下, 後來光武中興, 傳至獻帝, 遂分爲三國。… 中略 …　　　　　　　　(桃園結義 故事)

---

24) 여기 인용된 자료는 『삼국지평화』(1993년, 대만 문화도서공사), 嘉靖本(北京大本), 교산당본(嶺南大本), 이탁오본(日本 九州大本), 모종강본(1987년, 臺灣 桂冠圖書公司), 주왈교본(朝鮮覆刻出版本)을 활용하였다.

이처럼 도입부분에서 『三國志平話』는 후한의 光武帝부터 시작하고 연이어 황당무계한 司馬仲相의 冥土裁判 이야기로 시작된다. 그리고 黃巾叛 부분은 第5則, 도원결의 부분은 第6則~7則에서야 출현한다. 또 嘉靖本과 喬山堂本 및 李卓吾本은 모두 "後漢, 桓帝崩, 靈帝即位, 時, 年十二歲."로 시작하면서 연이어 도원결의 내용이 나온다. 그러나 毛宗崗本에서는 전혀 다르게 시작한다. 도입부분에 있어서는 詞와 "話說天下大勢, 分久必合, 合久必分"으로 시작하는데, 이는 역시 구성의 완정과 세련미가 돋보이는 모종강의 문장력에 기인한다.

다음은 끝나는 부분을 비교 분석하였다.

三國志平話
漢王遂滅晉國, 即漢皇帝位。遂朝漢高祖廟, 又漢文帝廟、漢光武、廟漢昭烈皇帝廟、漢懷帝劉禪廟而祭之, 大赦天下。
[終結詩] 漢君懦弱曹吳霸, 昭烈英雄蜀帝都。司馬仲達平三國, 劉淵興漢鞏皇圖。

嘉靖本
帝命設筵, 勞賞吳之君臣, 封皓爲歸命侯, 子孫封中郎, 隨降宰輔, 皆封列侯。丞相張悌陣亡, 封其子孫。天下大定。封王濬爲輔國大將軍。其餘各詣封賞。後史官有詩嘆東吳曰 : … 省略 … 後主劉禪亡於晉太康七年, 魏主曹奐亡, 於太康元年, 吳主孫皓, 亡於太康四年。三主皆善終。自此三國歸於晉帝司馬炎, 爲一統之基矣。後人有古風一篇, 嘆曰 : 高祖提劍入咸陽, 炎炎紅日升扶桑。… 省略 …

李卓吾本
帝命設筵, 勞賞吳之君臣, 封皓爲歸命侯, 子孫封中郎, 隨降宰輔, 皆封列侯。丞相張悌陣亡, 封其子孫。天下大定。封王濬爲輔國大將軍。其餘各詣封賞。後史官有詩嘆東吳曰 : … 省略 … 起自蜀後主延熙十九年丙子歲至晉武帝太康元年庚子歲首尾二十五年事實。總評 … 省略 …

毛宗崗本
自此三國歸於晉帝司馬炎, 爲一統之基矣。此所謂"天下大勢, 合久必分, 分久必合"者也。後來後漢皇帝劉禪亡於晉泰始七年, 魏主曹奐亡於太安元年, 吳主孫皓亡於太康四年, 皆善終。後人有古風一篇, 以敘其事曰 : 高祖提劍入咸陽, 炎炎紅日升扶桑 …

『三國志平話』에서는 흉노족인 劉淵을 유비의 일족으로 꾸며서 漢王이 되고 그가 晉을 멸망시키는 것으로 매우 황당하고 부자연스럽게 결론을 맺은 반면, 가정본과 이탁오본에서는 오나라의 멸망부분은 서로 동일하나 뒷부분에는 각자 시나 총평을 넣어 다르게 마무리하였다. 전반적으로 정돈이 덜 되어 어수선한 느낌을 준다. 그러나 모종강본에서는 촉한과 위나라 및 오나라 멸망을 다시한번 환기시키고 사마염의 통일을 언급하며 끝내고 있다. 특히 권말 부분에 "天下大勢, 合久必分, 分久必合"으로 마무리하고 있어 서두의 "話說天下大勢, 分久必合, 合久必分"과 대응하는 首尾相關法의 구성으로 문학적 품격을 높였다고 평가된다.

다음은 周日校本 第1則과 第2則 부분과 毛宗崗本 第1回 부분이다.

　　一齊完備, 共聚五百餘人, 來見鄒靖。鄒靖引見太守劉焉。三人恭拜已畢, 問其姓名, 說起宗派, 劉焉大喜云 : "旣是漢室宗親, 但有功勳, 必當重用。" 因此認玄德爲姓[姪], 整點軍馬。人報黃巾賊大方程遠志人馬五萬, 哨近涿郡。劉焉差馬步校尉鄒靖着引劉玄德爲先鋒, 前去破敵。玄德大喜, 與關某, 張飛飛身上馬, 來幹大功。怎生取勝?
　　(第2則) [劉玄德斬寇立功]
　　玄德部領五百餘衆, 飛奔前來, 直至大興山下, 與賊相見, 各將陣勢擺開。玄德出馬, 左有關某, 右有張飛, 揚鞭大罵 : "反國逆賊! 何不早降?" 程遠志大怒, 遣副將鄧茂挺鎗直出。張飛睜環眼, 挺丈八矛, 手起處, 刺中心窩, 鄧茂翻身落馬。

이처럼 각기 다른 목차로 독립된 것을 毛宗崗本 第1回에서는 다음과 같이 합쳐진다.

　　共聚鄕勇五百餘人, 來見鄒靖。鄒靖引見太守劉焉。三人參見畢, 各通姓名。玄德說起宗派, 劉焉大喜, 遂認玄德爲姪。不數日, 人報黃巾賊將程遠志統兵五萬來犯涿郡。劉焉令鄒靖引玄德等三人, 統兵五百, 前去破敵。
　　玄德等欣然領軍前進, 直至大興山下, 與賊相見, 賊衆皆披髮, 以黃巾抹額, 當下兩軍相對。玄德出馬, 左有雲長, 右有翼德, 揚鞭大罵 : "反國逆賊, 何不早降!" 程遠志大怒, 遣副將鄧茂出戰。張飛挺丈八蛇矛直出, 手起處, 刺中鄧茂心窩, 翻身落馬。

이상의 인용문은 도원결의 후에 황건적의 난이 일어나자 유비가 병사를 모아 태수 劉焉에게 찾아가고, 유언의 명을 받은 유비 3형제는 대흥산에서 황건적을 무찌르는 장면이다. 이처럼 모종강은 두 부분을 어색하지 않고 매우 자연스럽게 연결시켜 놓았다.

결론적으로 나관중에 의해 240則으로 재구성된 『三國演義』는 내용의 添削과 함께 回目의 변화를 만들었고, 또 240則에서 다시 120回로의 결합과 함께 내용에서도 적절한 첨삭이 이루어졌다. 여기에 모종강은 120回의 回目은 그대로 유지한 채 제목과 내용을 대폭 개편하여 『三國演義』의 품격을 크게 높였다.

(2) 관색고사의 첨삭

내용의 변화에서 가장 큰 이슈가 된 부분이 바로 관색고사의 첨삭 문제일 것이다. 이 문제는 지금도 삼국지 국제회의에서 뜨거운 話頭가 되고 있다. 본래 小說 『三國志』에서 관우의 아들은 관평과 관흥 2명으로 알려져 있으며, 그중 관평은 수양아들로 기록되어있다. 그런데 모종강본 87회(征南寇丞相大興師 抗天兵蠻王初受執)에서 "제갈량이 남만의 맹획을 정벌하러 가는 장면에서 갑자기 관우의 셋째아들이 출현한다. 그 후 관색은 몇 번 등장하기는 하나 큰 전공도 없이 사라지는 것"이 관색고사의 전부이다. 그러나 이 고사는 『三國志平話』부터 시작하여 후대에 나온 연의계열과 지전계열 등 대부분 판본에서 각기 다른 모습으로 등장한다. 흥미로운 점은 수많은 판본 가운데 연의계열의 가장 이른 판본인 嘉靖本(1522)과 지전계열의 가장 이른 판본인 葉逢春本(1548)만 관색고사가 없다는 점이다.[25] 그런데 1967년 상해인근 가정현에서 무덤 하나가 발굴되었는데 여기에서 『花關索傳』[26]이라는 소설이 출토되었다. 먼저 이 책의 내용을 살펴보면 다음과 같다.

> 도원결의를 맺은 후에 관우와 장비는 大事를 圖謀하는데 妻子가 장애가 된다고 하여 서로가 상대방 가족을 죽이기로 한다. 그러나 장비는 차마 임신 중인 관우 부인 호금정과 아들 관평을 죽이지 못하고 살려준다. 친정으로 돌아온 호금정은 사내아이를 낳는데 그가 바로 관색이다. 그 후 7살이 되던 해에 관색은 길을 잃고 색원외라는 부호에게 길러진다. 얼마 후 관색은 다시 도사 화악선생에게 출가되어 무술을 전수받는다. 다시 9년 후 관색은 괴력의 사내가 되어 가족과 상봉하고 이름을 花關索이라 하였다.(花岳先生·關羽·索員外의 성씨를 따서 지었다.)
>
> 그 후 관색은 괴력을 발휘하여 포삼랑을 아내로 삼고 관우에게 찾아와 부자상봉을 하게 된다. 관색은 유비의 서천정벌에 지대한 공을 세우나 죄를 짓고 유배된다. 얼마

---

25) 이은봉의 조사에 의하면 주왈교본·이탁오본·모종강본에서 관색이라는 이름이 총 9번 나온다고 한다. 이은봉, 『삼국지연의의 수용 양상 연구』, 인천대학교 국어국문학과 박사학위논문, 2006년, 15~19쪽 참고.
26) 明代 成化年間(1465~1487)에 北京 永順書堂에서 출간한 說唱詞話(1478년 출간으로 추정).

후 형주에서 관우가 죽자 다시 소환되었으나 중병에 걸려 참전하지 못하였다. 다행히 화악선생의 치료를 받고 회복하여 아버지를 죽인 여몽과 육손을 잡아 원수를 갚게 된다. 유비가 죽자 공명은 와룡산으로 수도하러 들어가 버리고 이에 낙담한 화관색도 병에 걸려 죽게 된다.

이처럼 화관색의 이야기는 매우 복잡하여 이치에 맞지 않는 부분도 여러 군데 있다. 이 고사와 연관되어있는 판본이 바로 복건본 화관색 계통(20권본) 판본들이다. 이 판본에서는 "형주를 지키고 있는 관우 앞에 갑자기 화관색이 어머니 호씨와 3명의 처를 데리고 나타난다. 그 후 관색은 서천 각지를 돌아다니며 전공을 세우다가 운남에서 병사한다는 내용"으로 꾸며졌다. 이처럼 『화관색전』의 내용을 『三國演義』에 억지로 접목시키려 보니 불일치되는 부분도 생기게 되었다. 이러한 상황아래 상호 모순되는 내용을 교묘하게 피해 나간 부분과 또 어색한 부분이 그대로 노출되는 상황이 벌어지게 되었다.

관색고사는 최초 『三國志平話』 第63則(「劉禪即位」, 關索詐敗)에 제갈량의 남정부분에 언급되기 시작한 이래 후대에는 매우 다양하게 파생되었다. 단순히 관색고사만 인용된 것이 있는가 하면, 화관색고사까지 인용된 것도 있고, 심지어 관색고사와 화관색고사를 합하여 인용한 판본도 존재한다. 이 문제에 대하여 김문경은 비관색·화관색계 / 복건본 화관색 계통(20권본) / 복건본 관색 계통(20권본) / 강남본 관색계(12권본) / 관색·화관색계 등 5가지 유형으로 분류하였다.27) 특히 주목할 판본이 福建本 花關索系列(20권본, 총 7종) 판본이다. 오직 이 판본에

---

27) 김문경, 『삼국지의 영광』, 사계절출판사, 2002년, 273~275쪽 참고.
  1. 非關索, 花關索系(2종)
    (1)『三國志通俗演義』(24권, 1522, 嘉靖本) (2)『新刊通俗演義三國志史傳』(10권, 1548, 葉逢春本)
  2. 福建本 花關索系(20권본, 총 7종)
    (1)『音釋補遺按鑑演義全像批評三國志傳』(雙峯堂本) (2)『新刊京本校正演義全像三國志傳評林』(評林本) (3)『新鋟京本校正通俗演義接鑑三國志傳』(聯輝堂本) (4)『重刊京本通俗演義接鑑三國志傳』(楊閩齋本) (5)『新鋟京本校正通俗演義接鑑三國志傳』(鄭世容本) (6)『新鋟京本校正按鑑演義全像三國志傳』(種德堂本) (7)『新刻湯學士校正古本按鑑演義全像通俗三國志傳』(湯賓尹本)
  3. 福建本 關索系(20권본, 총 12종)
    (1)『新刻京本補遺通俗演義三國志傳』(誠德堂本) (2)『新鋟音釋評林演義合相三國史志傳』(忠正堂本) (3)『新鋟全像大字通俗演義三國志傳』(喬山堂本) (4)『新鋟全像大字通俗演義三國志傳』(笈郵劑本) / 喬山堂本과 동일 판. (5)『新刻音釋旁訓評林演義三國志史傳』(朱鼎臣本) (6)『新刻京本按鑑演義合像三國志傳』(天理本) (7)『新刻攷訂按鑑通俗演義全像三國志傳』(黃正甫本) (8)『新刻按鑑演義全像三國英雄志傳』(楊美生本) (9)『二刻按鑑演義全像三國英雄志傳』(魏某本) (10)『新刻全像演義三國志傳』(北圖本) (11)『精鐫按鑑全像鼎峙三國志傳』(藜光閣本) (12)『新刻按鑑演義京本三國

서만 回目에도 關索의 서명이 나오기 때문이다. 즉 第105則에 關索荊州認父와 第139則에 張飛關索取閬中이라 되어 있다. 이처럼 福建本 花關索系에서는 내용은 물론 목차에까지 언급되며 回目의 변화에도 적지 않은 영향을 끼쳤던 것이 확인된다.

　이상의 논점을 총괄하면 다음과 같다.

　1) 소설『삼국지』는 최초 70則의 平話本 시대에서 나관중의 240則 演義系列과 志傳系列의 시대로 발전하였고, 다시 120回의 李卓吾批評本 시대를 거쳐 毛宗崗의『三國演義』시대로 통합되었다. 이렇게 수백 년에 걸친 成書過程에서 回目 또한 다양한 변화양상을 보인다.

　2) 나관중의 240則이 판본이 출간된 이래 특히 명대에는 江南의 演義系列과 福建의 志傳系列은 치열한 판권경쟁을 통하여『三國演義』의 回目과 내용 등이 크게 一新되었고, 또 명말 吳觀明 간행 120회본『李卓吾先生批評三國志』의 출현은 回目의 발전에 또다른 이정표를 세우게 되었다. 여기에다 모종강은 120回의 스토리는 그대로 유지한 채 回目과 문체 및 삽입시 등 구성을 대폭 세련되게 수정하여『三國演義』의 품격을 크게 높여 놓았다. 결국에는『三國演義』의 권말 부분에 나오는 "合久必分, 分久必合"처럼 毛宗崗의『三國演義』가 나오면서 길고 긴 回目의 변화는 이렇게 종지부를 찍게 되었다.

　3) 필자는 回目研究의 핵심 판본인 嘉靖本·喬山堂本·李卓吾本·毛宗崗本의 回目을 중심으로 분석한 결과 다양한 변화양상을 확인할 수 있었다. 또 回目의 변화요인으로 크게 2가지를 들 수 있는데 첫째는 내용의 확대에 따른 변화이고, 둘째는 상업성에 근거한 차별화가 원인이라 할 수 있다. 특히 내용의 확대에는 민족의식과 유교사상을 부각시키려는 의도도 있었지만, 내용의 부실과 문체의 오류에 대한 보충 그리고 관색고사와 같은 새로운 고사의 출현 등으로 인한 내용과 回目의 변화도 적지 않았다. 그렇지만 가장 큰 원인은 역시 상업성에 근거한 차별화로 사료된다.

　　英雄志傳』(聚賢山房本)
　4. 江南本 關索系(총 9종)
　　　(1)『新刻校正古本大字音釋三國志傳通俗演義』(萬卷樓本) (2)『新刊校正古本大字音釋三國志傳通俗演義』(萬曆間, 夏振宇本) (3)『新鎸通俗演義三國志傳』(夷白堂本) (4)『李卓吾先生批評三國志』(吳觀明本) (5)『李卓吾先生批評三國志』(綠蔭堂本) (6)『李卓吾先生批評三國志』(藜光樓本) (7)『鍾伯敬先生批評三國志』(鍾伯敬本) (8)『李笠翁批閱三國志』(芥子園本) (9)『三國志』(遺香堂本)
　5. 關索·花關索系(1종) : (1)『精鎸合刻三國水滸全傳』(雄飛館本)

#

三國演義 揷入句의 변화양상*

　　『三國演義』를 읽다보면 처음 시작되는 開場詞 <臨江仙>부터 도원결의의 宣言文 그리고 조식의 七步詩나 제갈량의 出師表 같은 수많은 名文들을 접하게 된다. 일명 揷入句文들이다. 揷入句란 사전적 의미로 "한 문장을 보충하거나 설명하기 위하여 문장의 다른 성분과 직접 관계없이 삽입된 문구"를 의미한다. 즉 문맥의 흐름에 미흡한 부분을 보완하거나 설명하기 위해 揷入하는 문구를 통칭한다. 일반적으로 삽입구는 韻文類型과 散文類型으로 분류할 수 있다.

　　韻文類型에는 일반적으로 詩나 詞·曲·賦·謠(民謠 및 童謠等) 등을 포괄하기에 보통 "揷入詩歌"(揷入韻文)라고 통칭된다. 그리고 散文類型에는 詔書·書簡文(密書)·榜文·上疏文·祭文·檄文·表文 등을 의미하기에 보통 "揷入散文"으로 정의한다.[1] 그러면 『三國演義』에는 얼마나 많은 삽입구가 있으며, 왜 삽입구가 필요하였을까? 또 삽입구는 어떤 변화양상을 보이며 발전하였을까? 하는 궁금증이 본 논문의 출발점이다.

　　사실 揷入句 가운데 揷入詩(揷入詩歌)라는 어휘는 종종 들어보았지만 揷入散文이라는 어휘는 다소 생경하다. 또 아직 이에 대한 연구논문도 보이지 않는다. 다만 揷入韻文 가운데 揷入詩에 대한 연구는 몇 편이 존재하고 있음이 확인된다. 먼저 揷入詩에 대한 국내 연구로는 李鎭國의 「三國演義 毛批本의 詩詞 改訂考」와 「三國演義의 詩歌 運用에 관하여」, 그리고 姜在仁·權鎬鐘의 「三國演義 詩詞 編入過程 硏究」 등의 선행연구가[2] 있는데, 이진국은 주

---

* 본 장은 玉珠·閔寬東, 「三國演義의 揷入句 연구」, (『규장각』 제62집, 2023년)를 수정 보완한 것이다.

1) 일반적으로 揷入詩라는 용어 역시 기존의 연구논문에서 많이 사용되어 의미전달에 별 무리는 없으나 하나의 개념으로 명칭화한 공식적인 용어는 아니다. 중국어나 일본어에서 유래된 것이 아니라 고전 전기소설 연구과정에서 파생된 합성어로 추정된다. 또 揷入散文이라는 용어 역시 따로 정의된 것이 없다. 韻文이 아닌 散文類型의 삽입문장은 따로 정리하기 위해 만들어진 합성어이다. 연구의 편리를 위하여 필자는 삽입된 문장을 모두를 삽입구라 정의하고 운문유형은 揷入詩歌(揷入韻文)라고 하였으며 산문유형은 揷入散文이라 개념정리를 하기로 한다.

2) 李鎭國, 「三國演義 毛批本의 詩詞 改訂考」, 『曉大論文集』 제48집, 1994년.
　　李鎭國, 「三國演義의 詩歌 運用에 관하여」, 『중국문학』 제32집, 1999년.

로 모종강본에서 삽입시의 改訂과 변화양상 그리고 시가의 운용에 대하여 집중적으로 검토하였고, 강재인과 권호종은 삼국지평화본·가정본·모종강본으로 이어지는 시가의 편입양상을 위주로 분석하였다.

그 외 중국에서는 鄭鐵生과 胡燕·楊小平·裴雲龍 등의 연구가 주목된다.[3] 鄭鐵生은 그의 저서『三國演義敍事藝術』에서 삼국연의의 詩詞的 변화와 형태에 대하여 체계적으로 고찰하였고, 또 胡燕은「三國演義論讚詩新論」, 楊小平은「淺論三國演義中的詩歌」, 裴雲龍은「新論三國志演義中論贊詩文的變化」 등의 논문이 있다. 이처럼 揷入詩에 대한 연구상황은 어느 정도 되어있으나 揷入散文에 대한 연구는 아직도 全無한 상태이다.

이러한 관점에서 필자는 기존의 揷入詩에 대한 연구를 揷入韻文으로 확대하고, 더 나아가 揷入散文까지 연구범위를 확장하여 揷入句[4]에 대한 총괄적 고찰을 시도하고자 한다. 연구방법으로 먼저 삽입구의 유래와 중국 고전소설에 나타난 삽입구의 출현양상 및 미학적 효과에 대하여 검토하고, 판본마다 각기 다른 양상을 보이는 삽입구 변화양상에 주목하여 가장 대표성이 강한 삼국지평화본과 가정본 그리고 이탁오본 및 모종강 통행본『三國演義』를 표본으로 삼아 집중적으로 분석하였다. 마지막에는 통행본『三國演義』에 나타난 삽입구의 다양한 유형 등을 분류하여 소개하고 또 그 유형의 변화양상을 집중적으로 검토해 보고자 한다.

1. 揷入句의 由來와 중국 고전소설

1) 삽입구의 유래

中國文獻에서 삽입구의 유래는 紀元前으로 소급된다. 사실 삽입구는 어떤 문장을 보충하거나 혹은 설명이 필요할 때 끼워 넣는 문구로 기존의 문장 유형과는 다소 다른 스타일이 삽입된 문구를 의미한다. 그러기에 이러한 관점에서 삽입구의 효시는 유가 경전에 나타나는 注釋에서 그 뿌리를 찾아볼 수 있고, 또 歷史 文獻에서는 論贊 등의 형식으로 평가적 의미를 담는 문장

姜在仁·權鎬鐘,「三國演義 詩詞 編入過程 硏究」,『中國語文學誌』 제58집, 2017년.

3) 鄭鐵生,『三國演義敍事藝術』,『新華出版社』, 2000년.
　胡燕,「三國演義論讚詩新論」,『西華師範大學學報』, 2009年 第1期.
　楊小平,「淺論三國演義中的詩歌」,『明淸小說硏究』, 2009年 第4期.
　裴雲龍,「新論三國志演義中論贊詩文的變化」,『明淸小說硏究』, 2011年 第1期.

4) 필자는 삽입시(삽입운문)와 삽입산문을 통합하여 삽입구라 총칭하였다.

에서 유래를 찾을 수 있다. 그 외에도 삽입구는 文學典籍 가운데 評點5)의 기원과도 그 뿌리를 함께하고 있다고 할 수 있다. 사실 明末淸初에 크게 흥성한 중국 통속소설의 평점 역시 그 기원은 삽입구에서 출발하였기 때문이다. 이러한 근거로 經書의 註釋과 歷史書의 體例 그리 고 文學의 選評 등이 삽입구의 유래와 기원이 된다고 할 수 있다.

그러한 실례로 『左傳』에서 초기의 기록을 찾을 수 있다.

書曰 : "鄭伯克段於鄢." 段不弟, 故不言弟 ; 如二君, 故曰克 ; 稱鄭伯, 譏失教
也 : 謂之鄭志. 不言出奔, 難之也. … [中略] … 君子曰 : "穎考叔, 純孝也, 愛其母,
施及莊公. 『詩』曰 '孝子不匱, 永錫爾類.' 其是之謂乎 ! "6)

이처럼 '君子曰'이라는 문구와 함께 자신의 평이나 세평을 삽입하였고 필요에 따라서는 『詩 經』의 싯구를 인용하여 삽입시킨 경우도 보인다.

그 후 사마천의 『史記』에서는 '太史公曰' 이라는 評語가 다양하게 존재하는데 보통 인물 혹은 사건에 대한 작자의 평을 곁들이는 방식이 출현하였다.

秦始皇本紀
太史公曰 : 夏之政忠. 忠之敝, 小人以野, 故殷人承之以敬. 敬之敝, 小人以鬼, 故
周人承之以文. 文之敝, 小人以僿, 故救僿莫若以忠. … [中略] … 故漢興, 承敝易變,
使人不倦, 得天統矣. 朝以十月. 車服, 黃屋左纛. 葬長陵.

項羽本紀(마지막 부분)
太史公曰 : 吾聞之周生曰 "舜目蓋重瞳子", 又聞項羽亦重瞳子. 羽豈其苗裔邪?
何興之暴也? … [中略] … 乃引"天亡我, 非用兵之罪也", 豈不謬哉!

이어서 『漢書』에서는 讚曰, 『後漢書』에서는 讚曰 혹은 論曰, 『三國志』에서는 評曰 등 대 부분의 역사서에서는 이러한 體例를 답습한 다양한 논평의 삽입구가 등장하였다.

이러한 현상은 문학에서도 빈번히 출현하는데 특히 산문일 경우에는 脚註나 評 혹은 句解의

---

5) 명말청초에 크게 흥성했던 평점의 기원은 經書의 註釋(傳/箋/解/學/疏)과 歷史書의 體例(論讚) 그리고 文學의 選評(評點/回末總評)에서 뿌리를 내렸다고 할 수 있다. 그 후 주석에서 평론으로 넘어가는 경향 을 보였다.
譚帆 『中國小說評點硏究』, 華東師範大學出版社, 2011년. 1~14쪽 참고.
6) 삽입구 출현의 예를 고증하는 것이기에 번역은 생략한다.

형태로 나타나고 운문에서는 揷入詩歌 형태로 등장하였다. 이러한 양상은 특히 소설에서 많이 출현하는데 작자 미상의 『燕丹子』[7])나 지괴소설 가운데 王嘉의 『拾遺記』 등에서 확인된다.

2) 중국 고전소설에서 삽입구의 출현 양상

중국 고전소설 중 삽입구의 출현은 문언소설과 백화 화본소설에서 각기 다른 양상을 보인다. 또 문언소설의 경우 본격적인 의식적 창작이 시작된 당대 전기소설과 그 이전 魏晉六朝의 지괴소설에서도 각기 다른 출생의 차이를 보여준다. 먼저 문언소설의 출현양상을 살펴보고 송대 백화 화본소설의 출현양상을 검토해 보면 다음과 같다.

(1) 문언소설에서의 삽입구 양상

문언지괴소설에서 가장 초기에 보이는 삽입구는 위진육조 지괴소설인 王嘉의 『拾遺記』로 추정된다. 王嘉의 『拾遺記』에는 중간중간에 揷入詩가 보이는데 예를 들어 제1권의 「少昊」에는 다음의 내용이 확인된다.

> 少昊以金德王. … [中略] … 俗謂遊樂之處爲桑中也. 『詩』中「衛風」云, "期我乎桑中." 蓋類此也. 白帝子答歌, "四維八埏眇難極, 驅光逐影窮水域. 璇宮夜靜當軒織. 桐峯文梓千尋直, 伐梓作器成琴瑟. 清歌流暢樂難極, 滄湄海浦來棲息." 及皇娥生少昊, 號曰窮桑氏, 亦曰桑丘氏.[8])

「少昊」편에는 皇娥가 白帝의 아들과 和答詩를 주고받으며 사랑을 나무다가 少昊를 낳았다는 탄생신화가 나온다. 여기에는 『詩經』의 「衛風」을 인용하였거나, 또는 民間歌謠 혹은 詩歌 등을 인용하여 삽입하였다.

또 당대 전기소설에 이르러서는 본격적 창작이 이루어지면서 저자의 의도가 삽입구에도 반영되기 시작하였다. 특히 唐代傳奇에서는 삽입시와 삽입문 모두에서 다양한 특징을 보여준다. 먼저 『鶯鶯傳』을 살펴보면 다음과 같다.

---

7) 『연단자』에도 荊軻가 비장하게 부르는 노래가 삽입되어 나온다. "風蕭蕭兮 易水寒, 壯士一去兮不復還"
8) 王嘉著, 김영지역, 『拾遺記』, 지만지, 2008년. 24~27쪽 참고.

後數日, 張生將行, 又賦一章以謝絶雲 : 棄置今何道, 當時且自親. 還將舊來意, 憐取眼前人. 自是, 絶不復知矣. 時人多許張爲善補過者. 予常於朋會之中, 往往及此意者, 使夫知者不爲, 爲之者不惑.

貞元歲九月, 執事李公垂宿於予靖安裏第, 語及於是, 公垂卓然稱異, 遂爲鶯鶯歌以傳之. 崔氏小名鶯鶯, 公垂以名篇.9)

이처럼 삽입시는 물론 작가의 저작후기 및 강평까지 담은 삽입문도 함께 등장하였다. 특히 話唱詩로 유명한 會眞詩 등 다양한 詩歌가 삽입되어 문학적 가치와 흥미를 부가하였고 또 상당수 작품의 篇首나 篇尾에 저작의도나 저작배경 심지어는 작품 내용에 대한 강평까지 삽입하였다.10)

이러한 전통은 송대는 물론 명청대에 이르기까지 지속적으로 발전하였다. 명대의 대표적 문언소설인 『剪燈新話』의 경우는 매우 독특한 현상이 출현하기도 하였다.

至正(元順帝年號)甲申歲, 潮州(古閩越之地令隷廣東布政司)士人余(余氏秦由余之後也)善文於所居白晝閑坐, 忽有力士二人, 黃巾綉襖(音奧以綉爲袍也)
『剪燈新話句解』11)   *괄호는 삽입구

瞿佑의 『剪燈新話』는 조선 초기에 유입되어 대략 16세기 중반에 『剪燈新話句解』라는 이름으로 출간되었다. 조선간행본 『剪燈新話句解』는 '句解'라는 단어에서 짐작되듯 의미전달에 문제가 있는 難解한 어휘들을 註釋으로 처리하여 삽입시켰다. 그 외 이 책에는 주석뿐만 아니라 중간중간에 삽입된 삽입시가도 즐비하다. 또 청대의 『聊齋志異』에서도 다양한 특징이 보인다.

大商婦病死, 二商亦老, 乃析姪, 家貲割半與之. 異史氏曰 : 「聞大商一介不輕取與, 亦狷潔自好者也. 然婦言是聽, 憒憒不置一辭, 忍情骨肉, 卒以吝死. 嗚呼! 亦何怪哉! 二商以貧始, 以素封終. 爲人何所長? 但不甚遵閨敎耳. 嗚呼! 一行不同, 而人品遂異.12)
『聊齋志異』〈二商〉

9) 정범진, 『唐代傳奇小說選』, 범학도서, 1981년. 155~172쪽 참고.
10) 저자의 저작의도나 배경에 대한 평론은 오히려 문학성을 폄하시키는 문제점도 드러났다.
11) 瞿佑原著, 윤춘년訂正, 임기句解, 정용수譯註, 『剪燈新話句解譯註』, 푸른사상, 2003년. 719~720쪽 참고.
12) 蒲松齡撰, 『聊齋志異』, 臺灣 漢京文化事業有限公司, 1984년. 905쪽.

傳奇體 小說에서 일반적으로 나타나는 현상이 바로 작품 끝부분에 나타나는 '異史氏曰' 형태의 문구이다. 이러한 전통은 역사서의 기술방식을 모방한 列傳式 문체로 史傳體 모양을 재현하고자 하는 의도에서 답습된 것으로 추정된다. 이처럼 명청대의 대부분 문언소설에서도 삽입시와 삽입문은 다양하게 활용되었음이 확인된다.

(2) 白話話本小說에서의 삽입구 양상

白話話本小說에서 삽입구의 활용은 문언소설보다도 더 적극적이고 체계적이었다. 특히 송대에 크게 번창한 화본소설은 삽입시와 삽입문의 수용에 더 적극적이었다. 화본에는 편폭에 따라 講史(長篇)와 小說(短篇)로 체제가 다소 구별되지만 일반적으로 화본소설은 크게 題目 ─ 入話 ─ 正話 ─ 篇尾로 구성된다.[13]

입화는 대개 詩나 詞 혹은 간단한 내용의 이야기로 본문과 유사하거나 대비되는 내용으로 손님의 이목을 끌거나 공연장의 場內를 정리하는 차원에서 주로 활용되었다. 그리고 正話는 본 작품의 핵심내용으로 주로 운문과 산문을 섞어 썼다. 또 편미는 줄거리를 마감하는 부분으로 교훈이 될만한 내용을 총괄하여 강평하거나 또는 詩나 詞를 압축하여 마무리하였다. 이것을 收場詩 혹은 散場詩라고 하였다. 이러한 화본소설의 체제는 후대의 백화소설에 그대로 계승되었다.

삽입시의 경우 開場詩와 散場詩 등의 출현으로 기존의 방식과는 다른 양상을 보이며 발전하였다. 즉 開場詩는 화본의 시작 부분에 詩歌나 詞曲을 등장시켜 분위기를 고조시키는 역할을 하는데 이러한 삽입시는 이야기꾼 스스로 지은 것도 있고 또는 옛 문인들의 작품을 재인용하기도 하였다. 개장시의 역할은 화본소설의 주제를 밝히거나 전체대의에 대한 개괄적인 예시나 암시가 많다. 그리고 散場詩는 화본소설의 끝맺음에 사용된 것으로 일반적으로 전체 내용을 총괄하여 마무리하는 역할을 하였다.

삽입문의 경우는 단순한 '異史氏曰' 같은 강평이나 주석 및 해설이 아니라 작품의 중간중간에 스토리의 흐름에 접목되고 또 내용에 현장감을 주는 산문형 문장이 삽입되며 작품의 흥미를

---

13) 화본소설의 체제에 대한 견해는 학자마다 다소의 다른 관점을 보이고 있다.
예를들어 胡士瑩의 『話本小說槪論』에서 제시한 화본소설의 體制는 1. 題目, 2. 篇首, 3. 入話, 4, 回頭, 5. 正話, 6. 篇尾로 분류하였고(胡士瑩, 『話本小說槪論』, 臺灣 丹靑圖書公司, 1983년. 131~141쪽 참고) 또 蕭相愷의 『송원소설사』에서는 入話 ─ 正話 ─ 結尾로 구분하였다.(蕭相愷, 『宋元小說史』, 浙江古籍出版社, 1997년. 38~40쪽 참고) 이처럼 분류상에는 큰 차이가 있는 듯 보이나 사실 入話안에 篇首와 回頭를 모두 포함시킨 결과이기에 의미상으로는 大同小異하다.

고취시키는 역할이 강조되었다.

이처럼 화본소설에서는 다양한 형태의 삽입구가 소설의 구성체계를 이루며 자리를 잡아갔다. 특히 『삼국연의』나 『수호전』같은 장편의 장회소설이 출현하면서 삽입구의 사용은 단순히 문장을 보충 혹은 해설의 용도로 끼워 넣는 삽입구가 아니라 문학성을 고려하는 단계로 진일보하였다. 즉 단순한 삽입구의 개념을 뛰어넘어 문학의 구성체계와 작품의 예술성을 가미한 미학적 개념까지 수용하기 시작하였다는 점이다.

3) 삽입구의 기능과 미학적 효과

최초 삽입구의 출현은 보충과 설명 및 강평 등으로 출현하였으나 소설에 융합되어 발전하면서 다양한 기능과 효과가 나타나기 시작하였다. 즉 문학성과 예술적 미학 효과 그리고 상업성이라고 할 수 있다.

楊義는 그의 저서 『中國古典小說史論』에서 삽입구(산문과 운문포함)의 효과에 4가지를 제시하는데, 대략 청중의 호응 효과, 내용의 강조 효과, 思考와 聯想 효과, 哲理를 통한 교훈적 효과를 들었다. 즉 삽입구 기능은 첫째, 敍事의 리듬과 감정을 조절하여, 청중을 매료시키고 불러 모으는 효과로 구성의 미학과 흥미유발을 통하여 독자층을 확보하였고, 둘째, 보기 좋고 듣기 좋게 꾸미어 관련된 이야기 내용을 강조해 주는 효과, 셋째, 敍事의 시간 순서를 잠시 멈추게 하고 聽者(讀者)로 하여금 思考와 聯想을 할 수 있도록 해주는 효과, 넷째, 格言과 箴言을 사용하여, 세상의 진리를 널리 가르치는 교훈적 효과[14] 등이 있다고 주장하였다. 결론적으로 중국소설에서의 삽입구는 문학성과 예술성이 가미된 형태로 거듭 진화를 하며 발전을 하였다. 그러나 이러한 발전의 또다른 원인으로 독자층을 확보하기 위한 상업적 의도 역시 저변에 깔려 있었음은 무시할 수 없다.

삽입구 가운데 삽입시가(삽입운문)와 삽입문(삽입산문)의 기능은 약간 다른 양상을 보인다. 먼저 삽입시가의 경우에는 의미의 함축성으로 오랫동안 이미지의 여운을 남기기도 하고, 인물의 내면 심리와 개성 표현 및 상황에 대한 함축적인 표현 효과가 강조되어 있으며, 작품상의 서정적 감흥 혹은 낭만적 분위기 조성 등의 기능이 있다. 또 작품 내용의 간결한 표현 효과와

---

14) 楊義, 『中國古典小說史論』, 中國社會科學出版社, 1995年. 235~236쪽 참고.
   調節敍事節奏和聲情, 以招徠和吸引聽衆. 醒目悅耳, 對相關的情節加以強調. 中斷敍事時間順序, 引發聽者的思考和聯想. 使用格言箴言, 宣講世俗哲理.

주제의식을 집약적으로 전달하는 등 다양한 효과를 발휘한다. 그 외에도 개장시와 산장시의 경우에는 스토리 전개를 豫示하는 伏線의 기능과 작품 전체를 개괄하거나 총괄하는 기능도 가지고 있다.15)

그리고 삽입문의 기능은 表나 密書 혹은 檄文을 통하여 사건의 긴장감과 현장감을 배가해 주는 효과는 물론 내용의 사실성을 증명하거나 강조하는 효과 또는 의미상의 보충해설 기능을 담당하였다. 또 작품의 분위기나 사건 전개의 방향성을 암시하기도 하였다. 그 외에도 작품 내용과 구성 및 문체에 있어서 중후함과 원숙미를 더하여 문학성은 물론 예술성까지 고취시키는 효과를 발휘하게 되었다.

2. 小說『三國志』삽입구의 변화양상

소설『삼국지』의 삽입구에 대한 연구를 진행하면서 각 판본마다 삽입구의 출현이 각기 다르다는 사실을 발견하였다. 가장 큰 변화를 보인 판본을 살펴보니 역시 현존 최초의 출판본인 건안 우씨 삼국지평화본과 나관중의 嘉靖本에서 가장 큰 변화가 보인다. 이는 각기 다른 편찬자가 전면적인 개편을 하다 보니 나타나는 당연한 결과이다. 그리고 또다른 대폭적 변화는 240측 가정본에서 120회 李卓吾 批評本으로 변환되는 과정에서 나온 변화이다. 그 외 이탁오 비평본에서 모종강 통행본으로 정착하는 과정에서도 다양한 변화양상을 보인다. 본장에서는 가장 큰 변화를 보인 삼국지평화본·가정본·이탁오 비평본·모종강 통행본 등 4종의 판본을 위주로 삽입구의 출현과 변화양상을 집중적으로 분석하고자 한다.16)

삽입구는 크게 운문류와 산문류로 분류하는데 운문류는 詩(讚詩·歎詩·古風 등)·詞·謠言,

---

15) 그 외 박종우는 삽입시의 기능을 의사소통의 기능, 묘사의 기능, 복선의 기능, 총론의 기능으로 분류하는 등 학자마다 다양한 분류기준을 제시하고 있다.(박종우,「傳奇小說 揷入詩의 기능과 성격」,『韓國詩歌研究』제13집, 2003년. 117~124쪽 참고.

16) 4종 판본 가운데 삼국지평화본은 '古本小說集成編輯委員會 編,『古本小說集成』, 上海古籍出版社, 1984年. (경희대학교 중앙도서관 소장자료.)' 판본을 근거로 하였고, 가정본은 '嘉靖本,『三國志通俗演義』, 北京大學 所藏本 (File本 사용), 1522年版.' 판본을 근거로 하였으며 그리고 이탁오 비평본은 '李卓吾本,『李卓吾先生批評三國志』, 日本早稻田大学圖書館 所藏本 (File本 사용). 明末刊.' 판본을 근거로 하였다. 그 외 모종강본은 '毛宗崗本,『四大奇書第一種』, 日本國文學硏究資料館 所藏本 (File本 사용). 淸初刊.'을 근거로 하였다.

童謠, 民歌, 曲, 賦, 對句까지 리듬을 타는 것은 모두 운문류에 포함시켰다. 산문류는 詔書, 榜(榜文)·書簡(密書 포함)·文(世譜)·碑文·上疏文·冊文·祭文·告示文·檄文·策文·表文·製作法·占卦 등을 모두 포함시켰다. 그러나 삽입구 가운데 釋義나 考證 등의 이름으로 註釋 형태를 띠고있는 문구는 본 연구에서 생략하였다.[17]

이러한 분류범위에 근거하여 4종 판본의 삽입구를 분류하면 다음과 같다.[18]

판본	운문 삽입구	산문 삽입구	총 수량
삼국지평화	37개	8개	총 45개
가정본	363개	179개	총 542개
이탁오비평본	431개	311개	총 742개
모종강본(통행본)	336개	119개	총 455개

이상의 도표에서 확인되듯 이탁오 비평본의 삽입구가 740여개로 가장 많고 삼국지평화본이 약 45개로 가장 적다. 그 후 가정본을 거쳐 이탁오 비평본까지 지속적으로 증가하다가 모종강 통행본에 이르러서는 다시 감소하는 추세를 보인다. 이는 모종강에 의하여 불필요한 것을 첨삭하고 문구를 세련되게 다듬었음을 의미하는 것이기도 하다. 각 판본의 삽입양상을 세밀하게 분석하면 다음과 같다.

1) 삼국지평화본의 삽입구 양상

卷數	三國志平話本 挿入句	合計
上卷	詩 11개, 書簡 2개	13
中卷	詩 12개, 詔書 1개, 書簡 2개, 歌 3개	18
下卷	詩 9개, 詞 1개, 歌 1개, 書簡 3개	14
總合	詩 : 32개, 詞 : 1개, 歌 : 4개, 書簡 : 7개, 詔書 : 1개	**총 45개**

---

17) 釋義나 考證 등의 이름으로 통상 小字 2줄로 삽입된 註釋은 부지기수로 등장하나 단지 난해한 어휘의 의미해설과 보충에 불과하기에 여기에서는 논외로 처리하였다.

18) 삽입구 전체에 대한 통계는 따로 나온 것이 없고 오직 삽입시가에 대한 통계만 존재한다. 그러나 삽입시가에 대한 통계도 국내외 학자들의 연구결과에 따라 각자 다른 양상을 보인다. 예를 들어 국내 강재인·권종호는 삽입시가 삼국지평화본은 22수, 가정본은 365수 모종강본은 220수라고 하였고, 중국 정철생은 가정본이 344수, 이탁오본이 412수, 모종강본은 205수라고 언급하고 있다. 이러한 현상은 詩詞賦曲 등의 분류기준과 분류범주에서 파생된 것으로 확인된다.

상·중·하 3권으로 구성된 삼국지평화본은 총 45개의 삽입구가 보이는데 詩(32개)[19]·詞(1개)·歌(4개)·書簡(7개)·詔書(1개)로 되어있다. 그중 운문이 37개 산문이 8개로 되어있는데 대부분이 揷入詩歌爲主로 구성되어 있다.

특이한 현상은 揷入詩歌 가운데 대부분은 후대에 첨삭과정을 거치면서 오직 두보의 시 蜀相[20]만 남기고 나머지는 사라지는 현상이 보인다. 아마도 삽입구의 수준이 낮아 모두 삭제된 것으로 추정된다. 그러나 모종강본 통행본에서는 「蜀相」을 제외하고도 105회에서 두보의 시 한 수가 더 보이는데, 이는 가정본과 이탁오비평본에서는 보이지 않는다. 이는 추후 모종강에 의해 보강된 것으로 추정된다.[21]

그 외 삼국지평화본에서는 「鍾呂女冠子」라는 詞 한 수가 보인다. 女冠子라는 것은 일종의 詞牌인데, 현재까지 전해지고 있는 女冠子의 형식과는 맞지 않는다.[22] 아마도 『삼국지평화』는 훗날 곡조의 형식은 점차 사라지고, 설화인의 이야기로 공연이 이어졌기 때문에 후대의 가정본에서는 보이지 않게 된 것으로 추정된다. 또 歌 역시 4개가 나오지만 그리 수준 높은 것이 아니기에 후대에는 삭제한 것으로 보인다.

나머지 삽입산문 8개 중에는 書札이 7개이고, 나머지 하나는 황제가 동승에게 보낸 詔書 1개가 있으나 이 중 모종강본에 남아있는 서간문은 하나도 존재하지 않는다. 즉, 삼국지평화본의 모든 揷入句를 대조·분석한 결과 杜甫(杜工部)의 「蜀相」을 제외한 揷入句는 모두 삭제된 것으로 확인된다.

---

19) 강재인·권호종는 그의 논문에서 삽입시가 삼국지평화본은 22수라고 하였는데 그들은 평화본에서 詩曰 혹은 歌曰이라고 되어있는 것만 계산하였기 때문으로 실제 조사한 바와는 좀 차이가 있다.

20) 杜甫(杜工部)의 「蜀相」丞相祠堂何處尋, 錦官城外柏森森. 映階碧草自春色, 隔葉黃鸝空好音. 三顧頻煩天下計, 兩朝開濟老臣心. 出師未捷身先死, 長使英雄淚滿襟.

21) 모종강본에는 두보의 시가 2수 나오는데, 이 중 하나인 「蜀相」은 가정본과 이탁오 비평본 그리고 모종강 통행본에도 첨삭 없이 그대로 나온다. 하지만 나머지 한 수는 모종강 통행본에서만 보인다.

22) 김영문 옮김, 『삼국지평화』, 교유서가, 2020년. 365쪽 참고.
　暮暑朝寒, 茅廬三顧, 似此大賢希少. 如雞哺食, 如魚得水, 高可眾人難到. 獨自向當陽, 困守烏林, 困守烏林, 向赤壁大摧曹操. 安荊楚, 取西川, 使定軍山夏侯淵. 天託孤讓位, 再和吳國, 七擒孟獲好妙. 降姜維爲師範, 因木牛流馬機略. 化定山戎國, 斬王雙, 使張合.司馬保, 怎知秋原上, 惟有暮雲衰草.

2) 가정본의 삽입구 변화 양상

	嘉靖本의 揷入句 現況 (총 542개)
운문류	詩 : 338개 (讚詩·歎詩·古風 등 포함), 詞 : 4개, 童謠(謠言 포함) : 6개, 歌 : 9개, 曲 : 1, 賦 : 5개, 총 363개
산문류	詔書 : 16개, 書簡 : 62개(密書 등 포함), 榜(榜文) : 1개, 文 : 76개(檄文·祭文·上疏文 등 포함), 表文 : 22개, 製作法 : 2개, 총 179개

嘉靖本의 揷入句는 총 541개로 확인된다. 운문류에서 詩는 338개(讚詩·歎詩·古風 포함)·詞는 4개·童謠(謠言 포함)는 6개·民歌는 9개·曲은 1개·賦는 5개로 총 363개가 나오고, 산문류에서는 詔書가 16개·書簡이 62개(密書 등 포함)·榜文은 1개·文(檄文·祭文·上疏文 등 포함)은 76개·表文은 22개·製作法은 2개로 총 179개가 나온다.

나관중은 「三國志通俗演義序」[23]에서 밝혔듯이 『삼국지평화』가 어휘묘사와 내용의 모순이 많아 전면적으로 개편을 하면서 『삼국지평화』에 사용된 수많은 삽입구를 털어버리고 새롭게 재단장을 하였다. 嘉靖本의 도입부분은 개장시나 개장사가 아니라 "後漢, 桓帝崩, 靈帝即位, 時, 年十二歲. 朝廷有大將軍竇武, 太傅陳蕃, 司徒胡廣, 共相輔佐. …"로 바로 역사배경을 서술하며 시작하고, 끝나는 부분은 "後史官曰 : "로 마무리하며 최종에는 장편으로 된 古風 一篇의 散場詩로 끝맺음을 하고 있다.

> [嘉靖本 말미부분] 後史官有詩嘆東吳曰. … 後主劉禪亡於晉太康七年, 魏主曹奐亡, 於太康元年, 吳主孫皓, 亡於太康四年. 三主皆善終. 自此三國歸於晉帝司馬炎, 爲一統之基矣. 後人有古風一篇, 嘆曰 : 高祖提劒入鹹陽, 炎炎紅日升扶桑 … 受禪台前雲霧起, 石頭城下無波濤 ; 陳留歸命與安樂, 王侯公爵從根苗. 紛紛世事無窮盡, 天數茫茫不可逃. 鼎足三分已成夢, 一統乾坤歸晉朝.

그 외 가정본에는 특이하게도 周靜軒의 시가 많이 나오는데 그의 詩는 모두 14首나 삽입되어 있다. 그 후 이탁오 비평본에는 약 70餘 首가 수록되어 있고 모종강본에는 다시 40餘 首를 삭제하여 30首 정도가 나오는 것으로 확인된다.[24] 이처럼 주정헌 시는 판본마다 각기 다른 양

---

23) 前代嘗以野史作爲評花, 令瞽者演說, 其間言辭鄙謬, 又失之於野, 士君子多厭之.

24) 鄭鐵生, 「論三國演義不同版本中的周靜軒詩」, 『廈門敎育學院學報』 第8卷 第2期, 2005年.18쪽. 鄭鐵生, 「周靜軒詩在三國演義版本中的演變和意義」, 『明淸小說硏究』 第78卷 第4期, 2005年. 92쪽, 安憶

상을 보이며 첨삭과정을 거쳤다. 가정본부터 모종강본까지 내려오면서 공통적으로 남아있는 주정헌 시는 오직 6수뿐이다.[25] 15세기 후반에서 16세기 전반까지 활동하였던 주정헌은 당시 저명한 문인으로 추앙되었지만, 청대 모종강에 이르러서는 대거 刪定의 대상이 되어 결국 다른 유명문인들의 시로 대체되었다.

그리고 散文에 있어서는 도원결의 결의문과 출사표 등 삼국지평화본에 없던 것이 대량으로 삽입되었다. 특히 詔書와 書簡(密書 등) 그리고 榜文·檄文·祭文·上疏文·表文 등이 다양하게 첨가되어 작품의 긴장감과 현장감은 물론 내용의 구성과 문체에 있어서 문학성과 예술성을 배가시켜주었다.

3) 이탁오 비평본의 삽입구 변화 양상

	李卓吾 批評本의 揷入句 現況 (**총 742개**)
운문류	詩 : 407개 (讚詩·歎詩·古風 등), 詞 : 3개, 童謠(謠言 포함) : 5개, 歌 : 10개, 曲 : 1개, 賦 : 5개, **총 431개**.
산문류	詔書 : 19개, 榜(榜文) : 1개, 書簡 : 61개 (密書 등 포함), 文 : 83개 (檄文, 祭文, 上疏文 등), 表文 : 25개, 製作法 : 2개, 總評 : 120 (5회 總評에 있는 古風 1개는 시에 따로 분류), **총 311개**.

李卓吾 批評本의 揷入句는 총 741개 정도로 확인된다. 각 판본 가운데 가장 많은 삽입구를 가지고 있다. 이탁오 비평본만의 특징은 매권마다 총평이 총 120개가 있다는 점이다. 운문류에는 詩가 407개 (讚詩·歎詩·古風 등)·詞가 3개·童謠(謠言 포함)가 5개·歌는 10개·曲은 1개·賦가 5개로 총 431개가 나오며, 산문류에는 詔書가 19개·榜(榜文)이 1개·書簡이 61개 (密書 등 포함)·其他文이 83개(檄文·祭文·上疏文 등), 表文이 25개·製作法이 2개·總評이

涵, 「毛本三國演義中周靜軒詩硏究」河北北方學院學報 社會科學版 第32卷 第1期, 2016年. 14쪽.

25) 강재인의 박사논문에서는 주정헌의 시가 14수 있다고 하면서 모종강본에 남아있는 것은 5수라고 하였다. 하지만 '정철생, 『삼국지 시가 감상』, 현암동양고전, 2007년.'에서는 총 6수가 일치한다고 부록에서 표기하고 있다. 이는 '赤壁鏖兵用火攻, 運謀決策盡合同. 闞生納款欺曹操, 黃蓋停舟待祝融. 千裏舳艫沉水底, 一江煙浪起波中. 若非龐統連環計, 公瑾安能立大功.'의 시 때문에 차이가 나는 것으로 보인다. 모종강본 47회에서는 이 부분을 '後人有詩曰 : 赤壁鏖兵用火攻, 運籌決策盡皆同. 若非龐統連環計, 公瑾安能立大功.'으로 3·4·5·6聯을 생략하고 1·2·7·8聯 만으로 7언절구를 만들었는데 강재인은 이를 같지 않다고 보았고, 정철생은 같다고 보았다. 본 논문에서는 정철생의 견해를 따라 6수로 분류한다.

120개로 총 311개가 나온다. 李卓吾 批評本의 도입부분과 말미부분을 살펴보면 다음과 같다.

[李卓吾本 도입부분] 後漢, 桓帝崩, 靈帝即位, 時, 年十二歲. 朝廷有大將軍竇武, 太傅陳蕃, 司徒胡廣, 共相輔佐. … [省略]

[李卓吾本 말미부분] 後人有古風一篇, 嘆曰 : 高祖提劍入咸陽, 炎炎紅日升扶桑 … 受禪台前雲霧起, 石頭城下無波濤 ; 陳留歸命與安樂, 王侯公爵從根苗. 紛紛世事無窮盡, 天數茫茫不可逃. 鼎足三分已成夢, 一統乾坤歸晉朝. 後史官有詩嘆東吳曰. … [中略] … 起自蜀後主延熙十九年丙子歲至晉武帝太康元年庚子歲首尾 二十五年事實. 總評 : 到今日不獨三國烏有, 魏, 晉亦安在哉? … [中略] … 爲後車者鑒之, 可不複覆也.

이처럼 도입부분은 삽입구가 아닌 일반문장으로 역사배경을 기술하였고 말미부분만 古風과 총평으로 마무리하였다. 李卓吾 批評本의 가장 큰 특징은 總評이다. 매권마다 총평이 총 120개가 삽입되어 있는데 다른 판본에서는 보이지 않는 부분이다. 총평에서는 各回에서 話題가 되는 내용을 보충해서 설명하거나 혹은 고증 및 자신의 강평 등의 내용을 삽입하였다. 그러나 후대 모종강은 이탁오본의 비평에 대하여 잘못된 부분이 많고 저속한 표현이 많기에 대대적으로 첨삭을 하였다고 밝히고 있다.26)
    제1회 총평의 원문을 살펴보면 다음과 같다.27)

---

26) 모종강본 序文 凡例 6 : 一, 俗本謬托李卓吾先生批閱, 而究竟不知出自何人之手 ; 其評中多有唐突昭烈, 謾罵武侯之語. 今俱削去, 而以新評校正之.

27) 最可笑者是蒼天已死, 黃天當立之言也. 如此胡說, 只好欺罔下愚, 真齊東野人之語也. 桃園結義, 劈頭發願, 便說同心協力, 救困扶危, 上報國家, 下安黎庶. 你看他三人豈尋常草澤之人而已乎! 三分事業實基於此. 操聞亂世奸雄之評, 欣然而去, 則其人猶非甚有城府者, 不如今人說著病痛, 多方掩飾, 反致仇恨也, 操小時便搬弄叔父於股掌, 如弄嬰兒. 是人也, 豈有君父者乎. 要殺護送人以救盧植, 要殺董卓以泄小憤, 絕無廻避, 一味直前, 翼德真快人也! 翼德真快人也! 說著自身, 即救命之恩亦遂不報, 董卓真小人哉. 如此勢利小人不殺何待? 雖然今天下豈少董卓哉! 那裡殺得許多也! 那裡殺得許多也! 三國志演義其字於字耳字之字決不肯通, 要改不得許多無可奈何, 只得於首卷標出後不能再及矣.

三國志

回奏上曰廣宗之賊極容易破盧植高壘不戰惰慢軍心
以待天自誅殺因此怪怒遣中郎將董卓替了取我回京
師問罪去也張飛聽罷大怒要斬護送軍人以救盧玄
德急止曰朝廷自有公論汝豈可躁暴關公亦當任軍士
簇擁盧植去了關公曰盧中郎已罷了兵權別人領兵
我等去無所依不如回涿郡玄德遂引軍往北而
而來旗幡大書天公將軍玄德曰此必是張角可速戰
縱馬上高崗望之見漢軍大敗後漫山塞野黃巾蓋地
之三人飛馬引軍擂鼓而出張角正殺董卓來勢趕來
伐行無二日忽聞山後喊聲大震殺氣連天玄德引張

飛衝殺角軍大亂趕追五十餘里救了董卓回寨三人來
見董卓卓問見居何職玄德對曰白身卓甚輕之不與賞
賜玄德出張飛大怒曰我等親赴血戰救了這廝到覰人
如無物吾不殺之難解怒氣提刀入帳來殺董卓試看董
卓性命如何且聽下回分解

總評
最可笑者是蒼天已死黃天當立之言也如此胡說
桃園結義劈頭便說同心協力救困扶危上報

三國志　第一回

國家下安黎庶你看他三人豈尋常草澤之人而已
乎三分事業實基于此
操聞亂世奸雄之評欣然而去則其人猶非其有城
府者不如令人筮著病扁多方掩飾反致仇恨也
陳小時便搬弄叔父于股掌如天嬰兒是人也豈有
君父者乎
要殺護送人以救盧植要殺董卓以洩小憤絕無迴
避一味直前翼德真快人也
說着自身卽救命之恩亦遂不報董卓真小人也如
此勢利小人不殺何待今天下豈少董卓哉那

禮殺得許多也那裡殺得許多也
三國志演義其字於字耳字之字決不肯通要改又
改不得許多無可柰何只得于首卷標出後不能再
及矣

제120회 총평의 원문을 살펴보면 다음과 같다.[28]

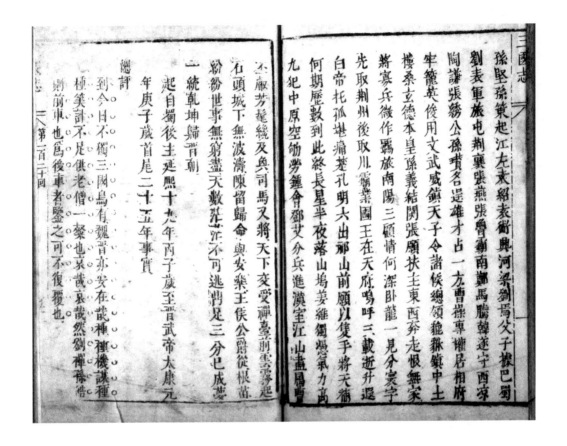

이처럼 기본적인 틀은 가정본과 유사하나 마지막 부분에 총평이 하나 더 들어가는 특징을 보인다. 그 외 삽입구에 있어서 가정본보다 이탁오 비평본의 삽입구가 약 200여 개가 증가하고 있다. 운문 삽입구의 경우 가정본보다 70여 개나 증가하였는데 대부분 詩가 첨가된 것이고, 산문에서의 삽입구는 무려 130여 개나 증가하였다. 특히 산문 삽입구의 증가는 各回마다 붙여진 총평 120개가 더해진 영향이라 할 수 있다.

---

28) 到今日不獨三國烏有, 魏, 晉亦安在哉? 種種機謀, 種種筹計, 不足供老僧一粲也. 哀哉, 哀哉! 然劉禪, 孫皓則前車也. 爲後車者鑒之, 可不復覆也.

4) 모종강 통행본의 삽입구 변화 양상

	모종강 통행의 揷入句 現況 (총 455개)
운문류	詩 : 195개 (讚詩 · 歎詩 · 古風 등), 詞 : 2개, 謠言 : 1개, 童謠 : 5개, 歌 : 10개, 曲 : 1개, 賦 : 2개, 對句 : 120개, **총 336개**.
산문류	詔書 : 9개, 榜(榜文) : 3개, 書簡 : 63개 (密書 등 포함), 其他 : 18개 (文(世譜) : 1, 碑文 : 1, 上疏文 : 3, 冊文 : 1, 祭文 : 6, 告示文 : 1, 檄文 : 4, 策文 : 1), 表文 : 21개, 製作法 : 2개, 占卦 : 3개, **총 119개**.

모종강 통행본의 揷入句는 총 455개이다. 운문류에서는 詩가 195개 (讚詩 · 歎詩 · 古風 등) · 詞는 2개 · 謠言은 1개 · 童謠는 5개 · 歌는 10개 · 曲은 1개 · 賦가 2개 · 對句는 120개로 총 336 개가 나오며, 산문류에서는 詔書가 9개 · 榜文은 3개 · 書簡(密書포함)은 63개 · 其他가 18개 (世譜 : 1개 · 碑文 : 1개 · 上疏文 : 3개 · 冊文 : 1개 · 祭文 : 6개 · 告示文 : 1개 · 檄文 : 4개 · 策文 : 1개) · 表文은 21개 · 製作法이 2개 · 占卦가 3개로 총 119개가 나온다.

청대 초기에 이르러 모종강은 이탁오본을 대대적으로 개편하기 시작하였다. 모종강의 개편작업은 이탁오본에 대한 불만에서 출발하였다. 夾批와 總評을 가하는 데서부터 출발하여 문체를 다듬고, 줄거리마다 적절한 첨삭을 가하며, 각 회목을 정돈하고, 論贊이나 碑文 등을 삭제하며, 저질 시가를 유명 시인의 시가로 대체함으로써 문장의 합리성, 인물성격의 통일성, 등장인물의 생동감, 스토리의 흥미도를 대폭 증가시켰다.[29] 또 모종강은 시대에 모순되는 칠언절구와 平仄까지 손을 보았다. 즉 칠언절구와 平仄法은 漢末에는 존재하지 않았기에 모종강본에서는 漢末에 주로 쓰인 시가 五言詩임을 고려하여 七言詩를 五言詩로 고쳤다.[30]

또 모종강은 凡例에서 주정헌 등의 詩詞를 대거 산정하고 다른 유명인의 시로 대체한 이유에 대해서도 다음과 같이 설명하고 있다.

이야기를 펼치는 가운데 서사를 뒤섞는 것은 본래 문장의 妙處이다. 그런데 속본은 매양 후인유시왈(後人有詩曰) 하면서, 곳곳이 주정헌 선생의 시인데다가, 그 시가 또 매우 저속하고 가소롭다. 반면 지금 편찬하는 책은 잘 알려진 당송 명인의 작품으로

---

29) 정원기, 『정역삼국지』1, 현암사, 2008년, 서문 중 참고.

30) 困守荊州已數年, 眼前空對舊山川, 蛇龍不是池中物, 臥聽風雷飛上天.(나관중본) → 數年徒守困, 空對舊山川, 龍豈池中物, 乘雷欲上天.(모종강본). 徐傳武지음 · 정원기옮김, 『우리가 정말 알아야 할 삼국지 상식 백가지』, 현암사, 2005년, 303~306쪽 참고.

채워 넣었으니 속본과는 크게 다르다.[31]

이처럼 모종강은 첨삭의 취지를 설명하면서 다양하고 과감한 방법의 첨삭을 시도하였다. 예를 들어 가정본 207則 孔明秋風五丈原에서는 찬양과 애도의 시 9수가 연이어 나오는데 모종강은 104회에서는 7수를 삭제하고 두보와 백낙천의 시 1수씩만 남겼다.[32] 또 8구의 시가를 4구로 줄여 세련미를 더한 부분도 있다. 예를 들어 가정본 56측의 劉玄德古城聚義에서 등장하는 8구의 시의 경우 모종강은 제28회에서 뒤의 4구를 삭제하고 율시를 절구로 만들었다. 그 외에도 첫구와 끝구를 살리고 중간의 句들을 삭제하여 간략하게 만든 부분도 있다. 예를 들어 가정본 第78則 諸葛亮博望燒屯의 칠언율시를 모종강본 제39회에서는 3·4·5·6聯을 삭제하여 칠언절구로 만들었다.[33] 또 가정본 180則 제갈량의 칠종칠금을 찬양한 칠언율시를 모종강본 제90회에서는 1聯과 6·7·8聯를 살리고 2·3·4·5聯을 삭제하여 칠언절구로 만들었다.[34]

일반적으로 삽입구에서 삽입산문보다 삽입시가가 더 많은 양상을 보인다. 이처럼 시가가 대량으로 소설에 유입된 이유에 대하여 요약하면 크게 5가지 이유를 들 수 있다. 첫째, 중국 古詩歌는 짧은 시가 위주로 되어있어 소설의 인용에 용이함. 둘째, 소설의 품격을 높히는데 유리함. 셋째, 소설 속의 詩詞 정취를 농후하게 증가시켜 문체를 창신하게 하거나 자신의 재능을 과시함. 넷째, 단편에서 장편으로 편폭의 증가에 따른 수요의 증가로 詩歌가 자연스레 대량으로 삽입됨. 다섯째, 인도의 불경영향을 받은 불경중에는 偈가 있는데 이것이 곧 頌의 의미로 唱詞이다.[35] 더 넓은 의미에서 불경의 유입과정에서 만들어진 변문(강창문)의 영향이라 할 수 있다.

모종강본 삽입구의 특징에 대하여는 제4장 모본 『삼국연의』의 삽입구 유형 분석에서 총괄하여 검토한다.

---

31) 凡例; 一, 敍事之中, 夾帶詩詞, 本是文章妙處. 而俗本每至「後人有詩曰」, 便處處是周靜軒先生, 而其詩又甚俚鄙可笑. 今此編悉取唐宋名人作以實之, 與俗本大不相同.

32) 羅貫中 著, 劉世德 鄭銘 點校 『三國演義』中華書局, 2006年. 593쪽.

33) 羅貫中 著, 劉世德 鄭銘 點校, 『三國演義』, 中華書局, 2006年. 209~222쪽 참고.

34) 羅貫中 著, 劉世德 鄭銘 點校, 『三國演義』, 中華書局, 2006年. 510쪽.

35) 李萬鈞, 「詩在中國古典長篇小說中的功能」, 『文史哲』 第3期, 1996年. 91쪽.

3. 毛本『三國演義』의 삽입구 유형 분석

본장에서는 통행본인 모종강본『삼국연의』를 근거로 삽입구의 출현 양상과 유형에 대하여 집중적으로 고찰해 보고자 한다. 통행본 제1회부터 제120회까지 꼼꼼히 조사해보니 대략 455개 의 삽입구가 나오는 것으로 확인되었다. 대략 455개의 揷入句가 가운데 韻文類型는 336개, 散文類型에는 119개로 추정된다.

1) 모종강본 삽입구의 출현 양상

回目	句體	合計	回目	句體	合計
卷頭	詩歌類 : 詞1(開場詞)	1	1	詩歌類 : 詩3(詩1, 讚詩2), 謠言1	4
2	詩歌類 : 對句1	1	3	散文類 : 表1 / 詩歌類 : 童謠1, 詩2(讚詩1, 歎詩1), 對句1	5
4	散文類 : 策文1, 書簡1 詩歌類 : 詩3(詩1, 歎詩1, 讚詩1), 歌2, 對句1	8	5	散文類 : 檄文1, 祭文1 詩歌類 : 詩2(讚詩1, 古詩1), 對句1	5
6	詩歌類 : 童謠1, 對句1	2	7	散文類 : 書簡1 / 詩歌類 : 對句1	2
8	詩歌類 : 讚詞1, 詩1, 曲1, 對句1	4	9	詩歌類 : 詩4(歎詩3, 讚詩1), 童謠1, 對句1	6
10	詩歌類 : 詩1, 對句1	2	11	散文類 : 書簡1 / 詩歌類 : 對句1	2
12	散文類 : 書簡2(密書) 詩歌類 : 對句1	3	13	詩歌類 : 歎詩1, 對句1	2
14	詩歌類 : 歎詩1, 對句1	2	15	散文類 : 書簡1 / 詩歌類 : 對句1	2
16	散文類 : 書簡1 詩歌類 : 讚詩1, 對句2	4	17	散文類 : 榜文1 詩歌類 : 詩1, 對句1	3
18	散文類 : 書簡2 詩歌類 : 對句1	3	19	散文類 : 榜文1 詩歌類 : 詩3(歎詩2, 詩1), 對句1	5
20	散文類 : 文1(世譜), 詔書1, 詩歌類 : 對句1	3	21	詩歌類 : 詩3(詩1, 讚詩2), 對句1	4
22	散文類 : 檄文1 詩歌類 : 對句1	2	23	散文類 : 表1 詩歌類 : 詩2(詩1, 歎詩1), 對句1	4
24	詩歌類 : 詩4(歎詩2, 讚詩2), 對句1	5	25	詩歌類 : 讚詩1, 對句1	2
26	散文類 : 書簡3 詩歌類 : 對句1	4	27	詩歌類 : 讚詩1, 對句1	2
28	詩歌類 : 讚詩1, 對句1	2	29	散文類 : 書簡1 詩歌類 : 讚詩2, 對句1	4

回目	句體	合計	回目	句體	合計
30	散文類 : 書簡1 / 詩歌類 : 詩3(歎詩2, 讚詩1), 對句1	5	31	詩歌類 : 詩1, 書簡1, 對句1	3
32	詩歌類 : 詩2(詩1, 歎詩1), 對句1	3	33	散文類 : 書簡3 詩歌類 : 讚詩1, 對句1	5
34	詩歌類 : 詩3(讚詩1, 詩1, 古風1), 對句1	4	35	詩歌類 : 童謠1, 歌1, 對句1	3
36	散文類 : 書簡1 / 詩歌類 : 讚詩1, 對句1	3	37	散文類 : 書簡1 / 詩歌類 : 詩4(詩2, 讚詩1, 古風1), 歌4, 對句1	10
38	詩歌類 : 詩5(詩1, 讚詩2, 歎詩1, 古風1), 對句1	6	39	詩歌類 : 詩1, 對句1	2
40	散文類 : 榜文1 / 詩歌類 : 詩3(讚詩2, 歎詩1), 對句1	5	41	詩歌類 : 詩4(詩2, 讚詩2), 對句1	5
42	詩歌類 : 詩2(詩1, 讚詩1), 對句1	3	43	散文類 : 檄文1 / 詩歌類 : 對句1	2
44	詩歌類 : 賦1(銅雀臺賦), 對句1	2	45	散文類 : 書簡2 詩歌類 : 歌1, 歎詩1, 對句1	5
46	詩歌類 : 賦1(大霧垂江賦), 讚詩1, 對句1	3	47	散文類 : 書簡3(書簡1, 密書2) 詩歌類 : 詩1, 對句1	5
48	詩歌類 : 詩2, 歌1(短歌行), 對句1	4	49	散文類 : 書簡2(密書) 詩歌類 : 詩1, 對句1	4
50	詩歌類 : 詩3, 對句2	5	51	詩歌類 : 對句1	1
52	詩歌類 : 對句1	1	53	散文類 : 書簡1 詩歌類 : 讚詩2, 對句1	4
54	詩歌類 : 詩3(詩1, 讚詩2), 對句1	4	55	散文類 : 書簡2(書簡1, 密書1) 詩歌類 : 歎詩1, 對句1	4
56	詩歌類 : 詩2(詩1, 歎詩1), 對句1	3	57	散文類 : 祭文1, 書簡3 / 詩歌類 : 詩4(歎詩3, 讚詩1), 對句1	9
58	散文類 : 書簡3 詩歌類 : 詩1, 對句1	5	59	詩歌類 : 對句1	1
60	散文類 : 書簡2 / 詩歌類 : 詩2(讚詩1, 歎詩1), 對句1	5	61	散文類 : 書簡2 / 詩歌類 : 詩3(讚詩2, 歎詩1), 對句1	6
62	散文類 : 書簡2 / 詩歌類 : 詩2(歎詩1, 詩1), 對句1	5	63	散文類 : 書簡1 / 詩歌類 : 詩3(歎詩1, 讚詩2), 童謠1, 對句1	6
64	散文類 : 書簡1 詩歌類 : 讚詩1, 對句1	3	65	散文類 : 書簡1 詩歌類 : 對句1	2
66	散文類 : 書簡1 / 詩歌類 : 詩4(讚詩2, 歎詩2), 對句1	6	67	散文類 : 詩2(詩1, 歎詩1), 對句1	3

回目	句體	合計	回目	句體	合計
68	散文類 : 表1 詩歌類 : 讚詩2, 對句1,	4	69	散文類 : 占卦3 詩歌類 : 讚詩3, 對句1	7
70	詩歌類 : 對句1	1	71	散文類 : 書簡1 詩歌類 : 讚詩2, 對句1	4
72	詩歌類 : 詩1, 對句1	2	73	散文類 : 表1 / 詩歌類 : 對句1	2
74	詩歌類 : 詩1, 對句1	2	75	詩歌類 : 詩1, 對句1	2
76	詩歌類 : 對句1	1	77	詩歌類 : 詩3(詩1, 歎詩2), 對句1	4
78	散文類 : 書簡1 / 詩歌類 : 詩2(詩1, 歎詩1), 歌1[鄴中歌]1, 對句1	5	79	散文類 : 表1 / 詩歌類 : 詩3(詩2[七步 詩], 歎詩1), 對句1	5
80	散文類 : 詔書2, 祭文1, 冊文1 / 詩 歌類 : 詩2(讚詩1, 歎詩1), 對句1	7	81	散文類 : 表1 詩歌類 : 歎詩1, 對句1	3
82	詩歌類 : 對句1	1	83	詩歌類 : 詩2(讚詩1, 歎詩1), 對句1	3
84	詩歌類 : 詩7(詩1, 讚詩5, 歎詩1), 對句1	8	85	散文類 : 詔書1 詩歌類 : 詩2(詩1, 歎詩1), 對句1	4
86	詩歌類 : 對句1	1	87	詩歌類 : 對句1	1
88	詩歌類 : 讚詩1, 對句1	2	89	散文類 : 祭文1 詩歌類 : 詩4, 對句1	6
90	詩歌類 : 讚詩1, 對句1	2	91	散文類 : 祭文1, 告示文1, 表1(出師表) / 詩歌類 : 對句1	4
92	散文類 : 書簡1(密書) 詩歌類 : 讚詩1, 對句1	3	93	詩歌類 : 讚詩1, 對句1	2
94	散文類 : 書簡2 詩歌類 : 對句1	3	95	詩歌類 : 讚詩1, 對句1	2
96	散文類 : 表1 詩歌類 : 詩1, 對句1	3	97	散文類 : 表1(後出師表), 書簡1 詩歌類 : 詩1, 對句1	4
98	詩歌類 : 讚詩1, 對句1	2	99	散文類 : 詔書1, 書簡1(錦囊), 表1, 上疏 文1 / 詩歌類 : 歎詩1, 對句1	6
100	書簡1, 詩歌類 : 對句1	2	101	書簡1, 詩歌類 : 詩1, 對句1	3
102	散文類 : 詔書1, 書簡1, 製作法2 / 詩歌類 : 詩2(歎詩1, 讚詩1), 對句1	7	103	散文類 : 書簡1, 表1, 祭文1 詩歌類 : 歎詩1, 對句1	5
104	散文類 : 表1 / 詩歌類 : 詩4(歎詩3, 讚詩1), 對句1	6	105	散文類 : 表4 / 詩歌類 : 詩3(杜甫의 蜀 相 포함), 對句1	8
106	詩歌類 : 對句1	1	107	散文類 : 表1 詩歌類 : 詩3(詩1, 讚詩2), 對句1	5
108	詩歌類 : 詩1, 對句1	2	109	散文類 : 詔書1 詩歌類 : 詩3, 對句1	5

回目	句體	合計	回目	句體	合計
110	詩歌類 : 詩1, 對句1	2	111	詩歌類 : 對句1	1
112	散文類 : 書簡1(論文) 詩歌類 : 讚詩2, 對句1	4	113	詩歌類 : 歎詩1, 對句1	2
114	詩歌類 : 詩3(詩2, 歎詩1), 對句1	4	115	散文類 : 表1 詩歌類 : 歎詩1, 對句1	3
116	散文類 : 表1 詩歌類 : 讚詩2, 對句1	4	117	散文類 : 碑文1, 書簡1 詩歌類 : 詩3(詩1, 讚詩2), 對句1	6
118	散文類 : 書簡2, 詔書2 詩歌類 : 詩3(詩1, 讚詩1, 歎詩1), 對句1	8	119	散文類 : 檄文1, 書簡2(書簡1, 密書1) / 詩歌類 : 歎詩6, 對句1	10
120	散文類 : 上疏文2, 表2 / 詩歌類 : 詩4(讚詩2, 歎詩1, 古風1)	8			
	總合 455개[36]				

이상의 도표에서 확인되듯 삽입구의 총합은 455개이고 그중 揷入詩 등을 포함한 운문류는 총 336개이며, 출사표 등을 포함한 산문류는 119개로 추정된다. 삽입구를 좀 더 세밀하게 분류하면, 韻文類로는 詩가 195개(讚詩·歎詩·古風 등 포함)가 나오며 주류를 이루고 있다. 그 외 詞가 2개·謠言이 1개·童謠가 5개·歌가 10개·曲이 1개·賦가 2개가 나온다. 그 외에도 독특한 형태의 對句가 118개 나오는 것이 특징이다. 그리고 散文類로는 詔書가 9개·書簡文이 63개(密書 등 포함)·榜(榜文)이 3개·表가 21개·其他 散文이 18개(文[世譜] 1개·碑文 1개·上疏文 3개·冊文 1개·祭文 6개·告示文 1개·檄文 4개·策文 1개)·製作法이 2개·占卦가 3개가 나온다. 散文類에는 주로 密書를 포함한 書簡文이 주류를 이루고 있다.[37]

통행본 『삼국연의』에서 또하나의 특징 중 하나가 완전한 시의 형태를 갖추지 못한 對句가 총 118개가 나온다는 점인데 이 對句類型은 散文的 要素보다는 韻文的 要素가 강하기에 韻文類에 포함시켰다.

[모종강본 제1회 : 七言律詩]
　　正是 : 人情勢利古猶今, 誰識英雄是白身? 安得快人如翼德, 盡誅世上負心人!

---

36) 본 도표는 필자의 박사학위논문인 「소설 삼국지의 변화양상 연구」에서 만든 도표를 수정 보완하여 다시 만들었다. 140~142쪽 참고.

37) 이탁오 비평본에서 보이는 매회 끝부분의 총평 120개는 모종강본에서는 완전히 삭제되었다.

　　[모종강본 제2회 : 對句] 正是 : <u>欲除君側宵人亂, 須聽朝中智士謀.</u>
　　[모종강본 제119회 : 對句] 正是 : <u>漢家城郭已非舊, 吳國江山將復更.</u>
　　[모종강본 120회 : 古風]
　　高祖提劍入鹹陽, 炎炎紅日升扶桑桑 … [中略]桑 … 鼎足三分已成夢, 一統乾坤
　　歸晉朝.

　　이처럼 통행본『삼국연의』120회 가운데 제1회와 제120회만 對句가 없고 나머지 제2회부터 119회까지 총 118곳에는 천편일률적으로 對句法을 사용하여 마무리하였다. 대부분의 對句는 이전의 내용을 요약하거나 이후의 사건을 암시하는 형태를 띄고있다. 그러나 제1회와 제120회에는 온전한 시로 마무리하였는데, 제1회에는 칠언절구로 제120회는 古風의 散場詩로 마감하였다.

2) 모종강본 삽입구의 분석

　　통행본『삼국연의』120회 가운데 삽입구가 가장 많은 곳은 제37회와 제119회에서 10개가 나오고, 제57회에는 9개가 나오며, 또 제4회·제84회·제105회·제118회·제120회에는 8개 순으로 많이 나온다. 그리고 삽입구가 단 1개인 곳은 총 11곳으로 제2회·제51회·제52회·제59회·제70회·제76회·제82회·제86회·제87회·제106회·제111회 등이다. 이 부분은 모두가 시가류인 對句로 이루어진 부분이다.

　　韻文類의 揷入句에는 詩가 195개로 주종을 이룬다. 삽입시는 내용에 따라 讚詩와 歎詩 그리고 一般詩로 분류된다. 그중 讚歎詩라 하여 찬양의 의미를 가진 讚美詩와 한탄의 의미를 가진 歎息詩가 상당한 비중을 차지하고 있다.[38] 그 외 시의 체제에 따라 古風이라는 시가 여러 곳에 등장하는데 古風은 곧 古體詩를 의미한다. 古體詩는 당대에 나온 近體詩 以前의 시를 의미하는데 古體詩는 一名 古詩 또는 古風이라고 하며 일반적으로 "○○歌"·"○○行"·"○○吟" 등 3종으로 분류된다.

　　통행본『삼국연의』의 특징 중 하나가 바로 개장사와 산장시 부분이다. 개장사를 살펴보면;

---

38) 胡燕,「三國演義論讚詩新論」,『西華師範大學學報』2009年第1期, 45~47쪽 참고
　　중국학자 胡燕은 讚歎詩라 총칭하여 讚詩라고 하였고 이를 讚美·譏諷(諷刺)·感歎으로 3분류하였다. 그는 모종강본에는 詩詞가 210수 정도 나오는데 그중에서 찬시가 180수 정도라고 밝혔으나 분류기준은 명확하지 않다.

【臨江仙】

滾滾長江東逝水, 浪花淘盡英雄. 是非成敗轉頭空 : 靑山依舊在, 幾度夕陽紅.

白髮漁樵江渚上, 慣看秋月春風. 一壺濁酒喜相逢 : 古今多少事, 都付笑談中.39)

이렇게 명대 문인 楊愼이 1524년에 지은 詞가 나온다. 이 詞는 이전에는 없다가 모종강본에서 처음 등장한다. 그리고 제120회 마무리에는 산장시가 등장하는데 총 52聯의 장편 古風 一首가 나온다.

[모종강본 120회 : 古風]

後人有古風一篇, 以敍其事曰 : 高祖提劍入咸陽, 炎炎紅日升扶桑. 桑 … [中略]

桑 … 鼎足三分已成夢, 後人憑弔空牢騷.40)

이 古風은 가정본과 이탁오 비평본에도 거의 유사하게 나온다. 판본마다 미세한 차이가 있으나 의미는 大同小異하다.

『삼국연의』에서 독자에 膾炙하는 시나 명언명구의 유래는 대부분 가정본부터 시작되는 것으로 확인된다. 예를 들어 桃園結義 宣言文·七步詩·隆中歌(5개)·短歌行·銅雀臺賦·出師表·後出師表 등 유명한 작품들은 이미 나관중에 의하여 가필되어 출현하였다. 후대에 모종강에 의해서 開場詞 臨江仙와 赤兎馬[詩]41) 그리고 鄴中歌42) 정도만 삽입된 것으로 보인다.

이상에서처럼 모종강은 이탁오 비평본의 내용과 구성상의 모순 그리고 오탈자 등 다양한 문제점을 전면 수정 보완하면서 또 나름 부족하다고 느낀 부분은 삽입구를 활용하여 적절히 첨삭을 가하여 통행본의 입지를 공고히 하였다.

---

39) 臨江仙은 『삼국연의』의 처음 시작 부분에 나오는 開場詞로 명대 문인 楊愼(1488-1559)이 1524년에 지은 작품이다. 그는 운남으로 유배를 가던 중 호북성 江陵에 이르렀을 때, 강변에서 어부와 나무꾼이 술을 마시며 담소하는 것을 보고 문득 감개가 무량하여 지은 것이라 전한다. 본래 이것은 『廿一史彈詞』 제3단 『說秦漢』의 開場詞였는데 청대 모종강이 『삼국연의』에 삽입하면서 유명세를 타기 시작하였고 근래 TV드라마 주제곡으로 나오면서 더욱 유명해졌다.

40) 인용문의 밑줄 친 부분에서 가정본과 이탁오 비평본에는 "一統乾坤歸晉朝"라고 언급되어 있다.

41) 奔騰千里蕩塵埃, 渡水登山紫霧開. 製斷絲繮搖玉轡, 火龍飛下九天來.

42) 鄴則鄴城水漳水, 定有異人從此起. 雄謀韻事與文心, 君臣兄弟而父子. 英雄未有俗胸中, 出沒豈隨人眼底. 功首罪魁非兩人, 遺臭流芳本一身. 文章有神霸有氣, 豈能苟爾化爲群. 橫流築臺距太行, 氣與理勢相低昂. 安有斯人不作逆, 小不爲霸大不王. 霸王降作兒女鳴, 無可奈何中不平. 向帳明知非有益, 分香未可謂無情. 嗚呼！古人作事無巨細, 寂寞豪華皆有意. 書生輕議塚中人, 塚中笑爾書生氣.

중국 문헌에서 삽입구의 효시는 유가 경전의 注釋 그리고 歷史 文獻에서 論讚 등의 體例形式 또 文學典籍의 評選 등에서 유래가 되었는데 소설의 발달과 함께 다른 양상으로 발전하기 시작하였다. 특히 백화 화본소설의 발달과 함께 삽입구는 단순한 삽입의 개념을 넘어 문학의 구성체계와 작품의 예술성을 가미한 미학적 개념까지 수용하기 시작하였다.

이를 잘 수용하여 발전시킨 소설 중의 하나가 바로 『삼국연의』이다. 『삼국연의』는 다양한 삽입구의 출현과 첨삭의 변화과정을 보이며 발전하였는데 그중 대규모의 변화를 보인 판본이 바로 삼국지평화본·가정본·이탁오 비평본·모종강 통행본 등 4종의 판본이다.

필자는 삽입구를 크게 운문류와 산문류로 분류하였는데, 운문류는 詩(讚詩·歎詩·古風 등)·詞·謠言·童謠·民歌·曲·賦·對句까지 리듬을 타는 것이라 정의하였고, 산문류는 詔書·榜(榜文)·書簡(密書 포함)·文(世譜)·碑文·上疏文·冊文·祭文·告示文·檄文·策文·表文·製作法·占卦 등으로 분류하였다. 그러한 결과 산국지평화본은 총 45개의 삽입구가 보이는데 대부분이 詩歌爲主로 되어있고, 嘉靖本의 揷入句는 총 542개로 대폭 증가하였으며 유명한 시가와 명문장들은 이때 골격을 갖추기 시작하였다. 또 李卓吾 批評本의 揷入句는 총 742개로 가장 많은 삽입구를 가지고 있다. 이탁오 비평본만의 특징은 每回마다 총평이 총 120개가 있다는 점이다. 그리고 모종강 통행본의 揷入句는 총 455개로 이탁오 비평본의 總評 등을 첨삭하고 문체를 크게 정돈하였다. 그 외 삽입시가를 유명 시인의 시가로 대체하여 문학성은 물론 예술성까지 크게 제고시켰다.

모종강 통행본의 揷入句는 총 455개로 韻文類型는 336개, 散文類型에는 119개로 확인된다. 운문류는 [詩 : 195개 (讚詩·歎詩·古風 등)·詞 : 2개·謠言 : 1개·童謠 : 5개·歌 : 10개·曲 : 1개·賦 : 2개·對句 : 120개] 총 336개가 나오며, 산문류에는 [詔書 : 9개·榜文 : 3개·書簡(密書 포함) : 63개·其他 : 18개 (世譜 : 1개·碑文 : 1개·上疏 : 3개·冊文 : 1개·祭文 : 6개·告示文 : 1개·檄文 : 4개·策文 : 1개)·表文 : 21개·製作法 : 2개·占卦 : 3개] 총 119개가 나온다.

통행본 『삼국연의』 120회 가운데 삽입구가 가장 많은 곳은 제37회와 제119회로 총 10개가 나오며, 삽입구가 단 1개인 곳은 총 11곳인데 이 부분은 모두가 시가류인 對句로 마무리를 하였다. 또 120회 가운데 제1회와 제120회만 對句가 아닌 온전한 詩로 마무리하였는데, 제1회에는 칠언절구로 제120회는 古風의 長篇 散場詩로 마감하였다. 나머지 제2회부터 119회까지 총 118곳에는 모두 對句法을 사용하여 마무리하였다. 그리고 대부분의 對句는 이전의 내용을 요약하거나 이후의 사건을 암시하는 형태로 對句法을 활용하였다. 또 『삼국연의』에서 桃園結義 宣言文·七步詩·隆中歌·短歌行·銅雀臺賦·出師表 등 유명한 명언명구는 이미 나관중의 가정본부터 삽입되었고 후에 開場詞 臨江仙과 같은 일부만 모종강에 의하여 보완되었다.

※ 嘉靖本 揷入句 圖表

則	句體	合計	則	句體	合計
1	文1, 詩1, 謠言1	3	2	詩2	2
3	無	0	4	無	0
5	詔書1, 表文1, 詩3, 童謠1, 文2(其他)	8	6	詩1	1
7	書簡1(密書), 文2(冊文1, 其他1), 詩3, 歌2	8	8	無	0
9	文3(檄文2, 祭文1), 詩2	5	10	詩1	1
11	童謠1	1	12	無	0
13	無	0	14	書簡2, 文1(其他)	3
15	詞1, 詩1, 曲1	3	16	無	0
17	歌1, 詩4, 文2(其他)	7	18	詩5, 文2(其他)	7
19	詩3	3	20	無	0
21	無	0	22	書簡2, 詩1	3
23	書簡2(密書), 祭文1, 詩1	4	24	詩1	1
25	無	0	26	無	0
27	詩1	1	28	書簡1	1
29	無	0	30	無	0
31	書簡3, 詩4	7	32	詩4, 文2(其他), 書簡1, 表文1	8
33	書簡2	2	34	無	0
35	書簡1	1	36	書簡1, 詩1	2
37	無	0	38	詩6, 文(其他1), 榜文1	8
39	文1(世譜)	1	40	詔書1	1
41	詩2, 文1(其他)	3	42	詔書1, 詩2, 文1(其他)	4
43	書簡1	1	44	無	0
45	詩1, 文1(其他)	2	46	無	0
47	詩1	1	48	無	0
49	無	0	50	詩4	4
51	詩1	1	52	詩1, 書簡3	4
53	詩4, 文1(其他)	5	54	詩1	1
55	詩3	3	56	詩1	1
57	表文2	2	58	詩3, 文1(其他)	4
59	書簡1, 詩1	2	60	詩2	2
61	詩2	2	62	無	0
63	詩2, 文1(其他)	3	64	詩1	1

則	句體	合計	則	句體	合計
65	文2(其他), 詩1	3	66	書簡1, 詩2	3
67	表1, 詩2	3	68	詩5, 賦1	6
69	童謠1	1	70	歌1	1
71	無	0	72	書簡1, 詩2	3
73	詩4	4	74	歌3, 書簡1, 詩3	7
75	詩9	9	76	詩1	1
77	詩1	1	78	詩1	1
79	詩2, 文2(其他)	4	80	書簡1, 詩1	2
81	文1(其他), 詩1	2	82	詩7, 詞1	8
83	詩4, 賦1	5	84	文1(其他)	1
85	文1(檄文)	1	86	無	0
87	賦1, 詩1	2	88	無	0
89	童謠1	1	90	歌1, 書簡1	2
91	賦1, 詩1	2	92	無	0
93	書簡1, 詩1	2	94	詩1	1
95	詩2. 歌1	3	96	無	0
97	書簡1(密書), 詩3	4	98	無	0
99	賦1, 詩4	5	100	詩3	3
101	無	0	102	無	0
103	無	0	104	無	0
105	詩1	1	106	詩2	2
107	無	0	108	詩4, 詞1	5
109	書簡1	1	110	無	0
111	詩4	4	112	無	0
113	書簡2, 詩8, 文1(祭文)	11	114	詩1, 書簡1	2
115	書簡1	1	116	詩2	2
117	詩1	1	118	無	0
119	詩1	1	120	詩3, 書簡1, 文1(其他)	5
121	詩3	3	122	書簡2, 詩1, 文2(其他)	5
123	書簡1, 詩1	2	124	文1	1
125	書簡1, 詩3, 童謠1, 文1(其他)	6	126	詩5	5
127	詩1	1	128	書簡1, 詩3	4
129	無	0	130	書簡1	1
131	書簡1	1	132	詩4, 書簡1	5

則	句體	合計	則	句體	合計
133	無	0	134	詩3	3
135	詩4	4	136	詩2, 詔書2	4
137	詩3, 文1(其他)	4	138	詩1	1
139	無	0	140	無	0
141	詔書1, 詩3	4	142	詩3	3
143	詩1	1	144	詩2	2
145	表文2, 書簡1	3	146	無	0
147	無	0	148	詩3	3
149	詩2	2	150	書簡2, 詩2	4
151	無	0	152	詩1	1
153	詩6, 文2(其他)	8	154	文1(其他)	1
155	詩3, 書簡1	4	156	詩4, 文2(祭文1, 其他1)	6
157	詩4, 書簡1	5	158	表1, 書簡1	2
159	詔書2, 表文1, 冊文1, 詩5	9	160	表1, 文1(祭文)	2
161	詔書1, 表文1, 詩4, 文1(其他)	7	162	無	0
163	詩1	1	164	無	0
165	詩3, 文1(其他)	4	166	無	0
167	詩1, 文1(其他)	2	168	詩8	8
169	文2(其他), 詩5	7	170	無	0
171	無	0	172	無	0
173	無	0	174	無	0
175	無	0	176	詩1	1
177	無	0	178	詩3	3
179	無	0	180	詩2	2
181	文3(其他)	3	182	文1(其他), 表文1	2
183	詩3	3	184	無	0
185	無	0	186	詩1	1
187	無	0	188	書簡2, 詩1	3
189	無	0	190	無	0
191	詩3, 表文1	4	192	無	0
193	詔書1, 詩4, 表文1	6	194	書簡1	1
195	詩1, 文1(其他)	2	196	無	0
197	詔書1	1	198	文4(上疏文3, 其他1)	4
199	無	0	200	書簡1	1

則	句體	合計	則	句體	合計
201	無	0	202	詩2, 表文1	3
203	書簡1	1	204	製作法2, 詩1	3
205	詩2	2	206	書簡1, 表文1, 詞1	3
207	詩11, 表文1, 文1(其他)	13	208	詩4	4
209	表文1, 詩4, 詔書1, 文1(其他)	7	210	表文3	3
211	文1(檄文)	1	212	文2(其他)	2
213	表文1, 書簡2, 詩4	7	214	無	0
215	詩2, 文1(其他)	3	216	詩1, 文1(其他)	2
217	無	0	218	詔書1, 詩2	3
219	詩1	1	220	無	0
221	無	0	222	詔書1, 表文1,	2
223	詩2	2	224	文1(其他)	1
225	詩2	2	226	無	0
227	詩3	3	228	無	0
229	無	0	230	無	0
231	無	0	232	文1(祭文)	1
233	書簡1(密書), 詩2, 文1(石文)	4	234	詩2, 書簡1,	3
235	文4(上疏文1, 其他3), 書簡1, 詩3	8	236	書簡3, 詔書2	5
237	詩4, 文2(其他)	6	238	詩1, 文1(其他)	2
239	表文1, 詩2	3	240	詩3	3

總合 542句

韻文

　*詩 : 338 (讚詩·歎詩·古風 등 포함)　　*詞 : 4

　*童謠 : 5　　*謠言 : 1

　*歌 : 9　　*曲 : 1

　*賦 : 5

散文

　*詔書 : 16　　*書簡 : 62 (密書 등 포함)

　*榜(榜文) : 1　　*製作法 : 2

　*文 : 76 (檄文, 祭文, 上疏文 등 포함)　　*表文 : 22

※ 李卓吾 批評本 挿入句 圖表

回	句體	合計	回	句體	合計
1	文1, 詩2, 總評1, 謠言1	5	2	總評1	1
3	詔書1, 表文1, 詩4, 文3(其他), 童謠1, 總評1	11	4	文2(策文1, 其他1), 詩5, 歌2, 書簡1(密書), 總評1	11
5	文3(檄文2, 祭文1), 詩3(**總評의 古風 1개 포함**), 總評1	7	6	童謠1, 總評1	2
7	書簡2, 文1(其他), 總評1	4	8	詞1, 詩1, 曲1, 總評1	4
9	詩8, 文4(其他), 總評1	13	10	詩4, 總評1	5
11	書簡3, 詩1, 總評1	5	12	書簡2, 文1(祭文), 詩2, 總評1	6
13	詩1, 總評1	2	14	詩1, 書簡1, 總評1	3
15	總評1	1	16	書簡4, 詩7, 表文1, 總評1	13
17	書簡2, 文1(其他), 詩1, 總評1	5	18	書簡2, 詩1, 總評1	4
19	詩7, 榜文1, 文1(其他), 總評1	10	20	文1(世譜), 詔書1, 總評1	3
21	詩4, 文2(其他), 書簡1, 總評1	8	22	書簡1, 總評1	2
23	詩1, 文1(其他), 總評1	3	24	詩4, 總評1	5
25	詩5, 總評1	6	26	詩2, 書簡3, 總評1	6
27	詩5, 總評1	6	28	詩4, 總評1	5
29	表文2, 詩4, 文1(其他), 總評1	8	30	書簡1, 詩4, 總評1	6
31	詩3, 總評1	4	32	詩3, 文2(其他), 總評1	6
33	文2(其他), 詩3, 書簡1, 總評1	7	34	表文1, 詩8, 賦1, 總評1	11
35	童謠1, 歌1, 總評1	3	36	書簡1, 詩2, 總評1	4
37	詩6, 歌4, 書簡1, 總評1	12	38	詩10, 總評1	11
39	詩2, 總評1	3	40	詩4, 文2(其他), 書簡1, 總評1	8
41	文1(其他), 詩10, 總評1	12	42	詩4, 賦1, 文1(其他), 總評1	7
43	文1(檄文), 總評1	2	44	賦1, 詩2, 總評1	4
45	童謠1, 歌2, 書簡2, 詩1, 總評1	7	46	賦1, 詩2, 總評1	4
47	書簡1, 詩2, 總評1	4	48	詩2, 歌1, 總評1	4
49	書簡1, 詩4, 總評1	6	50	賦1, 詩8, 總評1	10
51	總評1	1	52	總評1	1
53	詩3, 總評1	4	54	詩5, 總評1	6
55	書簡1, 詩2, 總評1	4	56	詩5, 總評1	6
57	書簡3, 詩9, 文2(祭文1, 其他1), 總評1	15	58	書簡1, 詩2, 總評1	4
59	詩1, 總評1	2	60	詩5, 書簡1, 文1(其他), 總評1	8
61	書簡2, 文1(其他), 詩5, 總評1	9	62	書簡1, 詩1, 文1(其他), 總評1	4

回	句體	合計	回	句體	合計
63	文1(其他), 詩8, 總評1	10	64	書簡1, 詩5, 總評1	7
65	書簡1, 總評1	2	66	書簡2, 詩6, 總評1	9
67	詩4, 總評1	5	68	詩7, 詔書2, 總評1	10
69	文1(其他), 詩5, 總評1	7	70	總評1	1
71	詔書1, 詩6, 總評1	8	72	詩3, 總評1	4
73	表文2, 書簡1, 詩1, 總評1	5	74	詩3, 總評1	4
75	書簡1, 詩5, 總評1	7	76	詩4, 總評1	5
77	文3(其他), 詩5, 總評1	9	78	書簡1, 詔書1, 文1(其他), 詩8, 總評1	12
79	書簡3, 表文1, 詩4, 總評1	9	80	詔書2, 文2(祭文1, 冊文1), 表文1, 詩6, 總評1	12
81	詔書1, 表文1, 文1(其他), 詩4, 總評1	8	82	詩1, 總評1	2
83	文1(其他), 書簡1, 詩4, 總評1	7	84	文1(其他), 詩9, 總評1	11
85	文4(其他), 詔書1, 詩5, 總評1	11	86	總評1	1
87	總評1	1	88	詩1, 總評1	2
89	詩4, 總評1	5	90	詩2, 總評1	3
91	文3(祭文1, 其他2), 表文1, 詩1, 總評1	6	92	文1(其他), 詩3, 總評1	5
93	詩1, 總評1	2	94	書簡2, 詩1, 總評1	4
95	詩1, 總評1	2	96	表文1, 詩3, 總評1	5
97	詔書1, 表文1, 文2(其他), 詩4, 總評1	9	98	文1, 詩2, 總評1	4
99	詔書1, 文1(上疏文), 詩1, 總評1	4	100	書簡1, 詩1, 總評1	3
101	文1(其他), 表文1, 詩2, 總評1	5	102	詔書1, 製作法2, 詩2, 總評1	6
103	書簡1, 表文1, 詞1, 詩3, 總評1	7	104	表文1, 文6(其他), 詞1, 詩13, 總評1	22
105	表文4, 詔書1, 文2(其他), 詩3, 總評1	11	106	文3(檄文1, 其他2), 詩1, 總評1	5
107	表文1, 書簡2, 詩5, 總評1	9	108	文2(其他), 詩4, 總評1	7
109	詔書1, 詩4, 總評1	6	110	詩1, 總評1	2
111	詔書1, 表文1, 詩1, 總評1	4	112	文1(其他), 詩4, 總評1	6
113	詩3, 總評1	4	114	詩4, 總評1	5
115	詩3, 總評1	4	116	文1(祭文), 詩3, 總評1	5
117	書簡2, 詩6, 總評1	9	118	文4(上疏文1, 祭文1, 其他2), 書簡1, 詔書3, 詩5, 總評1	14
119	文2(其他), 書簡1, 詩7, 總評1	11	120	文2(上疏文), 表文3, 詩10, 總評1	16

總合 742句

韻文

* 詩 : 407 (讚詩·歎詩·古風 등 포함)
* 童謠 : 4
* 歌 : 10
* 賦 : 5
* 詞 : 3
* 謠言 : 1
* 曲 : 1

散文

* 詔書 : 19
* 榜(榜文) : 1
* 文 : 83 (檄文, 祭文, 上疏文 등 포함)
* 總評 : 120
* 書簡 : 61 (密書 등 포함)
* 製作法 : 2
* 表文 : 25

第二部

三國演義 版本 資料

1. 元代 版本

현재 확인되는 小說『三國志』의 판본 가운데 가장 이른 판본은 建安 虞氏의『三國志平話』이다. 그 외 실명씨의『三分事略』이 있다.

(1)『三國志平話』: 이 책은 원나라 至治年間(1321~1323)에 출간된 판본으로 원명은『新全相三國志平話』이다. 이 책은 上圖下文(위: 그림, 아래: 문자)으로 되어 있고 한 면이 20行 20字로 되어 있다. 총 3권(상[23]·중[24]·하[23]) 70則으로 되어있으며 현재 일본 내각문고에 소장되어 있다

(2)『三分事略』: 이 책은 별칭으로『三國志故事』라고도 불리우며 대략 至元年間(1335-1340)에 복건지방에서 출간된 坊刻本이다. 총 3권(상·중·하)으로 되어 있으며 上圖下文에 한 면이 20行 20字로 되어있다. 판식은『三國志平話』와 유사하다. 저자는 알 수 없고 현재 天理大學에 소장되어 있다.[1]

---

1) 오순방외 역,『中國古典小說總目提要』, 울산대출판부, 1993년. 86~95쪽 참고.

1) 三國志平話

書名	出版者·堂號·序文	略稱	卷冊·則回/行字	出刊年度	所藏處
三國志平話	建陽 虞氏	[平話本]	3卷 /20行 20字	元, 至治年間	日本內閣文庫

[그림 1]

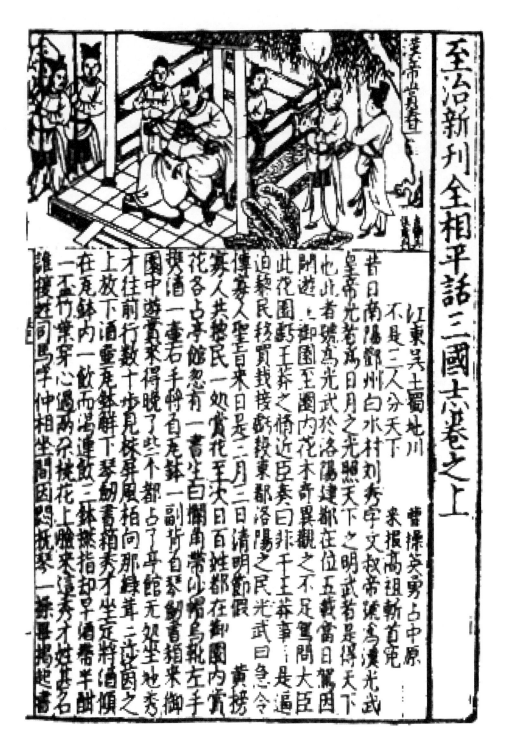

[그림 2]

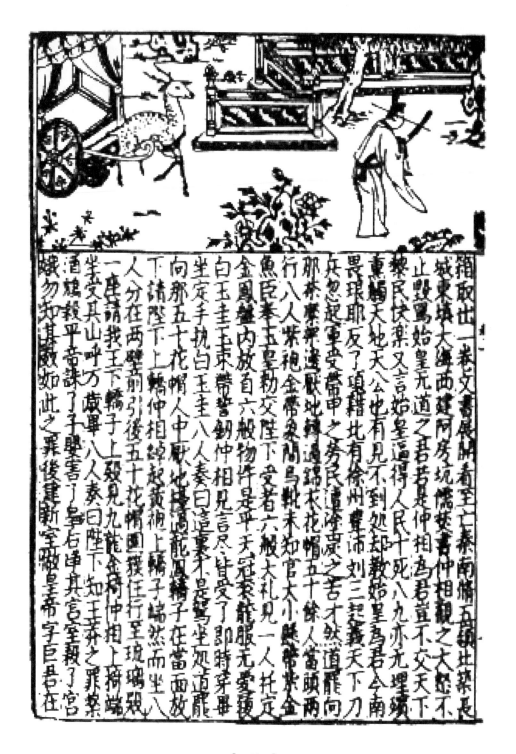

行八人紫袍金帶衆開鳥靴未知官大小聯排東金
魚臣奉五皇勅交陛下受者六般大礼見一人托定
金鳳雛內放百六般物件是平天冠袞龍服无愛護
白玉圭玉束帶警鉤仲相言盡其受了即特穿畢
坐定手执白玉圭八人奉曰達衰不是鷥坐处道亮
向郍五十花帽人中取也時高龍鳳橋子在當面放
下請陛下上轎仲相起黃袍上橋子端然而坐八
人分在兩壁前引後五十花帽圈獲壬行至琉璃破
一鹿諕我王下下轎子上發見九龍金盆中相上碕端
坐袤文具山呼乃歲軍八人奉曰陛下知王升之雅祭
酒媳報平帝諕了呂右并其宮室破了宫
娀勿如其厳如此之罪後建新室破皇帝字巨君在

箱取出一卷文書展開看至亡秦南楠五顧此築是
城東填大海兩建阿房坑燒焚書仲相觀之大怒不
止毀寫始皇元道之君若是仲相爲君宣不交天下
黎民快樂始皇遇得人民十死八九亦无埋續
東橋天地天公也有見不到处却敎始皇爲君今南刀
罗琅耶反了項籍此有徐州鹽市刘三起義天下
兵勿起軍安置申之黎民道净處之苦才敏道向

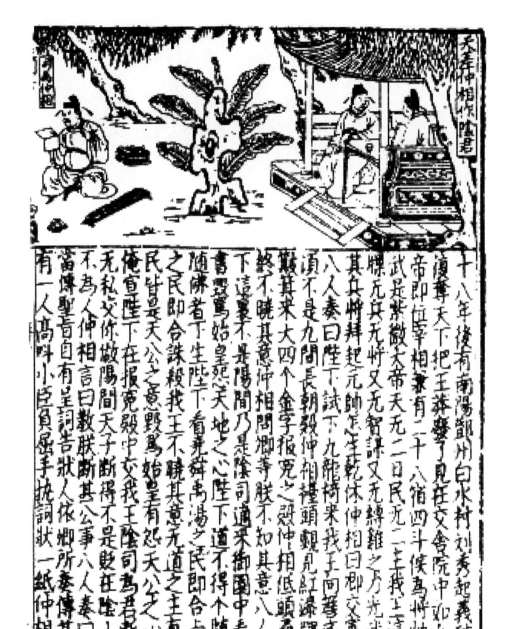

十八年後有南陽鄧州白水村劉秀起義破其王莽
演尊天下把王莽壞了見在交會院中如分光武皇
帝即恒字相兼天下二十八宿四斗俀為將帥輔佐光
武是紫微大帝天无二日民无二主我主這裏便將其
朕无兵无將又无智謀又无轉糧之方光武若知鎮其
其兵將起元帥怎生去打乾休仲相曰卿交寡人怎生
八人秦曰陛下試下一九龍椅來我主回尊武攛頭看
頭不是九間長朝殿仲相攛頭觀見紅綠輝上書看
其求大四个金字報寃之發仲相低頭尋思半晌
終不曉其意意仲相問卿寺朕不知其意八人秦曰陛
下遠裏不是陽間乃是陰司通來御國中看亡秦之
書罷寛寫始皇怨笑天地之心陛下道不得个隨俸上生
隨俸者干生陛下看昇舜禹湯之民即合与吾樂對
之民即合誅殺我王不曉其意无道之主有作孽之
民皆是天公之意殷有怨天公之心天公交
俺宜陛下在报寃殷中交我王陰司為君斷得隆間
无私交你敬陽間天子斷得不是駿在陛山背後承
不為人仲相言曰教朕断其公事八人秦曰陛下可
富傳聖旨自有呈詞卿所養傳其聖旨果
有一人高叫小臣負屈手挓詞狀一紙仲相觀之見

[그림 4]

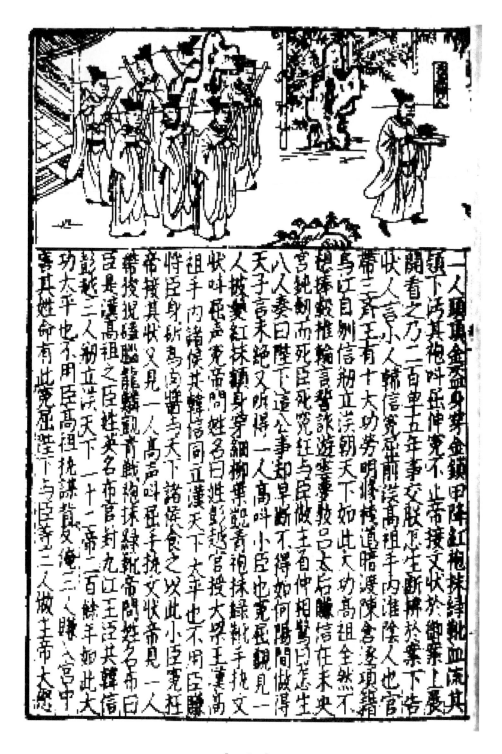

一人頭頂金盔盆身穿金鎖甲降紅袍抹綠靴血流其
鎮下污其袍叫臥伸寬不止帝接文收於御案上憂
關看之乃二百单五年事安服忿先生斷辨於案下告
收人言小人韓信竟坐其前淡高祖手内淮陰人也官
帯三齊王有十大功明修棧道暗渡陳倉登项籍
為江自别信淡朝天下如此大功高祖渡臨陳會
祝捧轂椎輪言誓訴遊坐妻教呂太后賺信在未央
宮貌制而死臣死竟狂与臣做主百仲相賺同誌生
狀呌屁声竟帝問姓名曰姓越官授大梁王蕭高
人被麥紅抹頂身穿細柳葉覲青袍抹綠靴手挽文
天子言未絶又所得一人高呌小臣也竟屁親見一
八人委曰陛下逹公事却早断不得如何陽間做得
祖捧新爲反醫与天下諸葆食之以此小臣竟見一
將臣身斬爲反醫与天下太平也不用臣賺
韓按説疆臉龍鏃觀青戲袍抹綠靴問姓名曰
臣是漢高祖之臣姓英名布官封九江王涇其
彭秘二人初立淡天下一十二帝二百餘年如此大
功太平也不用臣高祖挽謀龍文
等其姓命有此竟冠陛下与臣等二人做主帝大怒

[그림 5]

[그림 6]

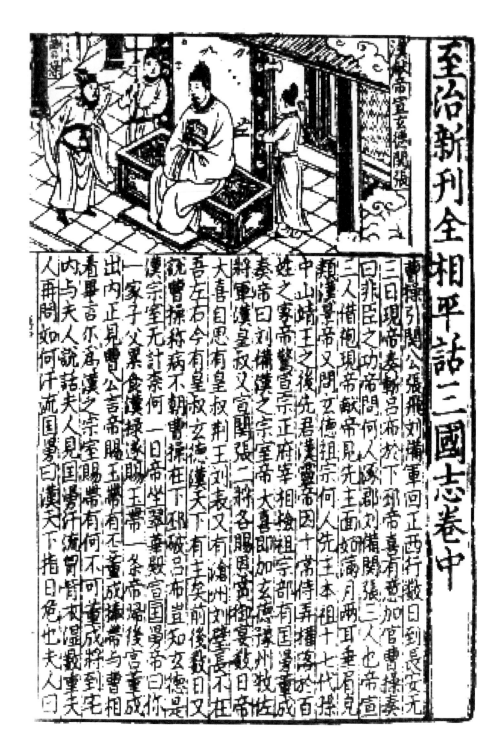

[그림 7]

寫何日書公內載曹臨闕官皆為操之耳目帝賜帶
与我曹操怎知夫人將過帶兒一紅綿頭間金鎖兒
挑之上有詔書国舅夫人大驚曰尚若内問前曹操
搜出一門家小都休重成看書上有皇叔劉玄德謹
駿前太尉吳子蘭三人待坐同看詔書
劉玄德吳子蘭国舅關張二將看畢董
祝治世董承於生得腕為祖安者實
陽隱急昔藏冊囚於泰国馬玩生得腕為祖安者實
難紀信施忠芥夫朕此因危除生好
也今懷天下有好倒縣詔當以決斷除好雄遍告天
奸臣肯已誅童卓今有好雄遍告天
下各宜知詔下国舅董成太尉吳子
德未得良將如泰暗詔當以決斷除好雄
臣未得良將如泰暗詔當以決斷除好雄
皇叔言曰可以參詳備若聞張二將得未定殺曹操
人〃坐起常有十万軍百員將兩壁廂俱
為尸山血海言未尽忽然外一人叫曰您好大膽教告
曹操皇叔開門観是太醫院騙官吉平三人驚告
入關内評論殺曹操吉平言曰曹操一病名虎頭風
吉平療之便毒藥壞之董成曰曹操夜間

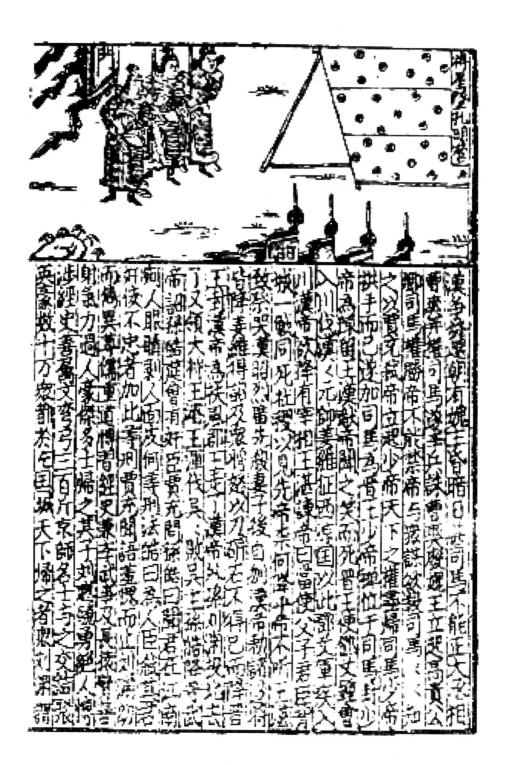

[그림 9]

[그림 10]

2) 三分事略

書名	出版者·堂號·序文	略稱	卷冊·則回/行字	出刊年度	所藏處
三分事略	未詳	[三分事略]	3卷 /20行 20字	至元年間	日本 天理大學

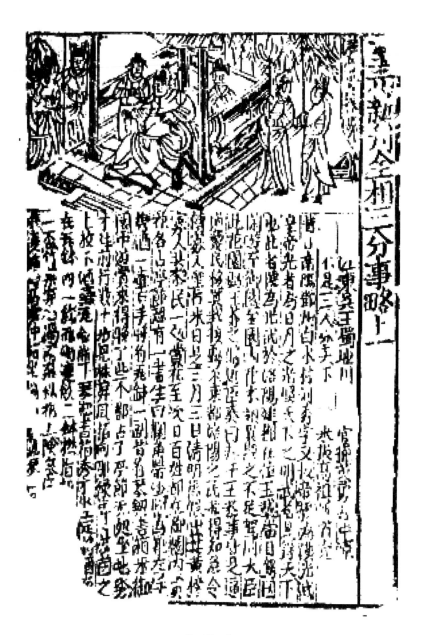

[그림 1]

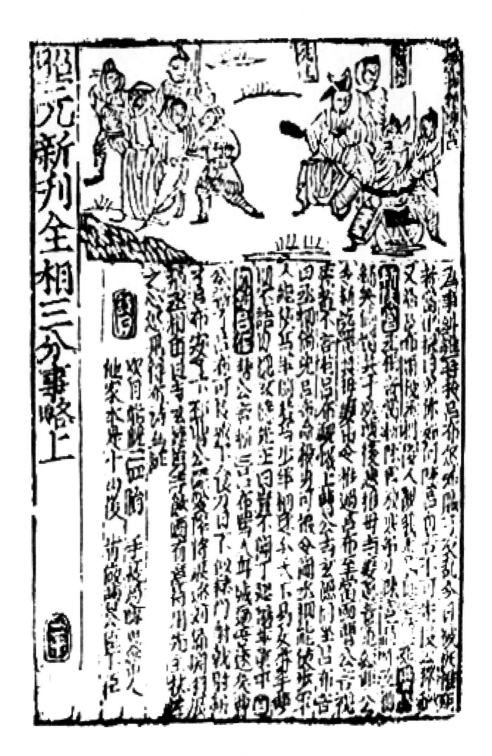

[그림 2]

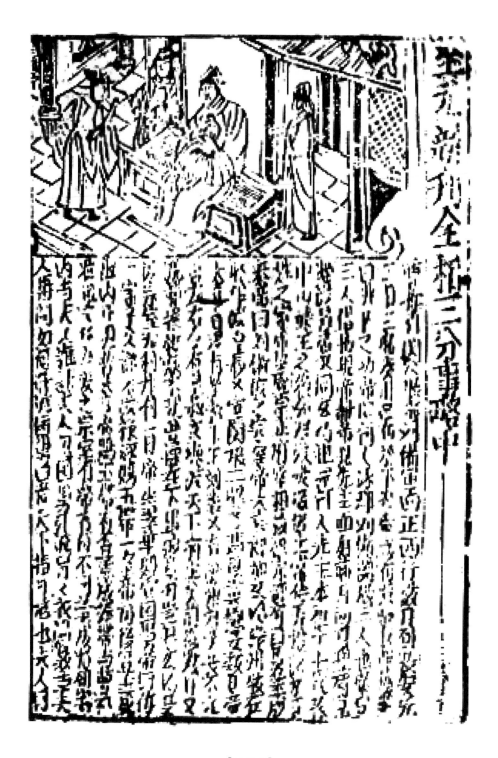

[그림 3]

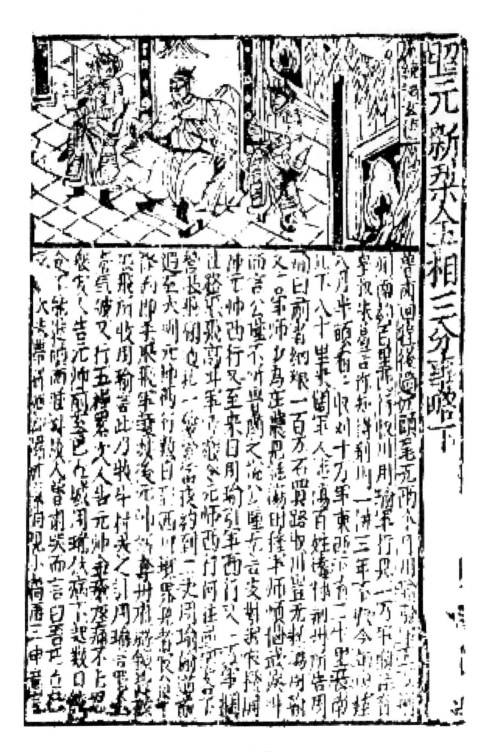

[그림 4]

[그림 5]

2. 明版本 三國演義

1) 演義系列

(1) 嘉靖本

書名	出版者·堂號/序文	略稱	卷册·則回/行字	出刊年度	所藏處
三國志通俗演義	庸愚子序(1494)/張尙德序	[嘉靖本] (張尙德本)	24卷·240則/ 9行 17字	1522	北京圖書館· 日本 文求堂· 商務印書館.

[그림 1]

三國志通俗演義序

夫史。非獨紀歷代之事。蓋欲昭往
昔之盛衰鑒君臣之善惡載政事
之得失觀人才之吉凶知邦家之
休戚以至寒暑災祥褒貶予奪無
一而不筆之者有義存焉吾夫子
因獲麟而作春秋春秋魯史也孔

[그림 2]

三國志通俗演義引

客問於余曰。劉先主曹操。孫權。各
據漢地為三國史巳志其顛末傳
世久矣復有所謂三國志通俗演
義者。不幾近於贅乎。余曰。否。史氏
所志事詳而文古義微而旨深。非
通儒夙學展卷間。鮮不便思困睡。

[그림 3]

世道重輕哉

今古興亡數本天。就中人事亦
堪憐。欲知三國蒼生苦。請聽通
俗演義篇。忠烈赤心扶正統。姦
回白首弄威權。須知善惡當師
㒱遺臭流芳億萬年。獻帝仁柔
漢祚衰。十常侍啓釁端開董卓

[그림 4]

騫騰麟鳳孤。四海徒令蹈白刃。

天假數年壽孔明。山河未必輕

歸晉。此編非直口耳資。萬古綱

常期復振

嘉靖壬午孟夏吉望關中修髯子

書于居易草亭

[그림 5]

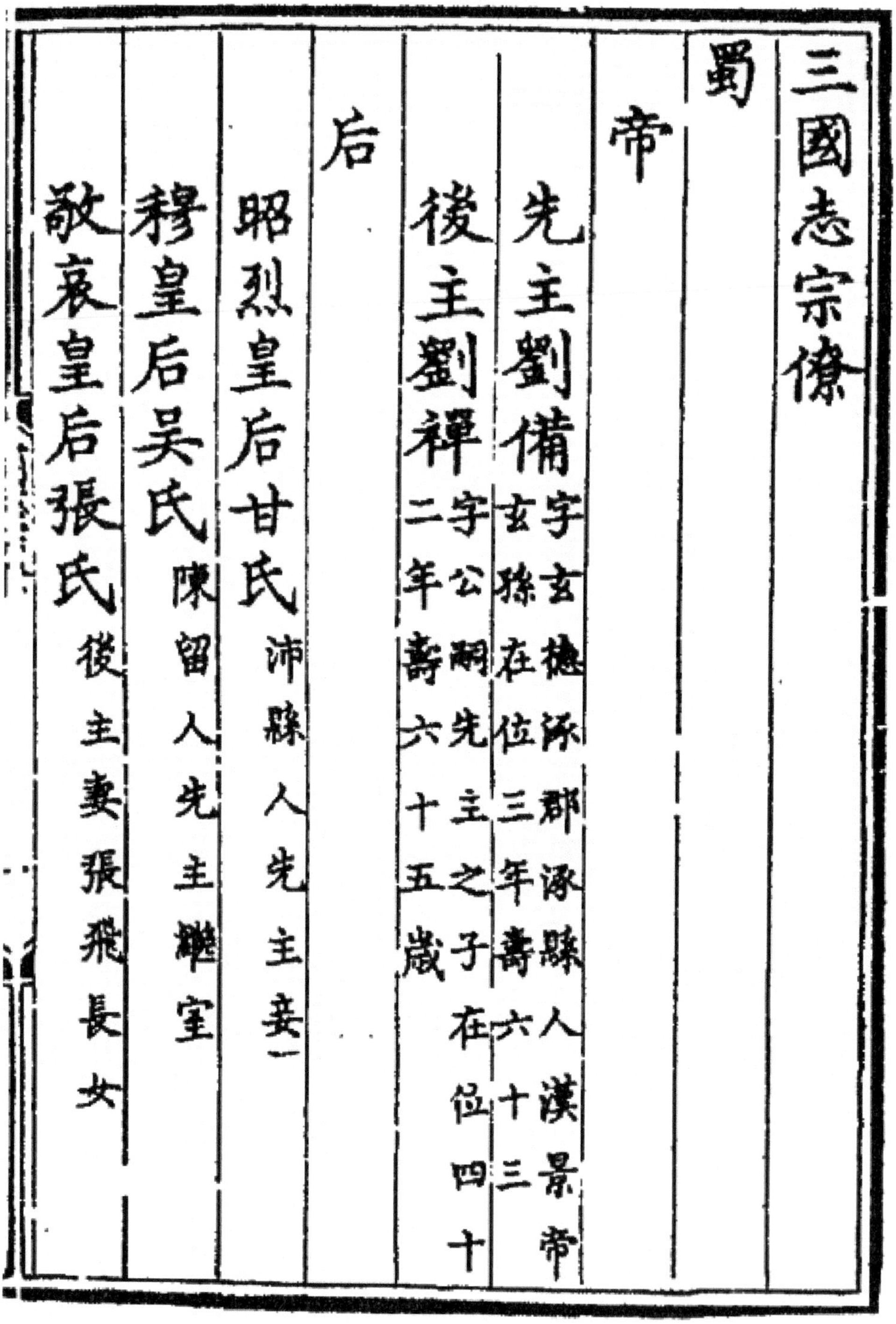

三國志宗僚

蜀

帝

先主劉備 字玄德涿郡涿縣人漢景帝玄孫在位三年壽六十三

後主劉禪 字公嗣先主之子在位四十二年壽六十五歲

后

昭烈皇后甘氏 沛縣人先主妾

穆皇后吳氏 陳留人先主繼室

敬哀皇后張氏 後主妻張飛長女

[그림 6]

三國志通俗演義卷之一

目錄

祭天地桃園結義

劉玄德斬寇立功

安喜張飛鞭督郵

何進謀殺十常侍

董卓議立陳留王

呂布刺殺丁建陽

廢漢君董卓弄權

[그림 7]

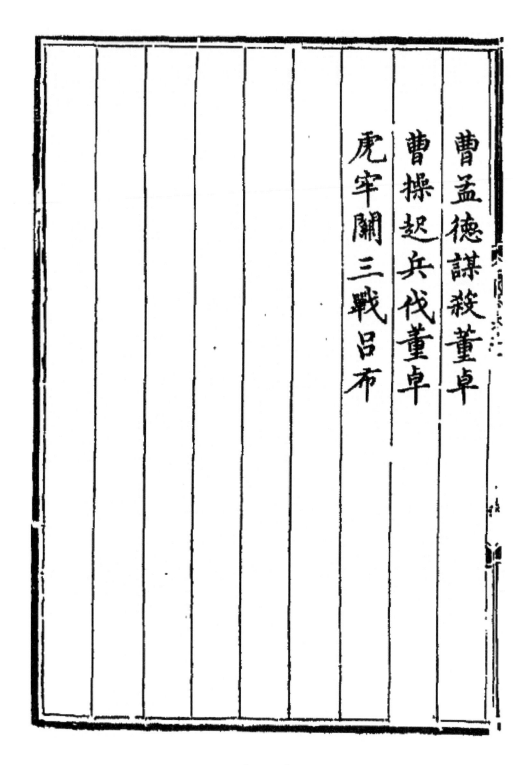

曹孟德謀殺董卓

曹操起兵伐董卓

虎牢關三戰呂布

[그림 8]

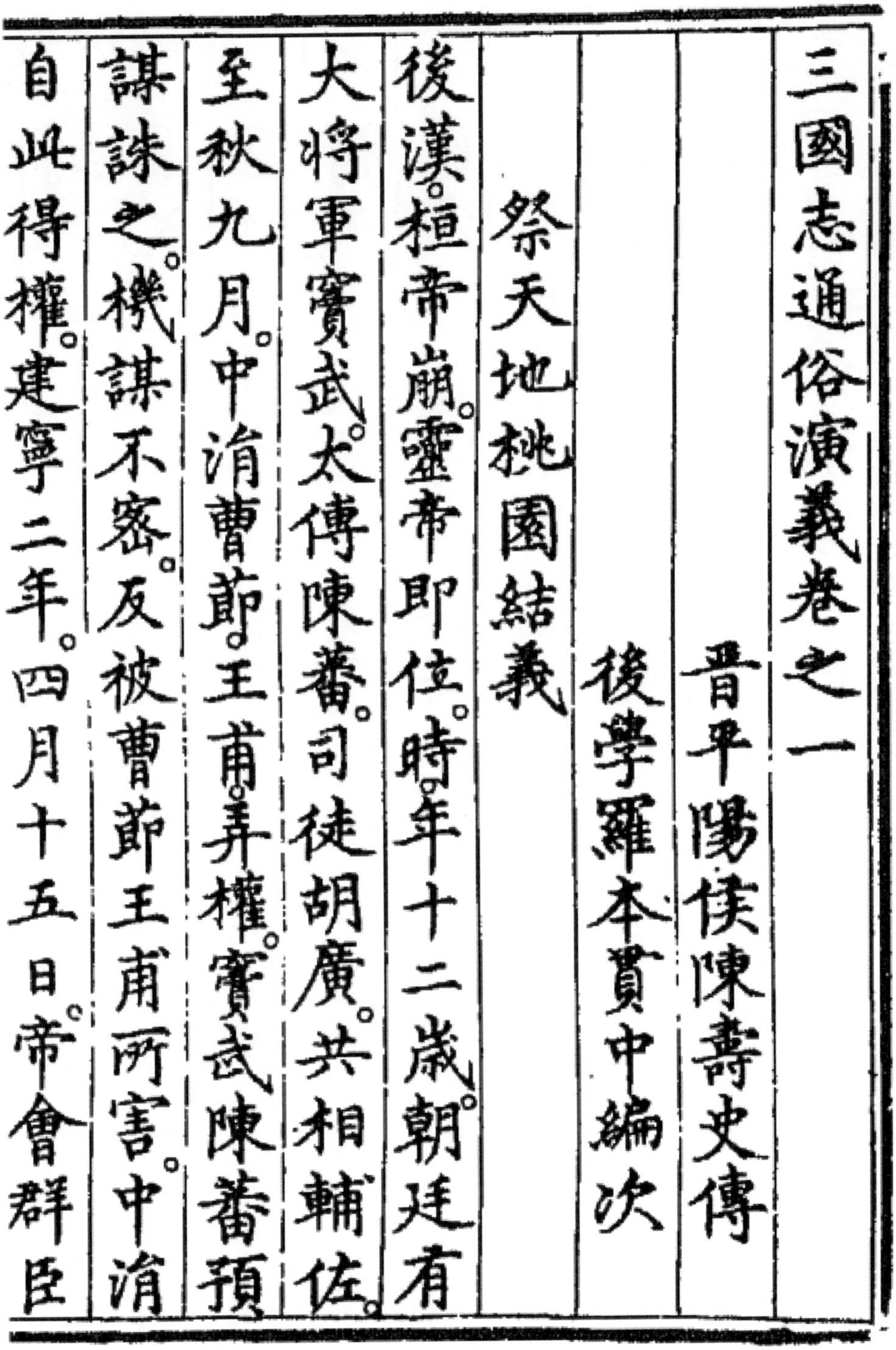

三國志通俗演義卷之一

晋平陽侯陳壽史傳

後學羅本貫中編次

祭天地桃園結義

後漢桓帝崩。靈帝即位。時年十二歲。朝廷有大將軍竇武太傅陳蕃司徒胡廣。共相輔佐。至秋九月。中涓曹節王甫弄權。竇武陳蕃預謀誅之機謀不密。反被曹節王甫所害。中涓自此得權建寧二年。四月十五日。帝會群臣

[그림 9]

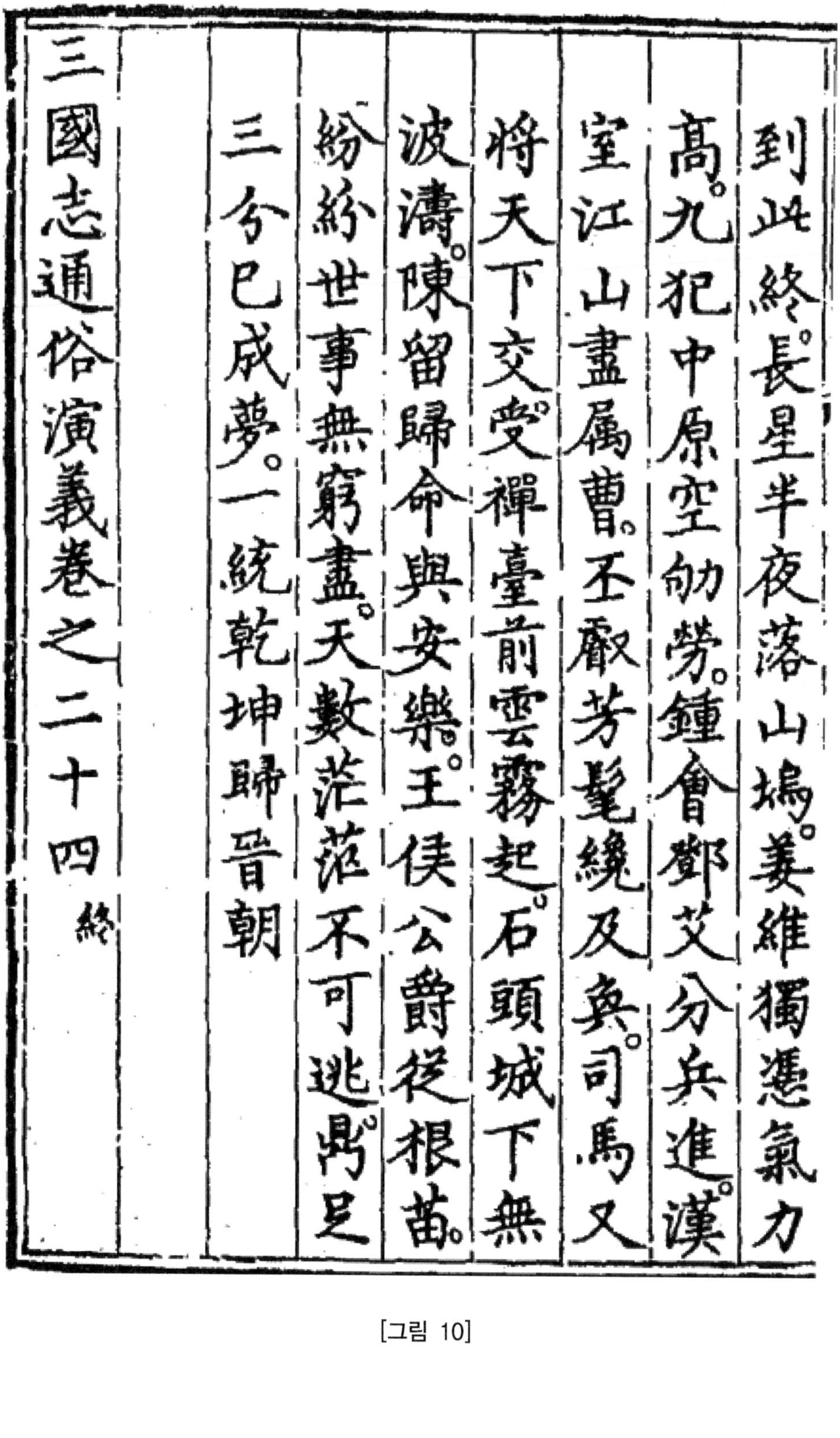

到此終長星半夜落山塢。姜維獨憑氣力

高。九犯中原空劬勞。鍾會鄧艾分兵進漢

室江山盡屬曹。丕丕芳鬓繞及奐。司馬又

將天下交受禪臺前雲霧起石頭城下無

波濤。陳留歸命與安樂。王侯公爵從根苗。

紛紛世事無窮盡。天數茫茫不可逃罥足

三分已成夢。一統乾坤歸晉朝

三國志通俗演義卷之二十四　終

[그림 10]

(2) 朝鮮金屬活字本

書名	出版者·堂號·序文	略稱	卷册·則回/行字	出刊年度	所藏處
三國志通俗演義	殘本1册(卷8上下) 丙子字	[朝鮮活字本]	12卷·240則 /11行 20字	1560初中期	韓國： 李亮載所藏

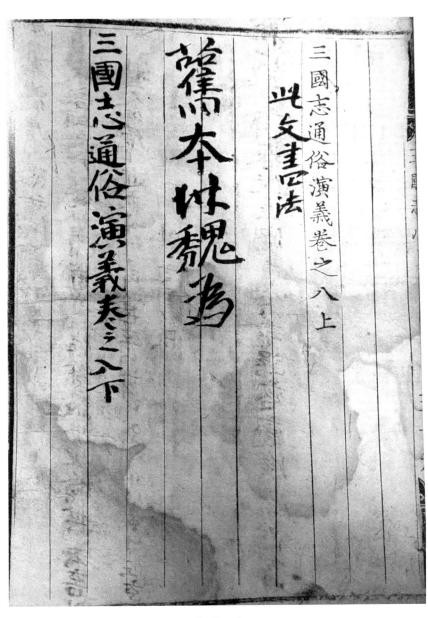

[그림 1]

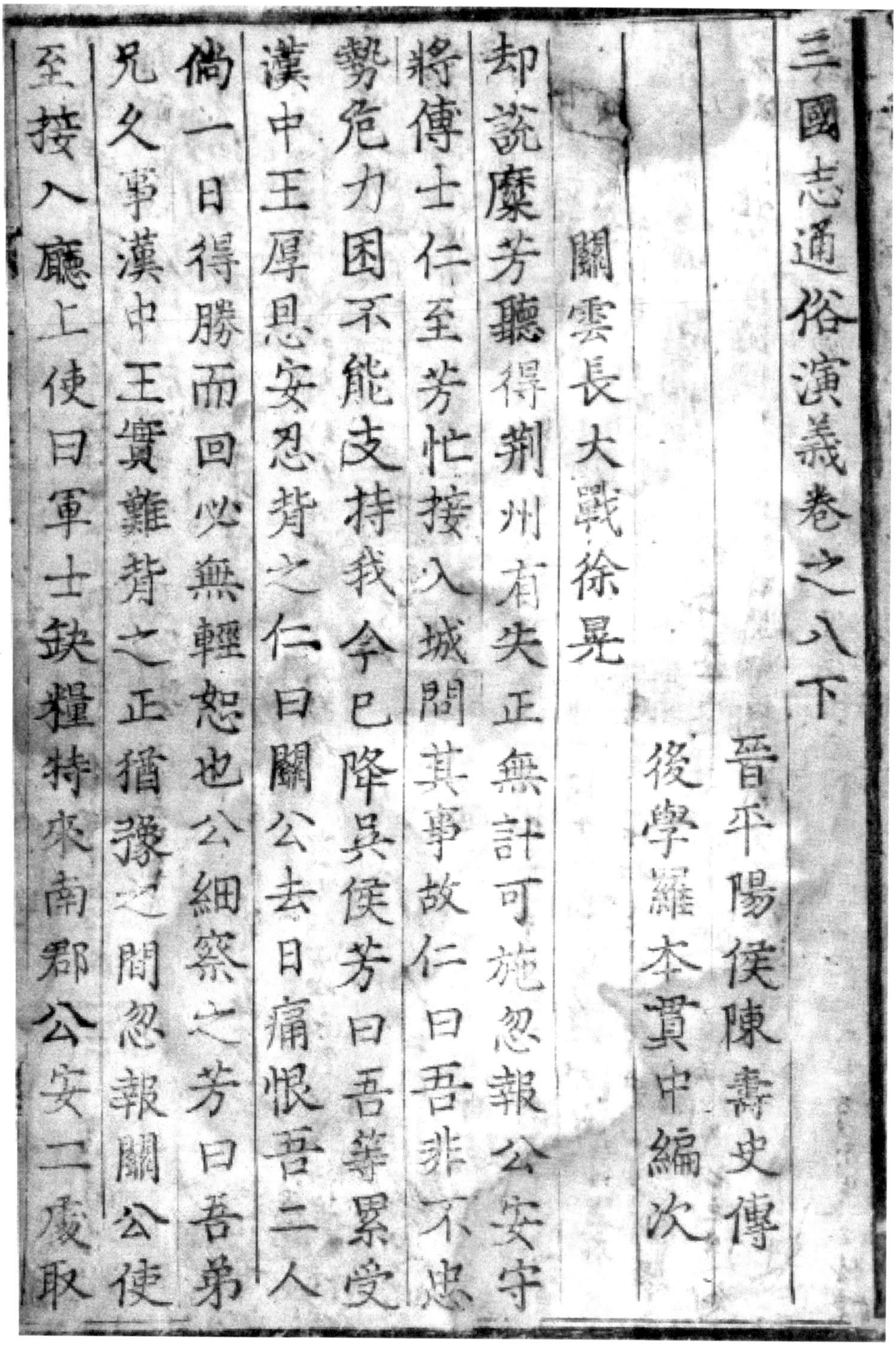

三國志通俗演義卷之八下

晉平陽侯陳壽史傳

後學羅本貫中編次

關雲長大戰徐晃

却說糜芳聽得荆州有失正無計可施忽報公安守
將傅士仁至芳忙接入城間其事故仁曰吾非不忠
勢危力困不能支持我今已降吳侯芳曰吾等累受
漢中王厚恩安忍背之仁曰關公去日痛恨吾二人
倘一日得勝而回必無輕恕也公細察之芳曰吾弟
兄久事漢中王實難背之正猶豫之間忽報關公使
至接入廳上使曰軍士缺糧特來南郡公安二處取

[그림 2]

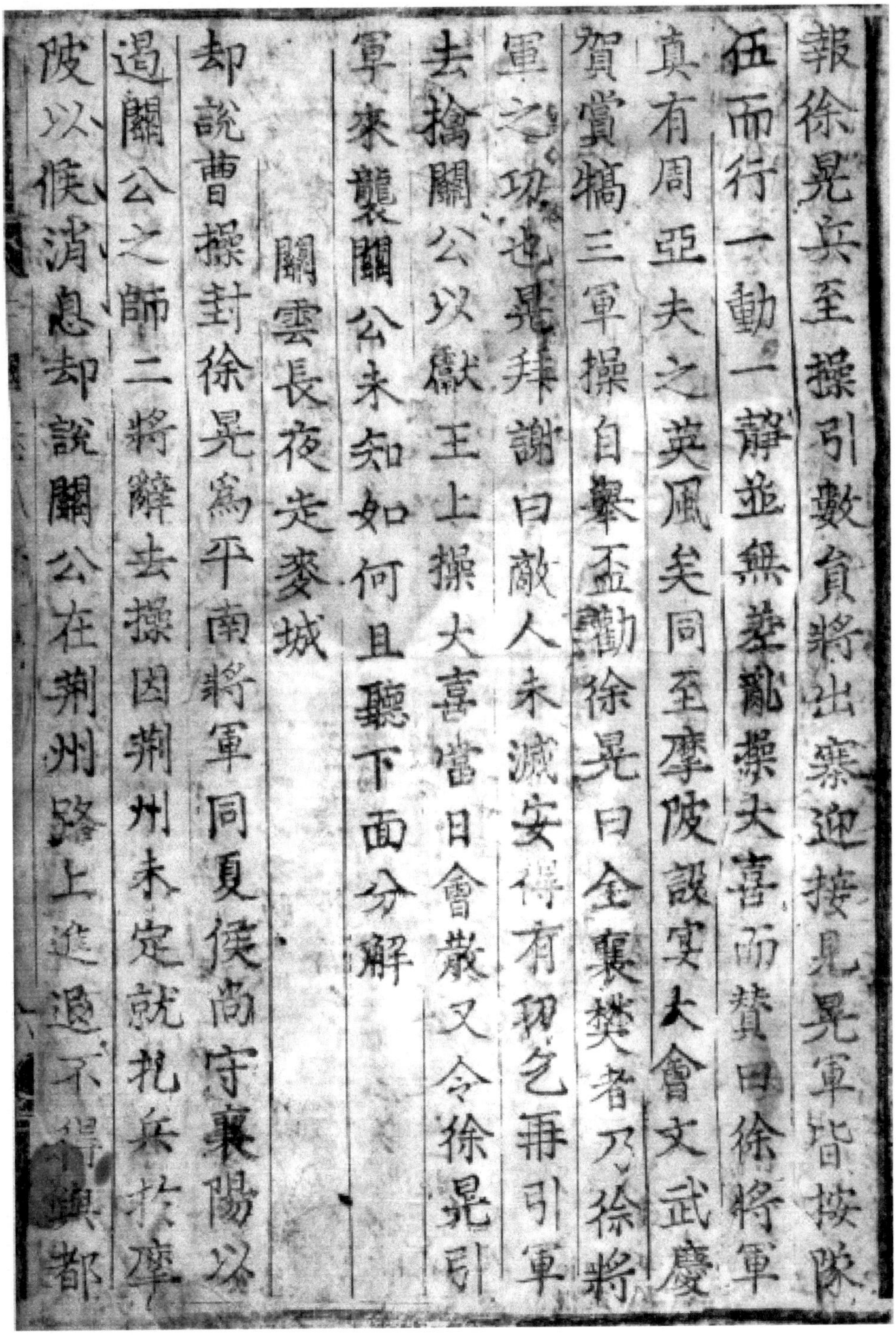

報徐晃兵至操引數負將出寨迎接見晃軍皆按隊
伍而行一動一靜並無差亂操夫喜而贊曰徐將軍
真有周亞夫之英風矣同至摩陵設宴大會文武慶
賀賞犒三軍操自舉盃勸徐晃曰全襄樊者乃徐將
軍之功也晃拜謝曰敵人未滅安得有初乞乘引軍
去擒關公以獻王上操大喜當日會散又令徐晃引
軍來襲關公未知如何且聽下面分解

關雲長夜定麥城

却說曹操封徐晃為平南將軍同夏侯尚守襄陽以
過關公之師二將辭去操因荊州未定就扎兵於摩
陵以候消息却說關公在荊州路上進退不得鎮都

[그림 3]

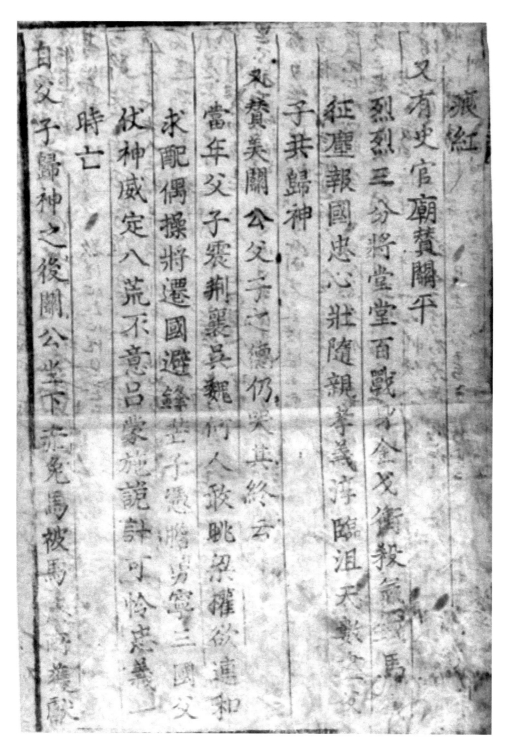

[그림 4]

則東吳之地何可當也權聞言大喜乃武

其計較也似此如之奈何昭曰主公勿慮其計

今西蜀之英不把東吳使荊州如盤石之安也畢竟

如何且聽下面分解

漢中王痛哭關公

却說吳侯求計於張昭昭曰今曹操擁百萬之衆虎

視華夏又思得漢上之地矣劉備慈欲報讐必歸命

於操操貪其利必然納之若二處連兵則東吳危矣

外之寇也不如外遣人將關公父子首級轉送與曹

操明教劉備知是操之所使必痛恨於操也蜀兵將相

攻看其意慢然後於神耶事此計可休東吳西蜀亦

[그림 5]

(3) 周日校本(甲本) 朝鮮飜刻本(周日校本) (新刊古本大字音釋三國志傳通俗演義)

書名	出版者·堂號/序文	略稱	卷册·則回/行字	出刊年度	所藏處
新刻校正古本大字音釋三國志傳通俗演義	周日校甲本·朝鮮覆刻	[朝鮮覆刻本]	12卷·240則/13行 24字	1627推定	韓國 淸州博物館等

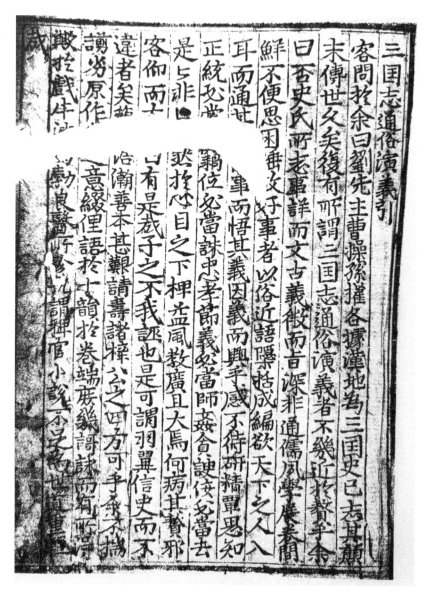

[그림 1]

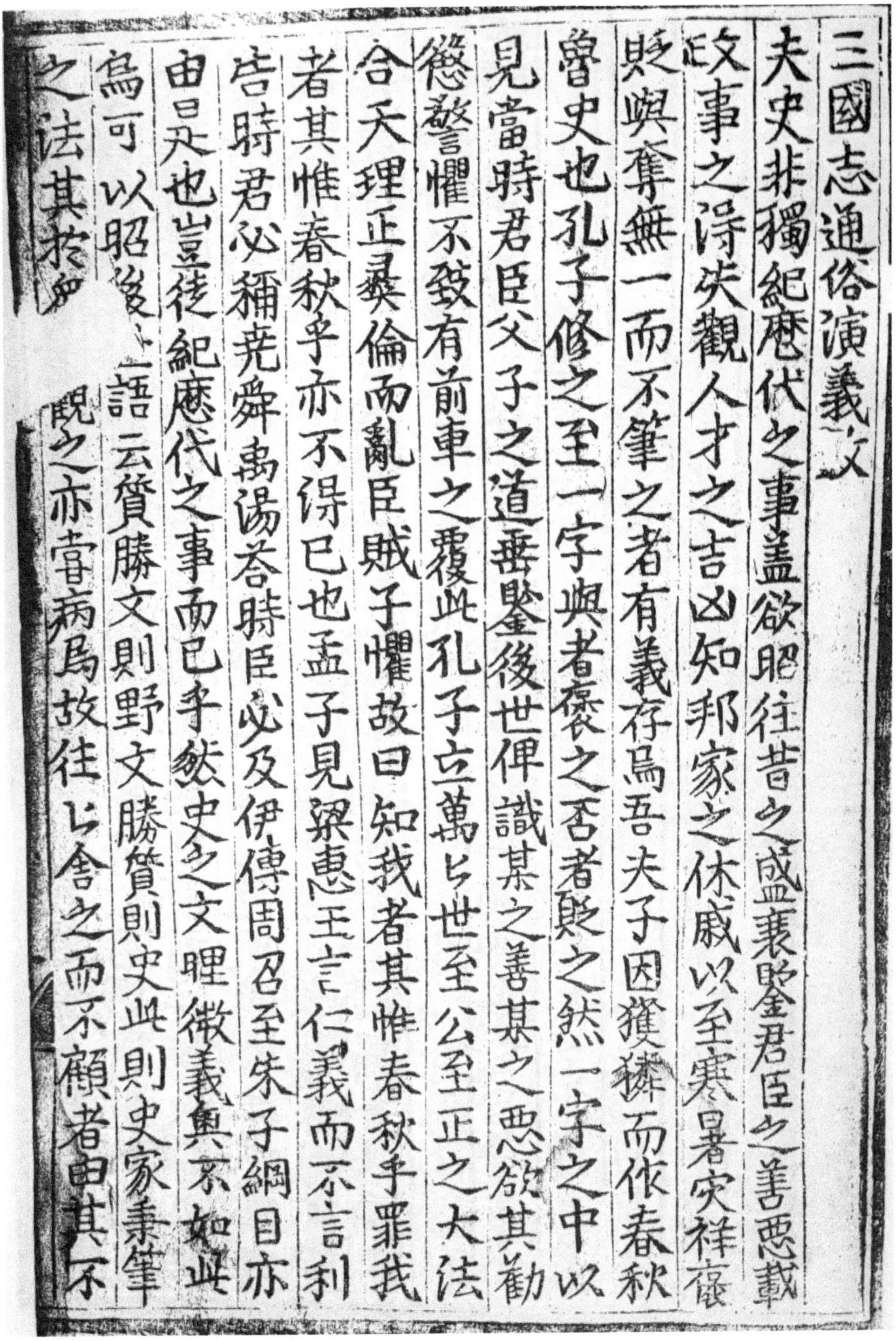

三國志通俗演義引

夫史非獨紀歷代之事蓋欲昭往昔之盛襄鑒君臣之善惡載
政事之得失觀人才之吉凶知邦家之休戚以至寒暑災祥襄
貶與奪無一而不筆之者有義存焉吾夫子因獲麟而作春秋
曾史也孔子修之至一字與者褒之否者貶之然一字之中以
見當時君臣父子之道垂鑒後世俾識某之善某之惡欲其勸
懲警懼不發有前車之覆此孔子立萬世至公至正之大法
合天理正彝倫而亂臣賊子懼故曰知我者其惟春秋乎罪我
者其惟春秋乎亦不得已也孟子見梁惠王言仁義而不言利
吉時君必補堯舜禹湯若時臣必及伊傳周召至朱子綱目亦
由旦旻也豈徒紀歷代之事而已乎然史之文理徵義奧系如此
爲可以昭後一語云質勝文則野文勝質則史此則史家秉筆
之法其於此 既之亦甚病焉故往往舍之而不顧者由其不

[그림 2]

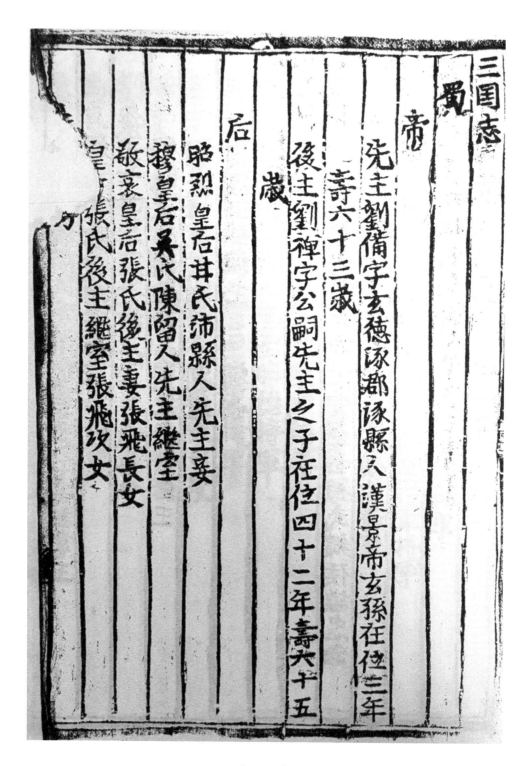

[그림 3]

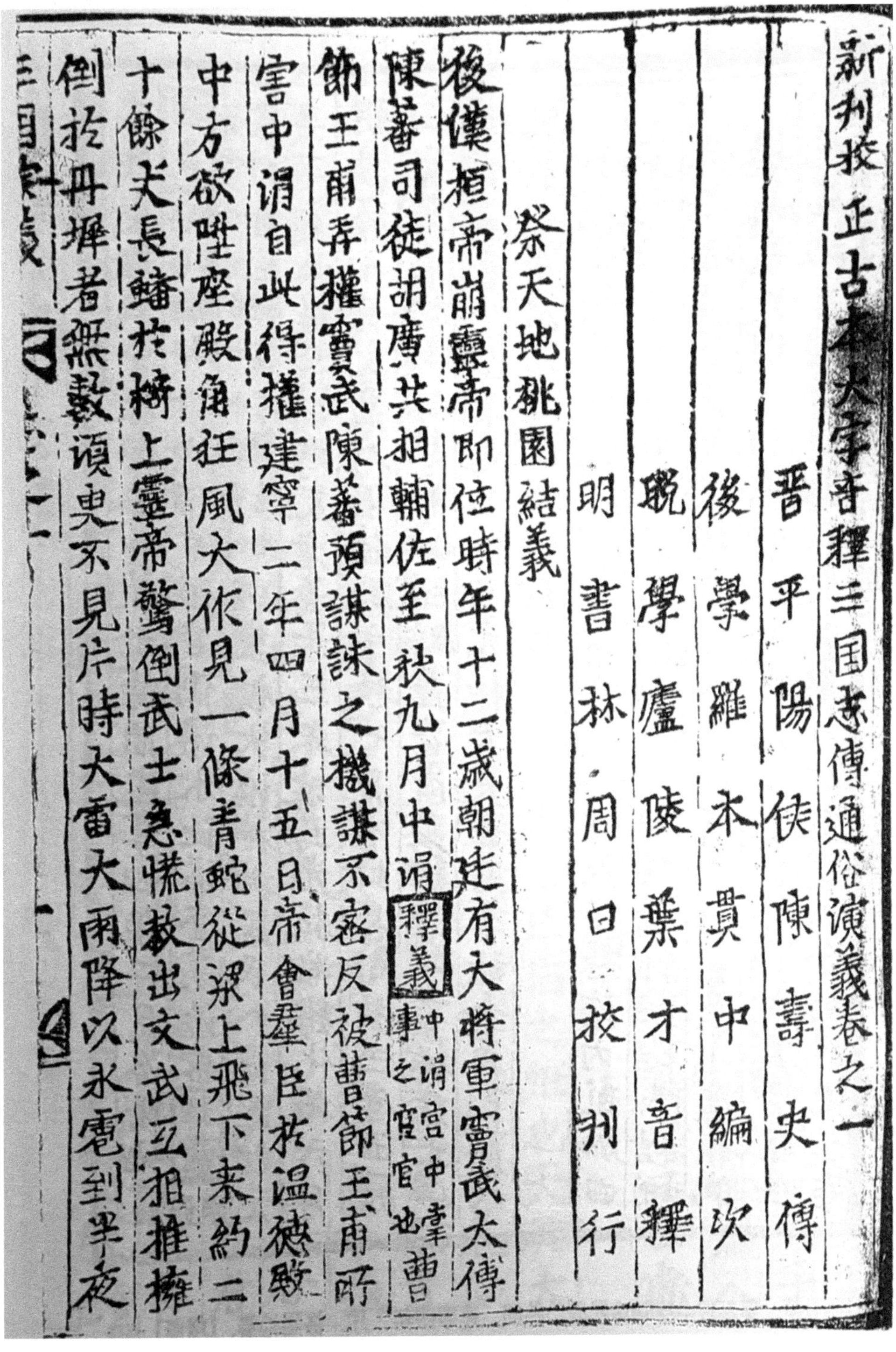

新刊校正古本大字音釋三國志傳通俗演義卷之一

晉平陽侯陳壽史傳

後學羅本貫中編次

聰學盧陵葉才音釋

明書林周曰校刊行

祭天地桃園結義

後漢桓帝崩靈帝即位時年十二歲朝廷有大將軍竇武太傅
陳蕃司徒胡廣共相輔佐至秋九月中謂釋義中謂宮中辛曹官也
飾王甫弄權竇武陳蕃預謀誅之機謀不密反被曹節王甫所
害中謂自此得權建寧二年四月十五日帝會羣臣於溫德殿
中方欲陞座殿角狂風大作見一條青蛇從梁上飛下來約二
十餘丈長蟠於椅上靈帝驚倒武士急慌救出文武互相推攘
倒於丹墀者無數須臾不見片時大雷大雨降以冰雹到半夜
三月餘方息

[그림 4]

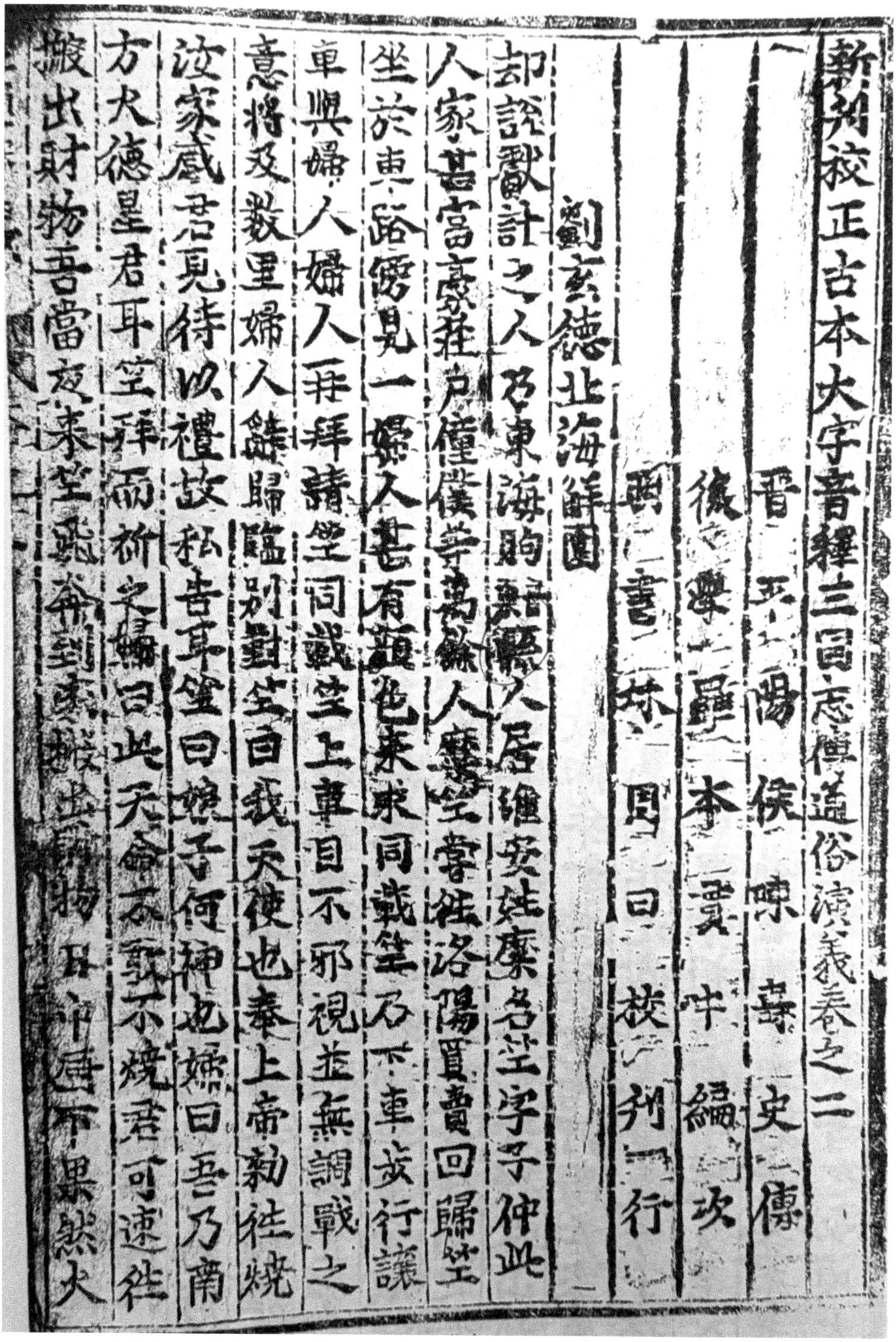

新刊校正古本大字音釋三國志傳通俗演義卷之二
晉 平陽 侯 陳 壽 史 傳
後 學 羅 本 貫 中 編 次
西 書 林 周 曰 校 刊 行
劉玄德北海解圍
却說獻計之人乃東海朐縣人居維安姓糜名竺字子仲此
人家甚富豪莊戶僮僕等萬餘人糜竺嘗往洛陽買賣回歸竺
坐於車上路傍見一婦人甚有顏色來求同載竺乃下車步行讓
車與婦人婦人拜拜請竺同載竺上車目不邪視並無調戲之
意將及數里婦人辭歸臨別對竺曰我天使也奉上帝勅往燒
汝家感君見待以禮故私告耳竺曰娘子何神也婦曰吾乃南
方火德星君耳竺拜而祈之婦曰此天命不敢不燒君可速往
搬出財物吾當夜來竺飛奔到家搬出財物日中廚下果然火

[그림 5]

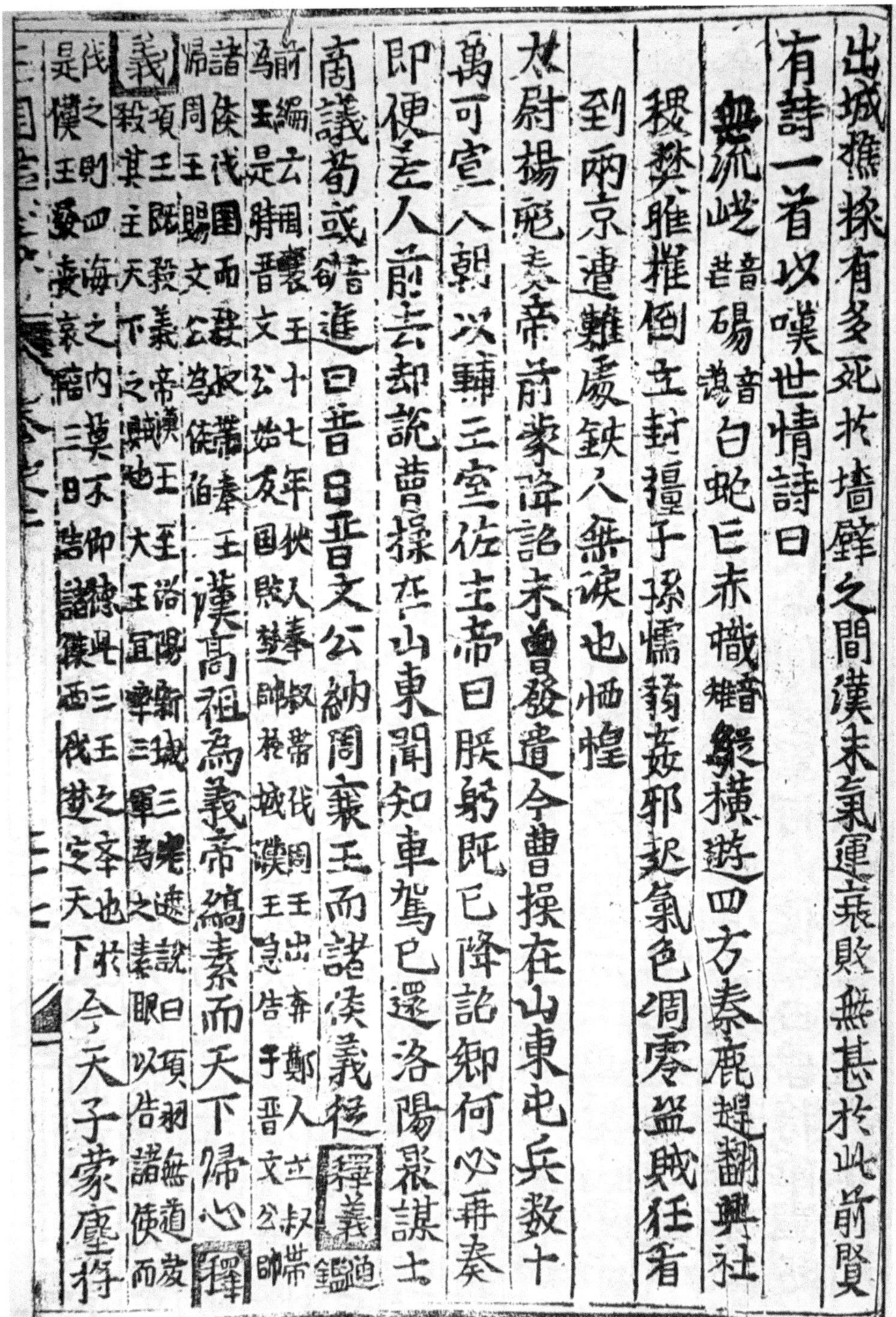

出城擄掠有多死於墻壁之間漢未氣運立衰賤無甚於此前賢

有詩一首以嘆世情詩曰

無流此音碭音白蛇巳赤幟雜音縱橫遊四方泰鹿趙翻興社

稷樊雅權倒立封疆于孫懦豺姦邪起氣色凋零益賊狂看

到兩京遭難憂缺人無誤也恓惶

太尉揚彪奏帝前蒙降詔未曾發遣令曹操在山東屯兵數十

萬可宣入朝以輔三室佐主帝曰朕躬既已降詔卿何必再奏

即便差人前去卻說曹操在山東聞知車駕已還洛陽聚謀士

商議荀或錯進曰昔晉文公納周襄王而諸侯義從【釋義】

前編云特晉襄王十七年狄人奉狄帶伐圍殺襲師於城濮王出奔鄭入立叔帶即

帰玉是時而建天下之內莫不仰慕諸候此三代之率也於今天子蒙塵將

是懷王則要四海衰寵

諸侯周王既殺文公等侯奉王漢高祖為義帝縞素而天下歸心

【義】殺其圍

【釋義鑑通】

[그림 6]

安也糧之昨也若得上郵南安自危矣逯留覇卹於武城山維
盡引精兵攔擋沿山疲渭水之東達東上郵行了一宿捍及天
明見山勢救嶮道路崎嶇乃問鄉道官曰此覆何名耶荅曰段
谷維大驚曰有何糞我【擇義】段谷興斷因此有射偶於此地斷
（穀音同）
絕糧草如之崇倚正躊躇未決忽前軍來報山後有塵土兩起
忽有伏兵維令退兵之時師篡鄧忠兩軍殺出維且戰且走前
面喊聲大震鄧艾引兵殺到三路夾攻蜀兵大敗棄甲拋戈去
旗撤鼓各逃性命者不可勝數後得夏侯覇引兵殺到魏兵方
◦堪嘆姜維繼武侯出師不料敵人謀中原尺地難版橋兵撥
退救了姜維靜軒有詩曰
山傷兵國勢休
維欲往祁山再出覇曰祁山寨已被陳泰打破鮑素陣亡全寨
人馬皆退回漢中去了維不敢取董尋急投山僻小路而回寨

三國演義　卷之二十

［그림 7］

能之秋太康四年三主皆善終自此三国歸於晉帝司馬炎焉
一統之基奏後入有古風一篇以附卷末而嘆曰
高祖提劍入咸陽炎炎紅日升扶桑光武龍興成大統金烏
飛上天中央袁帝紹海宇紅輪西墜咸池傍何進無謀
中貴亂京州董卓居朝堂王允定計誅逆黨郭汜興刀
鎗四方賊盜如蟻聚六合姦雄皆鷹揚孫堅孫策起江左表
一紹袁術興河東劉焉父子據巴蜀劉表軍旅屯荊襄張
魯霸南鄭馬騰韓遂守西凉陶謙張繡公孫瓚各逞雄才占
一方曾操專權居相府牢籠英俊用文武威鎮天子令諸侯
總領貔貅鎮中土樓桑玄德本皇孫義結關張願扶主東西
奔走恨無家將寡兵微作羈旅南陽三顧情何深臥龍一見
分寰宇先取荊州後取川霸業圖王在天府嗚呼三載逝升天
遶白帝託孤堪痛楚孔明六出祁山前願以隻手將天補何

三国演義　卷之二十二

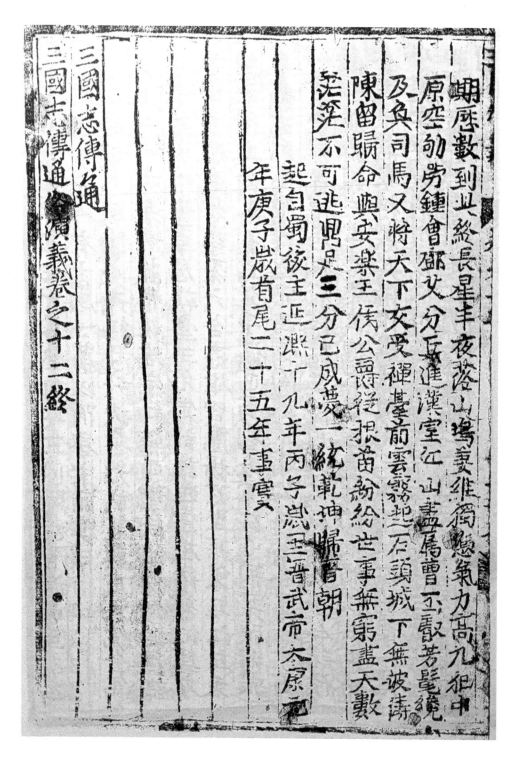

[그림 9]

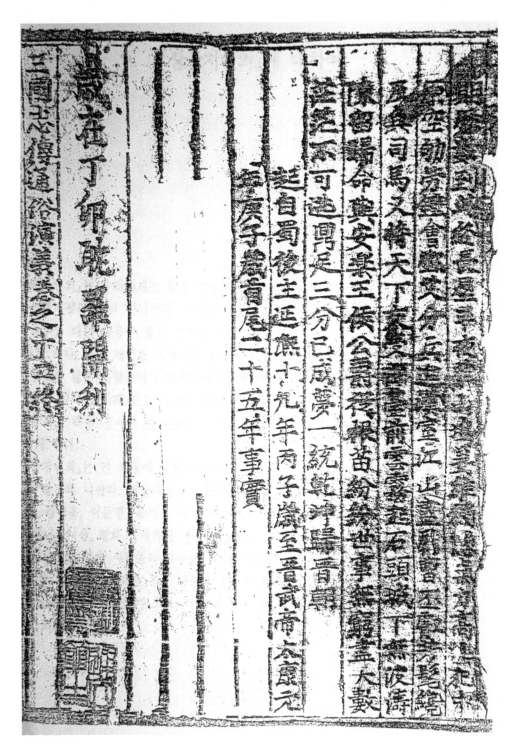

[그림 10]

(4) 周日校本(乙本)

書名	出版者 · 堂號/序文	略稱	卷册 · 則回/行字	出刊年度	所藏處
新刻校正古本大字音釋三國志通俗演義	周日校 · 仁壽堂(萬卷樓)	[周日校本]	12卷 · 240則 /13行 26字	乙本： 1591	北京大 · 日本 內閣文庫等

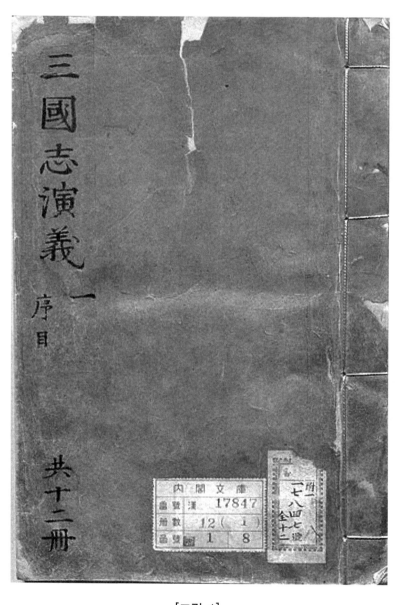

[그림 1]

[그림 2]

[그림 3]

卷之一節目

祭天地桃園結義　劉玄德斬寇立功
安喜張飛鞭督郵　何進謀殺十常侍
董卓議立陳留王　呂布刺殺丁建陽
廢漢君董卓弄權　曹孟德謀殺董卓
曹操起兵伐董卓　虎牢關三戰呂布
董卓火燒長樂宮　袁紹孫堅奪玉璽
趙子龍盤河大戰　孫堅跨江戰劉表
司徒王允說貂蟬　鳳儀亭布戲貂蟬
王允授計誅董卓　李傕郭汜寇長安
李傕郭汜殺樊稠　曹操興兵報父讐

卷之三節目

青梅煮酒論英雄　關雲長襲斬車胄
曹操分兵拒袁紹　關張擒劉岱王忠
禰衡裸衣罵曹操　曹孟德三勘吉平
曹操勒死董貴妃　玄德匹馬奔冀州
張遼義說關雲長　雲長策馬刺顏良
雲長延津誅文醜　關雲長封金掛印
關雲長千里獨行　關雲長五關斬將
雲長擂鼓斬蔡陽　劉玄德古城聚義
孫策怒斬于神仙　孫權領衆據江東
曹操官渡戰袁紹　曹操烏巢燒糧草

[그림 4]

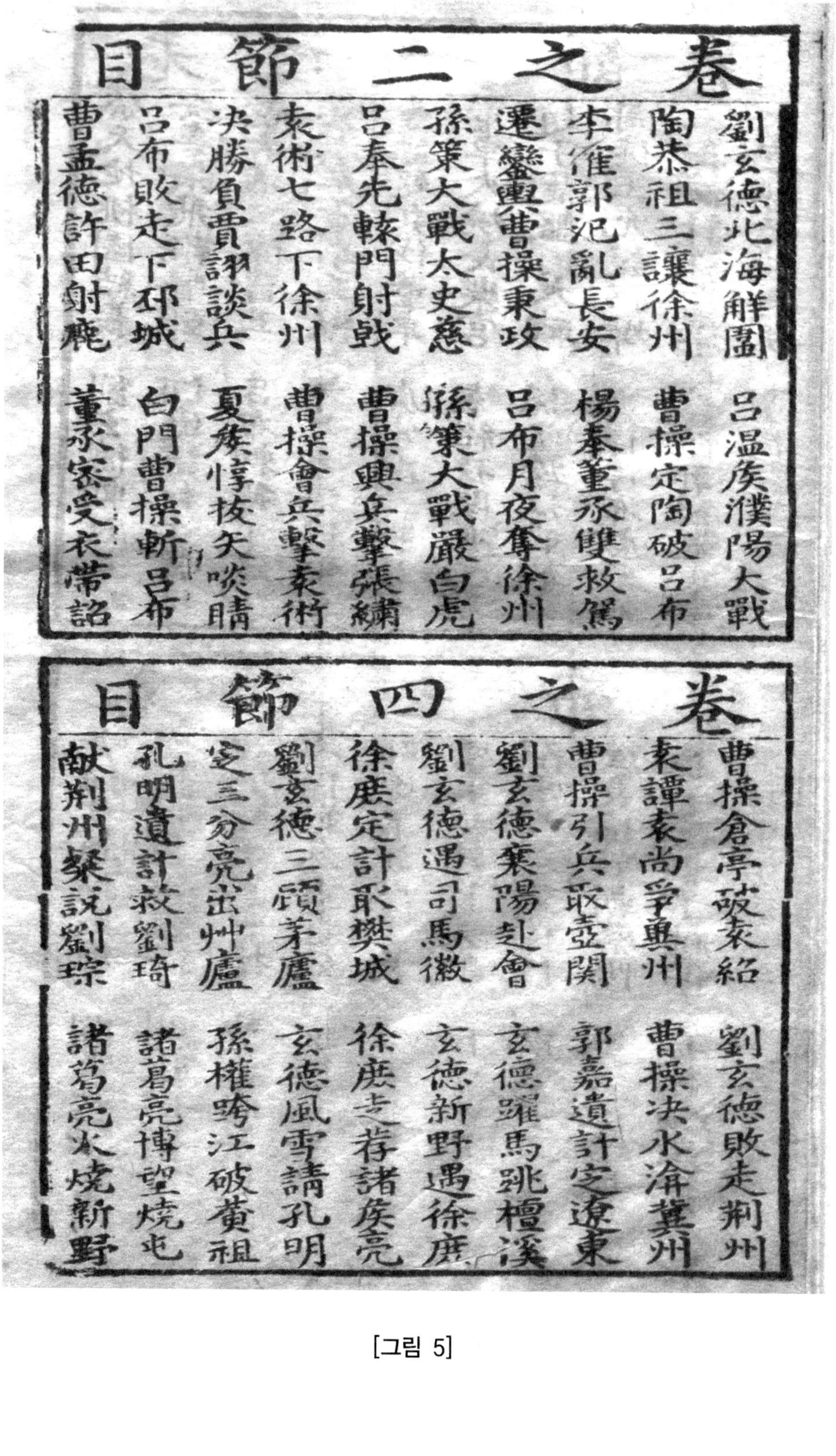

卷之二節目

劉玄德北海解圍　呂溫侯濮陽大戰
陶恭祖三讓徐州　曹操定陶破呂布
李傕郭汜亂長安　楊奉董承雙救駕
遷鑾輿曹操秉政　呂布月夜奪徐州
孫策大戰太史慈　孫策大戰嚴白虎
呂奉先轅門射戟　曹操興兵擊張繡
袁術七路下徐州　曹操會兵擊袁術
决勝負賈詡談兵　夏侯惇拔矢啖睛
呂布敗走下邳城　白門曹操斬呂布
曹孟德許田射鹿　董承密受衣帶詔

卷之四節目

曹操倉亭破袁紹　劉玄德敗走荊州
袁譚袁尚爭冀州　曹操決水渰冀州
曹操引兵取壺關　郭嘉遺計定遼東
劉玄德襄陽赴會　玄德躍馬跳檀溪
劉玄德遇司馬徽　玄德新野遇徐庶
徐庶定計取樊城　徐庶走薦諸葛亮
劉玄德三顧茅廬　玄德風雪請孔明
定三分亮出茅廬　孫權跨江破黃祖
孔明遺計救劉琦　諸葛亮博望燒屯
獻荊州粲說劉琮　諸葛亮火燒新野

[그림 5]

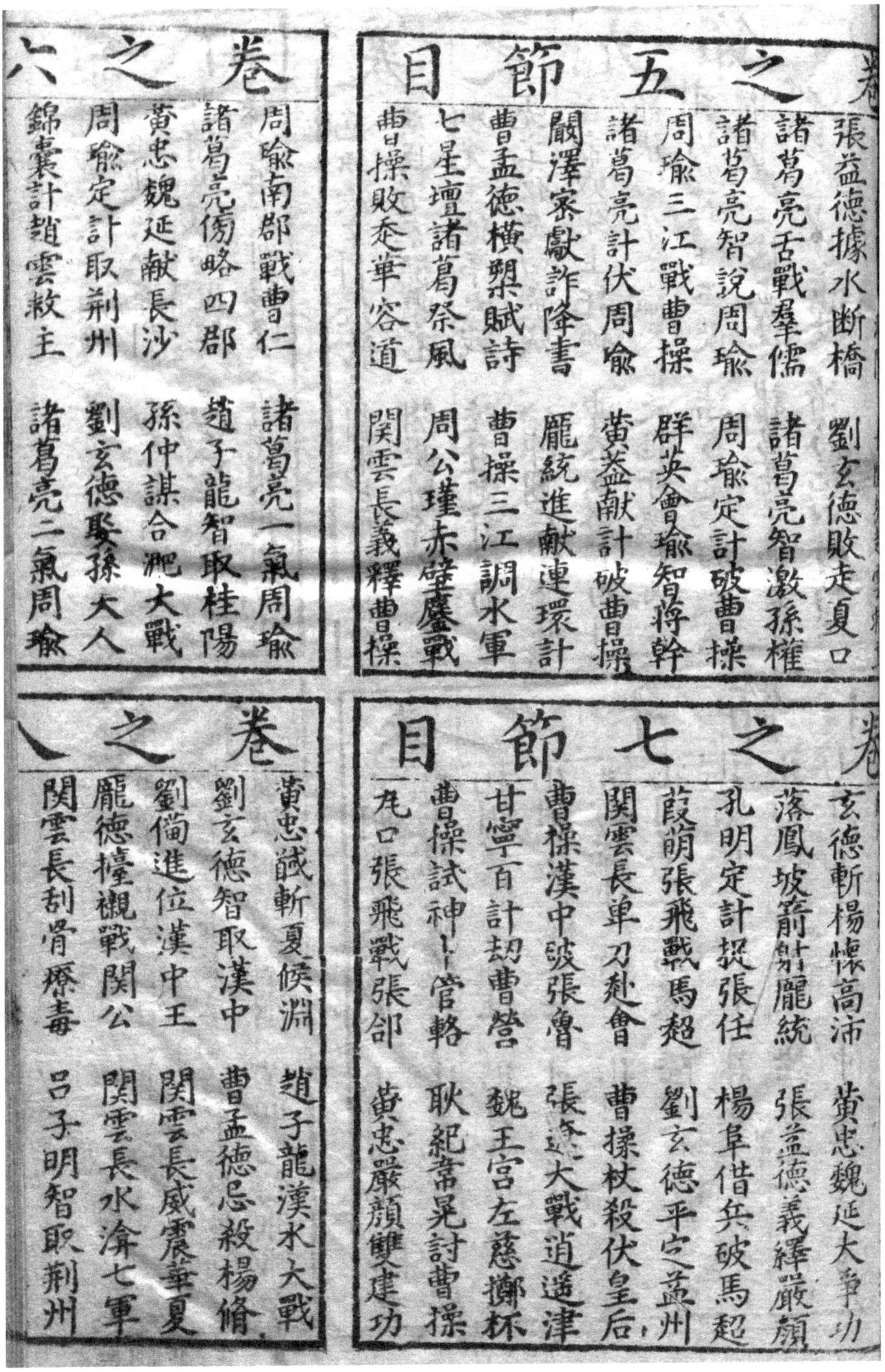

卷之五 節目

張益德據水斷橋　劉玄德敗走夏口
諸葛亮舌戰羣儒　諸葛亮智激孫權
諸葛亮智說周瑜　周瑜定計破曹操
周瑜三江戰曹操　羣英會瑜智蔣幹
諸葛亮計伏周瑜　黃蓋獻計破曹操
闞澤密獻詐降書　龐統進獻連環計
曹孟德橫槊賦詩　曹操三江調水軍
七星壇諸葛祭風　周公瑾赤壁鏖戰
曹操敗走華容道　関雲長義釋曹操

卷之六

周瑜南郡戰曹仁　諸葛亮一氣周瑜
諸葛亮傷略四郡　趙子龍智取桂陽
黃忠魏延獻長沙　孫仲謀合淝大戰
周瑜定計取荊州　劉玄德聚孫夫人
錦囊計趙雲救主　諸葛亮二氣周瑜

卷之七 節目

玄德斬楊懷高沛　黃忠魏延大爭功
落鳳坡箭射龐統　張益德義釋嚴顏
孔明定計捉張任　楊阜借兵破馬超
馘萌張飛戰馬超　劉玄德平定益州
関雲長單刀赴會　曹操杖殺伏皇后
曹操漢中破張魯　張遼大戰逍遙津
甘寧百計劫曹營　魏王宮左慈擲杯
曹操試神卜管輅　耿紀韋晃討曹操
龍口張飛戰張郃　黃忠嚴顏雙建功

卷之八

黃忠馘斬夏候淵　趙子龍漢水大戰
劉玄德智取漢中　曹孟德忌殺楊脩
劉備進位漢中王　関雲長威震華夏
龐德擡櫬戰関公　関雲長水淹七軍
関雲長刮骨療毒　呂子明智取荊州

[그림 6]

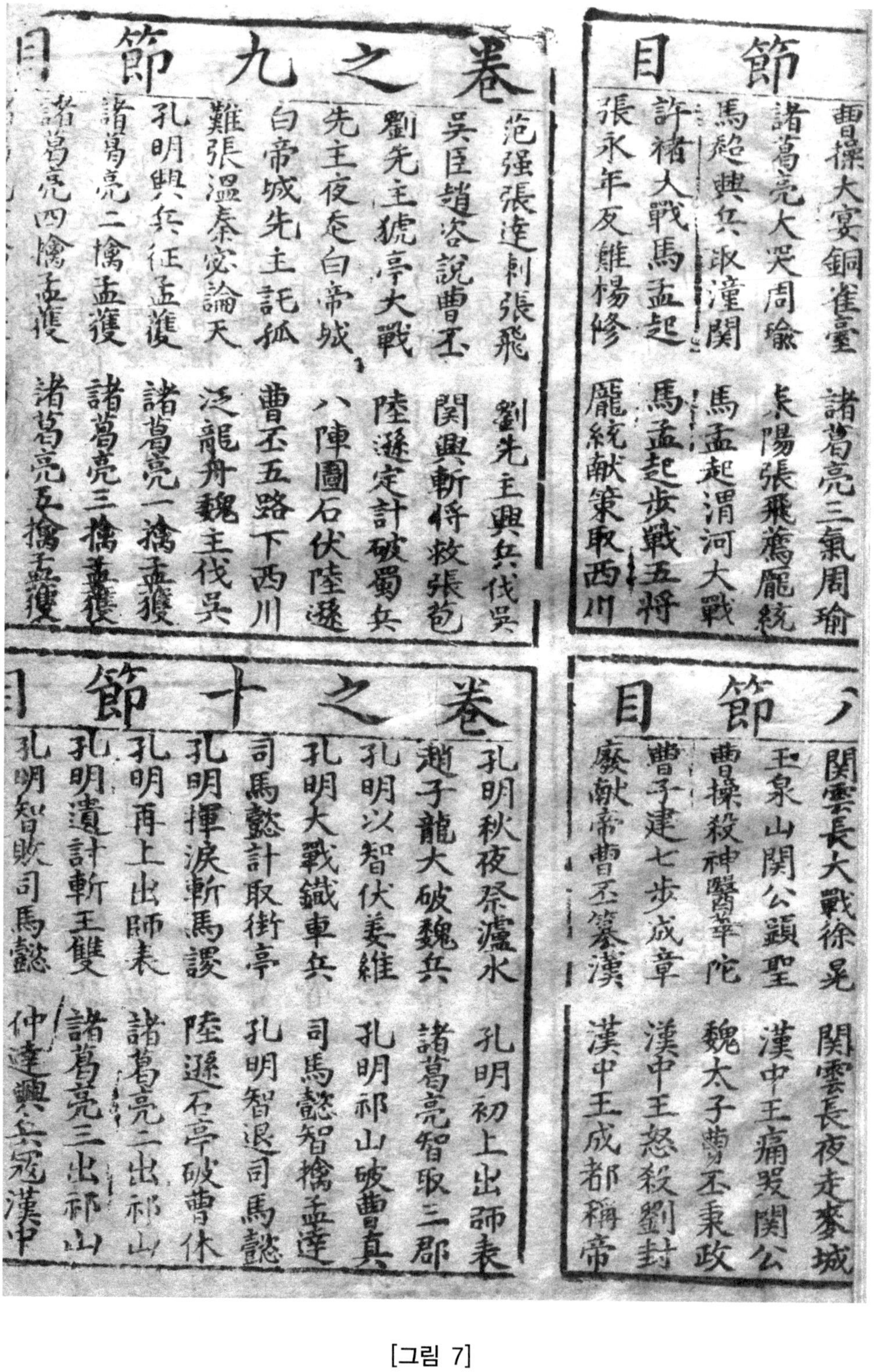

節目

曹操大宴銅雀臺　諸葛亮三氣周瑜
諸葛亮大哭周瑜　耒陽張飛薦龐統
馬超興兵取潼關　馬孟起渭河大戰
許褚大戰馬孟起　馬孟起步戰五將
張永年反難楊修　龐統獻策取西川

六節目

關雲長大戰徐晃　關雲長夜走麥城
玉泉山關公顯聖　漢中王痛哭關公
曹操殺神醫華陀　魏太子曹丕秉政
曹子建七步成章　漢中王怒殺劉封
廢獻帝曹丕篡漢　漢中王成都稱帝

卷之九節目

范彊張達刺張飛　劉先主興兵伐吳
吳臣趙咨說曹丕　關興斬將救張苞
劉先主猇亭大戰　陸遜定計破蜀兵
先主夜走白帝城　八陣圖石伏陸遜
白帝城先主託孤　曹丕五路下西川
難張溫秦宓論天　泛龍舟魏主伐吳
孔明興兵征孟獲　諸葛亮一擒孟獲
諸葛亮二擒孟獲　諸葛亮三擒孟獲
諸葛亮四擒孟獲　諸葛亮五擒孟獲

卷之十節目

孔明秋夜祭瀘水　孔明初上出師表
趙子龍大破魏兵　諸葛亮智取三郡
孔明以智伏姜維　孔明祁山破曹真
孔明大戰鐵車兵　司馬懿智擒孟達
司馬懿計取街亭　孔明智退司馬懿
孔明揮淚斬馬謖　陸遜石亭破曹休
孔明再上出師表　諸葛亮二出祁山
孔明遺計斬王雙　諸葛亮三出祁山
孔明智敗司馬懿　仲達興兵寇漢中

[그림 7]

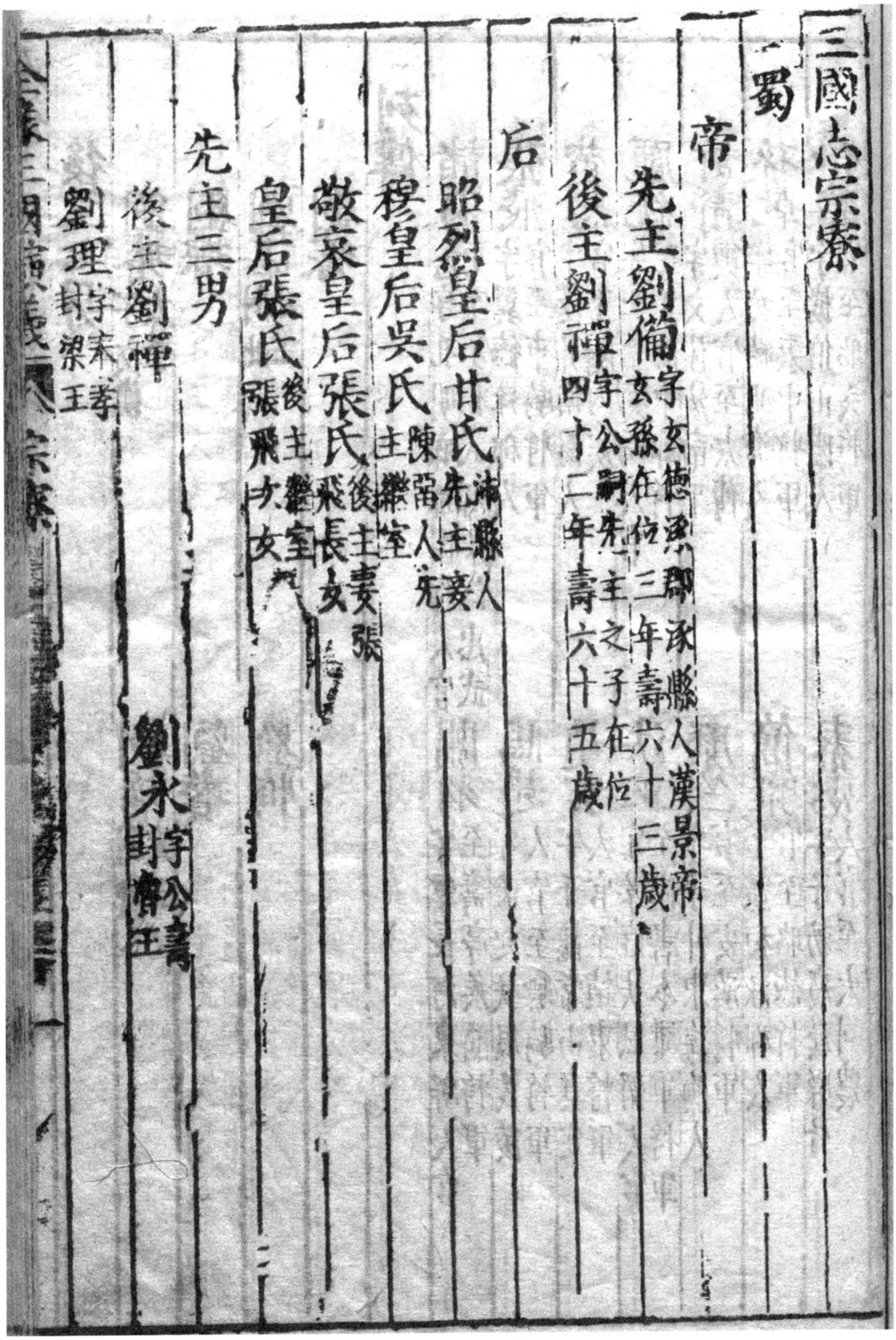

三國志宗寮

蜀

帝
先主劉備字玄德涿郡涿縣人漢景帝在位三年壽六十三歲
後主劉禪字公嗣先主之子在位四十二年壽六十五歲

后
昭烈皇后甘氏沛縣人先主娶
穆皇后吳氏陳畱人先主娶室
敬哀皇后張氏後主妻張飛長女
皇后張氏張飛少女後主繼室

先主三男
後主劉禪
劉理字奉孝封梁王
劉永字公壽封魯王

[그림 8]

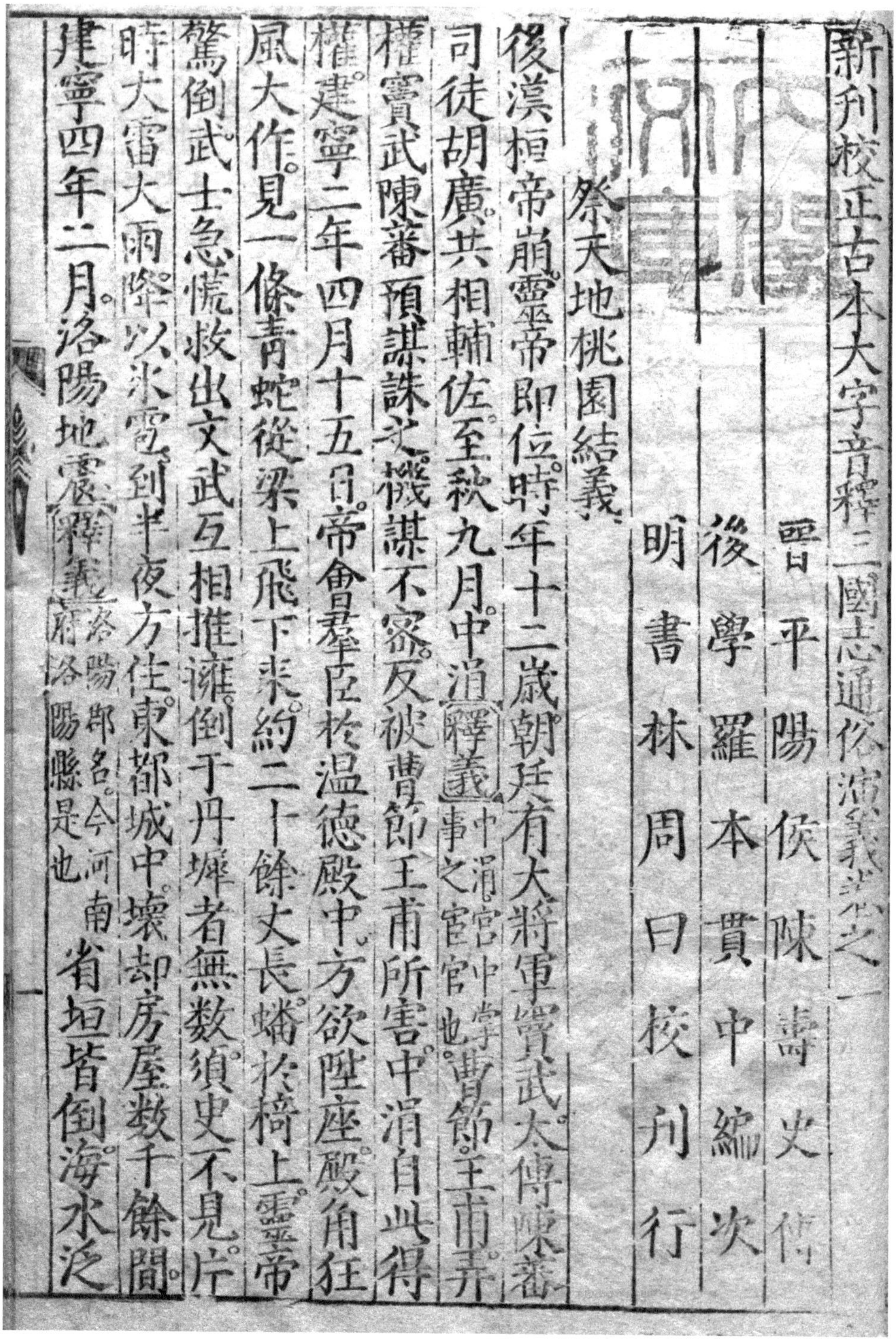
新刊校正古本大字音釋三國志通俗演義卷之一
晉平陽侯陳壽史傳
後學羅本貫中編次
明書林周曰校刊行
祭天地桃園結義
後漢桓帝崩靈帝即位時年十二歲朝廷有大將軍竇武太傅陳蕃司徒胡廣共相輔佐至秋九月中涓〔釋義〕中涓宮中掌事之宦官也曹節王甫弄權竇武陳蕃預謀誅之機謀不密反被曹節王甫所害中涓自此得權建寧二年四月十五日帝會群臣於溫德殿中方欲陞座殿角狂風大作見一條青蛇從梁上飛下來約二十餘丈長蟠於椅上靈帝驚倒武士急慌救出文武互相推擁倒于丹墀者無數須臾不見片時大雷大雨降以冰雹到半夜方住東都城中壞却房屋數千餘間建寧四年二月洛陽地震〔釋義〕洛陽郡名今河南府洛陽縣是也省垣皆倒海水泛

[그림 9]

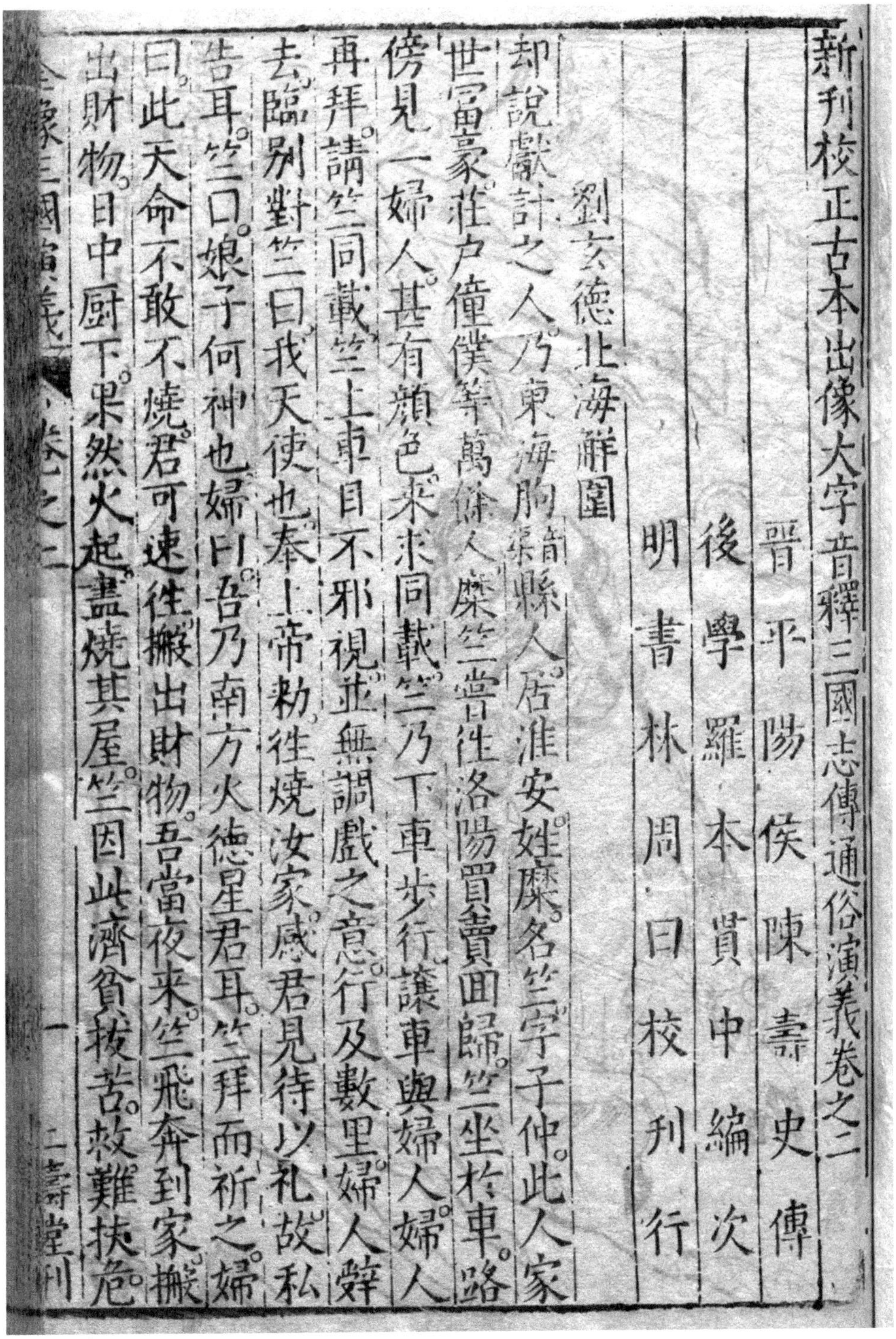
新刊校正古本出像大字音釋三國志傳通俗演義卷之二

晉平陽侯陳壽史傳

後學羅本貫中編次

明書林周曰校刊行

劉玄德北海解圍

却說獻計之人乃東海朐(音渠)縣人居淮安姓糜名竺字子仲此人家世富豪莊户僮僕等萬餘人糜竺嘗往洛陽買賣回歸竺坐於車路傍見一婦人甚有顏色來求同載竺乃下車步行讓車與婦人婦人再拜請竺同載竺上車目不邪視並無調戲之意行及數里婦人辭去臨別對竺曰我天使也奉上帝勑往燒汝家感君見待以礼故私告耳竺曰娘子何神也婦曰吾乃南方火德星君耳竺拜而祈之婦曰此天命不敢不燒君可速往搬出財物吾當夜來竺飛奔到家搬出財物日中廚下果然火起盡燒其屋竺因此濟貧拔苦救難扶危

全像三國演義卷之二 一 仁壽堂刊

[그림 10]

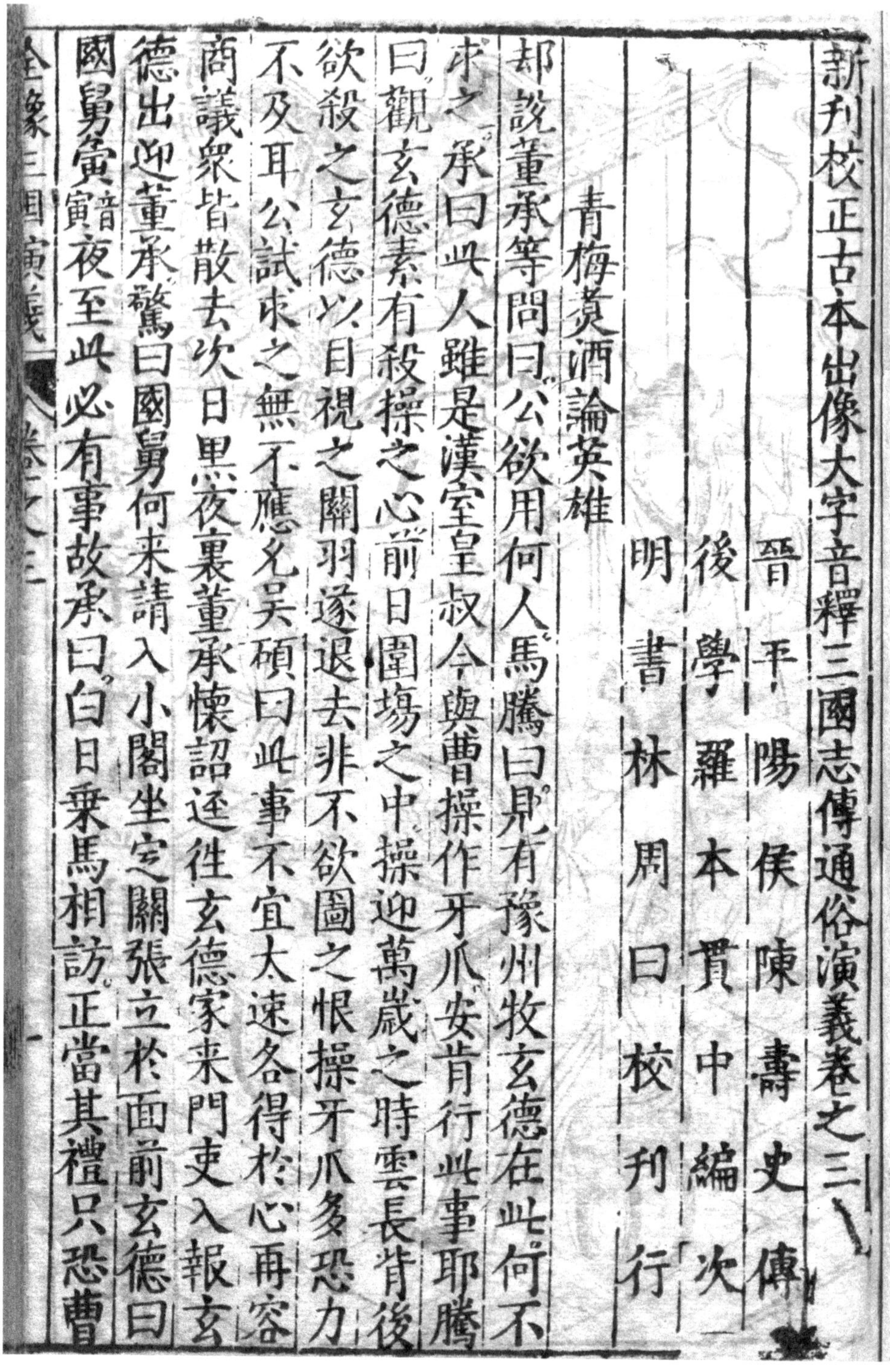

新刊校正古本出像大字音釋三國志傳通俗演義卷之三

晉　平陽侯陳壽史傳

後學羅本貫中編次

明　書林周曰校刊行

青梅煮酒論英雄

却說董承等問曰公欲用何人馬騰曰見有豫州牧玄德在此何不
求之承曰此人雖是漢室皇叔今與曹操作牙爪安肯行此事耶騰
曰觀玄德素有殺操之心前日圍塲之中操迎萬歲之時雲長背後
欲殺之玄德以目視之關羽遂退去非不欲圖之恨操牙爪多恐力
不及耳公試求之無不應允碩曰此事不宜太速各得於心再容
商議衆皆散去次日黑夜裏董承懷詔逕往玄德家来門吏入報玄
德出迎董承驚曰國舅何来請入小閣坐定關張立於面前玄德曰
國舅寅音夜至此必有事故承曰白日乗馬相訪正當其禮只恐曹

全像三國演義　卷之三

[그림 11]

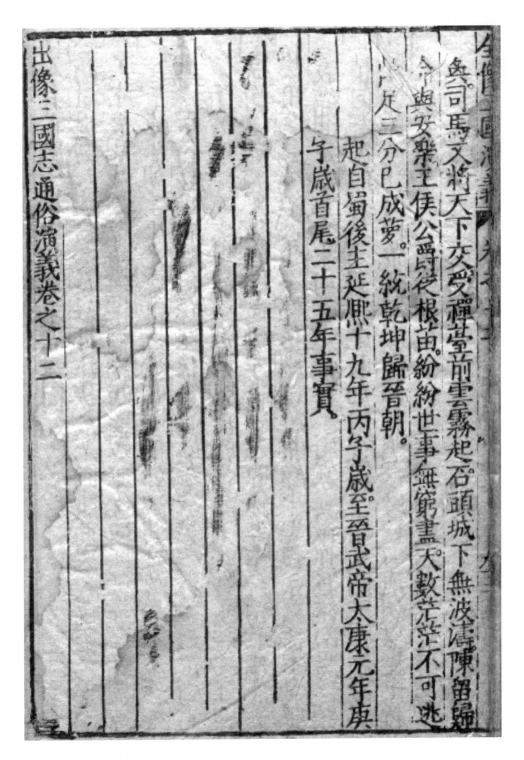

全像□三國演義

奧司馬文將天下交受禪臺前雲霧起石頭城下無波濤陳留廢

今與安樂王侯公爵沒根苗紛紛世事無窮盡天數茫茫不可逃

鼎足三分已成夢。一統乾坤歸晉朝。

起自蜀後主延熙十九年丙子歲至晉武帝大康元年庚

子歲首尾二十五年事實。

出像三國志通俗演義卷之十二

[그림 12]

(5) 夷白堂本

書名	出版者·堂號/序文	略稱	卷册·則回/行字	出刊年度	所藏處
新鐫通俗演義三國志傳	夷白堂	[夷白堂本]	24卷·240則 /9行 17字	萬曆年間	日本 慶應大

[그림 1]

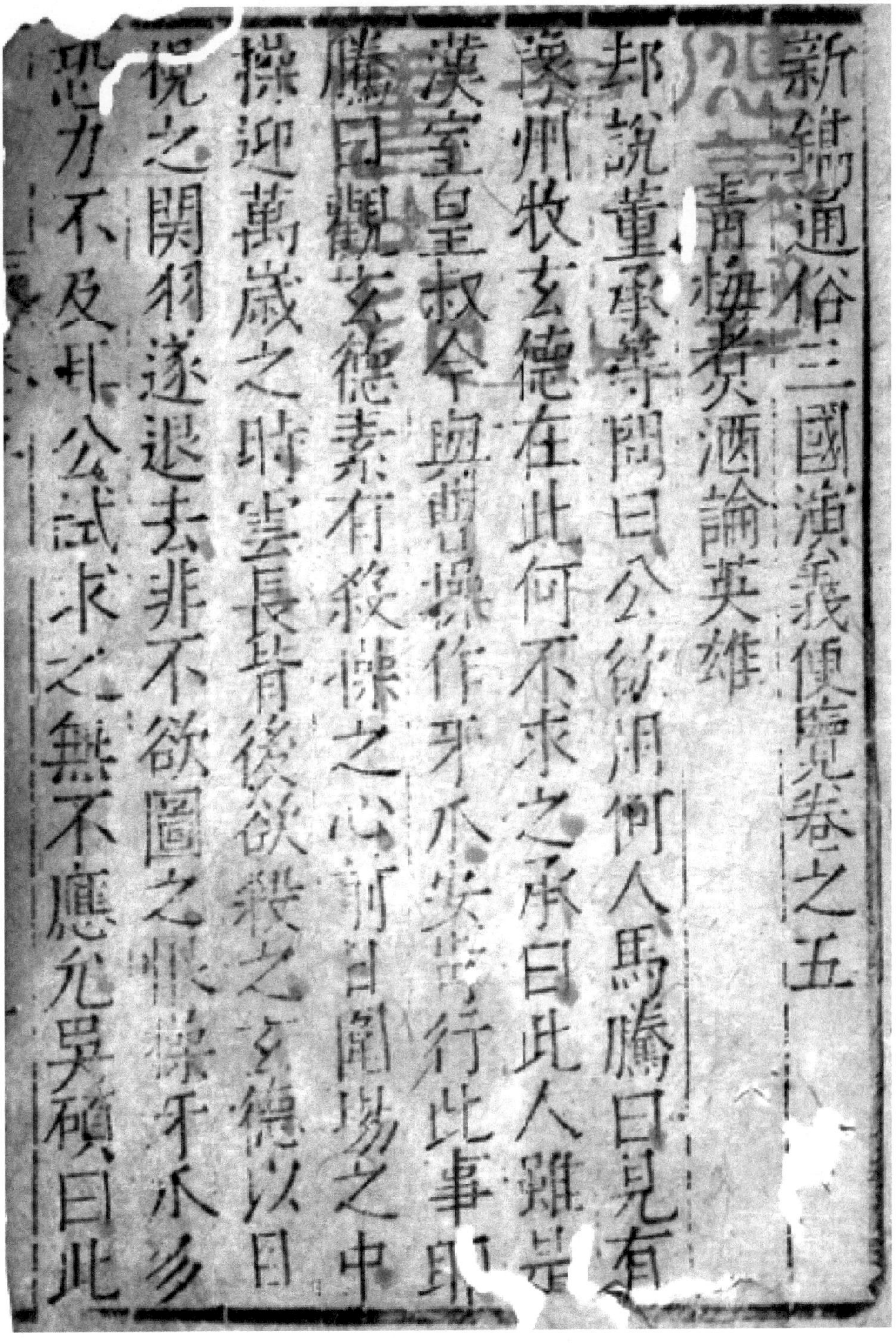

新鐫通俗三國演義便覽卷之五

青梅煮酒論英雄

邦說董承等問曰公欲用何人馬騰曰見有

漢州牧玄德在此何不求之承曰此人雖是

漢室皇叔今與曹操作耳不安敢行此事耶

騰曰觀玄德素有殺慄之心所以閭場之中

操迎萬歲之時雲長背後欲殺之玄德以目

祝之關羽遂退去非不欲圖之惧操牙爪多

恐力不及耳公試求之無不應允吳碩曰此

[그림 2]

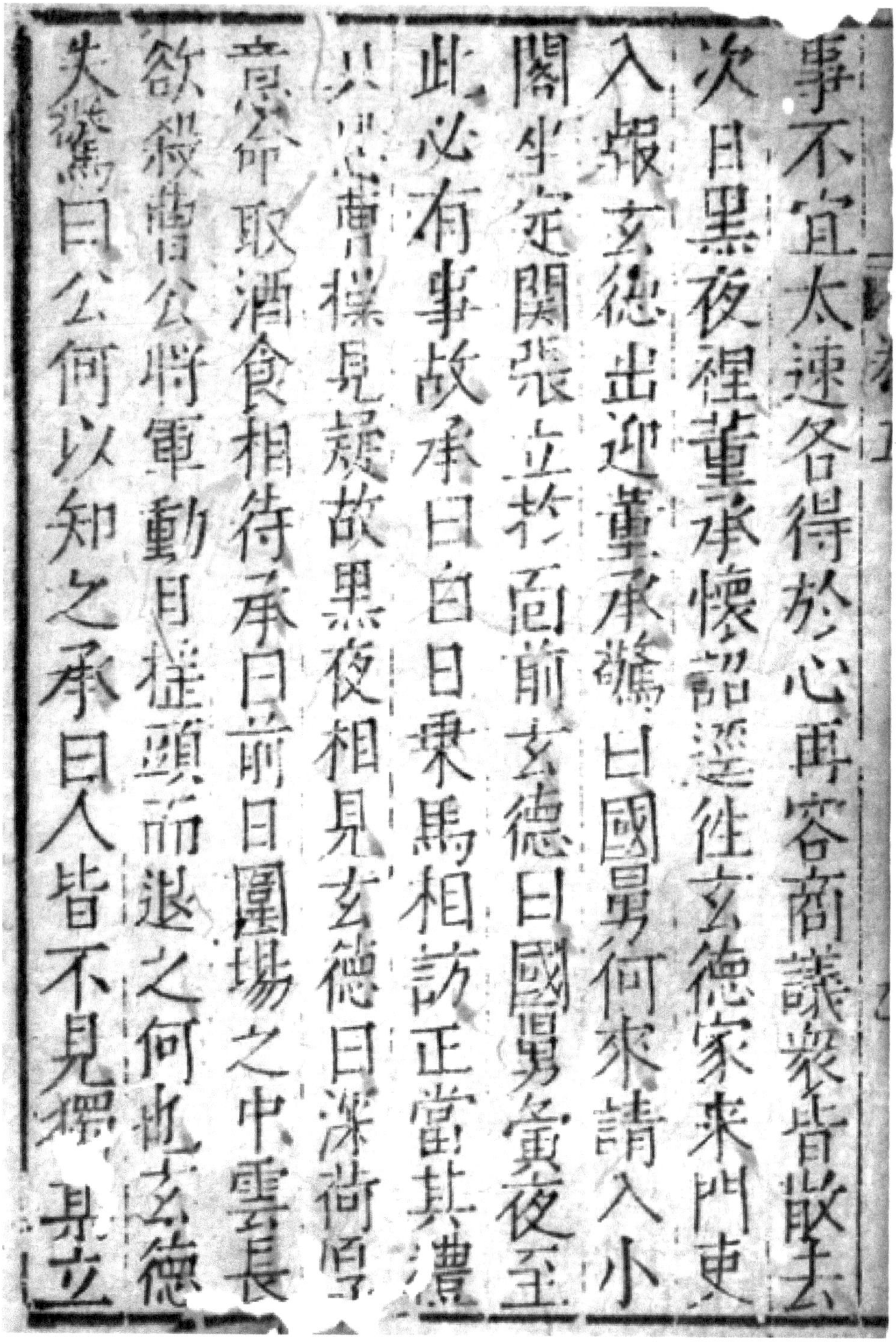

事不宜太速各得於心再容商議衆皆散去
次日黑夜裡董承懷詔逕往玄德家来門吏
入報玄德出迎董承驚曰國舅何来請入小
閣坐定關張立於面前玄德曰國舅黃夜至
此必有事故承曰白日秉馬相訪正當其禮
只恐曹操見疑故黑夜相見玄德曰深荷原
意命取酒食相待承曰前日圍場之中雲長
欲殺曹操公將軍動目搖頭而退之何断玄德
失驚曰公何以知之承曰人皆不見摆身立

[그림 3]

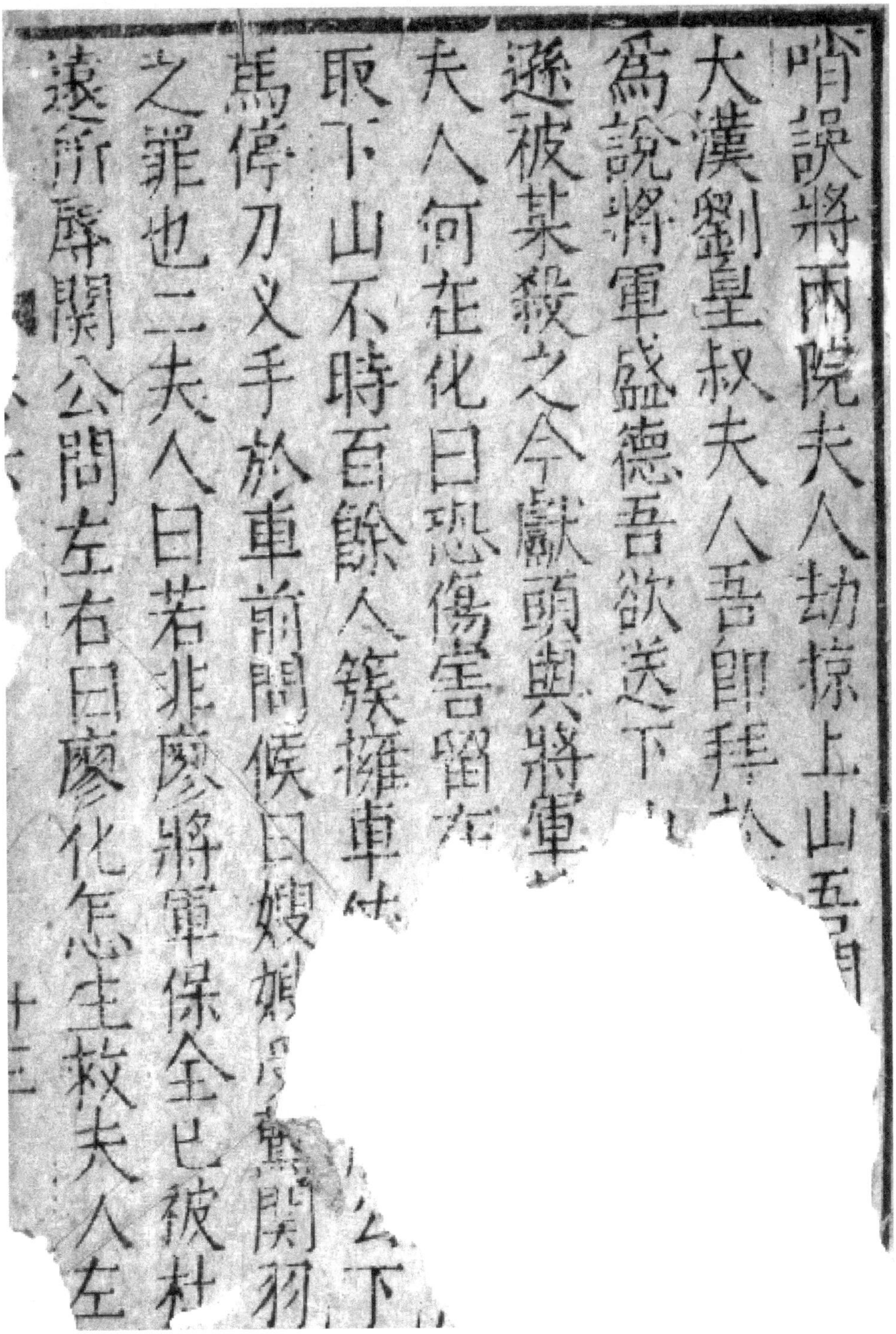

哨誤將兩院夫人劫掠上山吾即
大漢劉皇叔夫人吾即拜於
為說將軍盛德吾欲送下
遜被某殺之今獻頭與將軍
夫人何在化曰恐傷害留在
取下山不時百餘人簇擁車仗
馬停刀义手於車前間候曰嫂嫂妳妳蒙關羽
之罪也二夫人曰若非廖將軍保全已被村
遠所辟關公問左右曰廖化怎生救夫人在

十三

[그림 4]

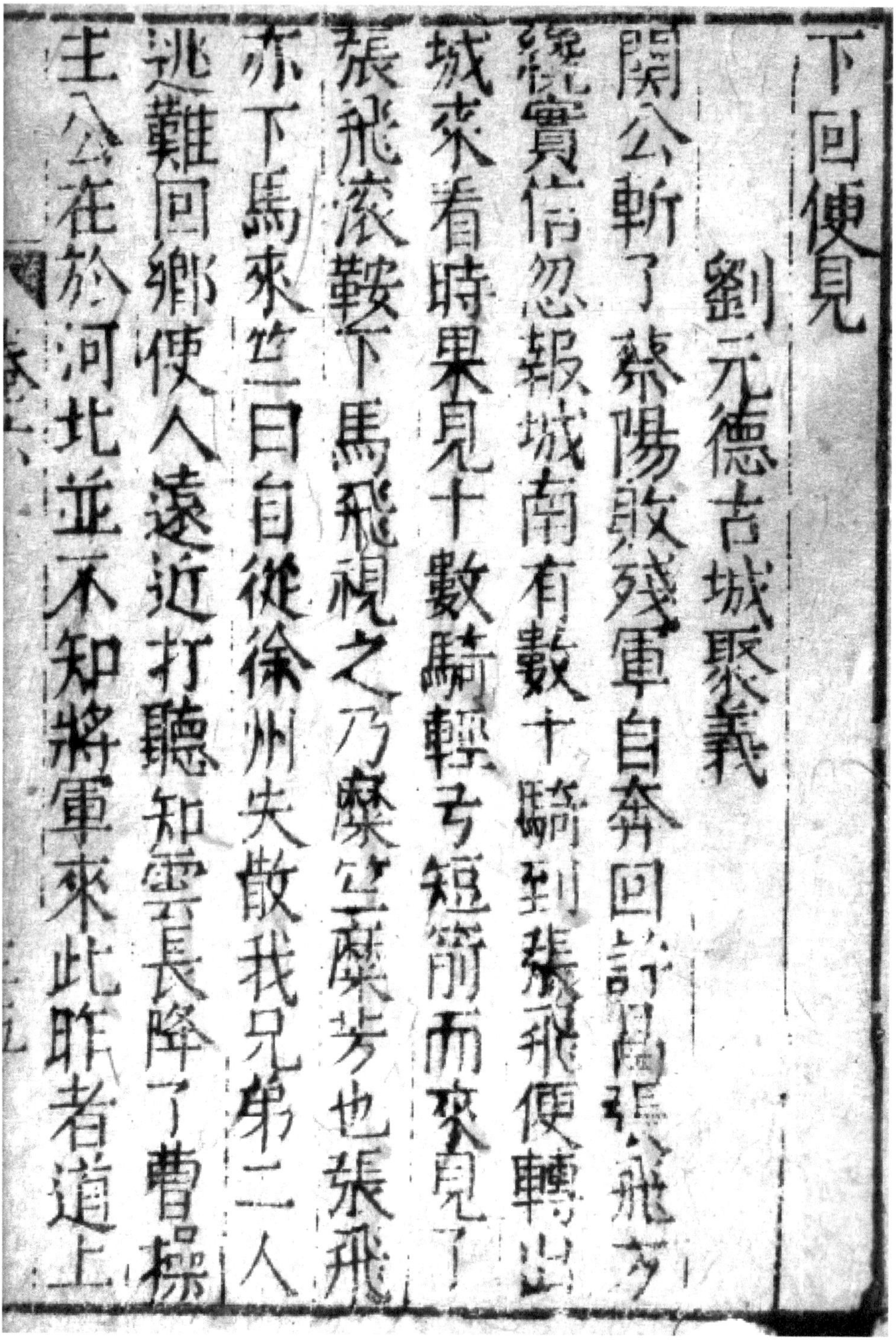

下回便見

劉元德古城聚義

關公斬了蔡陽敗殘軍自奔回訐問張飛方

緩實情忽報城南有數十騎到張飛便轉出

城來看時果見十數騎輕弓短箭而來見了

張飛滾鞍下馬飛視之乃糜竺糜芳也張飛

亦下馬來竺曰自從徐州失散我兄弟二人

逃難回鄉使人遠近打聽知雲長降了曹操

主公在於河北並不知將軍來此昨者道上

[그림 5]

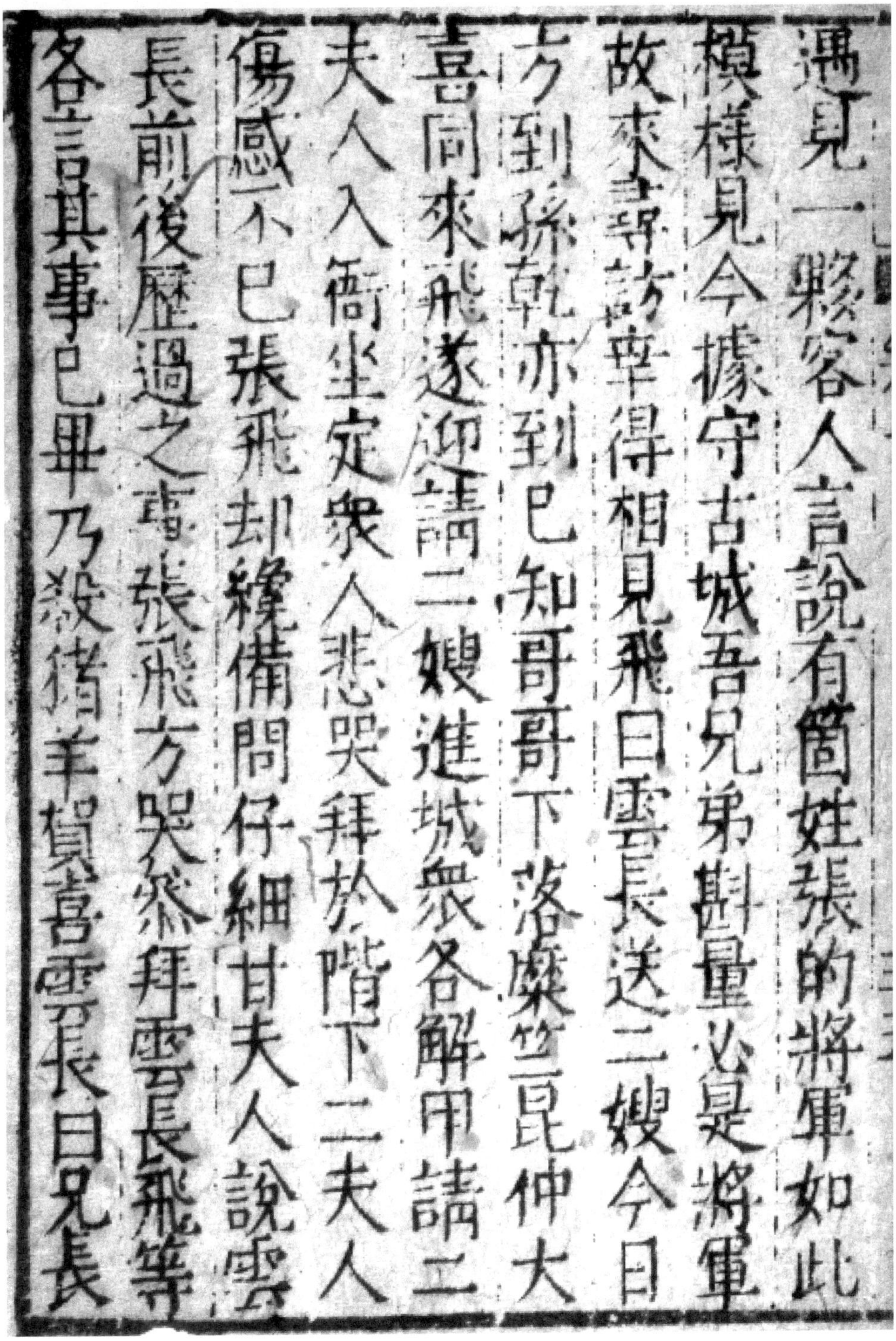

遇見一簇容人言說有箇姓張的將軍如此模樣見今據守古城吾兄弟料量必是將軍故來尋訪幸得相見飛曰雲長送二嫂今日方到孫乾亦到巳知哥哥下落糜竺昆仲大喜同來飛遂迎請二嫂進城眾各解甲請立夫人入衙坐定眾人悲哭拜於階下二夫人傷感不巳張飛却緣備問仔細甘夫人說雲長前後歷過之事張飛方哭然拜雲長飛等各告其事巳畢乃殺猪羊賀喜雲長曰兄長

[그림 6]

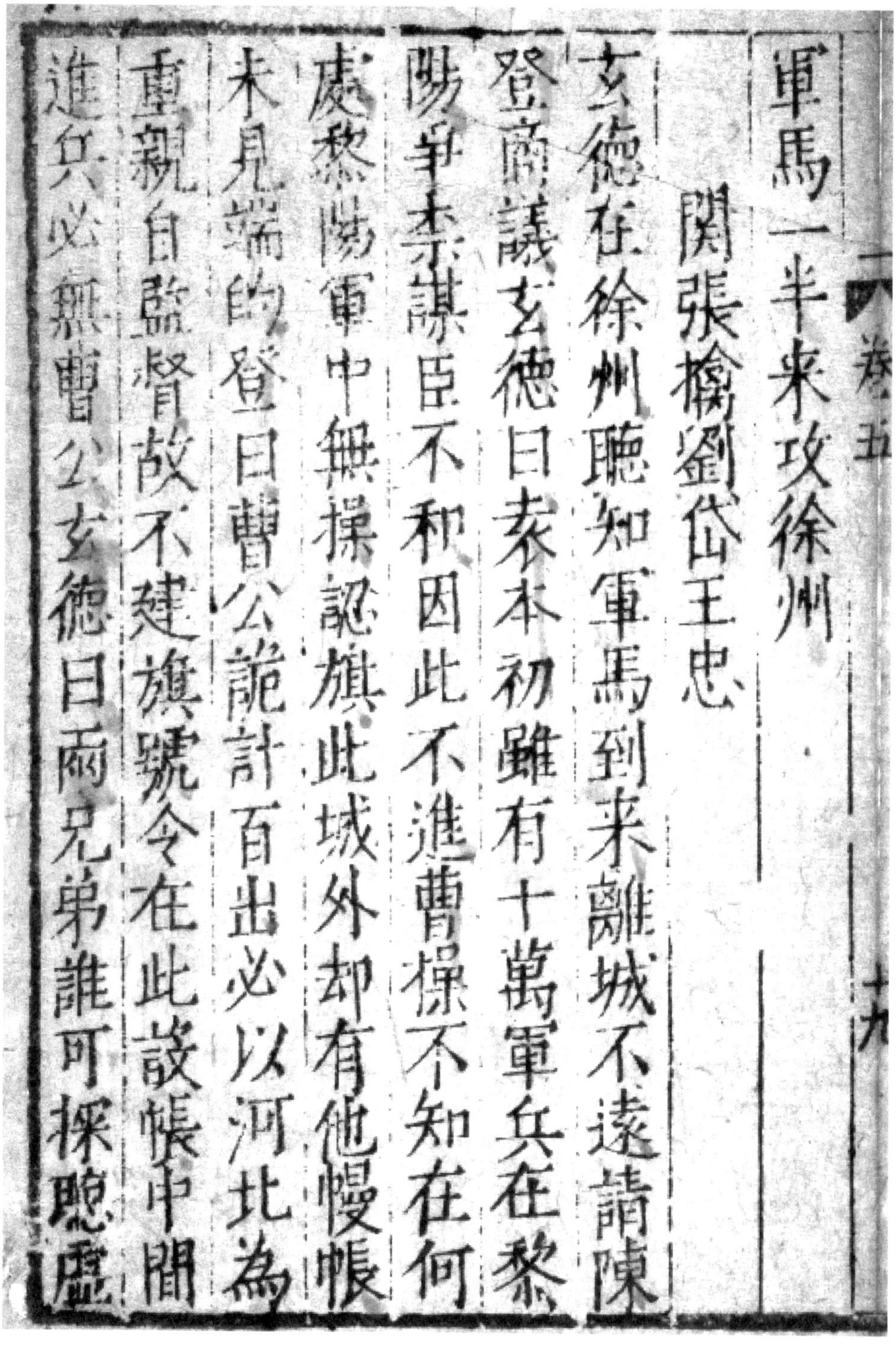

軍馬一半来攻徐州

関張橋劉岱王忠

玄德在徐州聴知軍馬到来離城不遠請陳
登商議玄德曰袁本初雖有十萬軍兵在黎
陽爭柰謀臣不和因此不進曹操不知在何
處熟陽軍中無操認旗此城外却有他慢帳
未見端的登曰曹公詭計百出必以河北為
重親自監督故不建旗號令在此設帳中間
進兵必無曹公玄德曰兩兄弟誰可探聴虛

[그림 7]

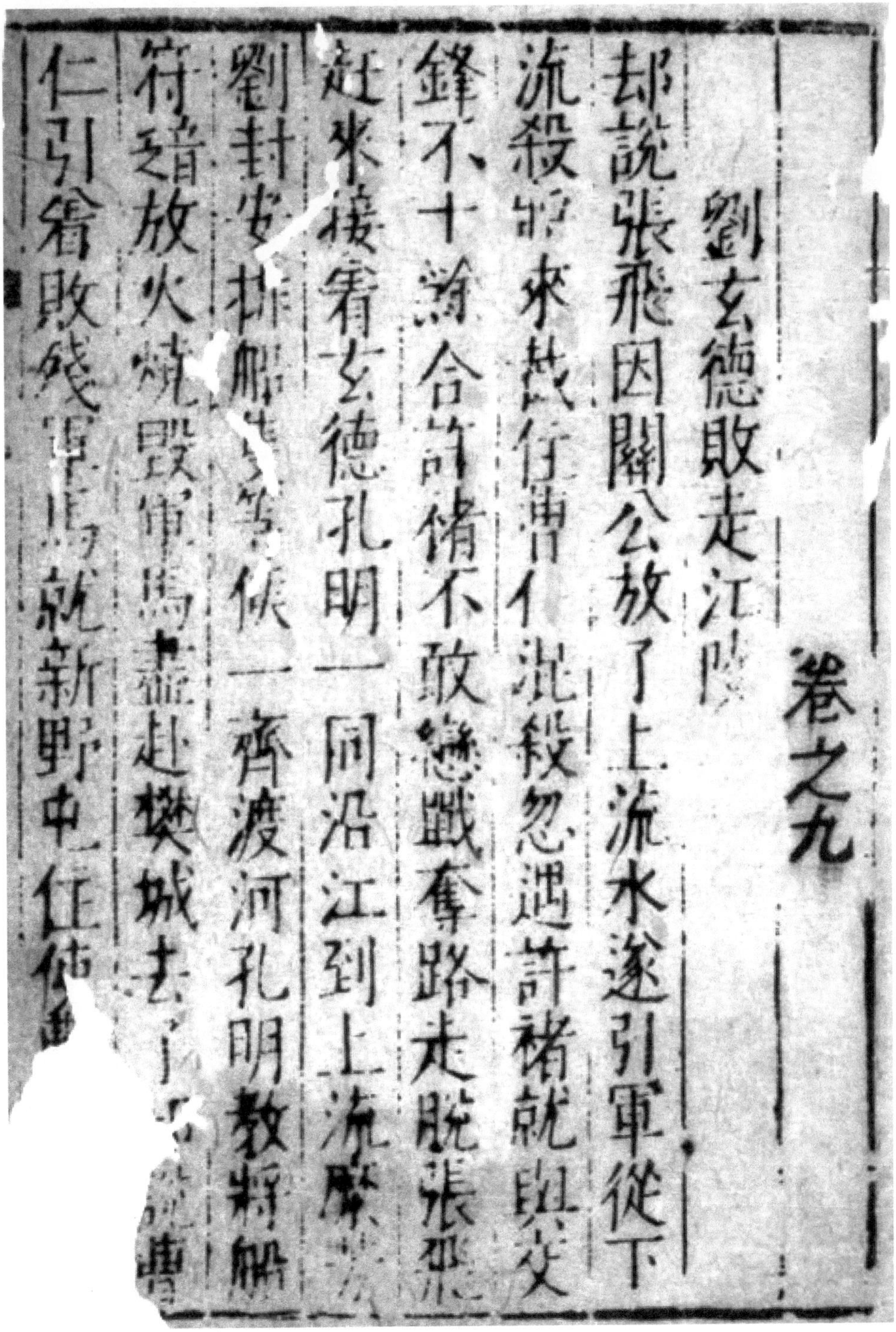

卷之九

劉玄德敗走江陵

却說張飛因關公放了上流水遂引軍從下
流殺將來衆行曹仁混殺忽遇許褚就與交
鋒不十餘合許褚不敢戀戰奪路走脫張飛
迤迷接着玄德孔明一同沿江到上流處
劉封安排船隻等候一齊渡河孔明教將解
符璽放火燒毀師馬盡赴樊城去
仁引着敗殘軍馬就新野中任伯

[그림 8]

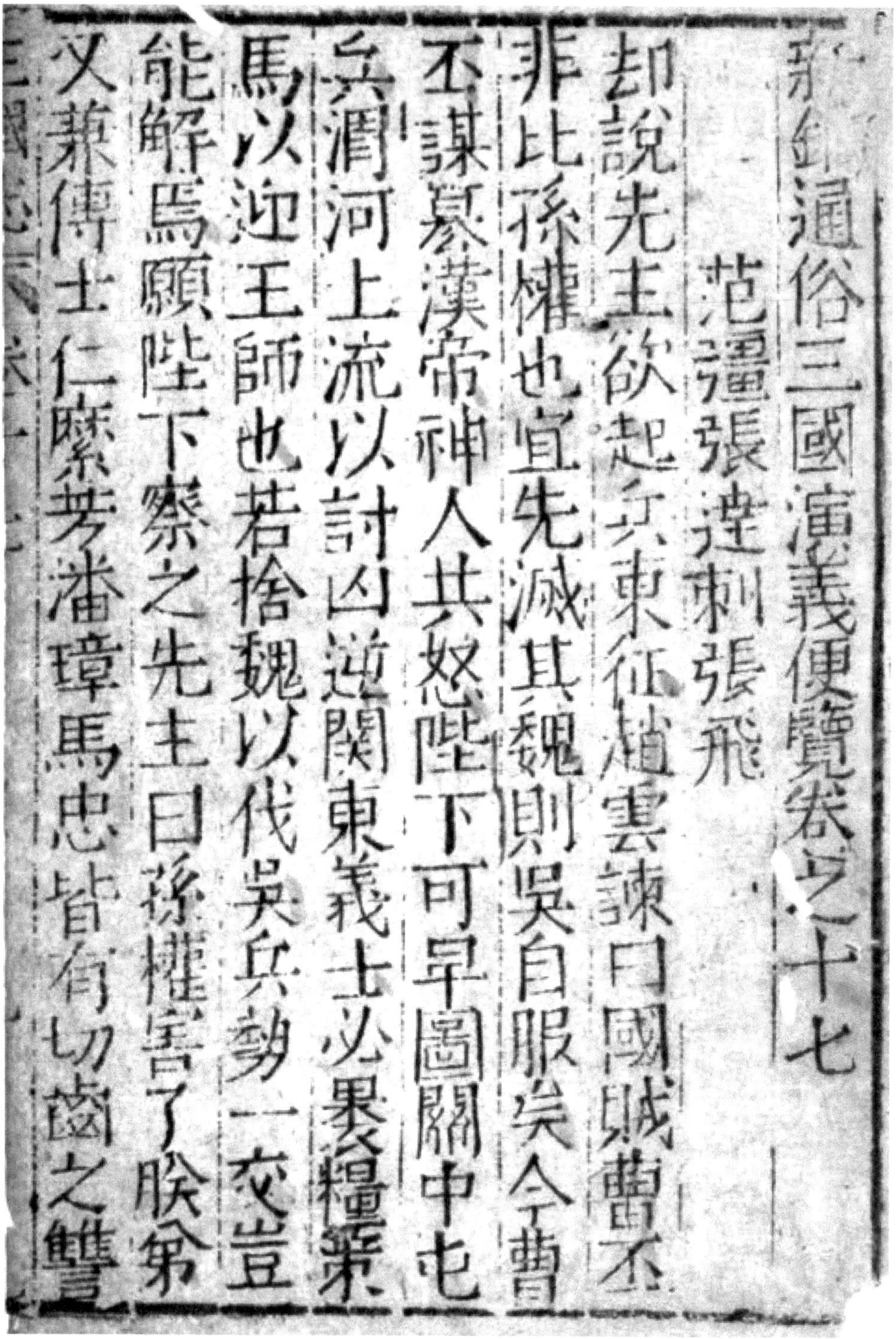

新刊通俗三國演義便覽卷之十七

范疆張達刺張飛

却說先主欲起兵東征趙雲諫曰國賊曹丕
非此孫權也宜先滅其魏則吳自服矣今曹
丕謀篡漢帝神人共怒陛下可早圖關中屯
兵渭河上流以討凶逆關東義士必裹糧策
馬以迎王師也若捨魏以伐吳兵勢一交豈
能解馬願陛下察之先主曰孫權害了朕弟
又兼傅士仁糜芳潘璋馬忠皆有切齒之讐

[그림 9]

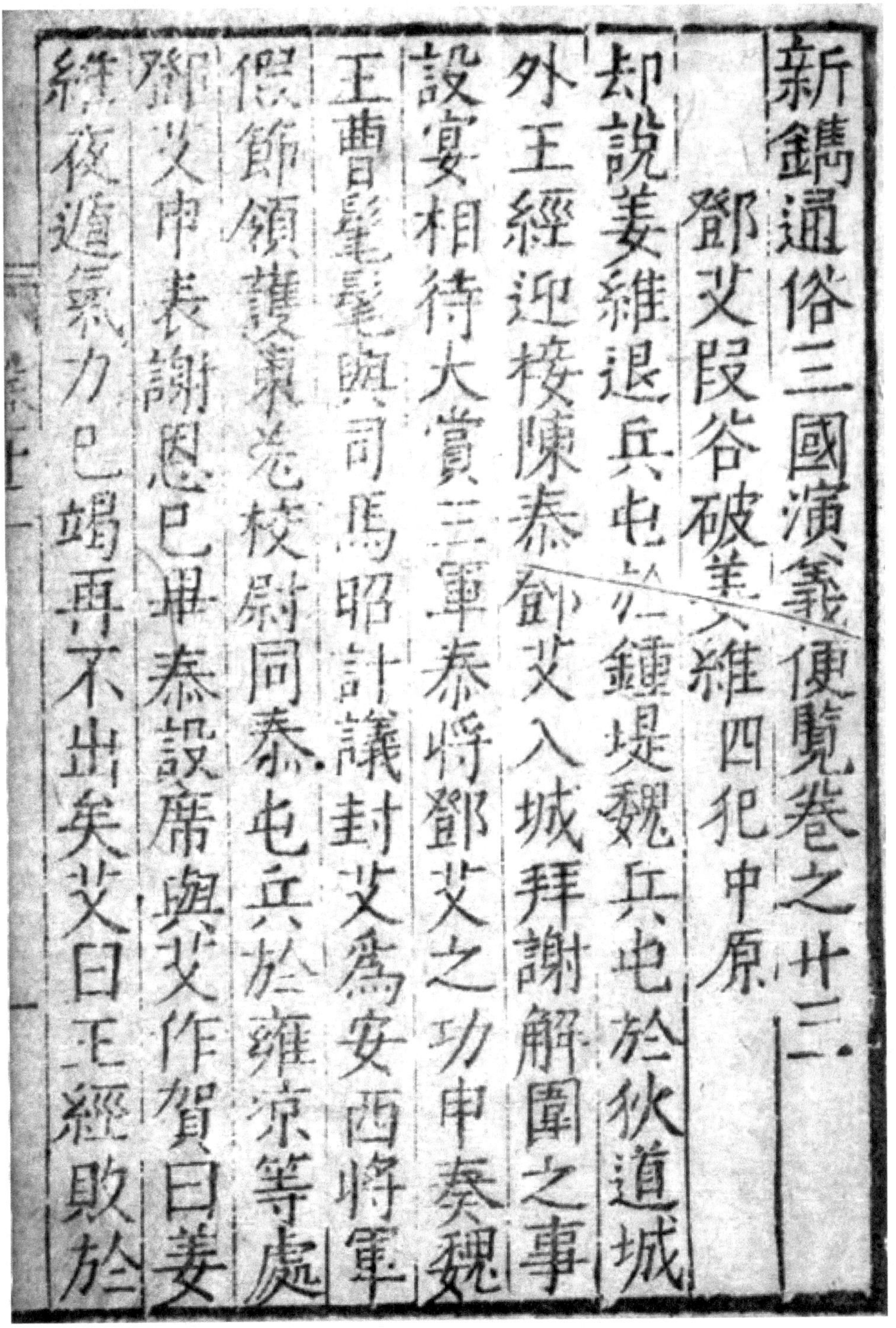

新鐫通俗三國演義便覽卷之廿三

鄧艾叚谷破姜維四犯中原

却說姜維退兵屯於鍾堤魏兵屯於狄道城

外王經迎接陳泰鄧艾入城拜謝解圍之事

設宴相待大賞三軍泰將鄧艾之功申奏魏

王曹髦與司馬昭計議封艾為安西將軍

假節領護東羌校尉同泰屯兵於雍涼等處

鄧艾申表謝恩已畢泰設席與艾作賀曰姜

繼夜遁氣力已竭再不出矣艾曰王經敗於

[그림 10]

(6) 夏振宇本

書名	出版者·堂號/序文	略稱	卷册·則回/行字	出刊年度	所藏處
新刊校正古本大字音釋三國志傳通俗演義	夏振宇·官板三國傳	[夏振宇本]	12卷·240則/12行 25字	明末	日本 蓬左文庫

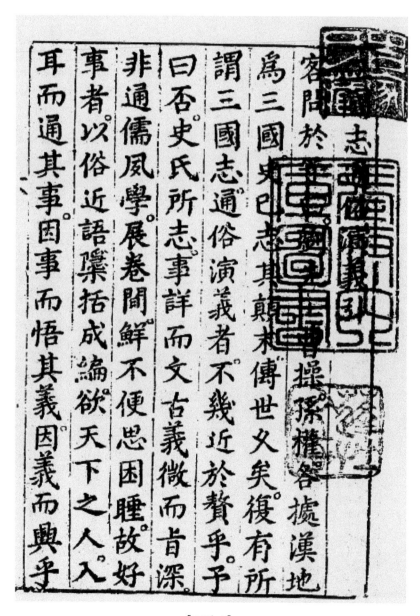

[그림 1]

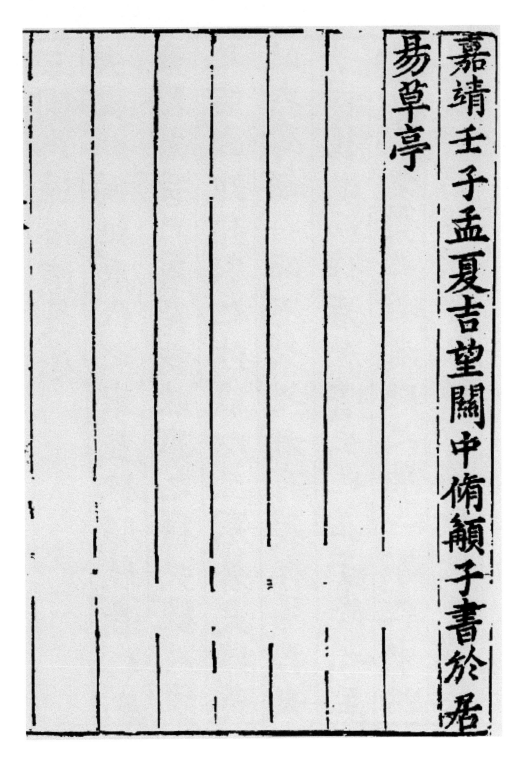

嘉靖壬子孟夏吉望關中俯顧子書於居易草亭

[그림 2]

三國志通俗演義序

夫史非獨紀歷代之事。蓋欲昭往昔之盛

襄鑒君臣之善惡。載政事之得失。觀人才

之吉凶。知邦家之休戚。以至寒暑災祥褒

貶與奪。無一而不筆之者。有義存焉。吾夫

子因獲麟而作春秋。魯史也。孔子修之。至

一字與者褒之。否者貶之。然一字之中。以

見當時君臣父子之道。垂鑒後世。俾識其

[그림 3]

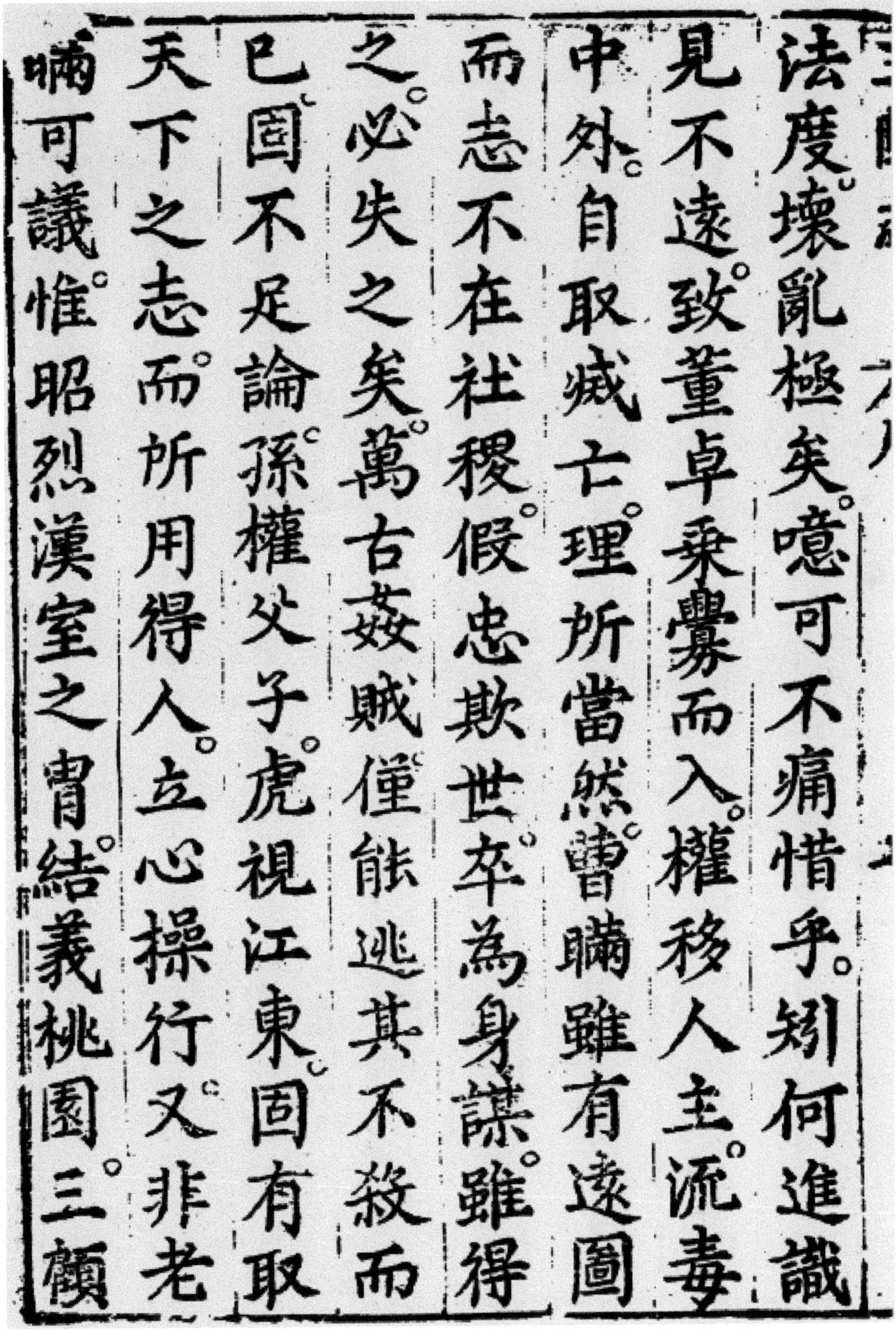

法度壞亂極矣噫可不痛惜乎翊何進識
見不遠致董卓乘釁而入權移人主流毒
中外自取滅亡理所當然曹瞞雖有遠圖
而志不在社稷假忠欺世卒為身謀雖得
之必失之矣萬古姦賊僅能逃其不敎而
巳固不足論孫權父子虎視江東固有取
天下之志而所用得人立心操行又非老
㽵可議惟昭烈漢室之冑結義桃園三顧

[그림 4]

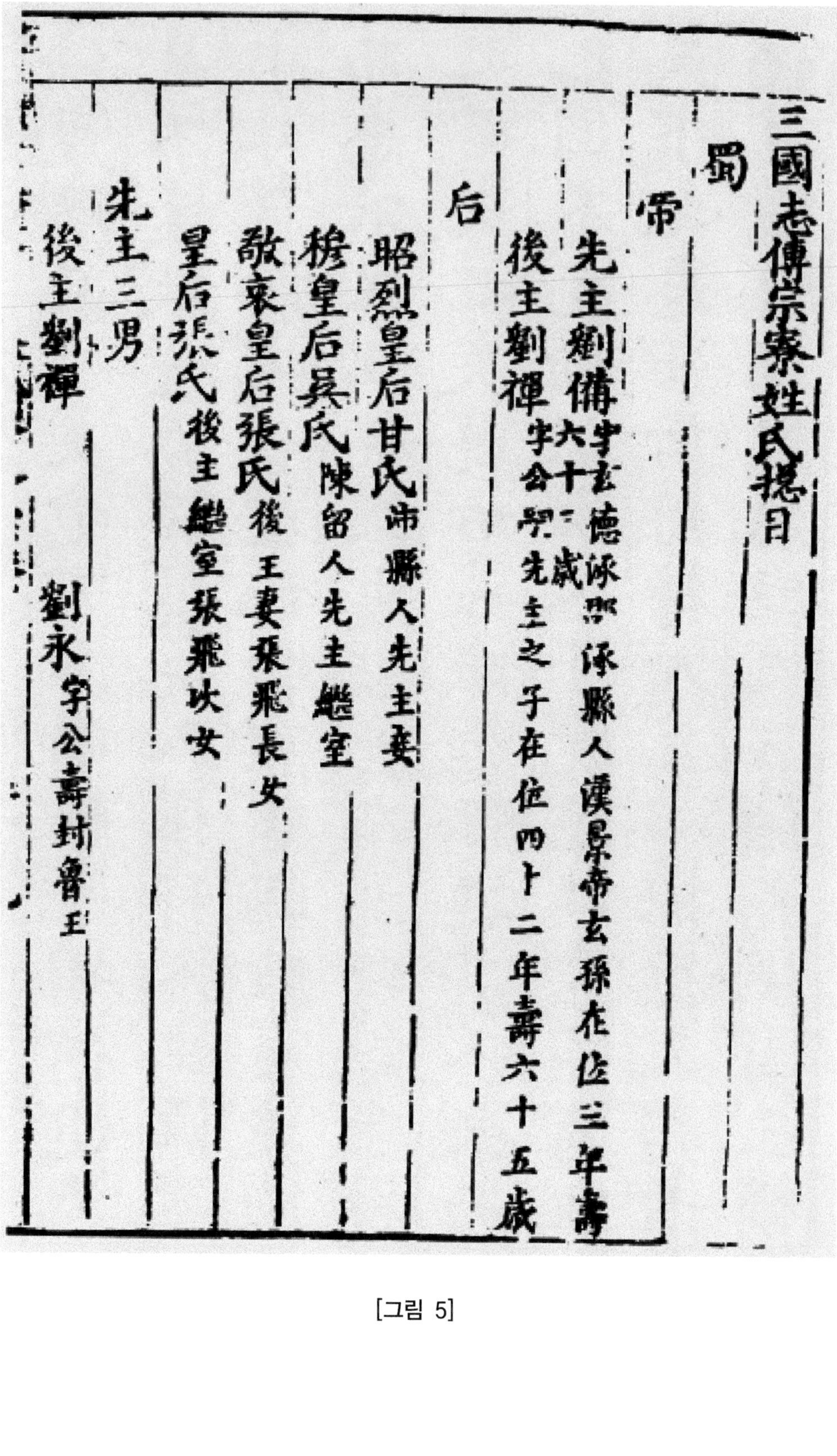
三國志傳宗寮姓氏總目

蜀

帝

先主劉備字玄德涿郡涿縣人漢景帝玄孫在位三年壽六十三歲

後主劉禪字公嗣先主之子在位四十二年壽六十五歲

后

昭烈皇后甘氏沛縣人先主妾

穆皇后吳氏陳留人先主繼室

敬哀皇后張氏後主妻張飛長女

皇后張氏後主繼室張飛次女

先主三男

後主劉禪

劉永字公壽封魯王

[그림 5]

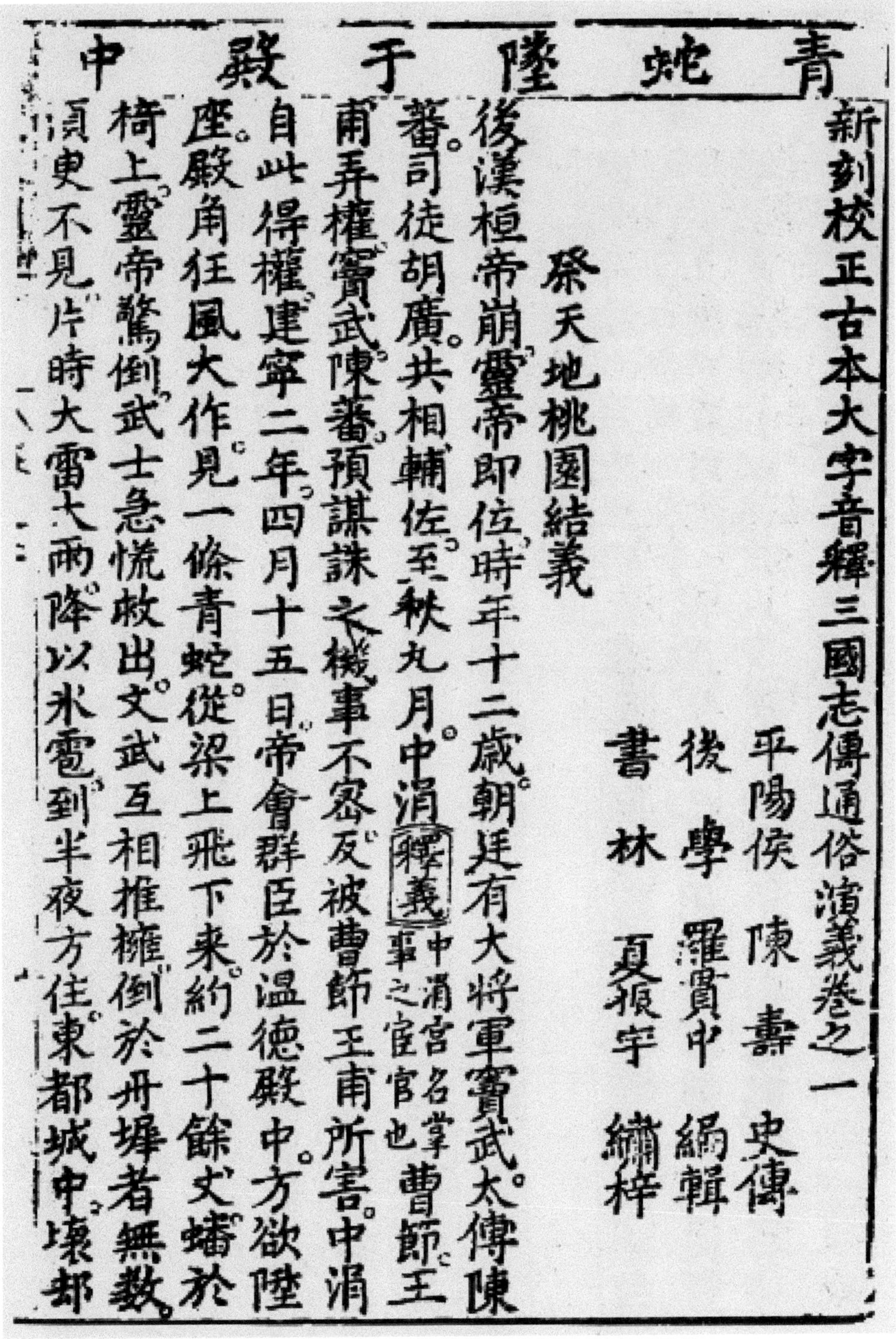

新刊校正古本大字音釋三國志傳通俗演義卷之一

平陽侯　陳　壽　史傳

後學　羅貫中　編輯

書林　夏振宇　繡梓

孫天地桃園結義

後漢桓帝崩靈帝即位時年十二歲朝廷有大將軍竇武太傳陳

蕃司徒胡廣共相輔佐至秋九月中涓〔釋義〕中涓宮名掌曹節王甫弄權竇武陳蕃預謀誅之機事不密反被曹節王甫所害中涓

自此得權建寧二年四月十五日帝會群臣於温德殿中方欲陛

座殿角狂風大作見一條青蛇從梁上飛下来約二十餘丈蟠於

椅上靈帝驚倒武士急慌敢出文武互相推擁倒於丹墀者無數

頃刻又不見片時大雷大雨降以米電到半夜方住東都城中壞郤

青

蛇

隆

于

殿

中

[그림 6]

孫

船騎双行。軍勢浩蕩縱橫殺奔吳國而来。邵諤范疆二賊憚張飛首級投獻吳侯納告前聶將孫權聽罷收了二人乃與百官回

權

今劉玄德即了帝位紛糾精兵七十餘萬御駕親征葛瑾出曰其食君侯柰何百官盡皆失色面面相覷並不敢言諸葛瑾奏出曰某食君侯

使

之祿久矣無可報効願捨殘生去見蜀主以利害說之使兩國相和同發兵去問曹丕之罪令江南之民免遭塗炭也權大喜即遣

諸

諸葛瑾為使来說先主罷兵未知如何且聽下回分解

吳臣趙咨說曹丕

葛

章武元年秋入月先主起大軍至夔關〔考證〕懽開今屬四駕屯白帝城〔考證〕夔州城山名在前隊軍馬已出川口近臣奏曰吳使諸菱州府對注

瑾

葛瑾至先主傳言教休放入黄權奏曰瑾第在蜀為相必為異意而来臨下何故絕之當召入看其書可復則彼之如不可則棄之就

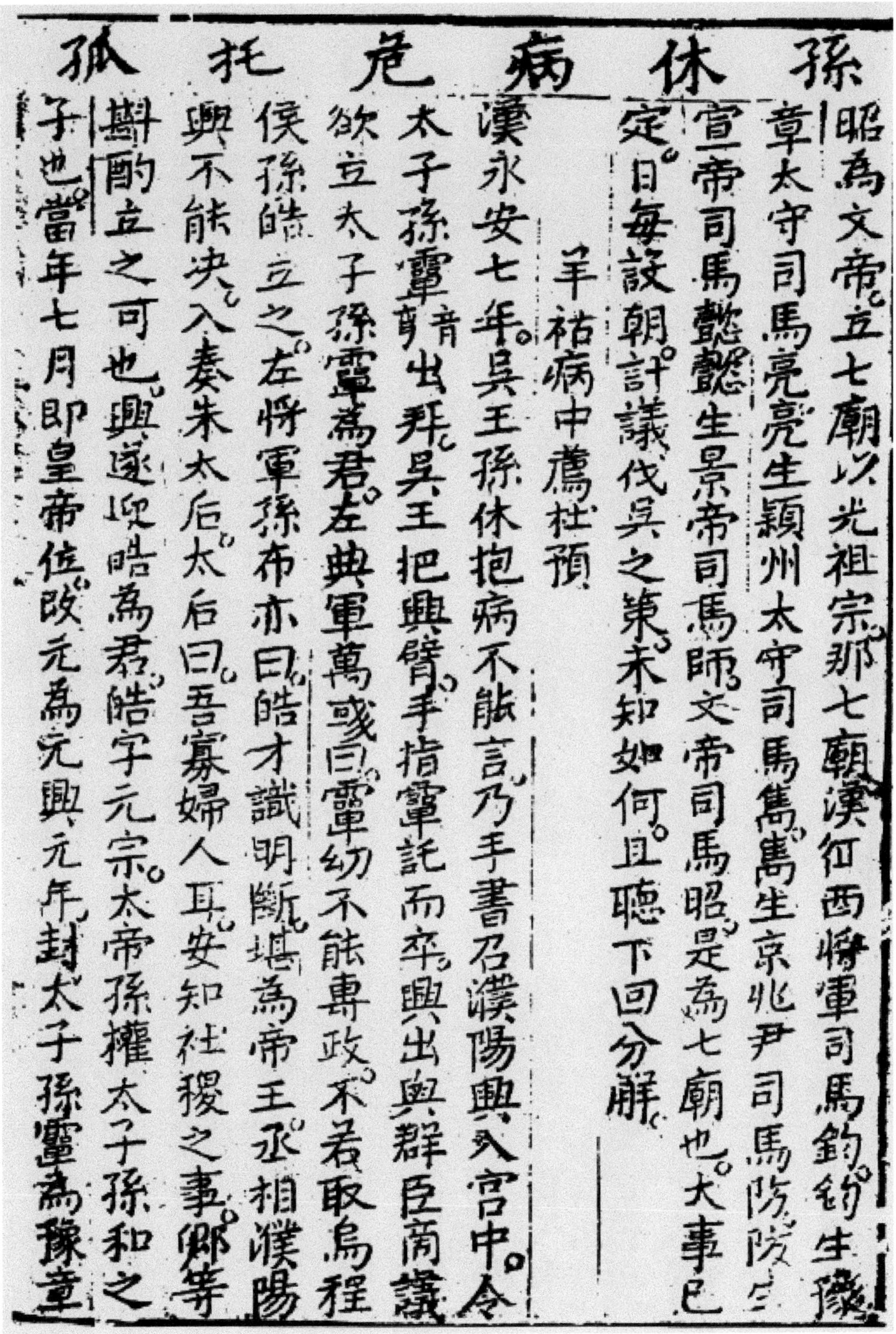

孫　休　病　危　托　孤

昭為文帝立七廟以光祖宗那七廟漢何西將軍司馬鈞鈞生豫

章太守司馬亮亮生穎州太守司馬雋雋生京兆尹司馬防防生

宣帝司馬懿懿生景帝司馬師文帝司馬昭是為七廟也大事已

定"曰"每設朝計議議伐吳之策未知如何且聽下回分解

羊祜病中薦杜預

漢永安七年吳王孫休抱病不能言乃手書召濮陽興入宮中令

太子孫霬音出拜吳王把興臂手指霬託而卒興出與群臣商議

欲立太子孫霬為君左典軍萬或曰霬幼不能專政不若取烏程

侯孫皓立之左將軍孫布亦曰皓才識明斷堪為帝王丞相濮陽

興不能決入奏朱太后太后曰吾寡婦人耳安知社稷之事卿等

尉酌立之可也興遂迎皓為君皓字元宗太帝孫權太子孫和之

子也當年七月即皇帝位改元為元興元年封太子孫霬為豫章

[그림 8]

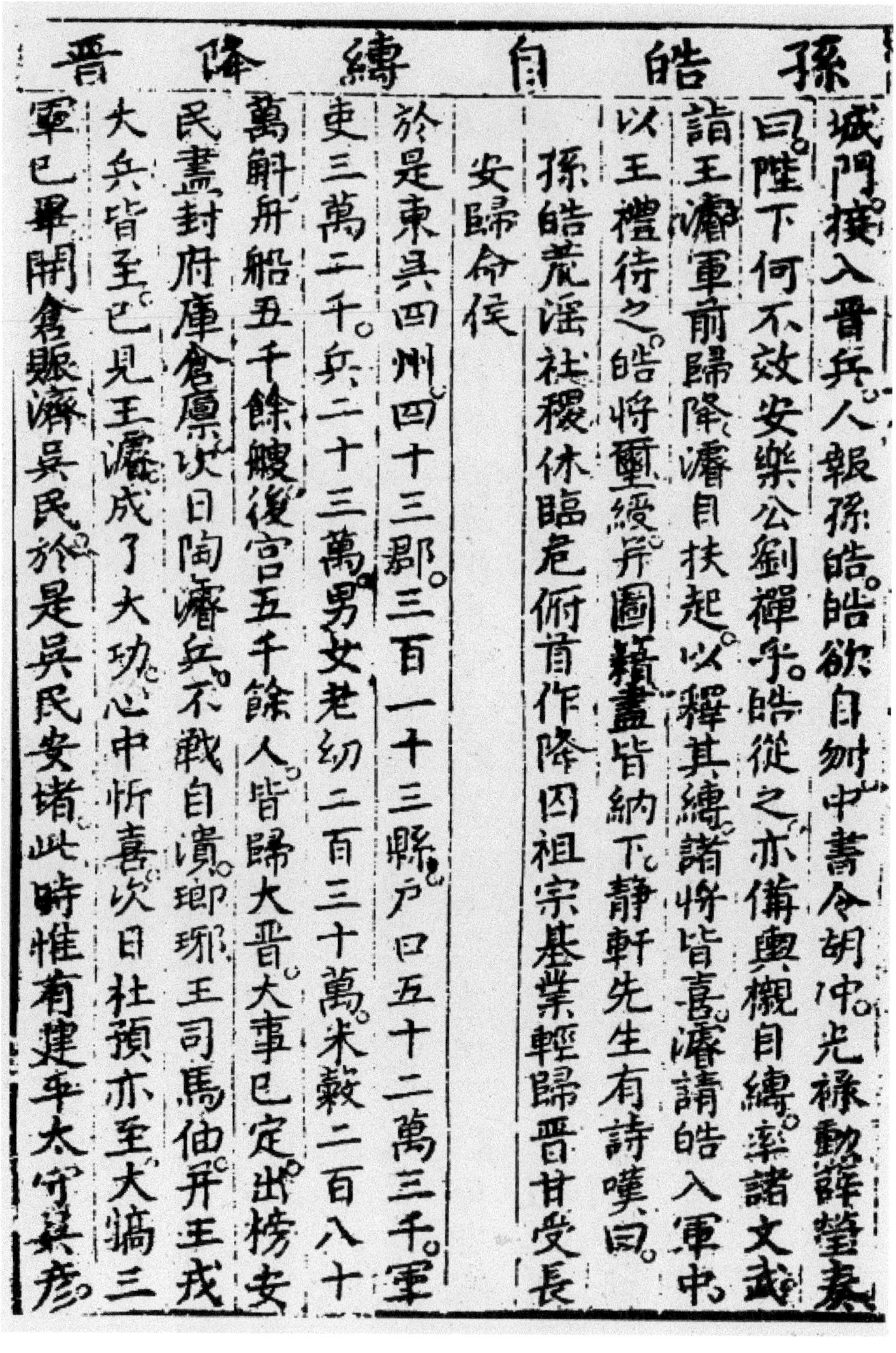

孫皓自縛降晋

城門接入晋兵人報孫皓。皓欲自刎。中書令胡沖光祿勳薛瑩奏
曰陛下何不效安樂公劉禪乎。皓從之。亦備輿櫬自縛率諸文武

詣王濬軍前歸降。濬目扶起。以釋其縛諸將皆喜濬請皓入軍中。
以王禮待之。皓將璽綬幷圖籍盡納下。靜軒先生有詩嘆曰。

孫皓荒淫社稷休臨危俯首作降囚祖宗基業輕歸晋甘受長
安歸命侯

於是東吳四州四十三郡。三百一十三縣。戶五十二萬三千。軍
吏三萬二千。兵二十三萬。男女老幼二百三十萬。米穀二百八十

萬斛舟船五千餘艘後宮五千餘人皆歸大晋。大事已定出榜安
民盡封府庫倉廩。次日陶濬兵不戰自潰。瑯琊王司馬伷开王戎

大兵皆至。已見王濬成了大功心中忻喜次日杜預亦至。大犒三
軍已畢開倉賑濟吳民於是吳民安諸此時惟有建平太守吳彥

[그림 9]

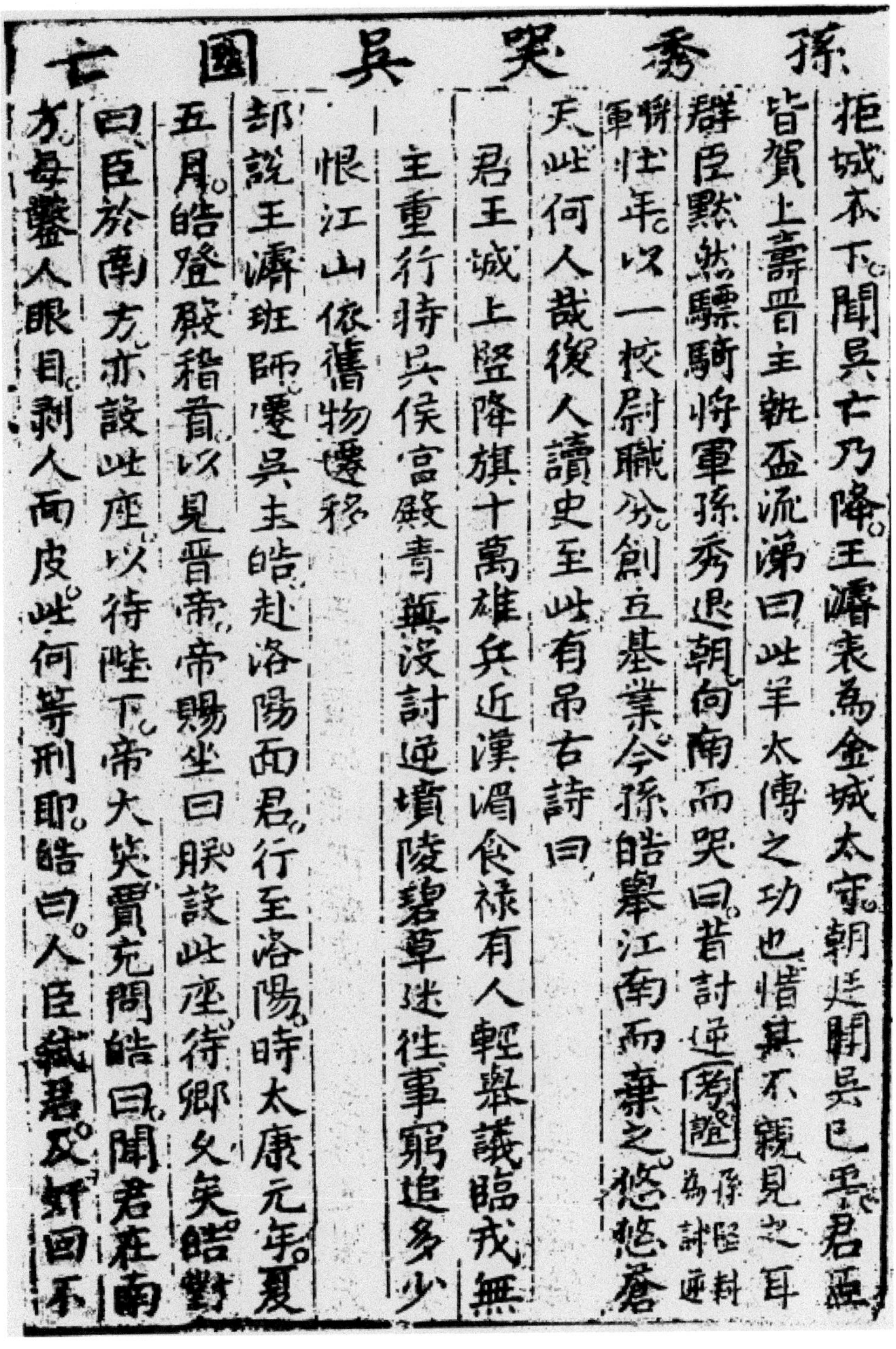

孫

拒城本下。聞吳亡乃降王濬表為金城太守。朝廷聞吳已亡。君臣

秀

皆賀上壽晉主執盃流涕曰此羊太傅之功也惜其不親見之耳

哭

群臣默然驃騎將軍孫秀退朝向南而哭曰昔討逆[考證]

孫程料為討逆

軍壯年以一校尉職分創立基業今孫皓舉江南而棄之悠悠蒼

天此何人哉後人讀史至此有弔古詩曰

君王城上豎降旗十萬雄兵近漢渴食祿有人輕舉議臨戎無

主重行特吳侯宮殿青蕪沒討迤墳陵碧草迷往事窮追多少

吳

恨江山依舊物遷移

卻說王濬班師遷吳主皓赴洛陽西見行至洛陽時太康元年夏

國

五月皓登殿稽首以見晉帝帝賜坐曰朕設此座待卿久矣皓對

曰臣於南方亦設此座以待陛下帝大笑賈充問皓曰聞君在南

亡

方。每鑿人眼目。剝人面皮。此何等刑。即皓曰。人臣弑君及奸回不

[그림 10]

2) 志傳系列

(1) 葉逢春本

書名	出版者·堂號/序文	略稱	卷册·則回/行字	出刊年度	所藏處
新刊通俗演義三國志史傳	元峰子序·葉逢春	[葉逢春本]	10卷·240則 16行 20字	1548	스페인 왕립도서관

[그림 1]

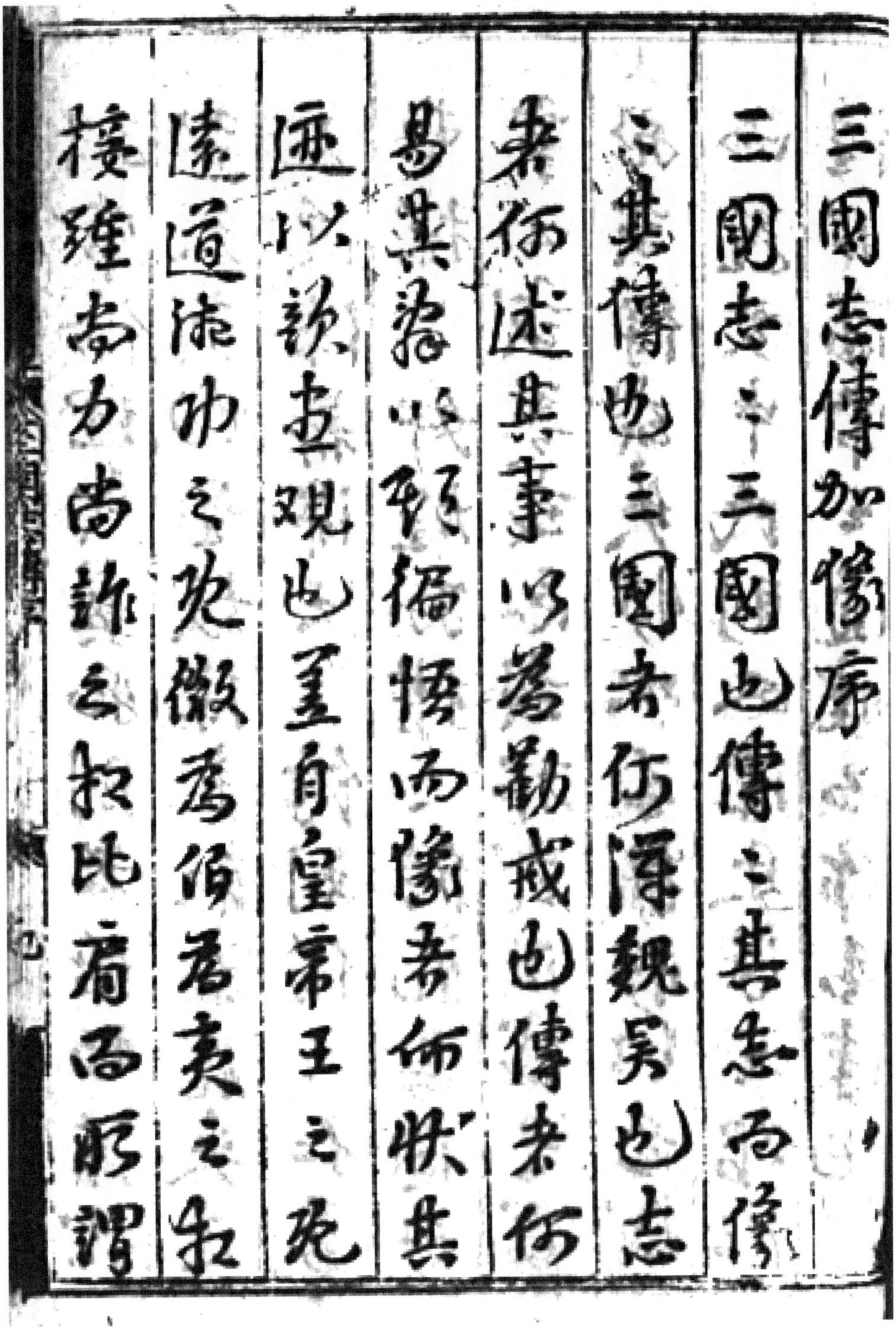
三國志傳加像序
三國志〻三國也傳〻其志而傳
〻其傳也三國者何謂魏吳也志
者何述其事以為勸戒也傳者何
易其辭以釋偏悟而像者何狀其
迹以[illegible]畫觀也蓋自皇帝王之兆
遠道德功之兆微為循名夷之紀
接踵者力尚詐之叔比肩而形謂

[그림 2]

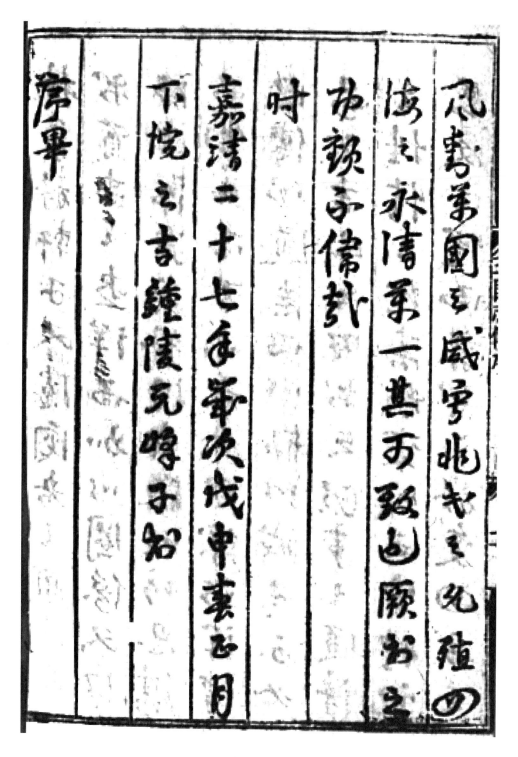

[그림 3]

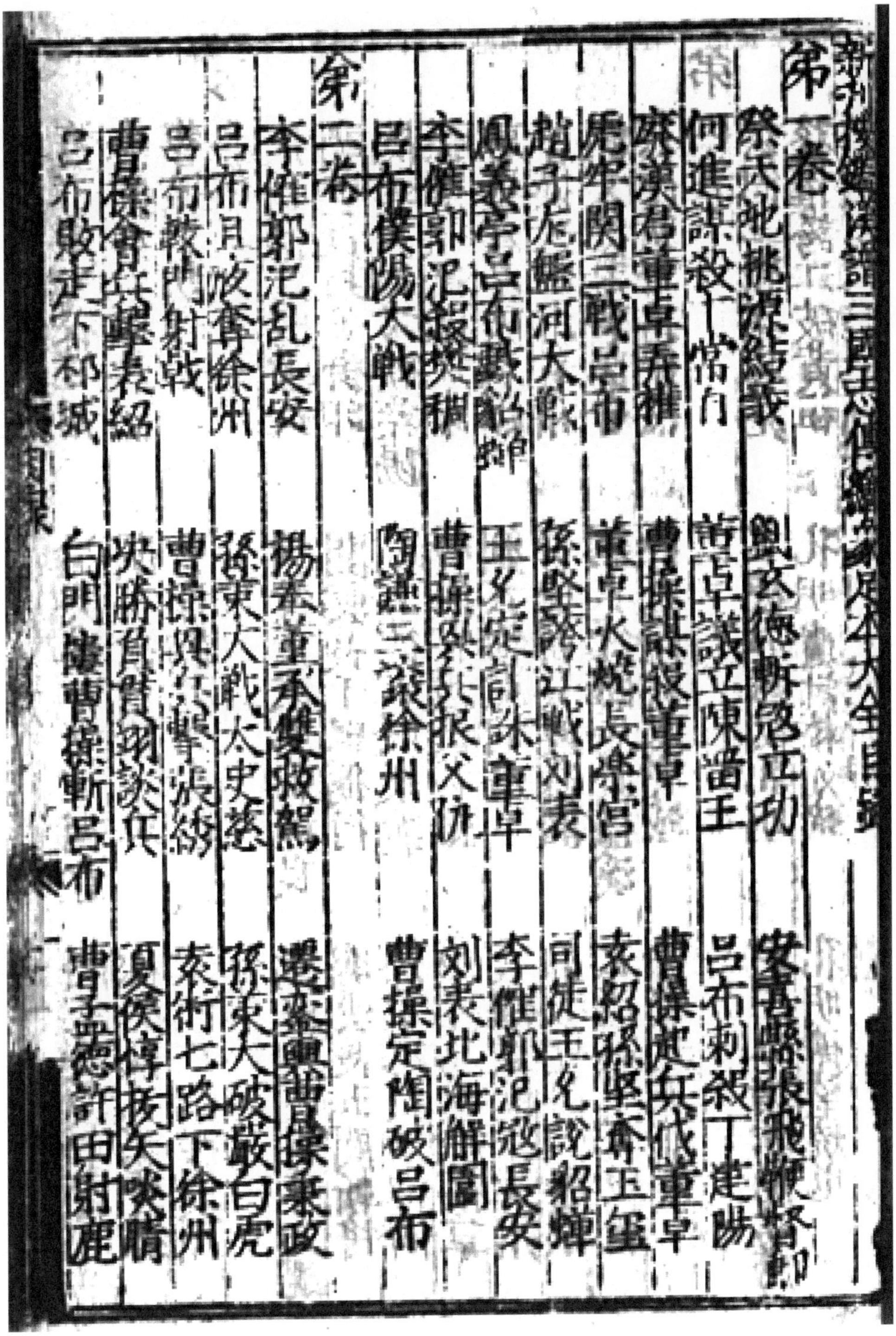

新刊按鑑演義三國志傳○○足本大全目錄

第一卷

祭天地桃源結義　劉玄德斬寇立功
安喜縣張飛鞭督郵
何進謀殺十常侍　董卓議立陳留王
呂布刺殺丁建陽
廢漢君董卓弄權　曹操謀殺董卓
袁紹孫堅伐玉璽
虎牢關三戰呂布　董卓火燒長樂宮
趙子龍盤河大戰　孫堅跨江戰劉表
李傕郭汜殺樊稠
鳳儀亭呂布戲貂蟬　司徒王允說貂蟬
王允定計誅董卓
李傕郭汜寇長安
呂布濮陽大戰　陶謙三讓徐州
曹操定陶破呂布
劉表北海解圍

第二卷

李傕郭汜亂長安　楊奉董承雙救駕
遷鑾輿曹操秉政
呂布月夜奪徐州　孫策大戰太史慈
孫策大破嚴白虎
袁術七路下徐州
曹操會兵擊袁紹　曹操興兵報父仇?
夏侯惇拔矢啖睛
許田射鹿
呂布敗走下邳城　白門樓曹操斬呂布

[그림 4]

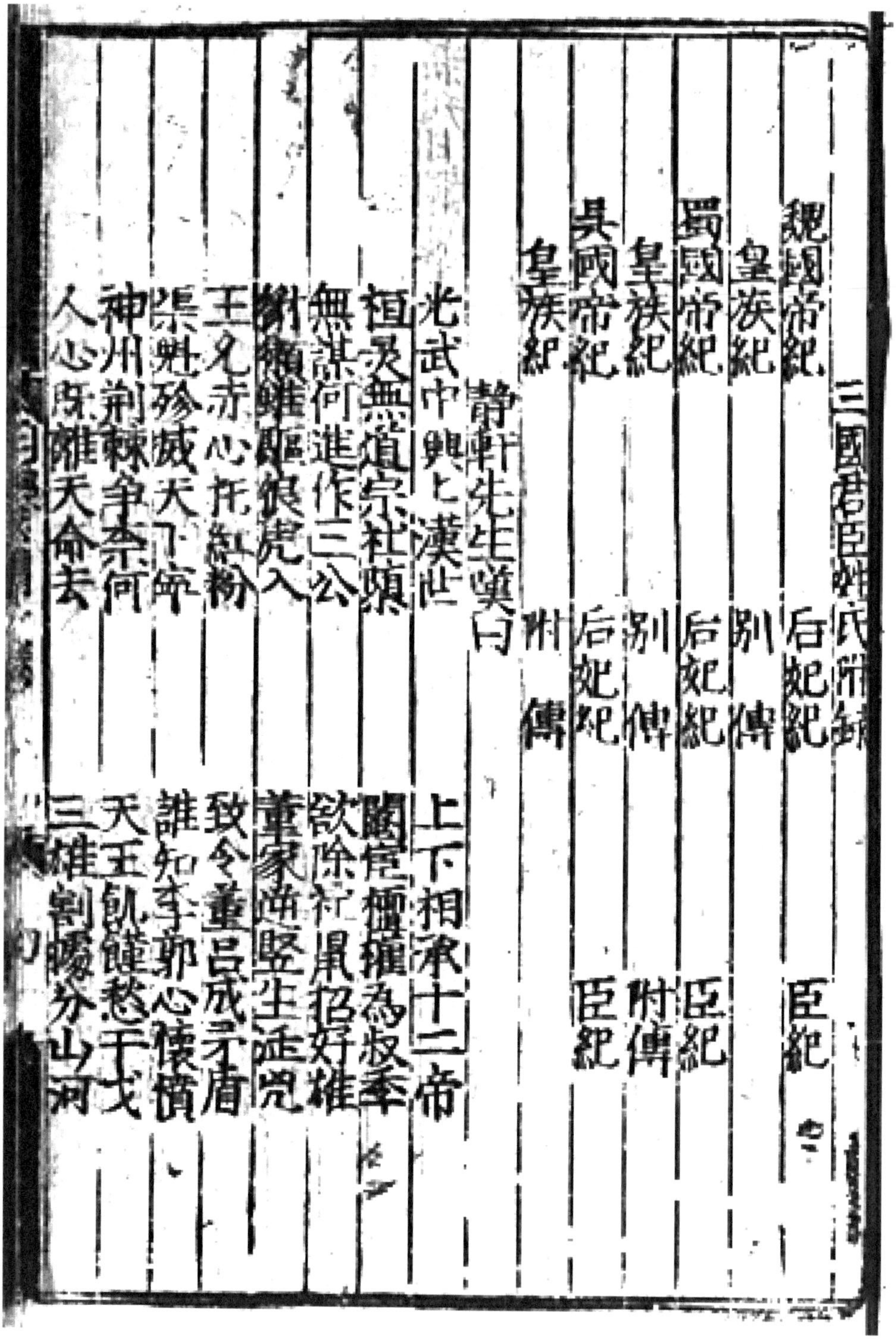

三國君臣姓氏附錄

魏國帝紀　后妃紀　臣紀
皇族紀　別妃紀　附傳
蜀國帝紀　后妃紀　臣紀
皇族紀　別妃紀　附傳
吳國帝紀　附妃傳　臣紀
皇族紀

静軒先生詠曰

光武中興上漢业　　上下相承十二帝
桓及無道宗社隤　　閹宦櫃權為叔季
無謀何進作三公　　欲除奸鼠招好雄
劉顏雖驅狼虎入　　董家喘竪生歪兒
王允赤心所紀粉　　致令董呂成冗庸
張魁殘威天下宁　　誰知李郭心懷憤
神州荆辣争奈何　　天王飢饉愁干戈
人心歸離雄天命去　三雄割曒分山河

[그림 5]

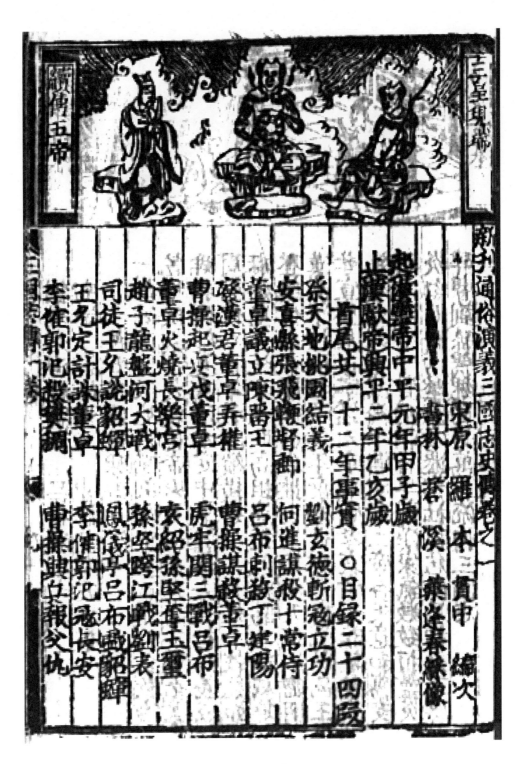

[그림 6]

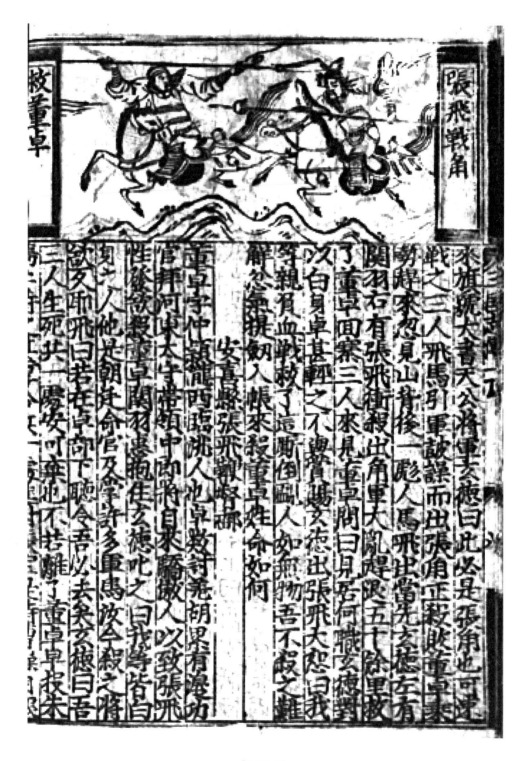

[그림 7]

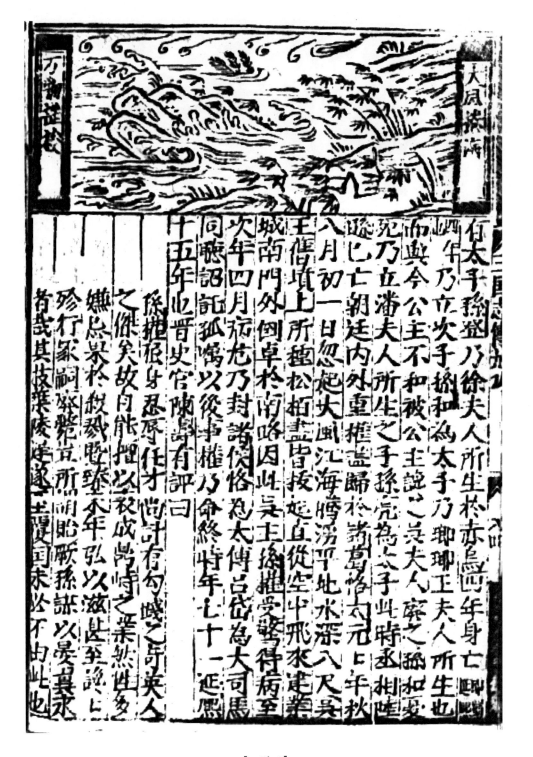

[그림 8]

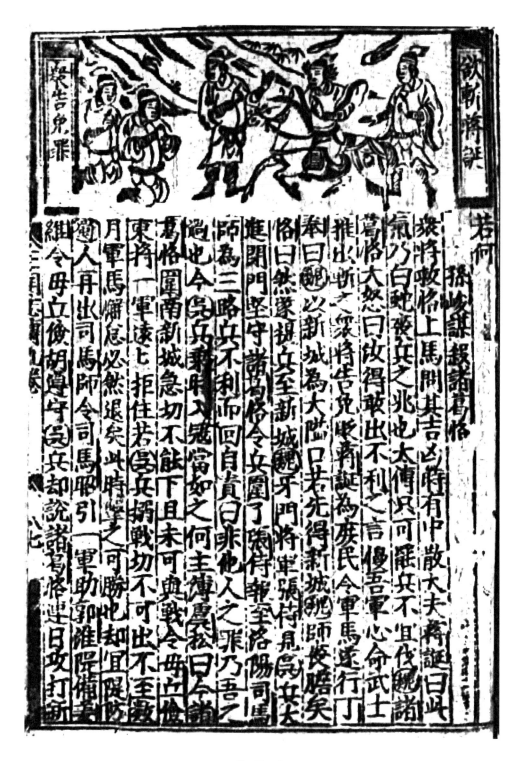

[그림 9]

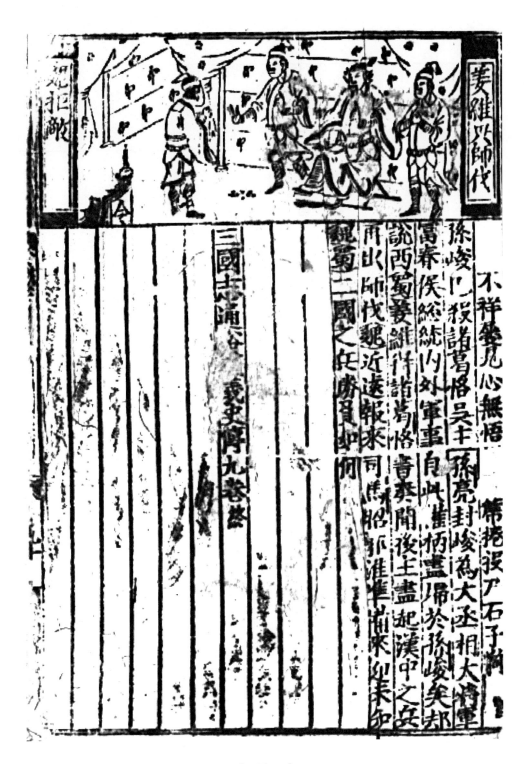

[그림 10]

(2) 余象斗本【雙峯堂】

書名	出版者·堂號/序文	略稱	卷册·則回/行字	出刊年度	所藏處
新刻按鑑全像批評三國志傳	余象斗·雙峰堂	[余象斗本]	20卷·240則/16行 27字	1592	옥스포드대·캠브리지박물관

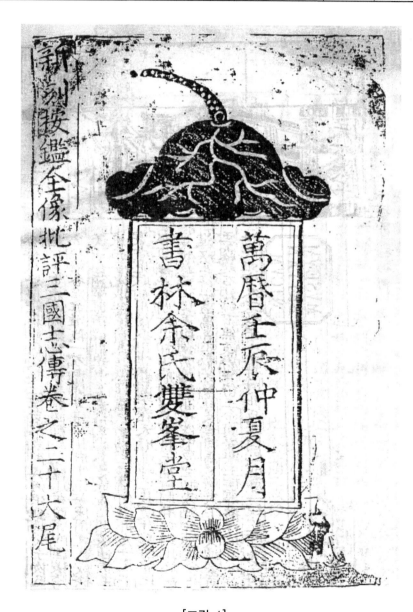

[그림 1]

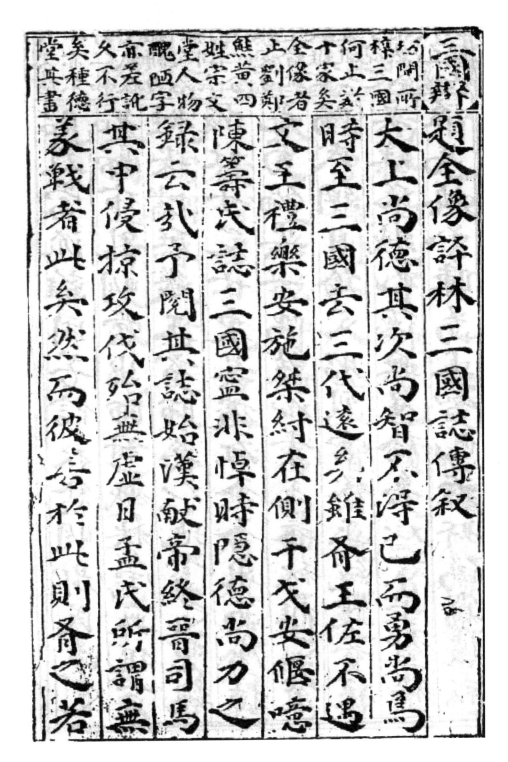

[그림 2]

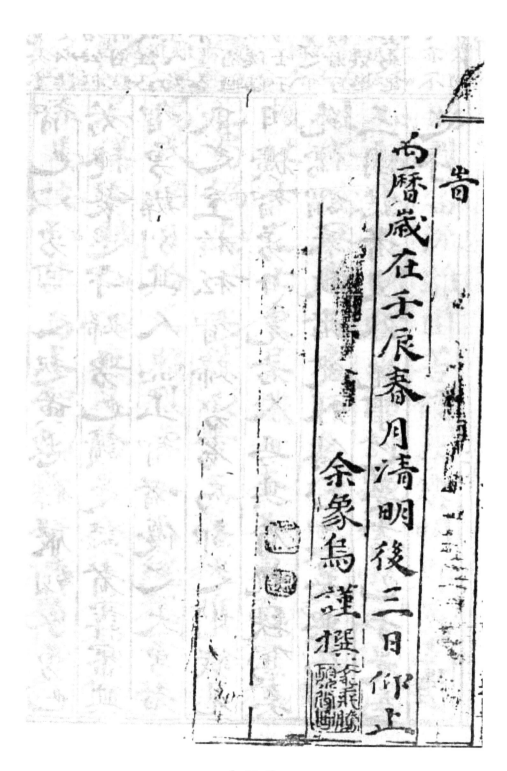

[그림 3]

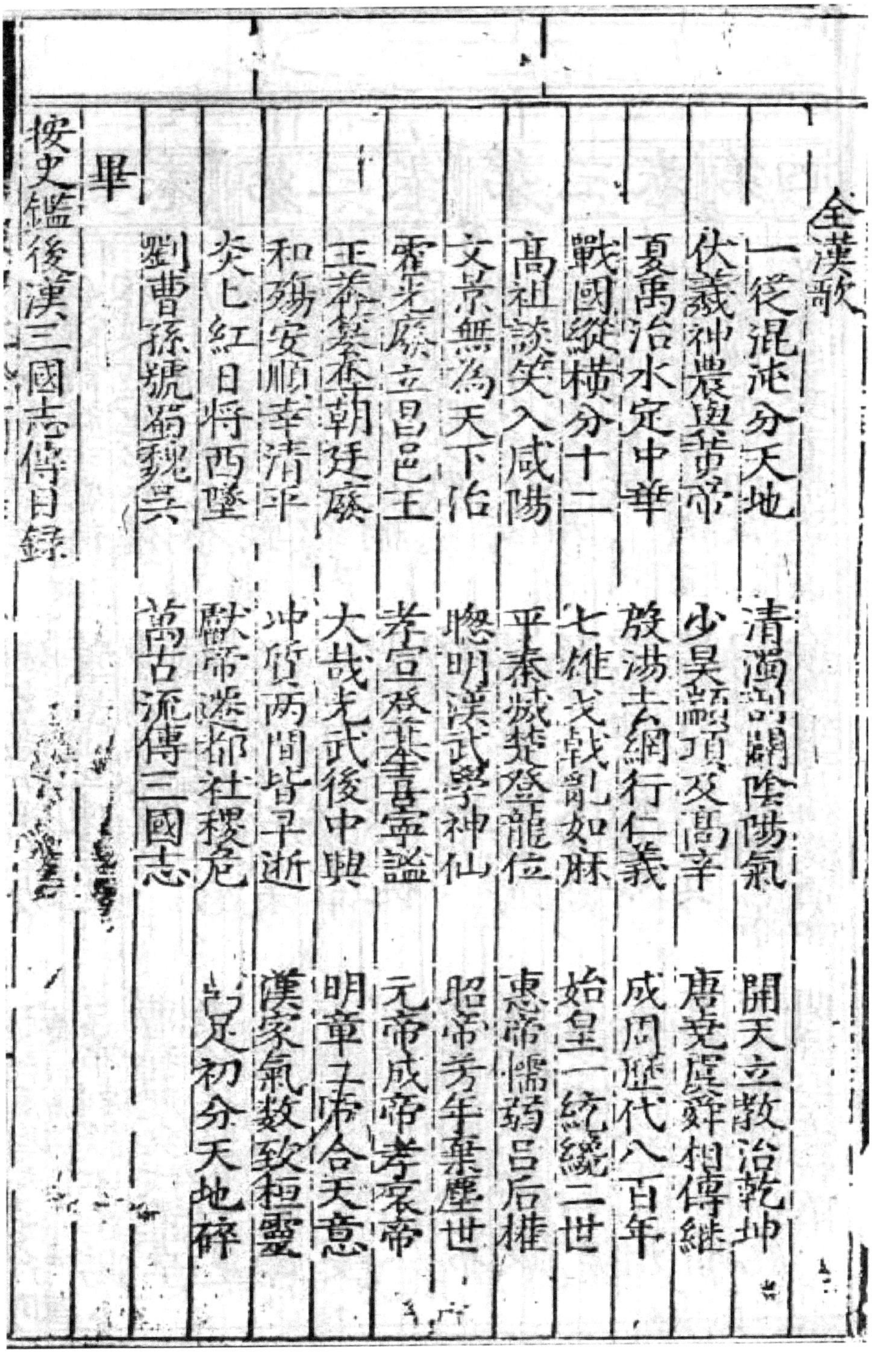

全漢歌

一從混沌分天地　清濁判開陰陽氣　開天立教治乾坤

伏羲神農與黃帝　少昊顓頊及高辛　唐堯虞舜相揖傳繼

夏禹治水定中華　發湯去網行仁義　成周歷代八百年

戰國縱橫分十二　七雄戈戟亂如麻　始皇一統纔二世

高祖談笑入咸陽　平秦誅楚登龍位　惠帝儒弱呂后摧

文景無為天下治　聰明漢武學神仙　昭帝芳年棄塵世

霍光廢立昌邑王　孝宣承基全富盛　元帝成帝孝哀帝

王莽簒奪本朝廷　大哉光武後中興　明章二帝合天意

和殤安順幸清平　冲質兩間皆早逝　漢家氣數致桓靈

炎乙紅日將西墜　獻帝遷都社稷危　足初分天地碎

劉曹孫號蜀魏吳　萬古流傳三國志

畢

按史鑑後漢三國志傳目錄

[그림 4]

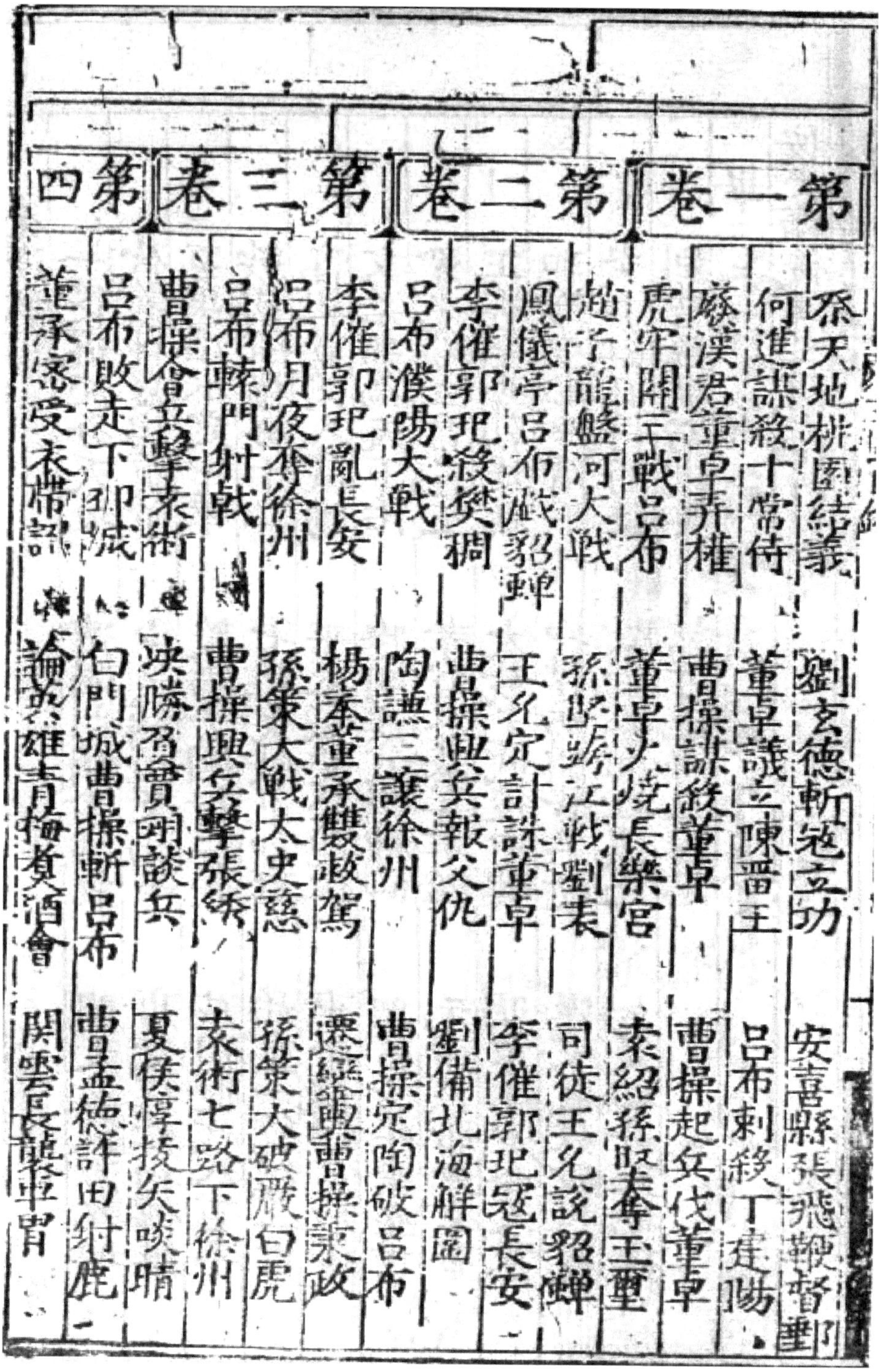

[그림 5]

按史鑑後漢三國志君臣姓氏附錄

〇起漢獻帝戊申歲至晉世宗庚子歲止　首尾總計一百一十三年事實

東漢二帝

孝靈皇帝
諱宏字□　在位二十二年壽三十四而崩起戊申歲

孝獻皇帝
諱協字伯和靈帝次子母王貴人生之董卓廢少帝而立之在位三十一年禪魏封為山陽公壽五十四而崩起初平四年甲戌改建安子改延康

右東漢十二帝共一百九十六年

後漢二帝

昭烈皇帝
諱備字玄德涿郡人漢景帝子中山靖王之後裔帝末系漢中起州牧及曹丕簒漢遷正統于蜀號曰後漢在位三年壽六十三歲

後主皇帝
名禪字公嗣昭烈帝太子在位四十年降魏晉武帝遷將入冠帝出降改號建興

蜀國共四十三年

昭烈皇帝廿氏南郡人□葬□中

后紀
穆皇后吳氏陳留人　□妹先嫁劉□亡先主納

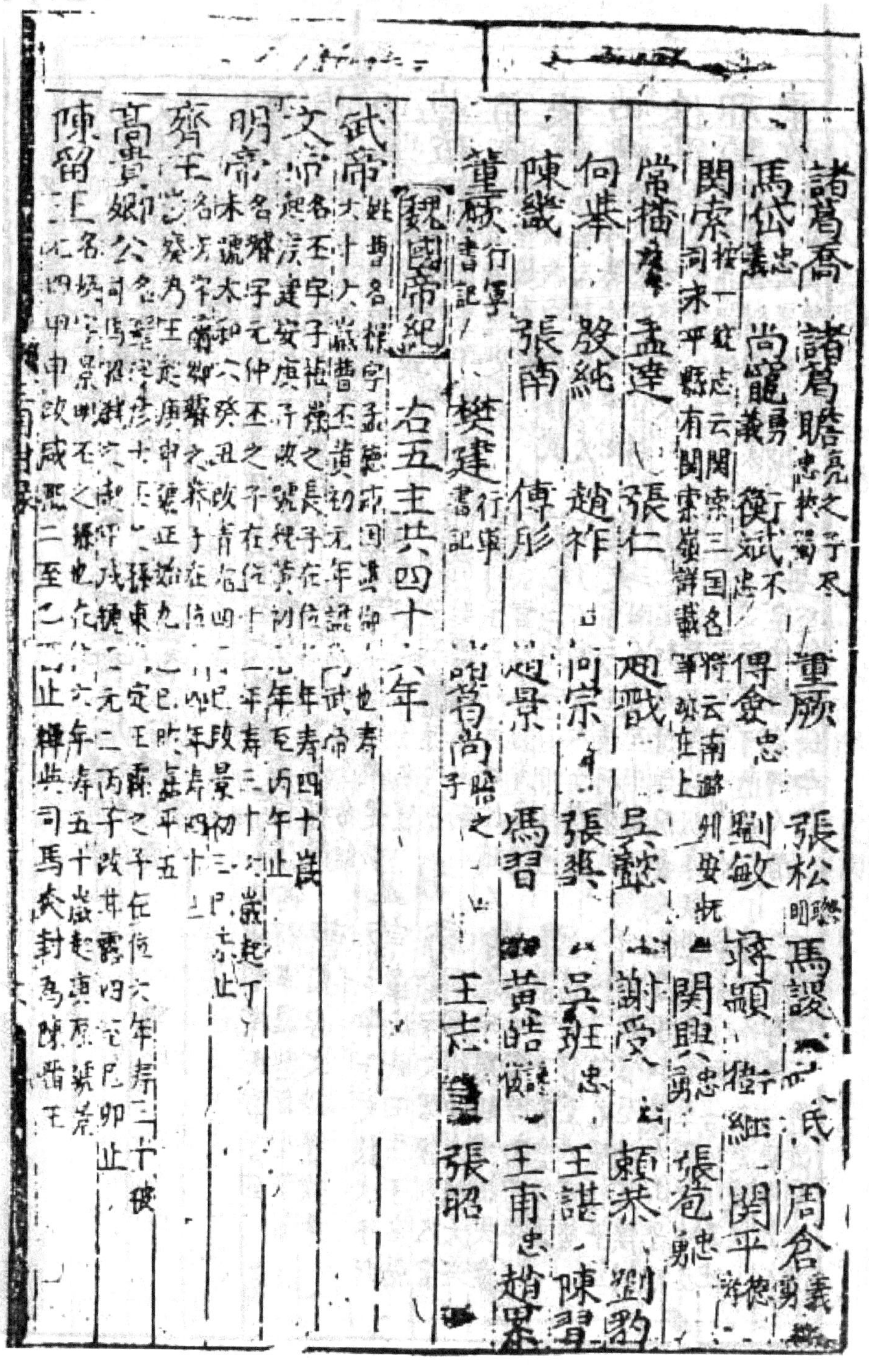

諸葛喬　諸葛瞻亮之子忠

馬岱伐忠　尚寵勇

關索按一統志云關索三國名不載

常播忠　孟達　張仁

陳戯　發純趙祚　阿宗　張嶷

向朗　馬習

董厥書記

魏國帝紀

右五主共四十六年

武帝姓曹名操字孟德

文帝名丕字子桓

明帝名叡

齊王名芳

高貴郷公名髦

陳留王名奐

[그림 7]

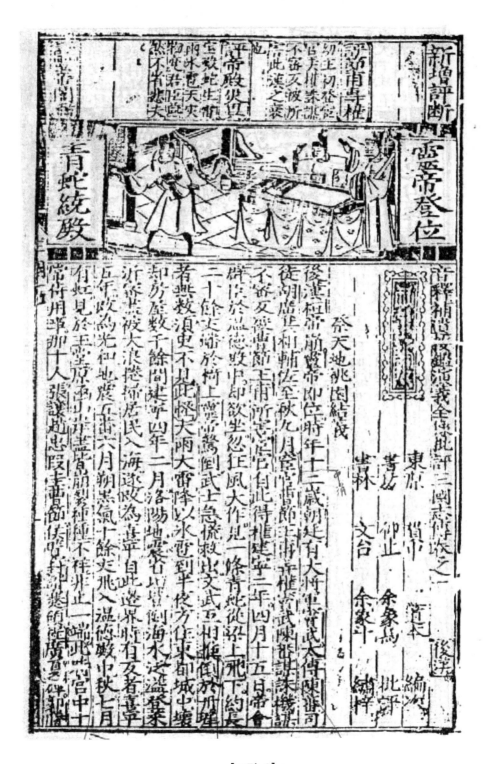

[그림 8]

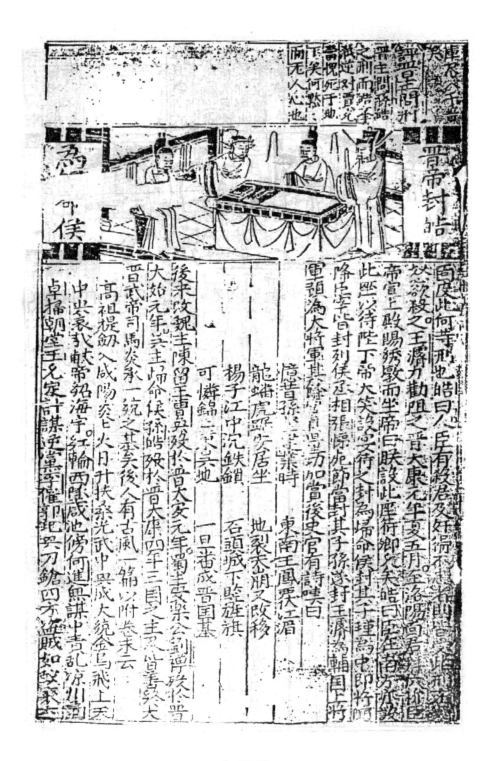

[그림 9]

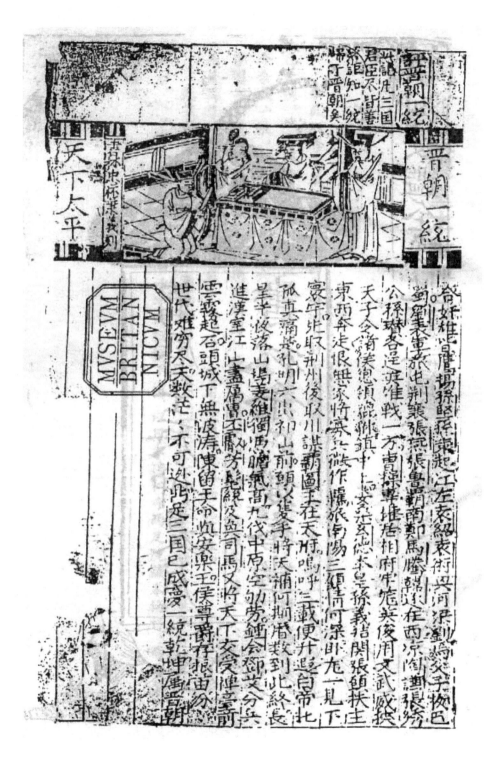

[그림 10]

(3) 余評林本【雙峯堂】

書名	出版者·堂號/序文	略稱	卷册·則回/行字	出刊年度	所藏處
新刊京本校正演義 全像三國志傳評林	余象斗·雙峰堂	[評林本]	20卷·240則 /15行 22字	萬曆年間	日本 와세다大學

[그림 1]

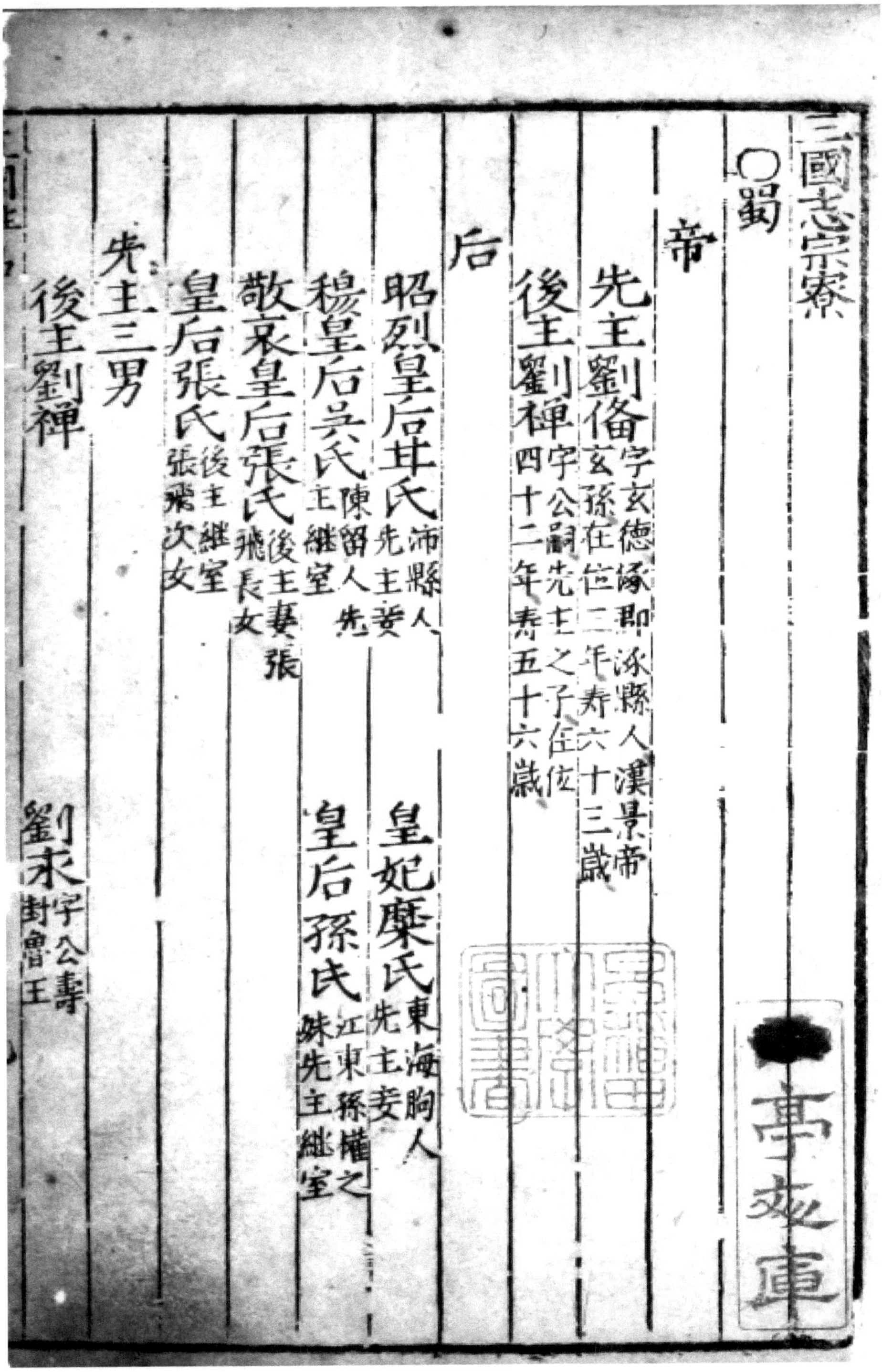

三國志宗寮

○蜀

帝	后
先主劉備 字玄德涿縣即涿縣人漢景帝玄孫在位三年壽六十三歲	昭烈皇后甘氏 沛縣人先主妾
後主劉禪 字公嗣先主之子在位四十二年壽五十六歲	穆皇后吳氏 陳留人先主繼室
	敬哀皇后張氏 後主妻張飛長女
	皇后張氏 後主繼室張飛次女
	皇妃糜氏 東海朐人先主妾
	皇后孫氏 江東孫權之妹先主繼室

先主三男
後主劉禪

劉永 字公壽 封魯王

[그림 2]

[그림 3]

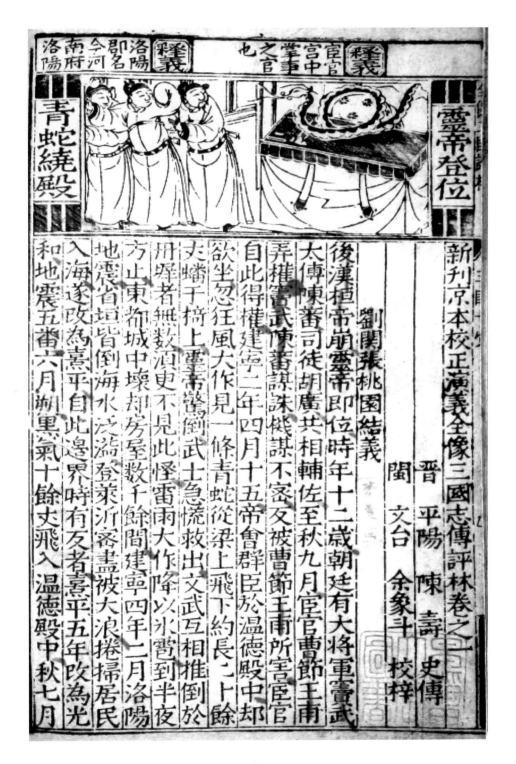

[그림 4]

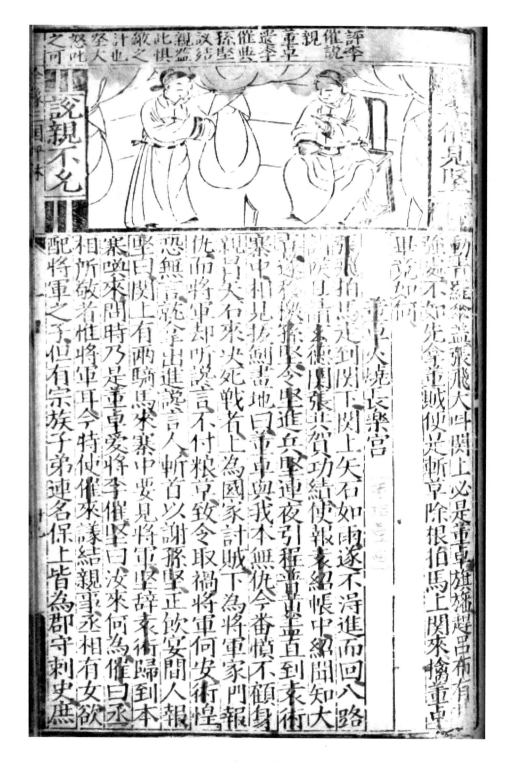

[그림 5]

新刊京本校正演義全像三國志傳評林卷之二

閩　文台　余象斗　校梓

趙子龍盤河大戰

說孫堅當晚被表圍住得程普韓當黃蓋三將左衝右突死戰得脫折兵大多孫堅連夜引軍回江東劉表回荊州以書報紹曰此孫堅與劉表結冤卻說表紹屯兵河內缺糧冀州牧韓馥遣人送糧以資給之有客馮紀說紹曰大丈夫縱橫天下何待人送糧為食長冀州乃錢糧廣盛之地將軍何不取之紹曰未有良策馬紀曰可暗使人持書與公孫瓚令進兵取冀州事若事就中取其事而得紹大喜即馳發書致瓚瓚觀書意云共取冀州平分瓚喜即日興兵紹卻令人報韓馥馥流聚諸謀士商議前謀曰公孫瓚率燕代之衆長驅而來其鋒不可當兼有劉備關張之助冀州指日休矣今表本初智勇過人手下名

[그림 6]

[그림 7]

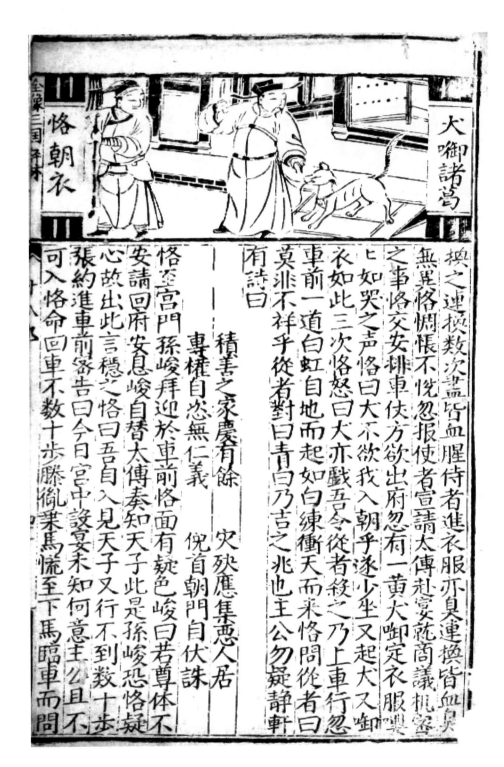

[그림 8]

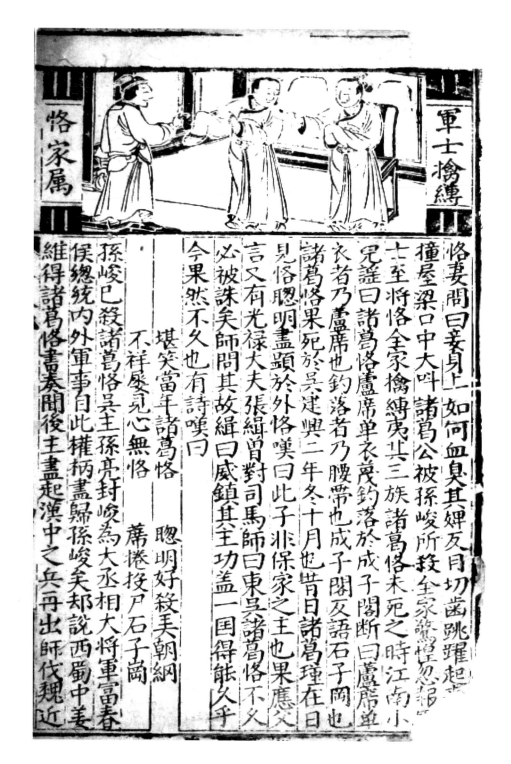

[그림 9]

[그림 10]

(4) 湯賓尹本

書名	出版者·堂號/序文	略稱	卷册·則回/行字	出刊年度	所藏處
新刻湯學士校正古本按鑑演義全像通俗三國志傳	湯賓尹校正	[湯賓尹本]	20卷·240則/15行 25字	1595以後	北京圖書館

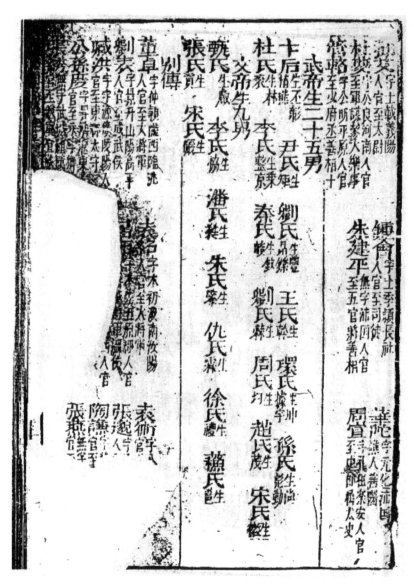

[그림 1]

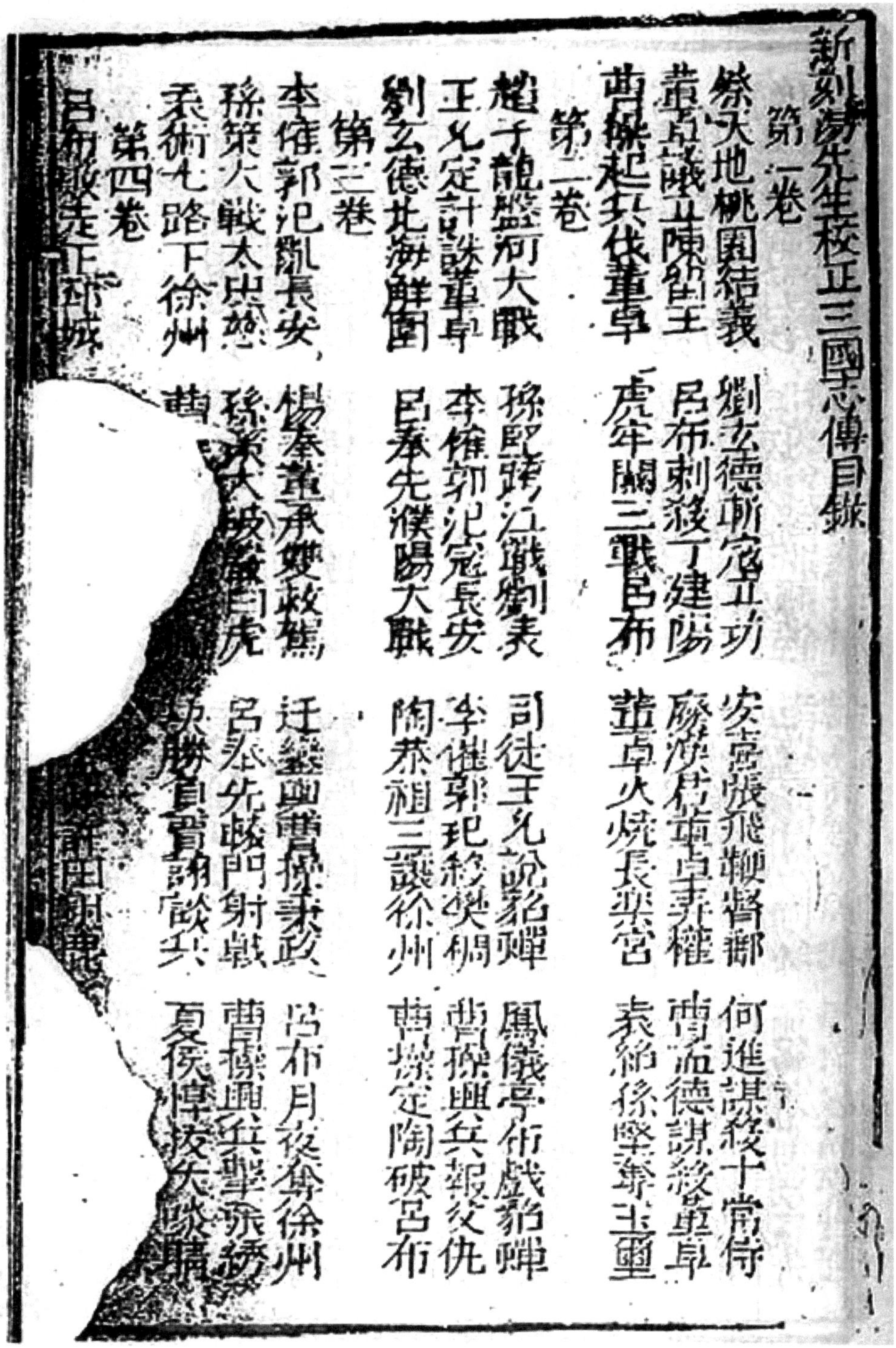

新刻湯先生校正三國志傳目錄

第一卷

祭天地桃園結義 劉玄德斬寇立功 安喜張飛鞭督郵 何進謀殺十常侍

董卓議立陳留王 呂布刺殺丁建陽 廢漢君董卓弄權 曹孟德謀殺董卓

曹操起兵伐董卓 虎牢關三戰呂布 董卓火燒長樂宮 袁紹孫堅奪玉璽

第二卷

趙子龍盤河大戰 孫堅跨江戰劉表 司徒王允說貂蟬 鳳儀亭布戲貂蟬

王允定計誅董卓 李傕郭汜寇長安 李傕郭汜殺樊稠 曹操興兵報父仇

劉玄德北海解圍 呂奉先濮陽大戰 陶恭祖三讓徐州 曹操定陶破呂布

第三卷

李傕郭汜亂長安 楊奉董承雙救駕 遷鑾輿曹操秉政 呂布月夜奪徐州

孫策大戰太史慈 孫策大破嚴白虎 呂奉先轅門射戟 曹操興兵擊張繡

袁術七路下徐州 曹[illegible] [illegible]決勝負賈詡談兵 夏侯惇拔矢啖睛

第四卷

呂布敗走下邳城 [illegible]許田射鹿[illegible]

[그림 2]

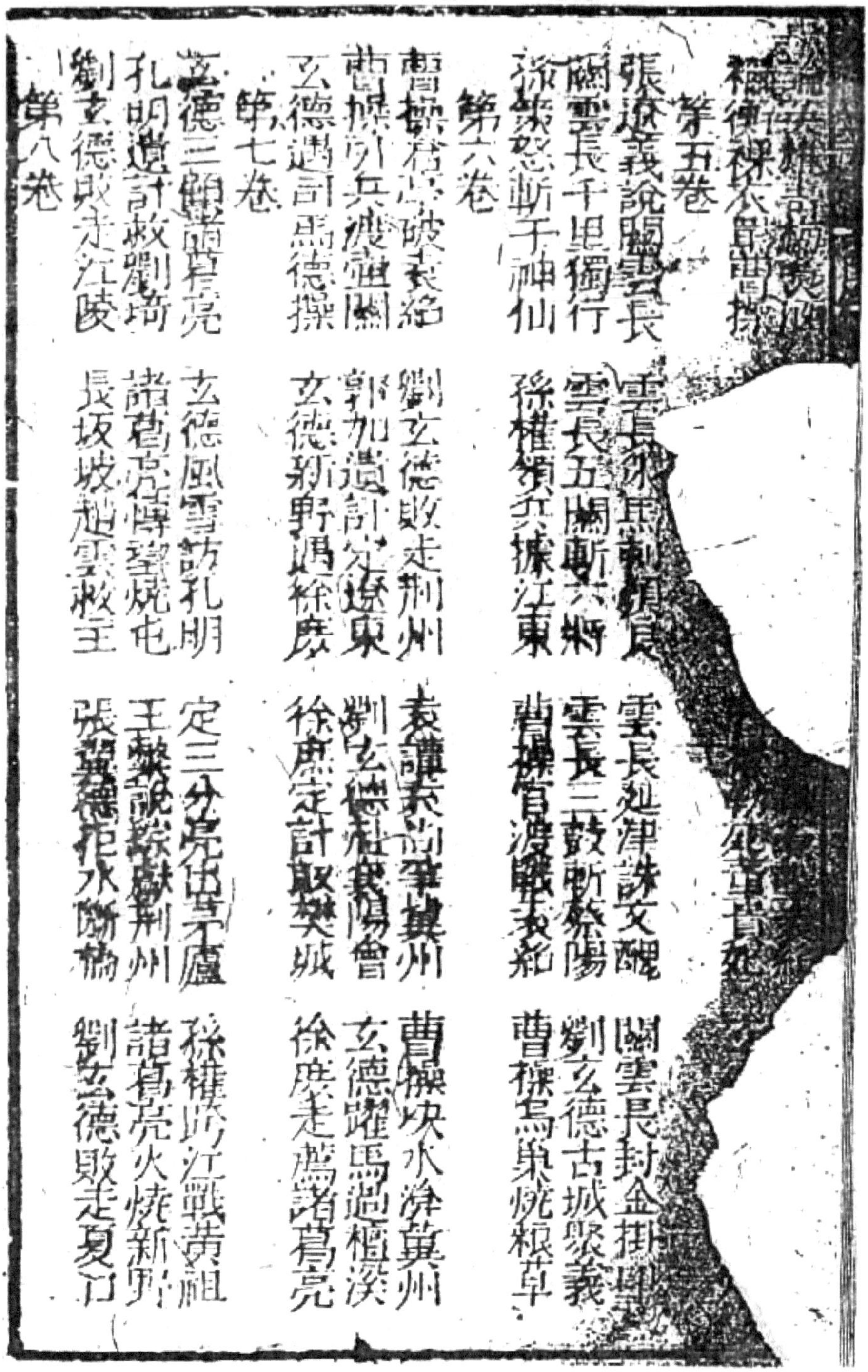
[illegible]
禰衡裸衣罵曹操
第五卷
張遼義說關雲長　雲長策馬刺顏良　雲長延津誅文醜　關雲長封金掛印
關雲長千里獨行　雲長五關斬六將　雲長三鼓斬蔡陽　劉玄德古城聚義
孫策怒斬于神仙　孫權領兵據江東　曹操官渡戰袁紹　曹操烏巢燒糧草
第六卷
曹操倉亭破袁紹　劉玄德敗走荊州　袁譚袁尚爭冀州　曹操決水渰冀州
曹操引兵渡遼西　郭嘉遺計定遼東　劉玄德赴襄陽會　玄德躍馬跳檀溪
玄德遇司馬德操　玄德新野遇徐庶　徐庶定計取樊城　徐庶走薦諸葛亮
第七卷
玄德三顧諸葛亮　玄德風雪訪孔明　定三分亮出草廬　孫權跨江戰黃祖
孔明遺計救劉琦　諸葛亮博望燒屯　王粲說琮獻荊州　諸葛亮火燒新野
劉玄德敗走江陵　長坂坡趙雲救主　張翼德拒水斷橋　劉玄德敗走夏口
第八卷

[그림 3]

[그림 4]

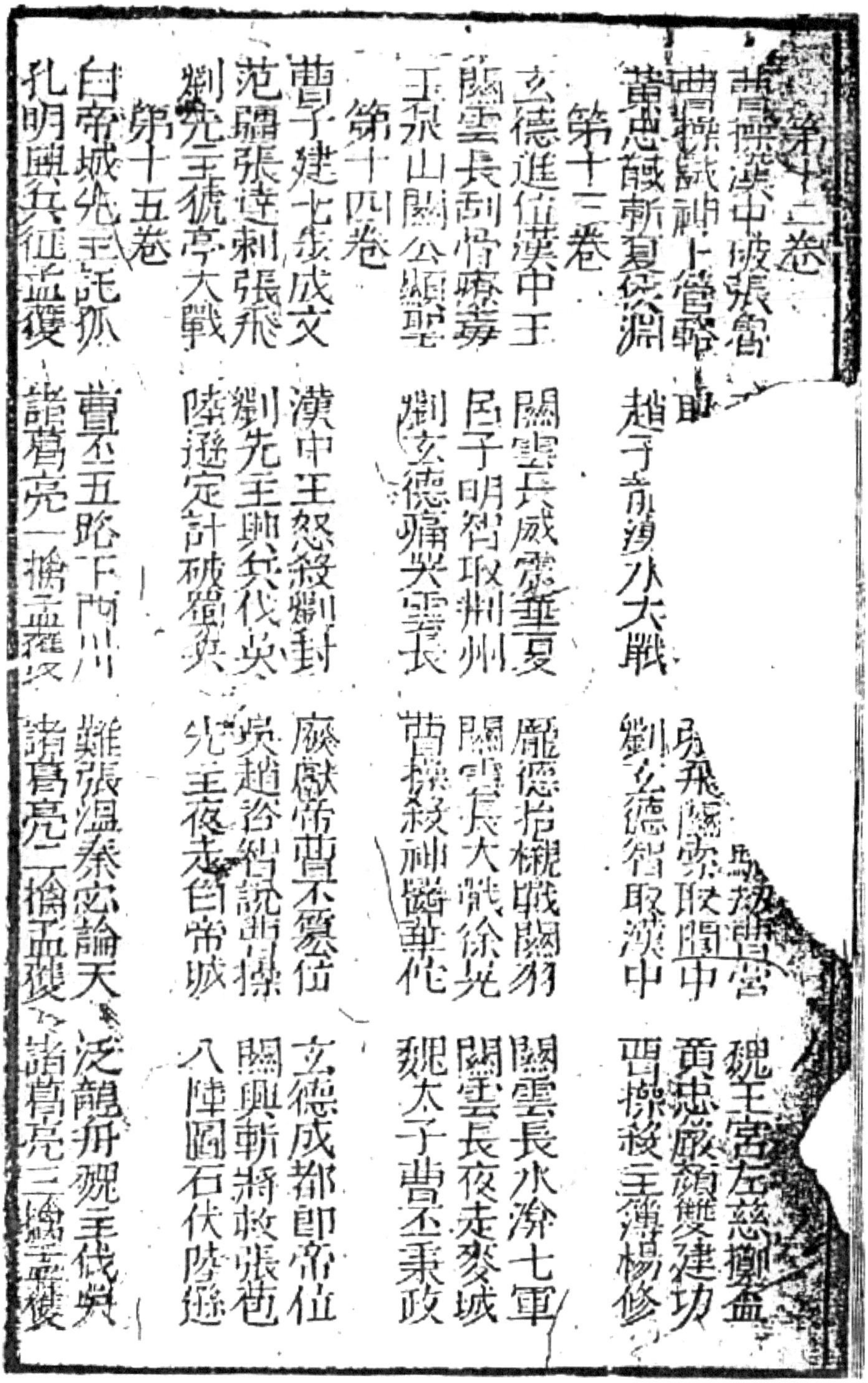

第十二卷

曹操漢中破張魯 [illegible] [illegible]騎劫曹營 魏王宮左慈擲盃

曹操試神卜管輅 [illegible] 張飛關索取閬中 黃忠嚴顏雙建功

黃忠馘斬夏侯淵 趙子龍漢水大戰 劉玄德智取漢中 曹操殺主簿楊修

第十三卷

玄德進位漢中王 關雲長威震華夏 龐德擡櫬戰關羽 關雲長水淹七軍

關雲長刮骨療毒 呂子明智取荊州 關雲長大戰徐晃 關雲長夜走麥城

玉泉山關公顯聖 劉玄德痛哭雲長 曹操殺神醫華佗 魏太子曹丕秉政

第十四卷

曹子建七步成文 漢中王怒殺劉封 廢獻帝曹丕簒位 玄德成都即帝位

范疆張達刺張飛 劉先主興兵伐吳 吳趙咨智說曹操 關興斬將救張苞

劉先主猇亭大戰 陸遜定計破蜀兵 先主夜走白帝城 八陣圖石伏陸遜

第十五卷

白帝城先主託孤 曹丕五路下西川 難張溫秦宓論天 泛龍舟魏主伐吳

孔明興兵征孟獲 諸葛亮一擒孟獲 諸葛亮二擒孟獲 諸葛亮三擒孟獲

[그림 5]

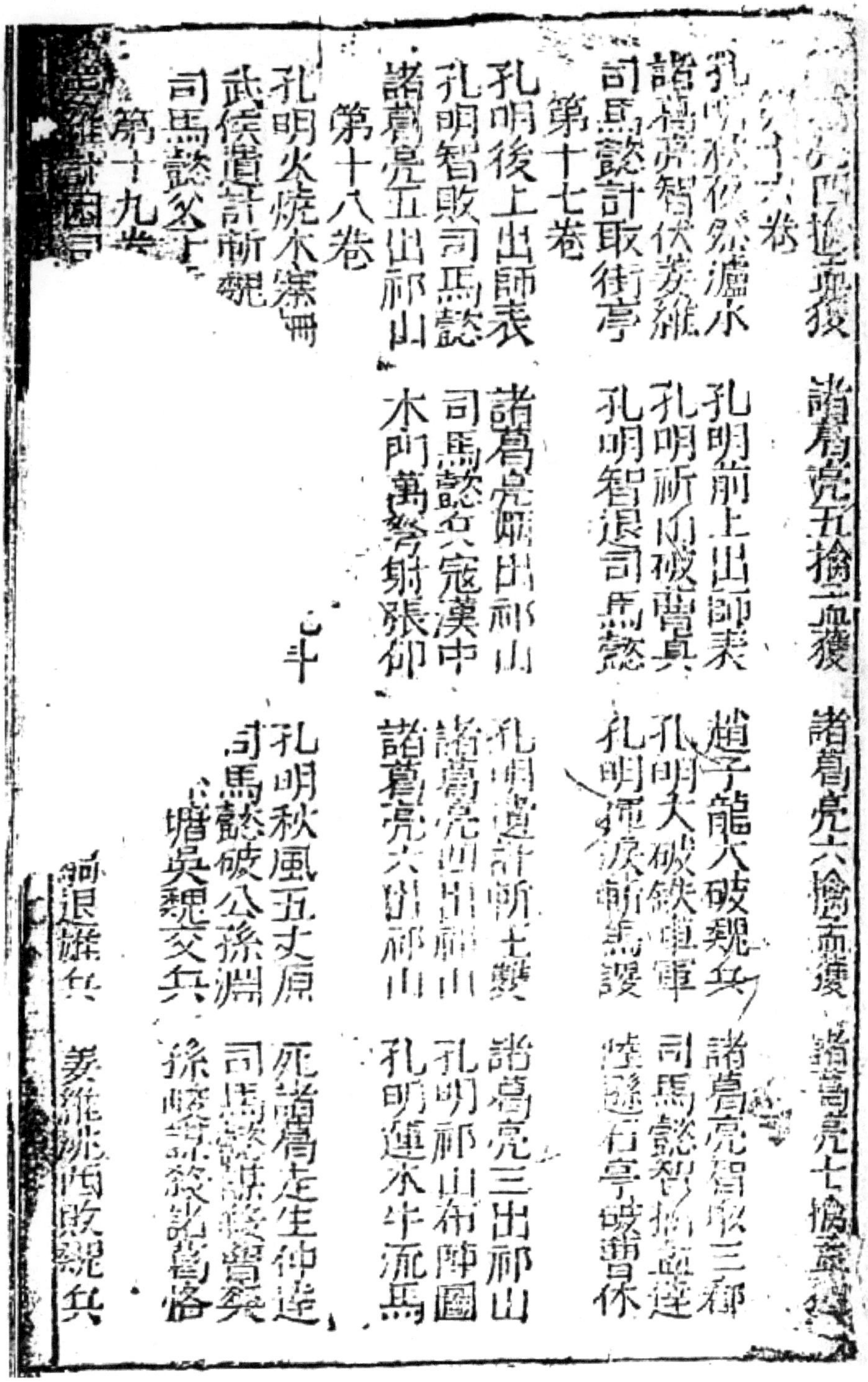

諸葛亮五擒孟獲　諸葛亮六擒孟獲　諸葛亮七擒孟獲

孔明秋夜祭瀘水
諸葛智伏姜維

第十七卷
司馬懿計取街亭　孔明智退司馬懿　趙子龍大破魏兵
孔明祈山破曹真　諸葛亮智取三郡
孔明大破鐵車軍　司馬懿智擒孟達
孔明揮淚斬馬謖　陸遜石亭破曹休

第十八卷
孔明後上出師表
孔明前上出師表
諸葛亮前出祁山　諸葛亮三出祁山
司馬懿六寇漢中　孔明祁山布陣圖
諸葛亮四出祁山
木門萬弩射張郃　諸葛亮六出祁山
諸葛亮五出祁山　孔明遣水牛流馬

第十九卷
武侯遺計斬魏延
孔明火燒木柵冊　孔明秋風五丈原
孔明秋風五丈原　死諸葛走生仲達
司馬懿破公孫淵
司馬懿謀破曹爽
孫峻席間殺諸葛恪
司馬懿父子

姜維洮西敗魏兵
鄧退雄兵

[그림 6]

三國志傳

孫琳廢吳主

第二十卷

姜伯約逃陽平寺
繫山領鄧艾颽
姜維一計害三賢

全漢總歌

一從混沌分天地
少昊顓頊及高辛
成周歷代八百年
高祖談笑入咸陽
平秦滅楚登龍位
惠帝懦弱呂后治
霍光廢立昌邑王
大哉光武後中興
明章二帝合天意
孝宣卷璽漢誰誕

清濁剖判陰陽氣
唐堯虞舜相傳繼
夏禹治水徒□
七雄戈戰亂如麻
開天元教治乾坤
殷湯征伐行仁義
戰國縱橫傳十二
治皇一統總二世

伏羲神農黃帝興

後受魏禪

鍾會鄧艾取漢中
蜀後主國親招降
羊祜病中薦杜預
鍾會鄧艾大爭功
王濬智取石頭城

兩關弒君

姜維大戰劍門關
姜伯約棄車大戰
姜維長城戰鄧艾

然帝還都祉復尼
和熹安順幸清平
元帝成帝孝哀帝
聰明漢武學神仙
胎帝芳年葬塵世
冲質兩朝皆早逝
漢家氣數至桓靈
大哉光武後中興
鼎足初分天地碎
劉曹孫號蜀魏吳
炎炎征旧将西□
爲甚然作三國志

[그림 7]

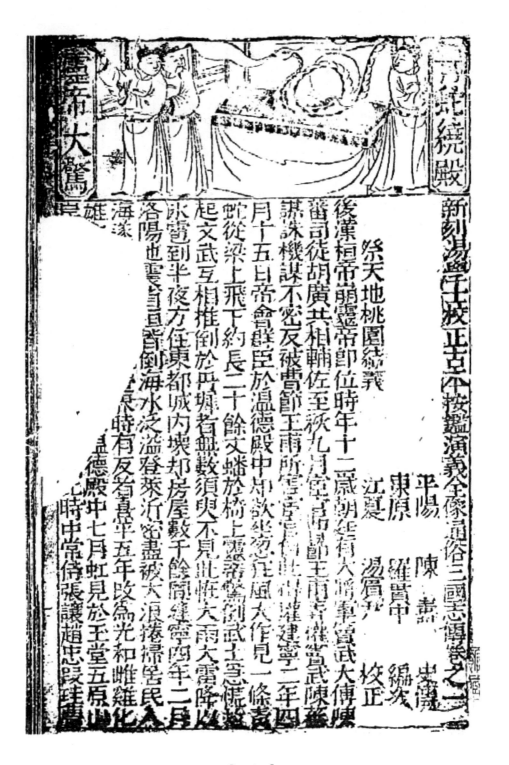

[그림 8]

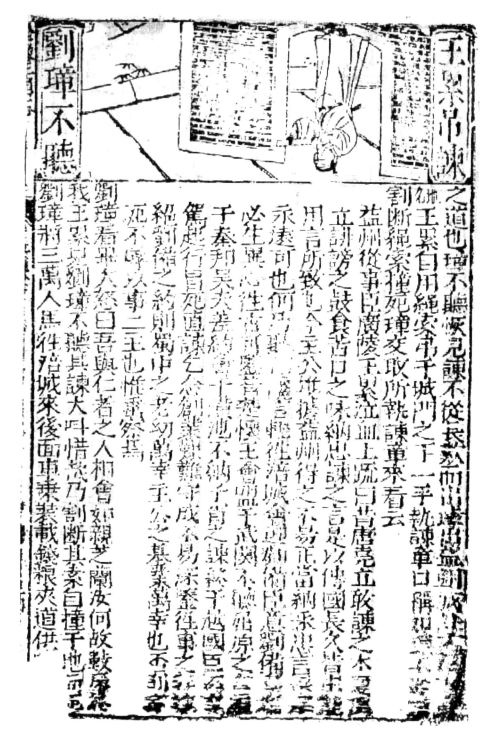

[그림 9]

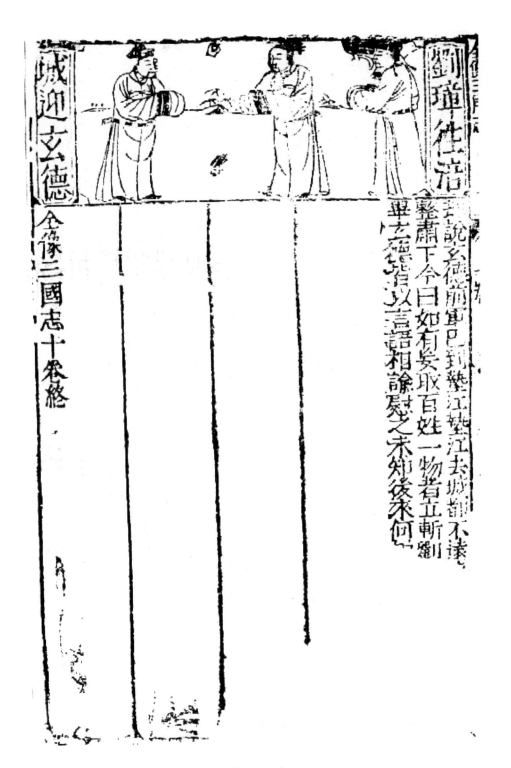

[그림 10]

(5) 聯輝堂本[鄭少垣]

書名	出版者·堂號/序文	略稱	卷册·則回/行字	出刊年度	所藏處
新鍥京本校正通俗演義按鑑三國志傳	鄭少垣·聯輝堂	[聯輝堂本]	20卷·240則/15行 27字	1605	日本 內閣·蓬左·尊經閣, 成簣堂文庫

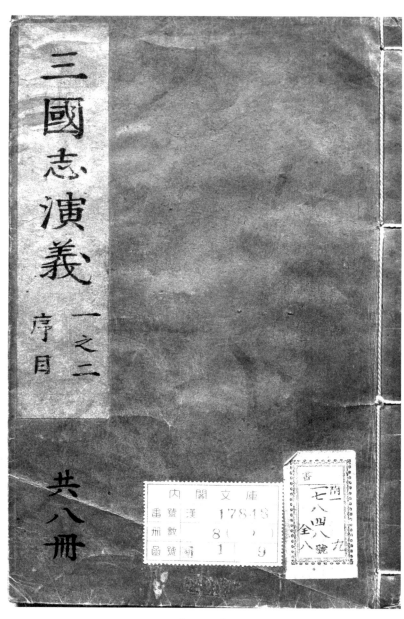

[그림 1]

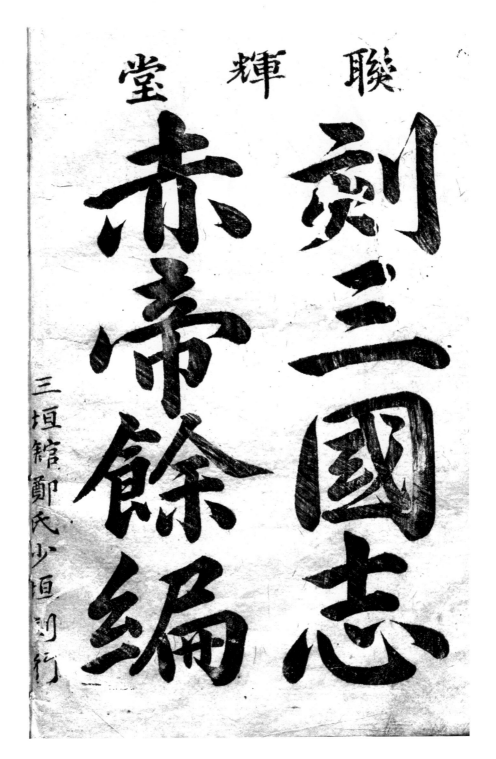

[그림 2]

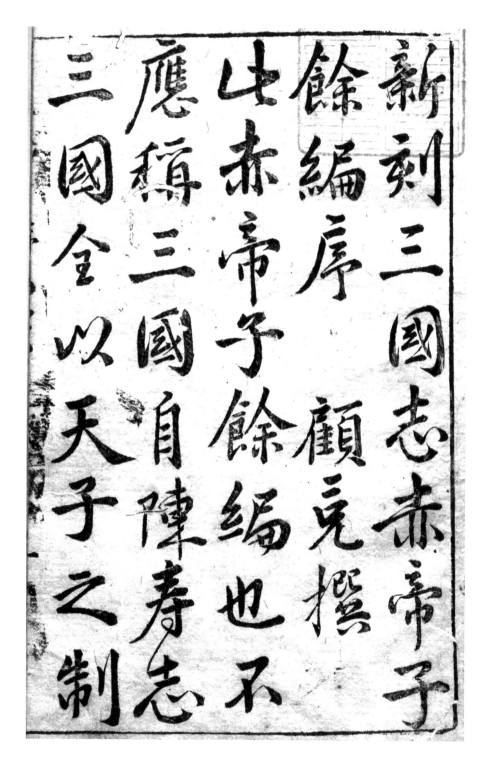

新刻三國志赤帝子

餘編序　顧凱撰

此赤帝子餘編也不

應稱三國自陳壽志

三國全以天子之制

[그림 3]

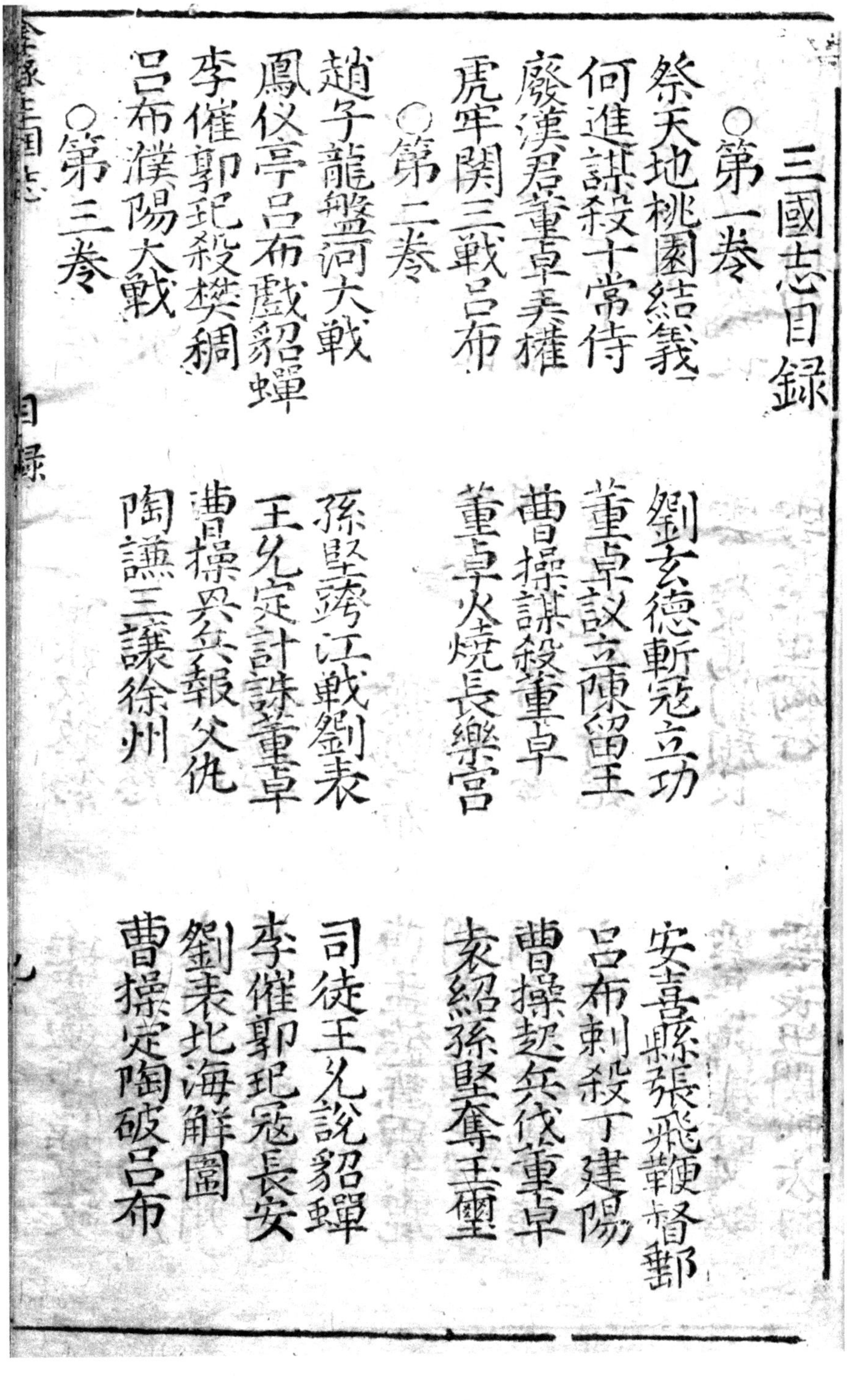

三國志目録

目録

[그림 4]

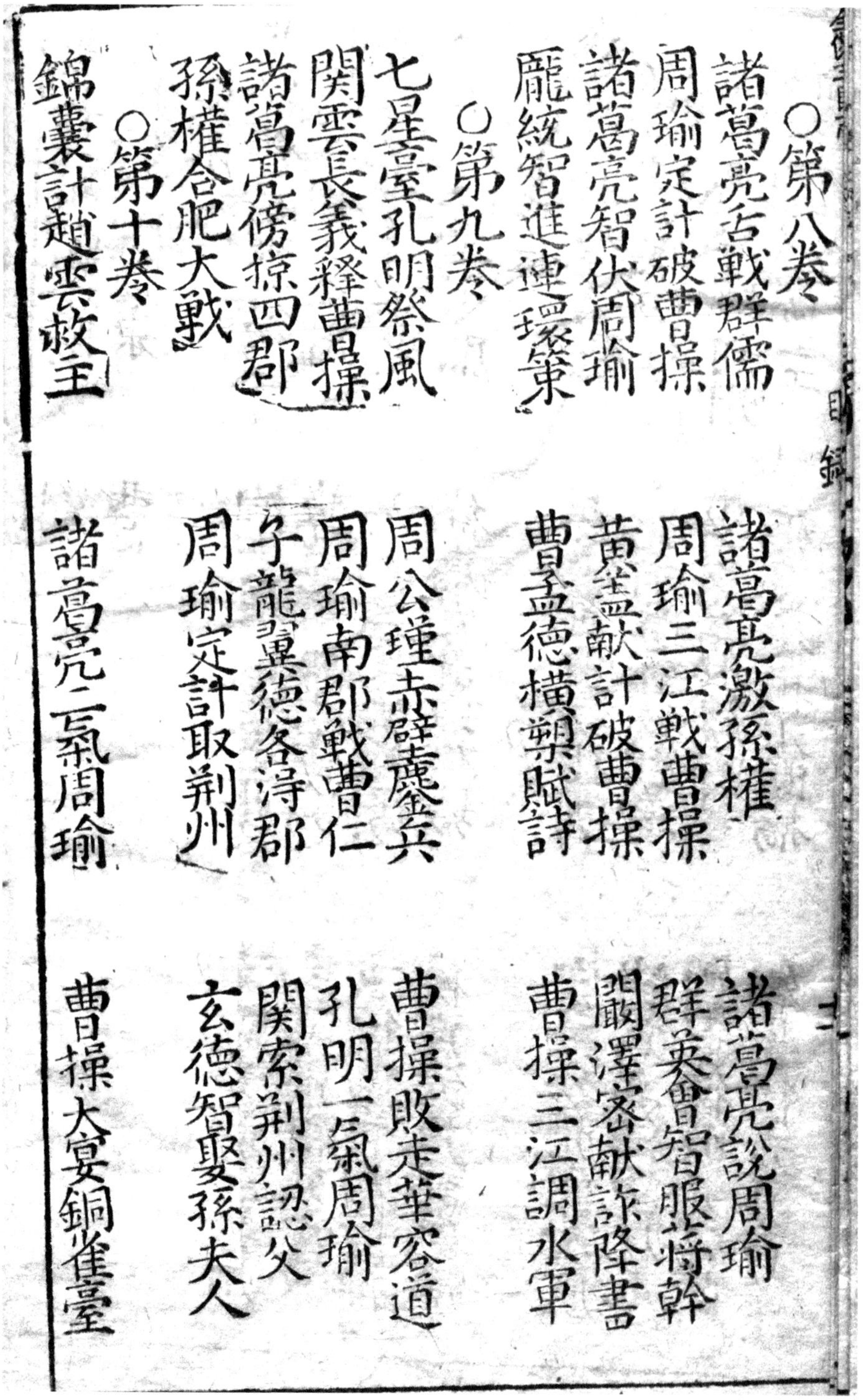

[그림 5]

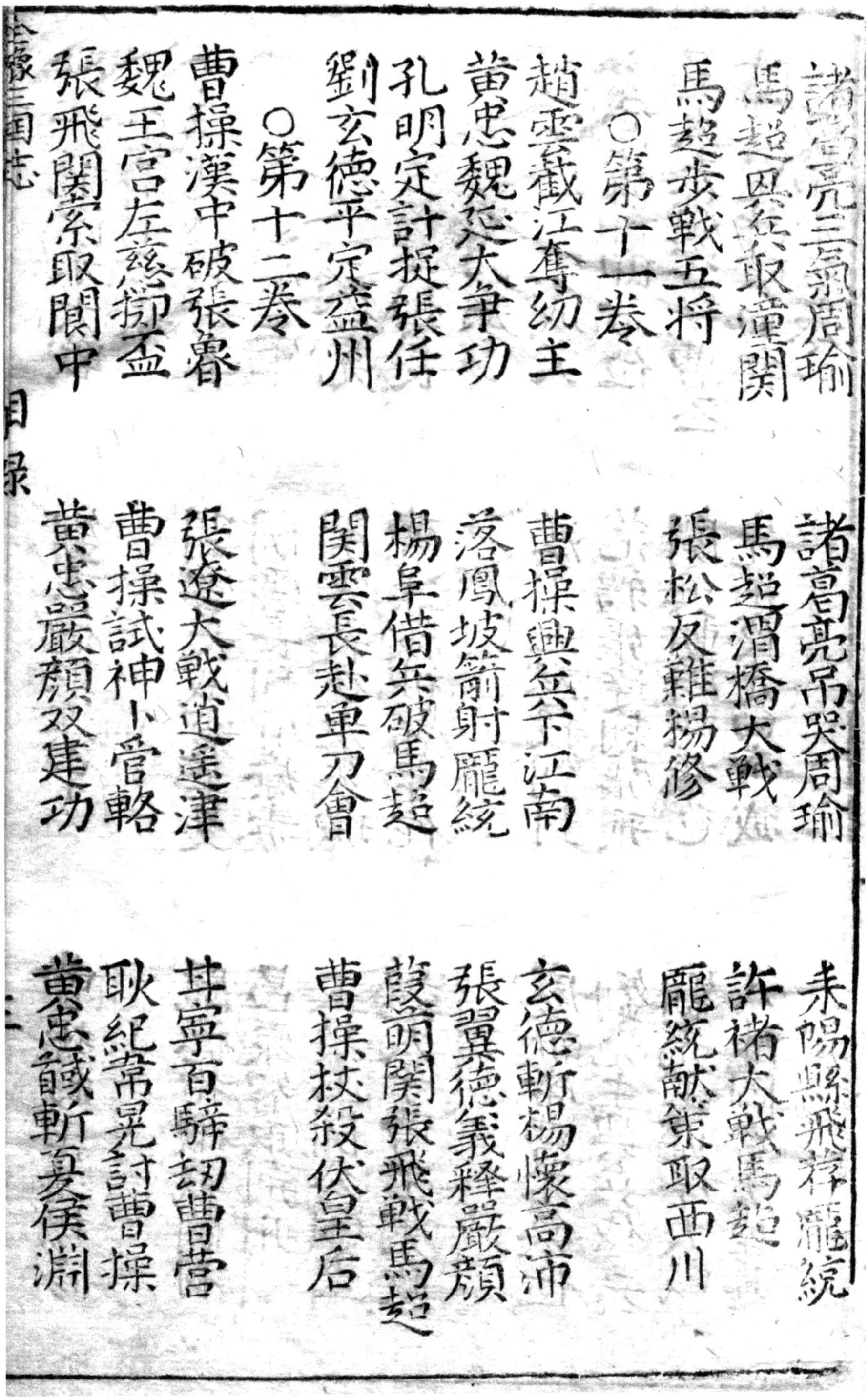
全像三國志 目録

諸葛亮三氣周瑜 諸葛亮吊哭周瑜 耒陽縣張飛薦龐統
馬超興兵取潼關 馬超渭橋大戰 許褚大戰馬超
馬超步戰五將 張松反難楊修 龐統獻策取西川
○第十一卷
趙雲截江奪幼主 曹操興兵下江南 玄德斬楊懷高沛
黃忠魏延大爭功 落鳳坡箭射龐統 張翼德義釋嚴顏
孔明定計捉張任 楊阜借兵破馬超 葭萌關張飛戰馬超
劉玄德平定益州 關雲長赴單刀會 曹操杖殺伏皇后
○第十二卷
曹操漢中破張魯 張遼大戰逍遙津 甘寧百騎劫曹營
魏王宮左慈擲盃 曹操試神卜管輅 耿紀韋晃討曹操
張飛關索取閬中 黃忠嚴顏双建功 黃忠馘斬夏侯淵

[그림 6]

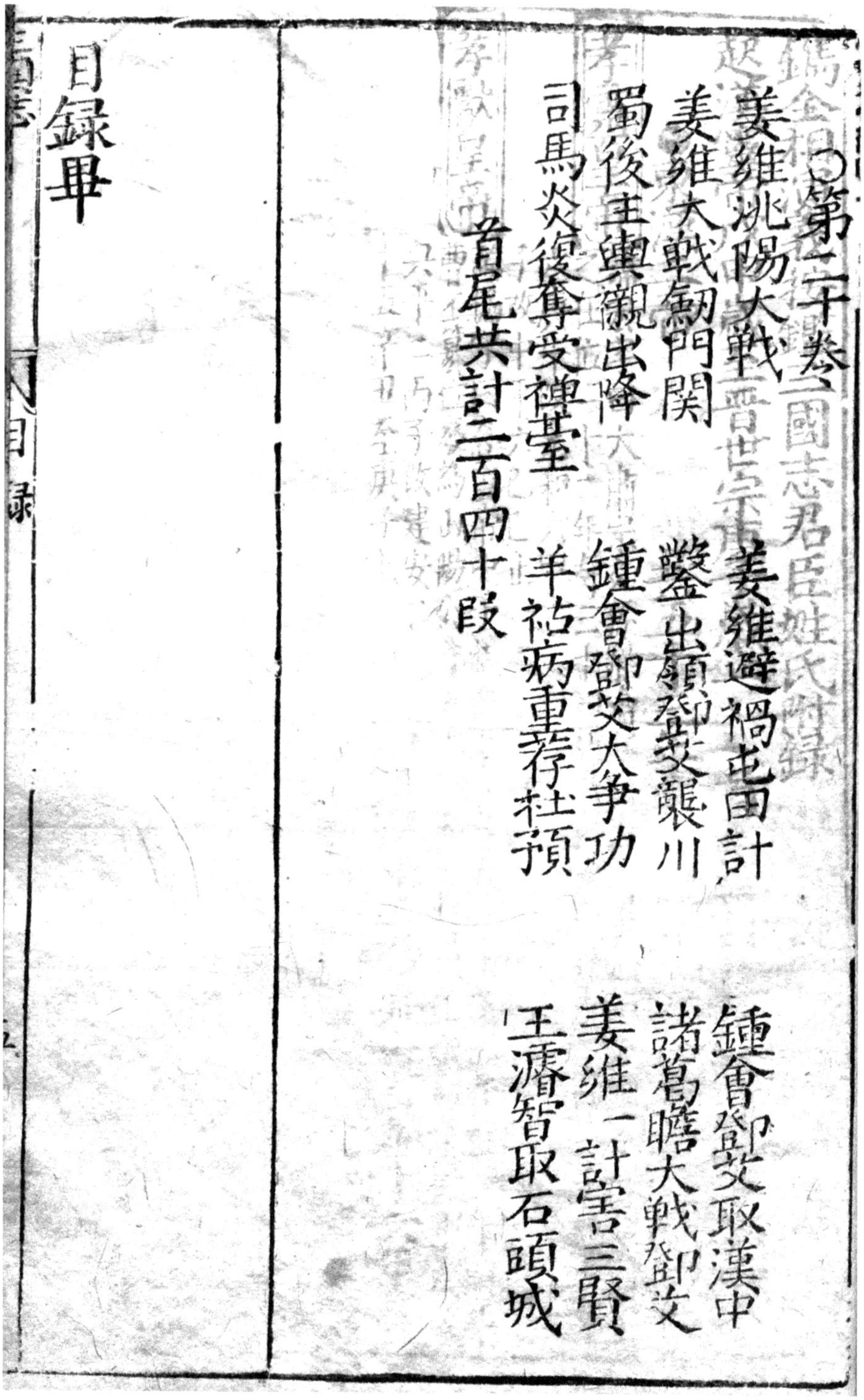

[그림 7]

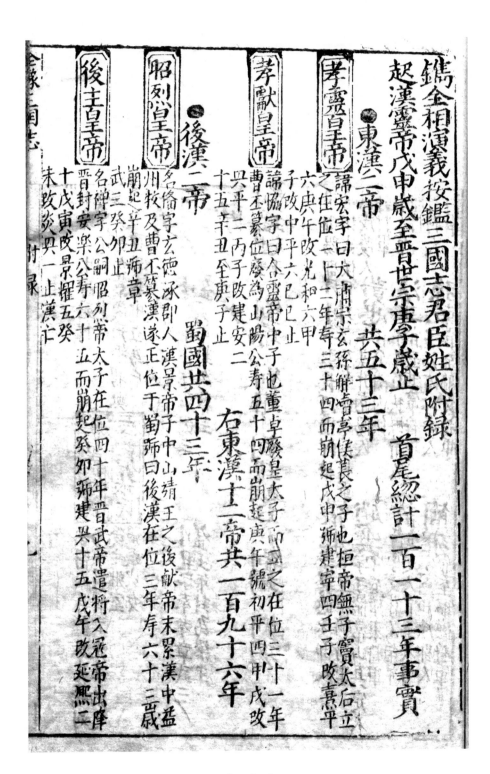

[그림 8]

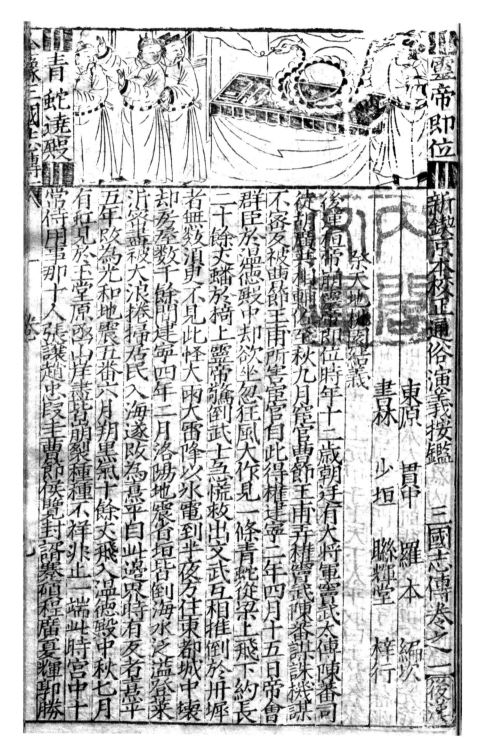

新鋟京本校正通俗演義按鑑　三國志傳卷之二　後漢

東原　羅本　編次
書林　少垣　縣梓堂　梓行

靈帝即位

青蛇遶殿

大闕

癸天地桃園結義

[그림 9]

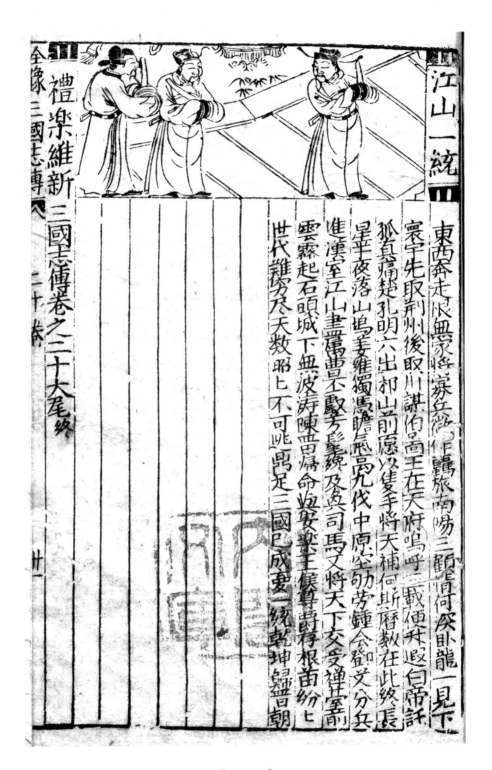

東西奔走恨無家將寡兵微作羈旅南陽三顧情何深臥龍一見下
寰宇先取荊州後取川謀伯高王在天府嗚呼三戰便升遐白帝託
孤真痛楚孔明六出祁山前願以隻手將天補何斯曆數在此終長
星半夜落山嶋姜維獨憑膽氣高九伐中原空劬勞鍾会鄧艾分兵
進漢室江山盡屬曹丕叡芳髦纔及奐司馬又將天下交受禪臺前
雲霧起石頭城下無波濤陳留歸命與安樂王侯尊爵存根苗紛紛
世代雜易尽天数茫茫不可逃鼎足三國已成夢一統乾坤歸晉朝

三國志傳卷之二十大尾終

全像三國志傳 卷 二十卷 廿一

[그림 10]

⑹ 楊閩齋本【楊春元】

書名	出版者·堂號/序文	略稱	卷册·則回/行字	出刊年度	所藏處
重刻京本通俗演義按鑒三國志傳	楊春元·楊閩齋	[楊閩齋本]	20卷·240則/15行 28字	1610	日本 內閣文庫·京都大

[그림 1]

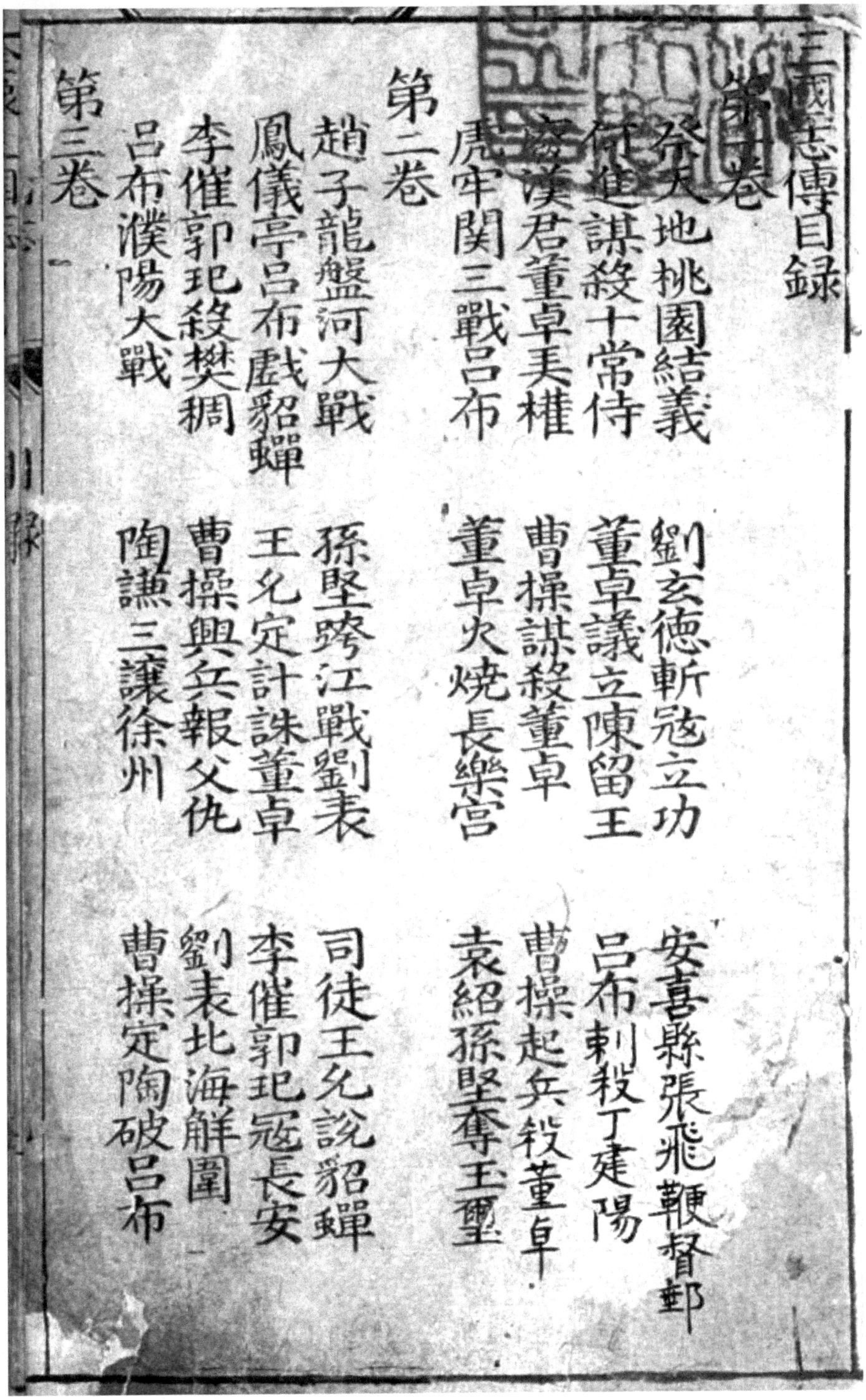

三國志傳目錄

[그림 2]

李傕郭汜亂長安　楊奉董承雙救駕　遷鑾輿曹操秉政
呂布月夜奪徐州　孫策大戰太史慈　孫策火破嚴白虎
呂布轅門射戟　曹操興兵擊張繡　袁術七路下徐州
曹操會兵擊袁術　决勝負賈詡談兵　夏侯惇拔矢啖睛
第四卷
呂布敗走下邳城　白門城曹操斬呂布　曹孟德許田射鹿
董承密受衣帶詔　論英雄青梅煮酒　關雲長襲車冑
曹操興兵袁紹　關張擒劉岱王忠　禰衡裸衣罵曹操
曹操三勘吉平　曹操勒死董貴妃　玄德匹馬奔冀州
第五卷
張遼義說關雲長　雲長單馬刺顏良　雲長延津誅文醜
關雲長封侯掛印　關雲長獨行千里　雲長五關斬将

[그림 3]

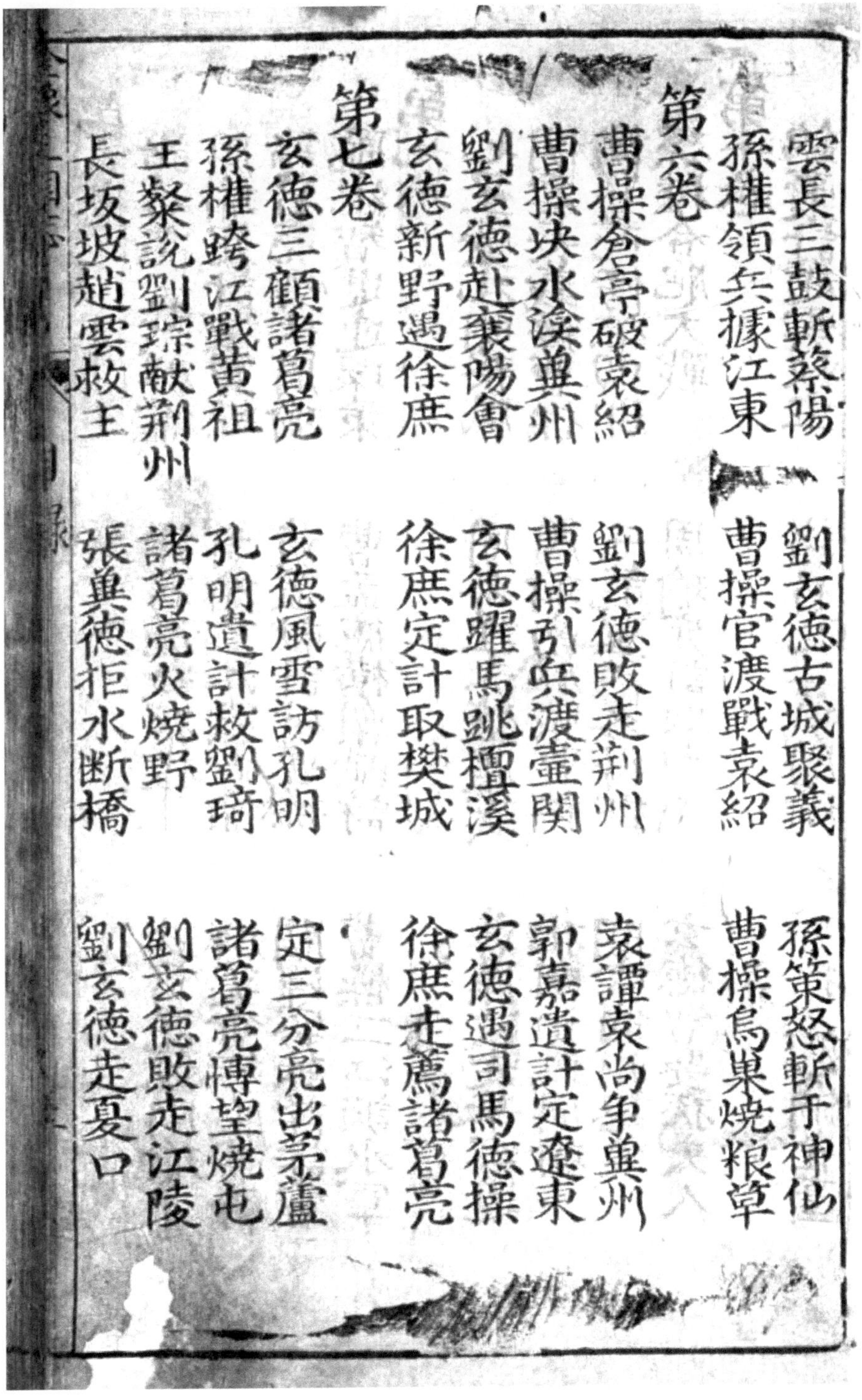
雲長三鼓斬蔡陽 劉玄德古城聚義 孫策怒斬于神仙
孫權領兵據江東 曹操官渡戰袁紹 曹操烏巢燒粮草
第六卷
曹操倉亭破袁紹 劉玄德敗走荊州 袁譚袁尚爭冀州
曹操决水渰冀州 曹操引兵渡壺關 郭嘉遺計定遼東
劉玄德赴襄陽會 玄德躍馬跳檀溪 玄德遇司馬德操
玄德新野遇徐庶 徐庶定計取樊城 徐庶走薦諸葛亮
第七卷
玄德三顧諸葛亮 玄德風雪訪孔明 定三分亮出茅廬
孫權跨江戰黃祖 孔明遺計救劉琦 諸葛亮博望燒屯
王粲說劉琮献荊州 諸葛亮火燒野 劉玄德敗走江陵
長坂坡趙雲救主 張翼德拒水斷橋 劉玄德走夏口

[그림 4]

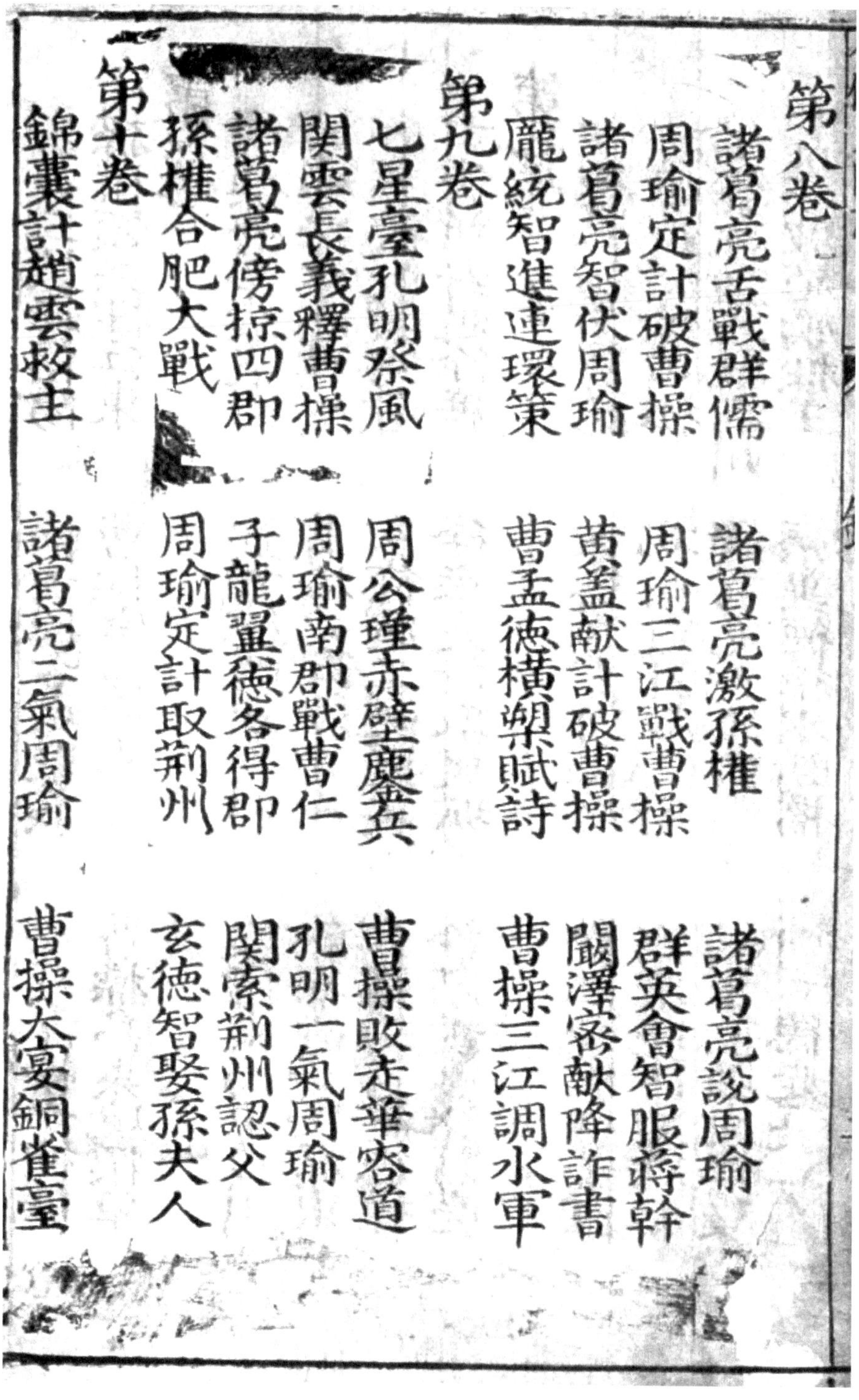
第八卷
諸葛亮舌戰群儒　諸葛亮激孫權　諸葛亮說周瑜
周瑜定計破曹操　周瑜三江戰曹操　群英會智服蔣幹
諸葛亮智伏周瑜　黃蓋獻計破曹操　闞澤密獻降詐書
龐統智進連環策　曹孟德橫槊賦詩　曹操三江調水軍
第九卷
七星臺孔明祭風　周公瑾赤壁鏖兵　曹操敗走華容道
關雲長義釋曹操　周瑜南郡戰曹仁　孔明一氣周瑜
諸葛亮傍掠四郡　子龍翼德各得郡　關索荊州認父
孫權合肥大戰　周瑜定計取荊州　玄德智娶孫夫人
第十卷
錦囊計趙雲救主　諸葛亮二氣周瑜　曹操大宴銅雀臺

[그림 5]

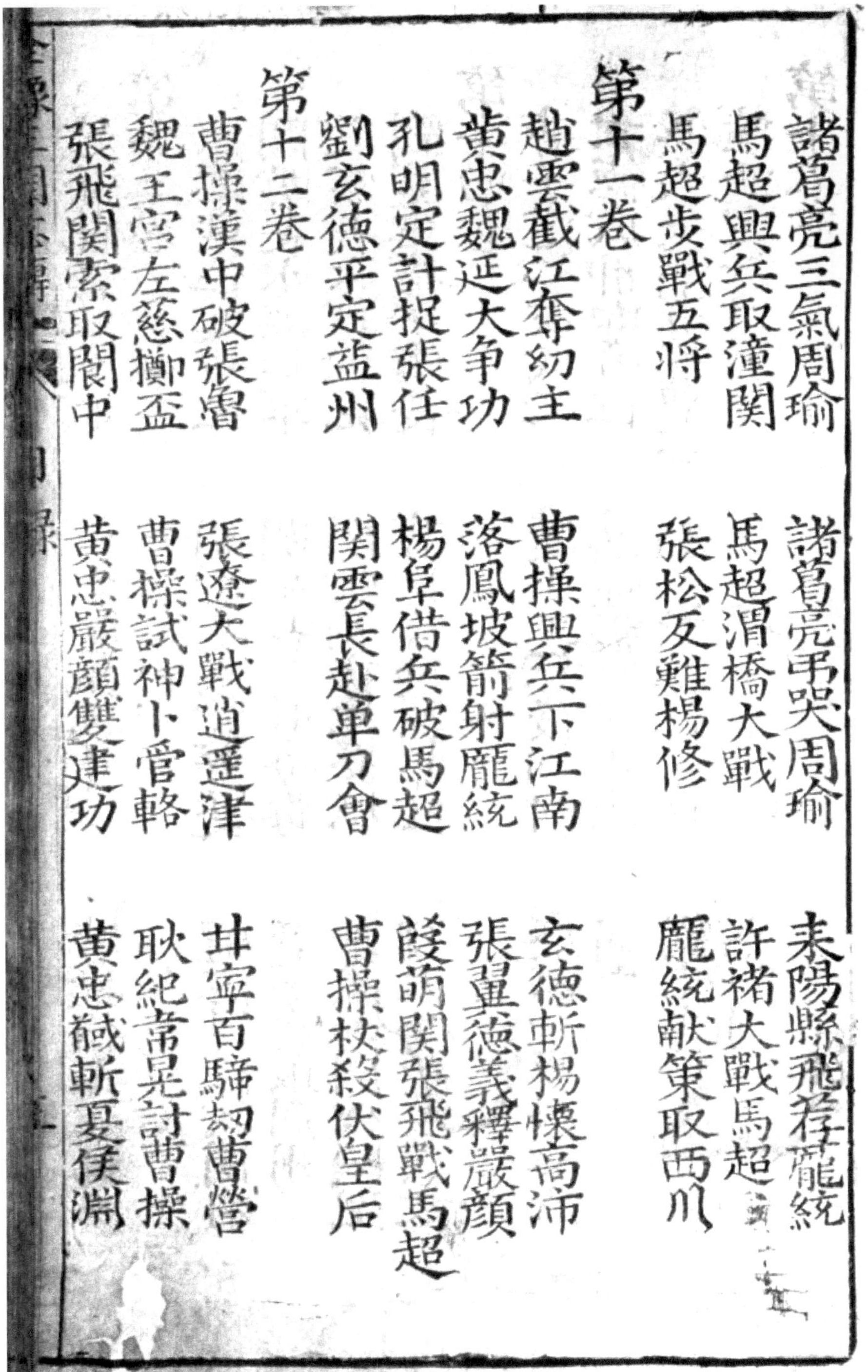

諸葛亮三氣周瑜
諸葛亮弔哭周瑜
耒陽縣飛存龐統

馬超興兵取潼関
馬超渭橋大戰
許褚大戰馬超

馬超步戰五將
張松反難楊修
龐統獻策取西川

第十一卷

劉玄德平定益州
曹操興兵下江南
玄德斬楊懷高沛

孔明定計捉張任
落鳳坡箭射龐統
張翼德義釋嚴顏

黃忠魏延大爭功
楊阜借兵破馬超
葭萌関張飛戰馬超

趙雲截江奪幼主
関雲長赴單刀會
曹操杖殺伏皇后

第十二卷

曹操漢中破張魯
曹操興兵下江南
甘寧百騎劫曹營

魏王宮左慈擲盃
曹操試神卜管輅
耿紀韋晃討曹操

張飛関索取閬中
黃忠嚴顏雙建功
黃忠計斬夏侯淵

[그림 6]

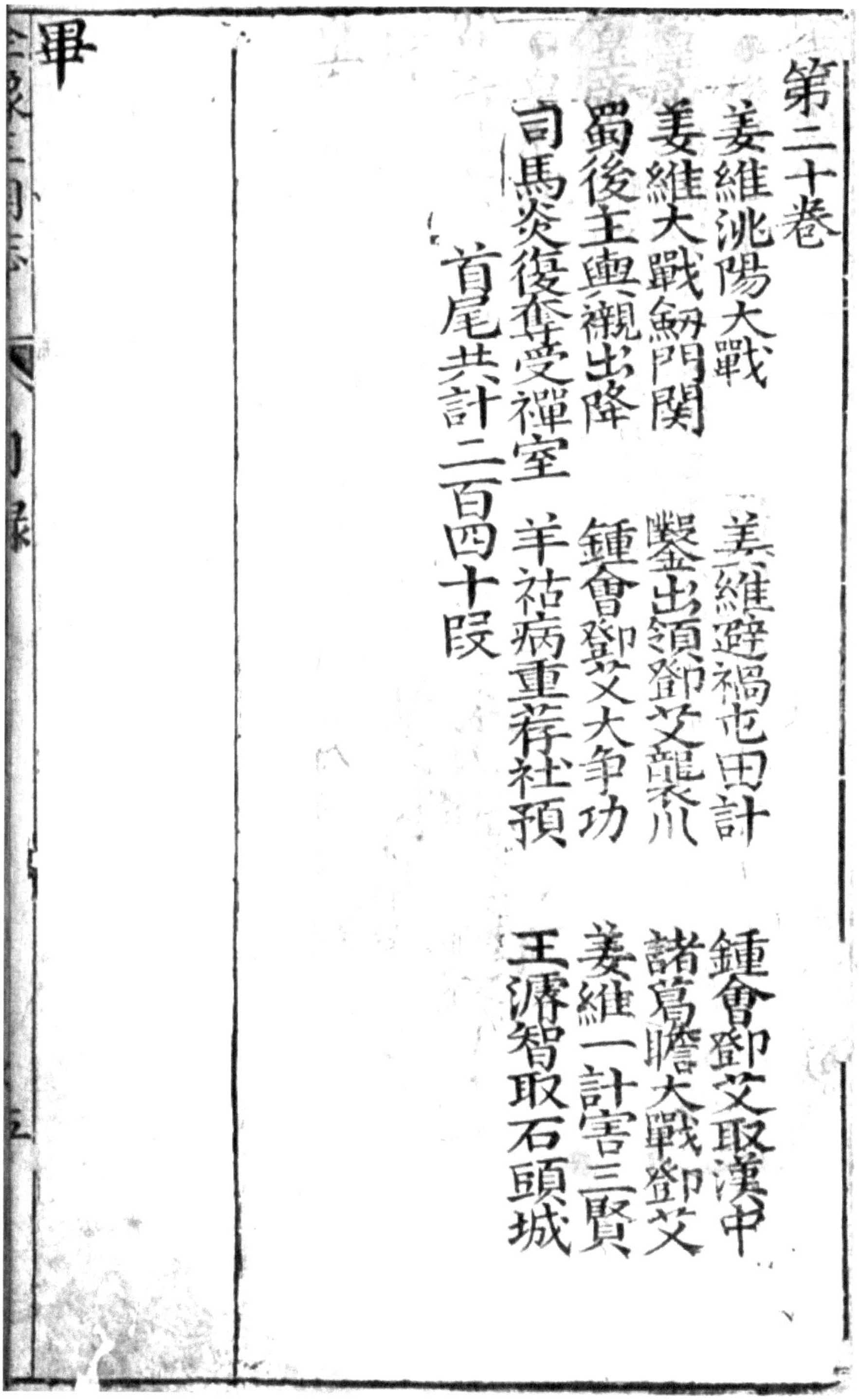
第二十卷
姜維洮陽大戰　姜維避禍屯田計　鍾會鄧艾取漢中
姜維大戰劍門關　鑿出領鄧艾襲川　諸葛瞻大戰鄧艾
蜀後主輿櫬出降　鍾會鄧艾大爭功　姜維一計害三賢
司馬炎復奪受禪臺　羊祜病重薦杜預　王濬智取石頭城
首尾共計二百四十段
畢

[그림 7]

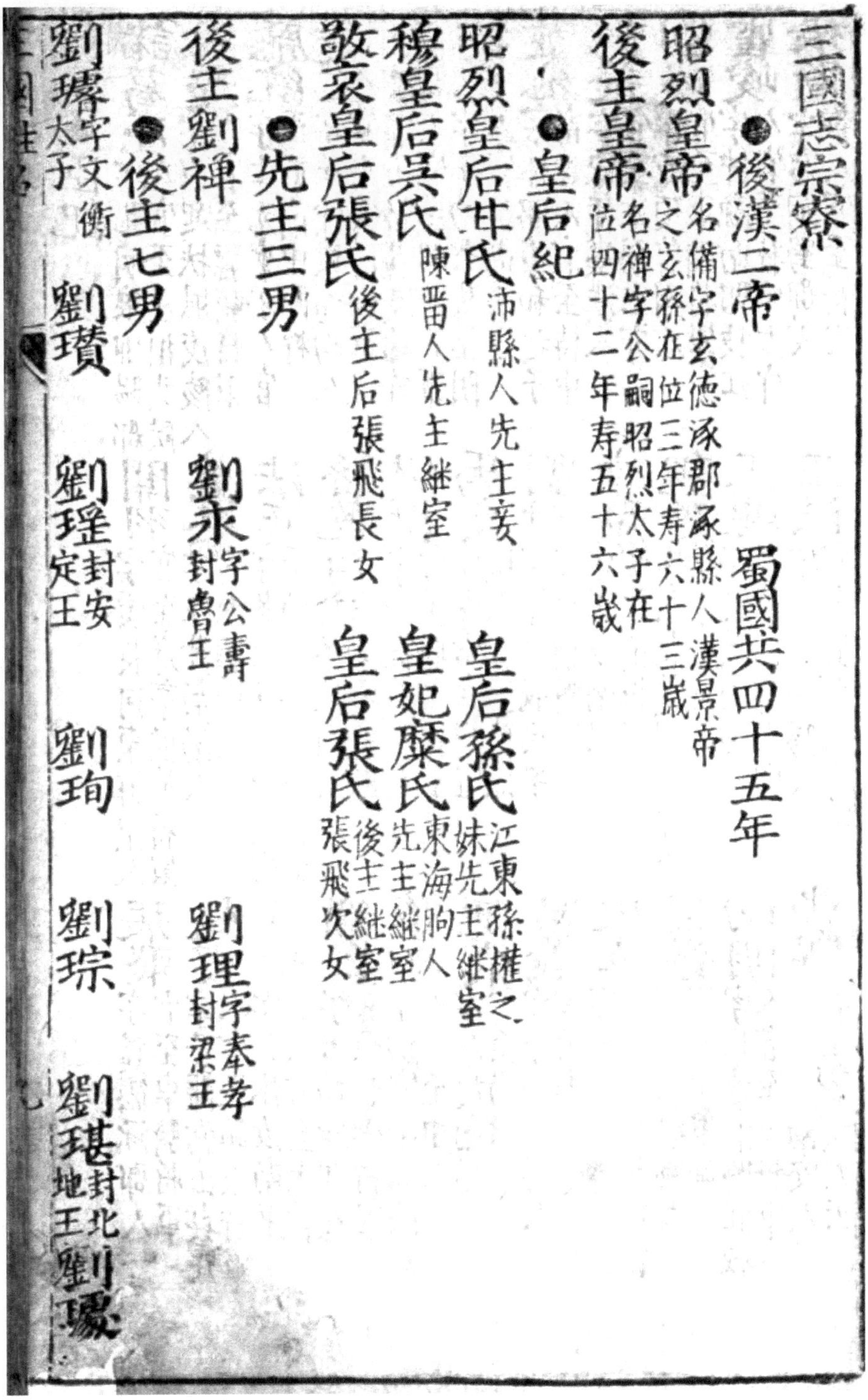

三國志宗寮

●後漢二帝

昭烈皇帝　名備字玄德涿郡承縣人漢景帝之玄孫在位三年壽六十三歲

蜀國共四十五年

後主皇帝　名禪字公嗣昭烈太子在位四十二年壽五十六歲

●皇后紀

昭烈皇后甘氏　沛縣人先主妾

皇后孫氏　江東孫權之妹先主繼室

穆皇后吳氏　陳留人先主繼室

皇妃糜氏　東海胊人先主繼室

敬哀皇后張氏　後主后張飛長女

皇后張氏　張飛次女後主繼室

●先主三男

後主劉禪

劉永　字公壽　封魯王

劉理　字奉孝　封梁王

●後主七男

劉璿　太子字文衡

劉瑤　封安定王

劉琮

劉瓚

劉諶　封北地王

劉璩

[그림 8]

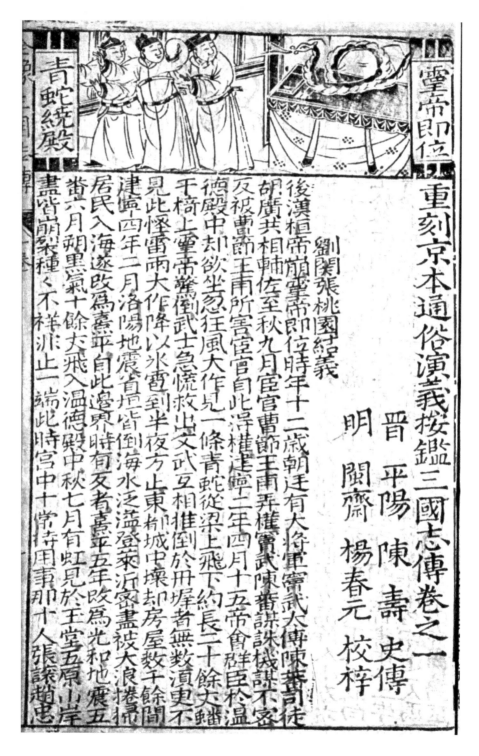

[그림 9]

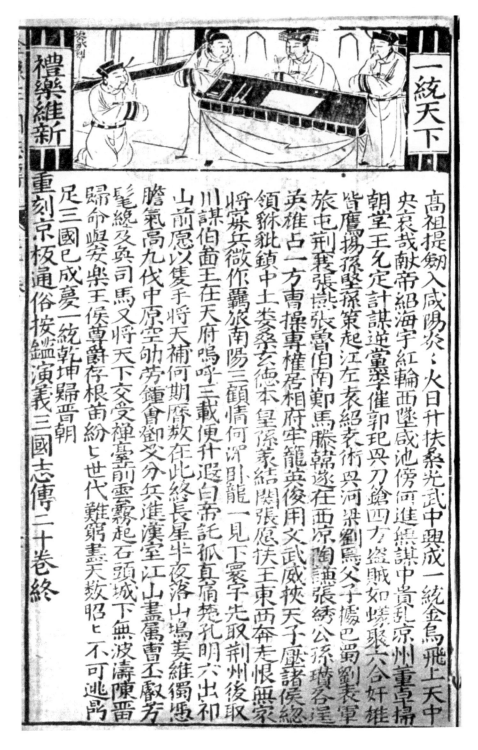

一統天下

禮樂維新

高祖提劍入咸陽炎：火日升扶桑光武中興成一統金烏飛上天中
央哀哉獻帝紹海宇紅輪西墜咸池傍河進檄謀中貴亂京州董卓擄
朝堂王允定計謀逆黨李催郭起吳刀鎗四方盜賊如蟻聚六合奸雄
皆鷹揚孫堅孫策起江左表紹布術吳河梁劉焉父子據巴蜀劉表軍
旅屯荊襄張燕張魯伯馬騰遂在西涼陶謙張繡公孫瓚容淫
英雄占一方曹操專權居相府牢籠英俊用文武威挾天子壓諸侯
領貔貅鎮中土婁桑玄德本皇孫兼結關張應撫王東西奔走恨無家
將寡兵微作覇叛南陽三顧情何洽臥龍一見下寰宇先取荊州後取
川謀伯畜王在天府鳴呼三載便升遐白帝託孤真痛楚孔明六出祁
山前願以隻手將天補何期曆數在此終長星半夜落山塢姜維獨憑
膽氣高九代中原空劬勞鍾會鄧艾分兵進漢室江山畫屬曹丕敝方
歸命與安樂王侯尊爵存根苗紛七世代難窮畫天數昭七不可逃爲
髦總及吳司馬又將天下交受禪臺前雲霧起石頭城下無波濤陳晉
足三國已成憂一統乾坤歸晉朝

重刻京板通俗按鑑演義三國志傳二十卷終

[그림 10]

(7) 誠德堂本【熊清波】

書名	出版者·堂號/序文	略稱	卷册·則回/行字	出刊年度	所藏處
新刻京本補遺通俗演義三國志傳	熊清波·誠德堂	[誠德堂本]	20卷·240則/14行 28字	1596	臺灣 古宮博物院·日本 成簣堂文庫等

[그림 1]

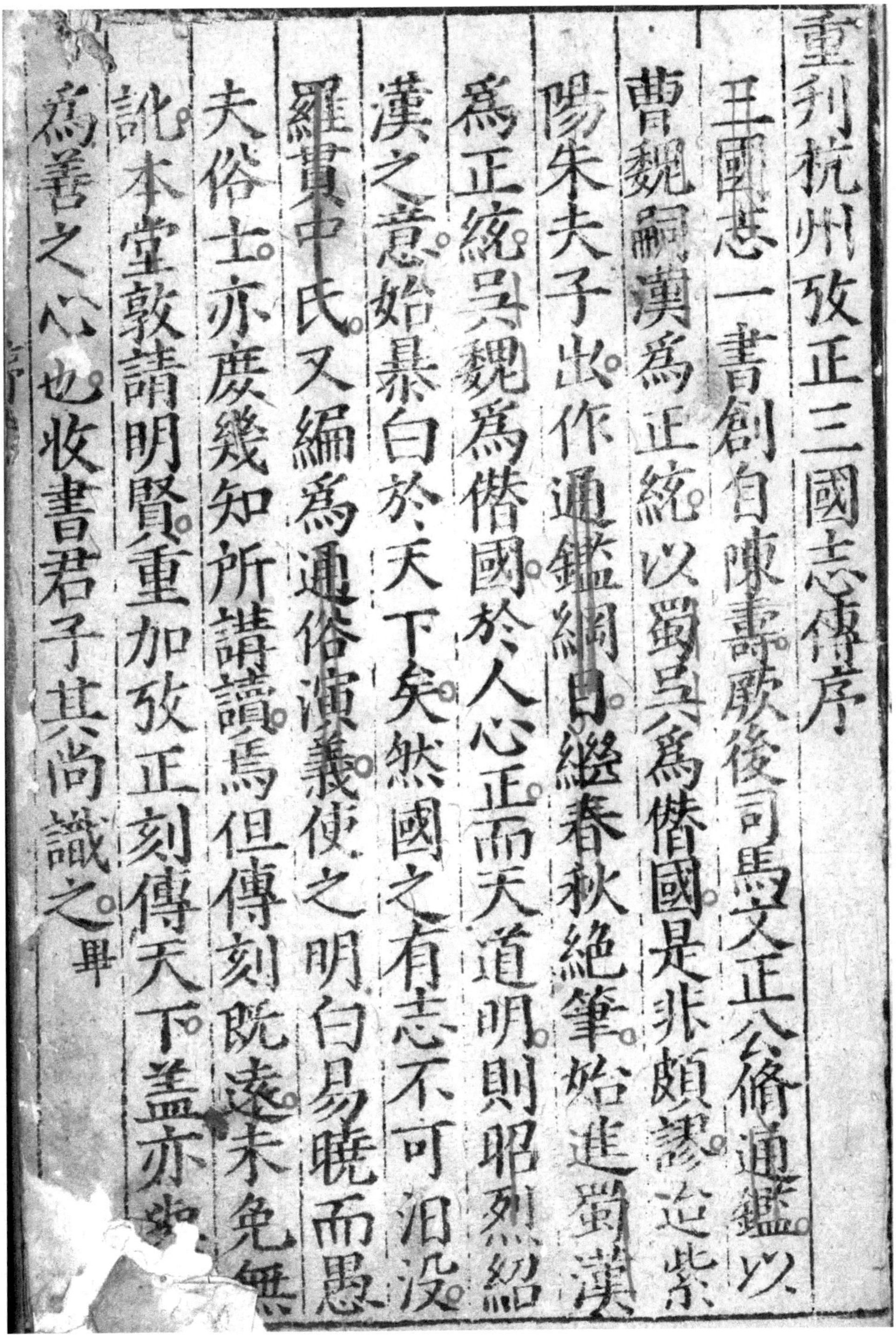

重刊杭州攺正三國志傳序

三國志一書創自陳壽歐後司馬文正公脩通鑑以
曹魏嗣漢爲正統以蜀吳爲僣國是非頗謬迫紫
陽朱夫子出作通鑑綱目繼春秋絶筆始進蜀漢
爲正統吳魏爲僣國於人心正而天道明則昭烈紹
漢之意始暴白於天下矣然國之有志不可泯没
羅貫中氏又編爲通俗演義使之明白易曉而愚
夫俗士亦庶幾知所講讀焉但傳刻既遠未免無
訛本堂敦請明賢重加攺正刻傳天下盖亦與
爲善之心也收書君子其尚識之畢

[그림 2]

[그림 3]

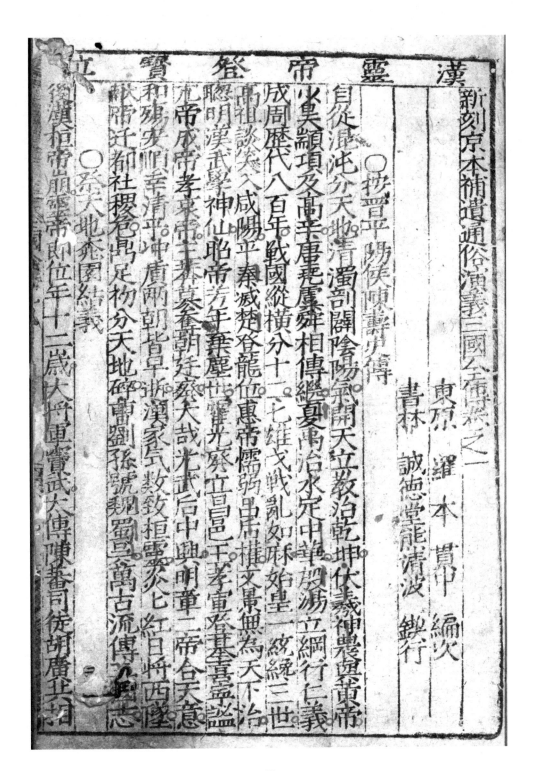

[그림 4]

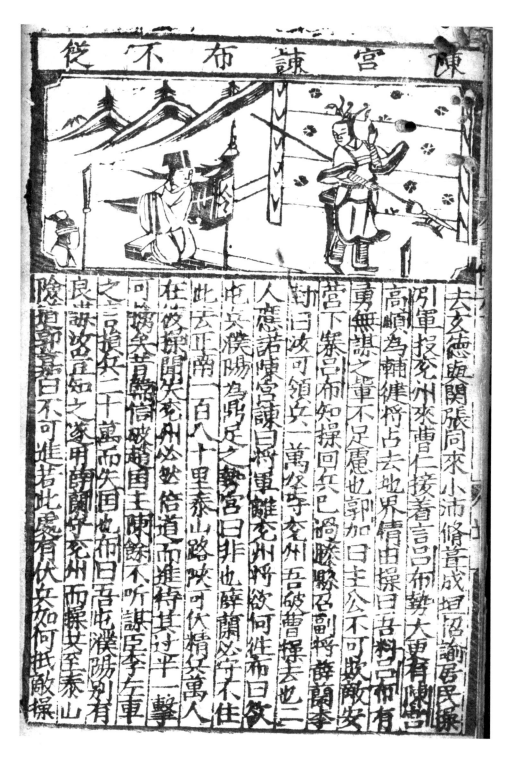

[그림 5]

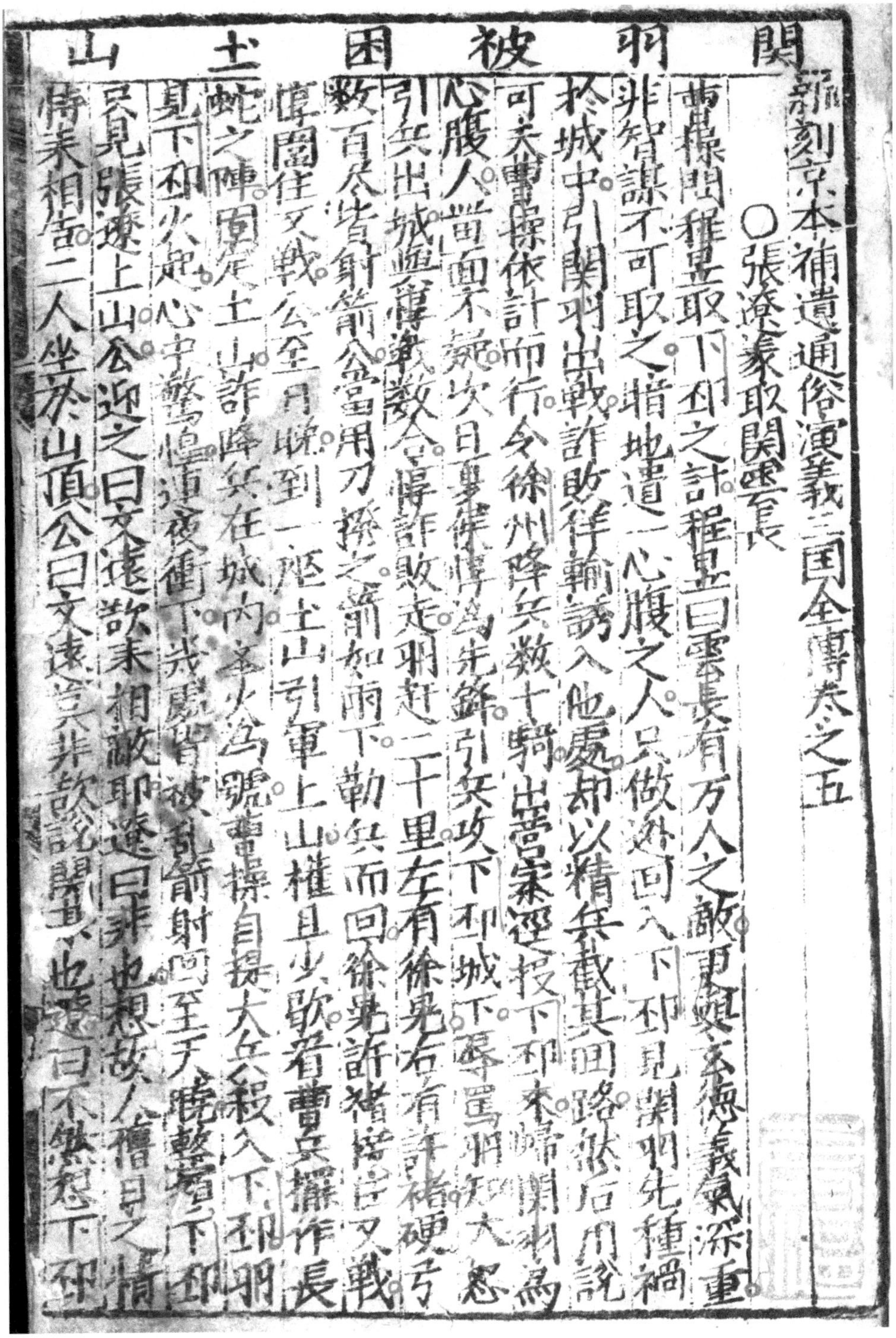

關羽被困土山

新刻京本補遺通俗演義三國全傳卷之五

○張遼義取關雲長

曹操問程昱取下邳之計程昱曰雲長有万人之敵更兼忠義氣深重非智謀不可取之暗地遣一心腹之人只做逃回入下邳見關羽先種禍於城中引關羽出戰詐敗佯輸誘入他處卻以精兵截其回路然后用說可矣曹操依計而行令徐州降兵數十騎出營來逕投下邳來歸關羽為心腹人當面不疑次日曹操使夏侯惇為先鋒引兵攻下邳城下辱罵羽大怒引兵出城與夏侯惇戰數合惇詐敗走羽趕二十里左有徐晃右有許褚硬弓數百公皆射箭公當用刀撥之箭如雨下勒兵而回徐晃許褚擋住又戰惇圍住又戰公至日晚到一座土山引軍上山權且少歇看曹兵擺作長蛇之陣圍定土山詐降兵在城內舉火為號曹操自提大兵殺入下邳關羽見下邳火起心中驚惶連夜衝下幾處皆被亂箭射回至天曉整頓下邳只見張遼上山公迎之曰文遠欲來相敵耶遼曰非也想故人舊日之情特來相告二人坐於山頂公曰文遠莫非欲說關某乎遼曰不然想下邳

[그림 6]

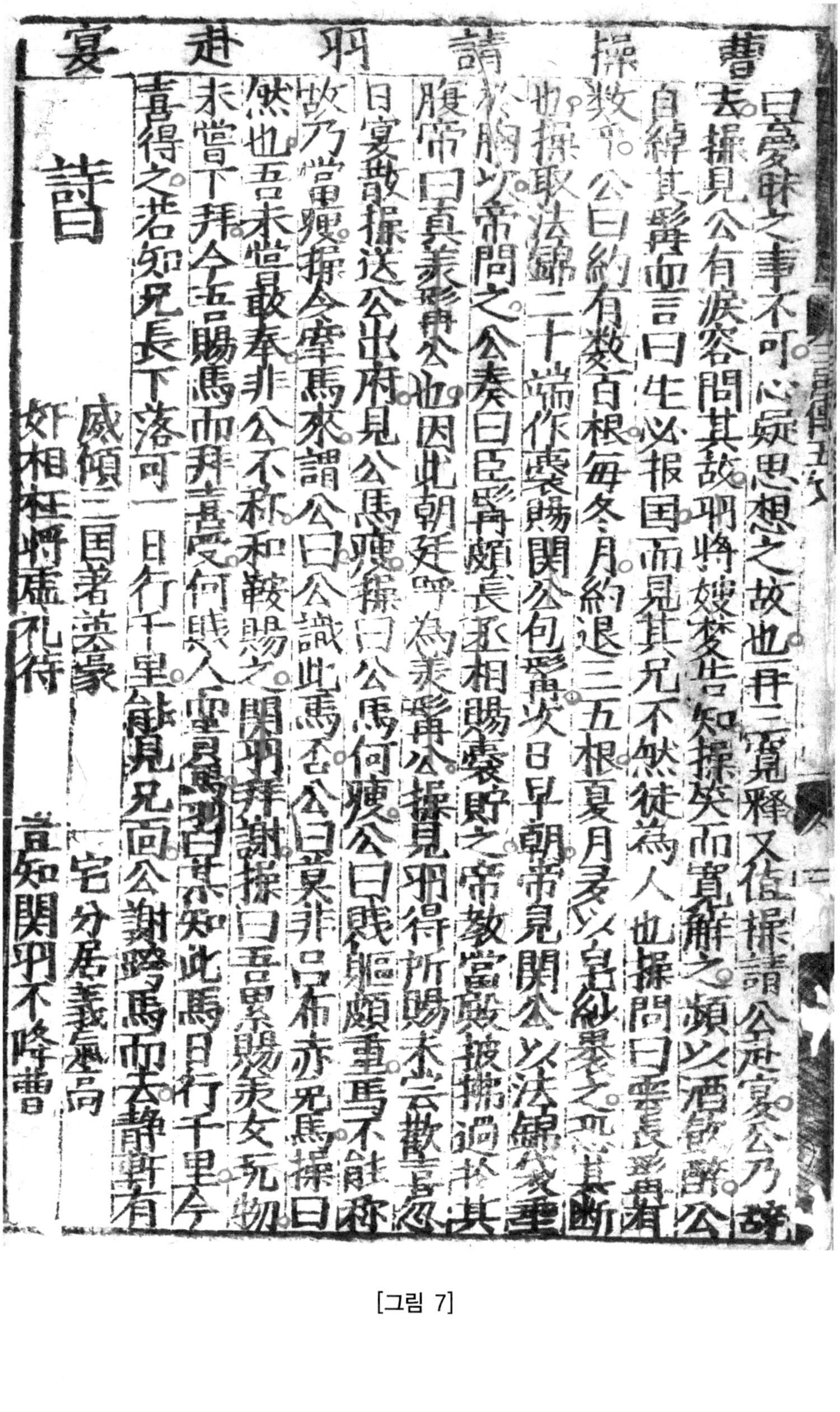

[그림 7]

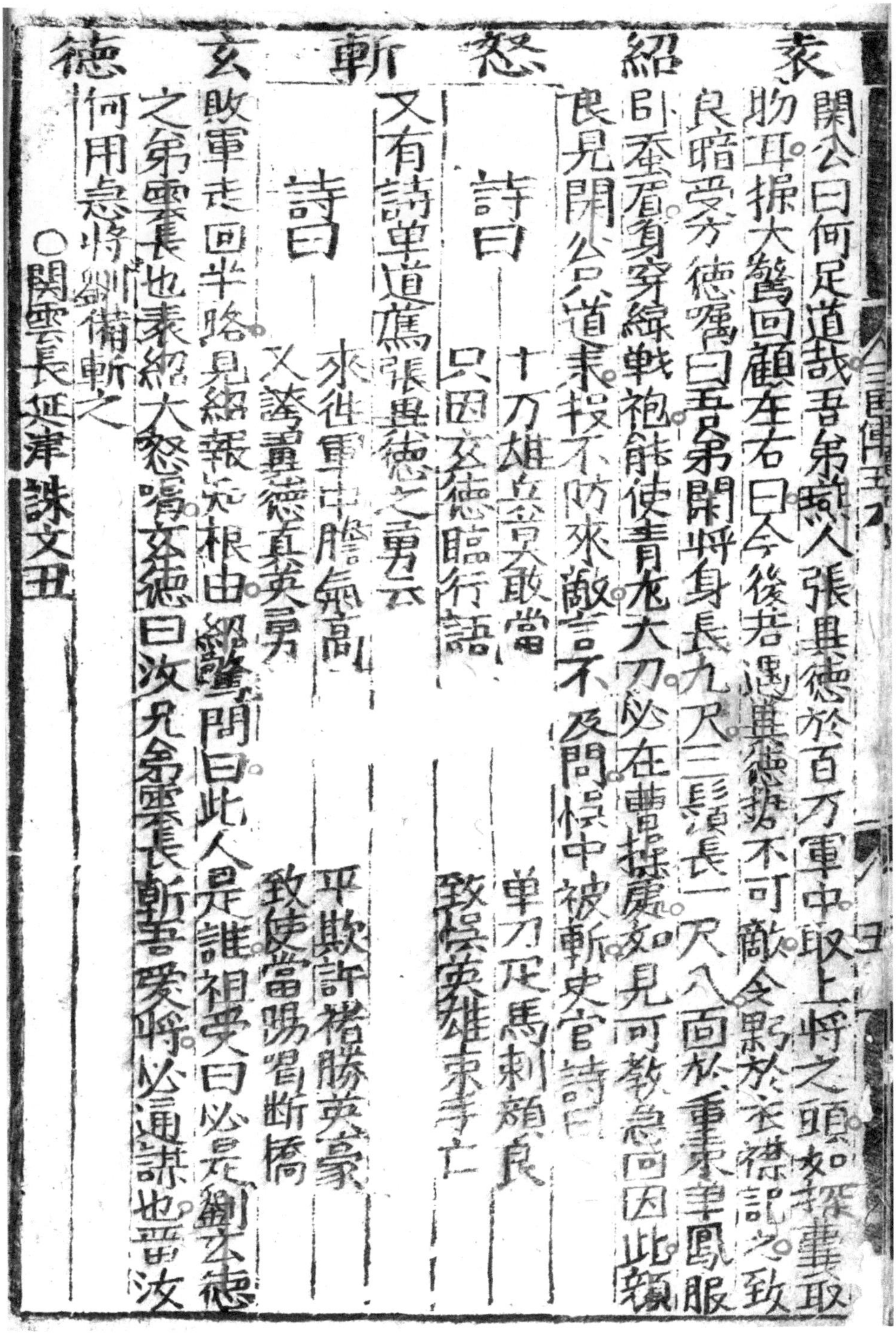

關公曰何足道哉吾弟張興德於百万軍中取上將之頭如探囊取

物耳操大驚回顧左右曰今後若遇興德扱不可軽令影於衣襟記之致

良暗受勞德驀曰吾弟興德将身長九尺二髯演長一尺八面如重東鳳服

印盃有穿綠戰袍能使青水大刀必在曹操慶如見可教急回因此致

袁

紹

民見關公曰道来投不防来敵言不及問候中被斬史官詩曰

單刀匹馬刺顏良

怒

詩曰

只因交德臨行語

致得英雄束手亡

十万雄立莫敢當

單刀匹馬刺顏良

斬

又有詩曰

單道馮張興德之勇云

來往軍中膽氣高

致使當陽喝斷橋

又誇費德真英勇

平歎許褚勝英豪

玄

德玄德敗軍走回半路見紹報宪根由紹聞問曰此人是誰祖要曰必是劉玄德

之弟雲長也表紹大怒嘱玄德曰汝又令雲長斬吾愛將必通謀也要汝

何用急將劉備斬之 ○關雲長延津誅文丑

[그림 8]

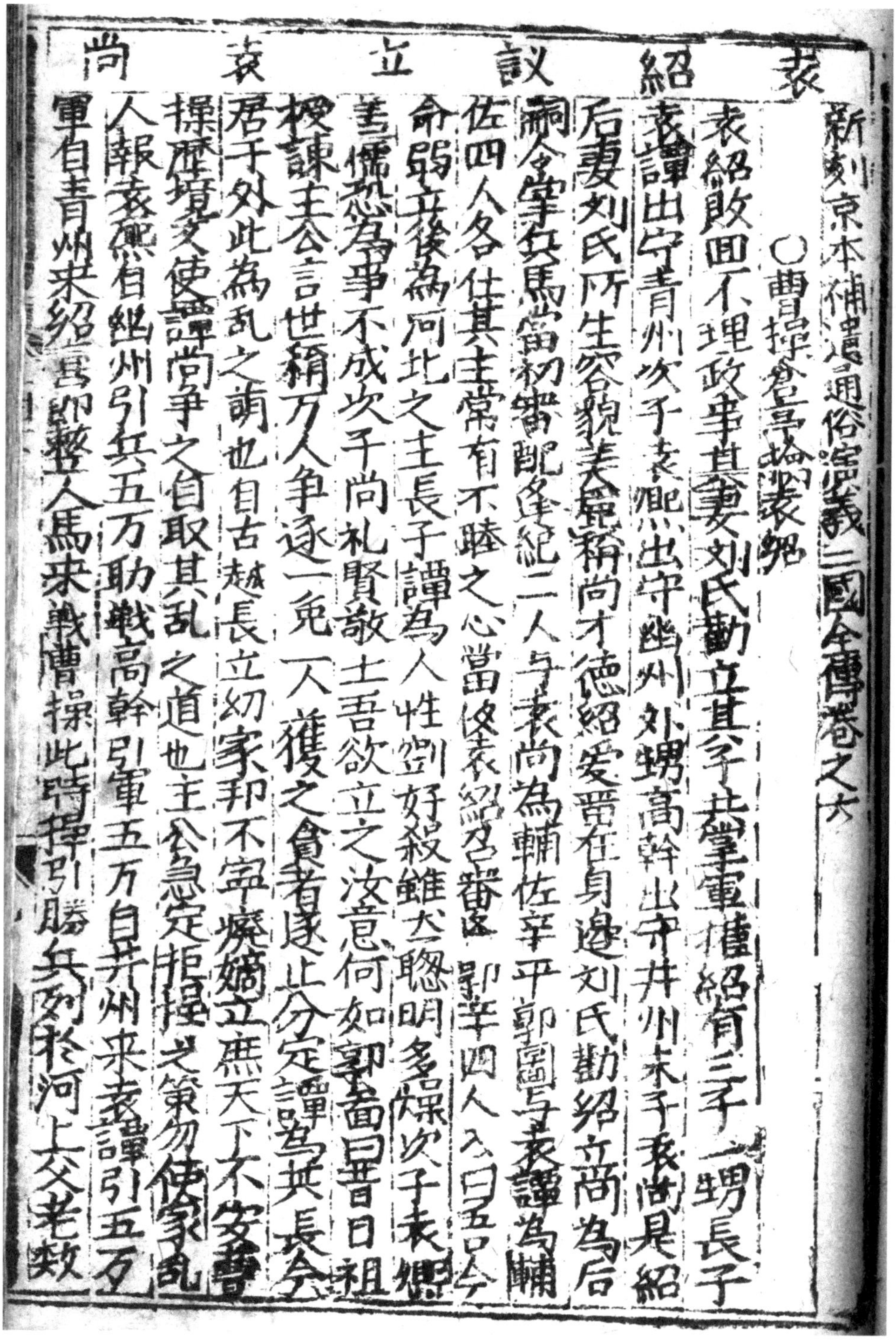

袁紹議立袁尚

新刻京本補遺通俗演義三國全傳卷之六

〇曹操倉亭破袁紹

袁紹敗回不理政事其妻刘氏勸立其子共掌軍權紹有三子一甥長子袁譚出守青州次子袁熙出守幽州外甥高幹出守并州末子袁尚是紹后妻刘氏所生容貌美偉稱尚才德紹愛置在身邊刘氏勸紹立尚為后嗣今掌兵馬當初審配逢紀二人与袁尚為輔佐辛平郭圖与袁譚為輔佐四人各仕其主常有不睦之心當日袁紹召審逢郭辛四人入曰五今命弱立後為河北之主長子譚為人性剛好殺雖太聰明多燥次子袁熙善懦恐為事不成次子尚礼賢敬士吾欲立之汝意何如郭圖曰昔日祖授諫主公言世稱万人争逐一兔一人獲之貪者遂止分定譚為長今居于外此為乱之萌也自古越長立幼家邦不寧廢嫡立庶天下不安曹操歷境交使譚尚爭之自取其乱之道也主公急定拒操之策勿使家乱人報袁熙自幽州引兵五万助戦高幹引軍五万自并州来袁譚引五万軍自青州来紹甚喜即整人馬来戦曹操此時操引勝兵列於河上父老數

[그림 9]

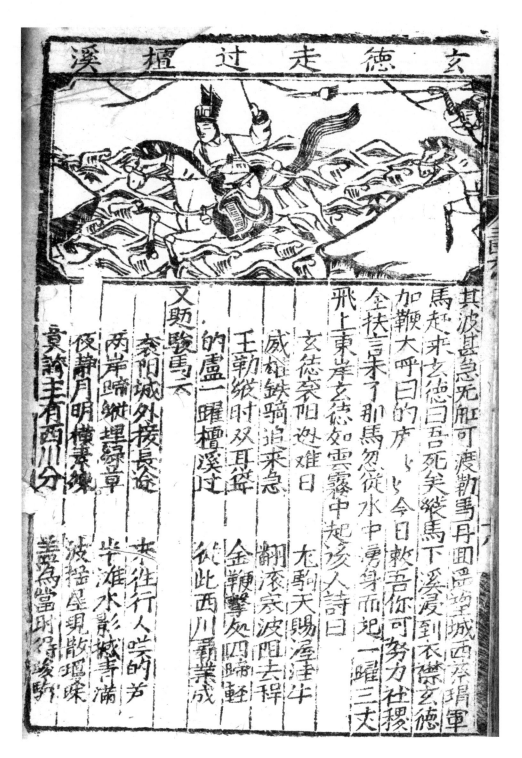

玄德走过檀溪

其波甚急死舡可渡勒馬丹田恕望城西奈瑁軍
馬起來玄德曰吾死矣縱馬下溪浸到衣襟玄德
加鞭大呼曰的庐卜卜今日敢吾你可努力壮稷
全扶言来了那馬忽從水中勇身而起一躍三丈
飛上東岸玄德如雲霧中起該人詩曰

玄德衰阳逊来日 龙駒天賜涯涯牛
咸枙鉄骑追来急 翻滚寒波阻去程
王勒縱时双耳奢 金鞭響處四蹄轻
的盧一躍檀溪时 從此西川覇業成

又題駿馬云

奈阳城外接长途 英往行人噬的芦
两岸蹄纵埋碧章 半潍水影橄寺满
夜静月明横素練 波摇星玥散瑠珠
賣許丰有西川分 盖爲當時守後駒

[그림 10]

(8) 喬山堂本【劉龍田】

書名	出版者 · 堂號/序文	略稱	卷册 · 則回/行字	出刊年度	所藏處
新鋟全像大字通俗演義三國志傳	劉龍田 · 喬山堂 · 李祥序	[喬山堂本]	20卷 · 240則/15行25字(兩側33字)	1599	옥스퍼드大 · 日本 九州 · 韓國 嶺南大

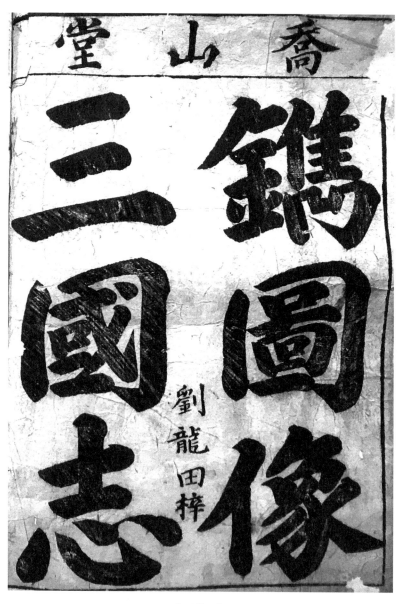

[그림 1]

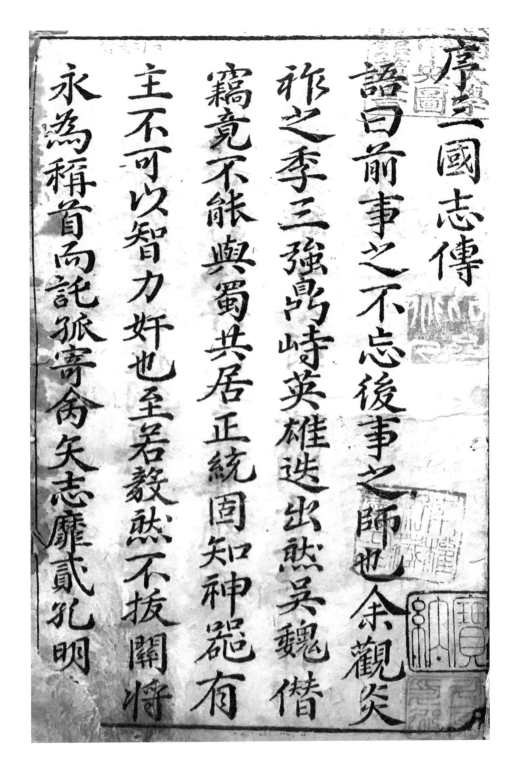

序三國志傳

語曰前事之不忘後事之師也余觀炎
祚之季三強鼎峙英雄迭出然吳魏僭
竊竟不能與蜀共居正統固知神器有
主不可以智力奸也至若毅然不拔關將
永為稱首而託孤寄命矢志靡貳孔明

[그림 2]

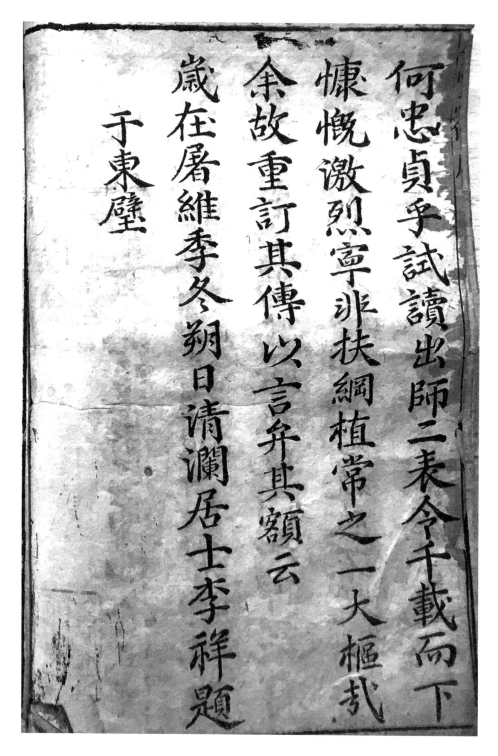

何忠貞乎試讀出師二表令千載而下

慷慨激烈寧非扶綱植常之一大樞戟

余故重訂其傳以言弁其額云

歲在屠維季冬朔日清瀾居士李祥題

于東壁

[그림 3]

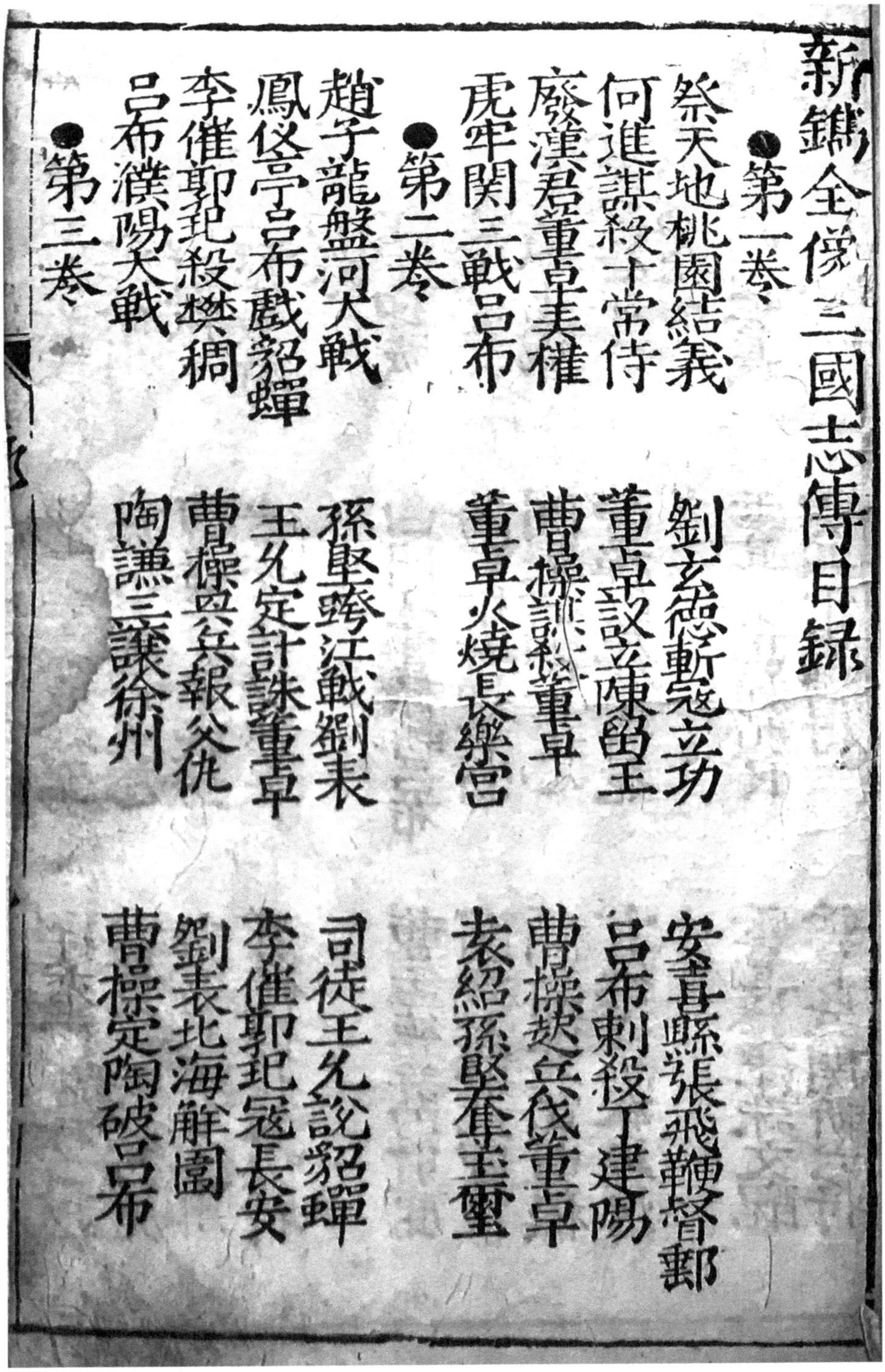
新鐫全像三國志傳目録

第一卷

祭天地桃園結義 劉玄德斬寇立功 安喜縣張飛鞭督郵

何進謀殺十常侍 董卓議立陳留王 呂布刺殺丁建陽

廢漢君董卓弄權 曹操謀殺董卓 曹操起兵伐董卓

虎牢關三戰呂布 董卓火燒長樂宮 袁紹孫堅奪玉璽

第二卷

趙子龍盤河大戰 孫堅跨江戰劉表 司徒王允說貂蟬

鳳儀亭呂布戲貂蟬 王允定計誅董卓 李傕郭汜寇長安

李傕郭汜殺樊稠 曹操興兵報父仇 劉表北海解圍

呂布濮陽大戰 陶謙三讓徐州 曹操定陶破呂布

第三卷

[그림 4]

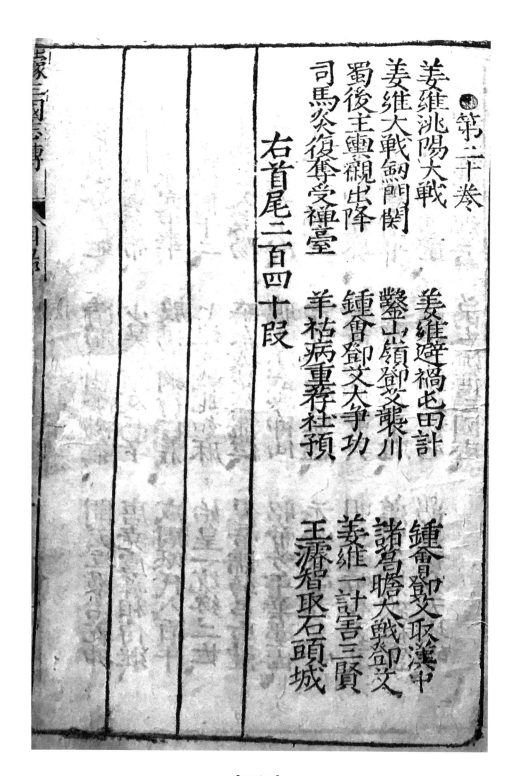

[그림 5]

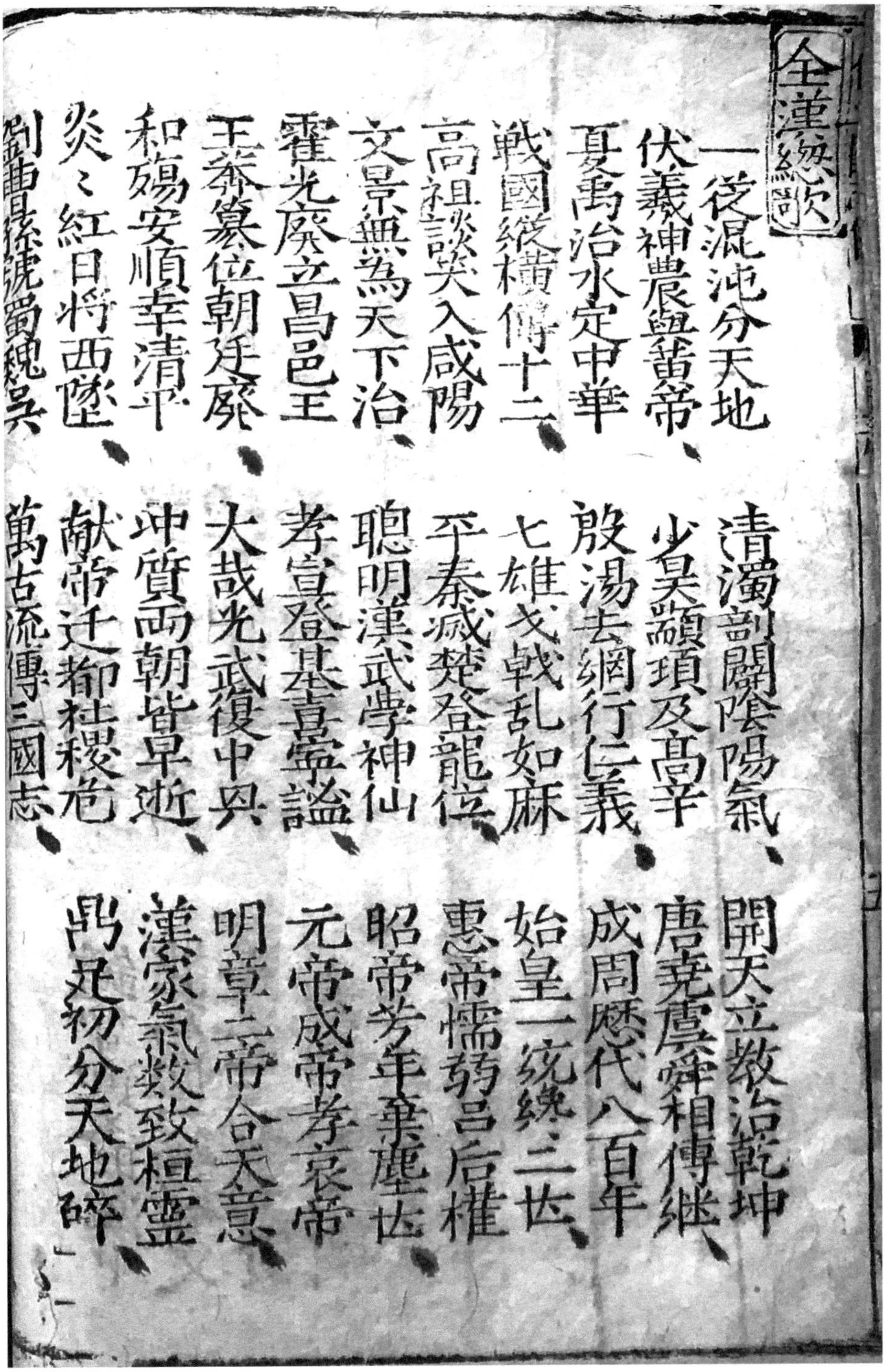

全漢総歌

一從混沌分天地、清濁剖開陰陽氣、開天立教治乾坤、
伏羲神農與黃帝、少昊顓頊及高辛、唐堯虞舜相傳繼、
夏禹治水定中華、殷湯去網行仁義、成周歷代八百年、
戰國縱橫傳十二、七雄戈戟乱如麻、始皇一統纔二世、
高祖談笑入咸陽、平秦滅楚登龍位、惠帝懦弱呂后權、
文景無為天下治、聰明漢武學神仙、昭帝芳年棄塵世、
霍光廢立昌邑王、孝宣登基壹臺謚、元帝成帝孝哀帝、
王莽篡位朝廷廢、大哉光武復中與、明章二帝合天意、
和殤安順幸清平、冲質两朝皆早逝、漢家氣數致桓靈、
炎炎紅日將西墜、獻帝迁都社稷危、冉是初分天地碎、
劉曹孫號蜀魏吳、萬古流傳三國志、

[그림 6]

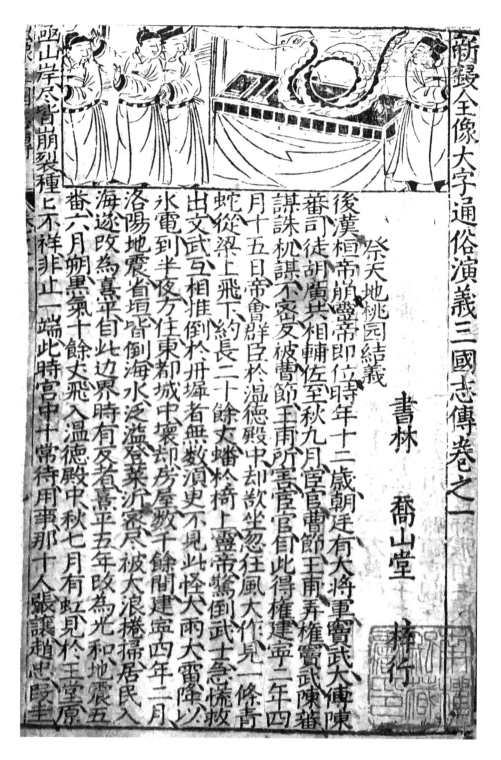

新鋟全像大字通俗演義三國志傳卷之一

書林　喬山堂　梓行

祭天地桃園結義

後漢桓帝崩靈帝即位時年十二歲朝廷有大將軍竇武大傅陳蕃司徒胡廣共相輔佐至秋九月中官曹節王甫弄權竇武陳蕃謀誅不密反被曹節王甫所害宦官自此得權建寧二年四月十五日帝會群臣於溫德殿中却敦坐忽狂風大作見一條青蛇從梁上飛下約長二十餘丈蟠於椅上靈帝驚倒武士急慌救出文武互相推倒傾刻蛇不見此恠大雨大雹降以永電到半夜方住東都城中壞却房屋數千餘間建寧四年二月洛陽地震省垣皆倒海水泛溢萊沂密被大浪捲掃居民入海遂改為熹平自此邊界時有反者熹平五年改為光和地震五番六月朔黑氣十餘丈飛入溫德殿中秋七月有虹見於玉堂岸吸山岸盡皆崩裂種上不祥非止一端此時宮中十常侍用事那十人號讓趙忠□□

[그림 7]

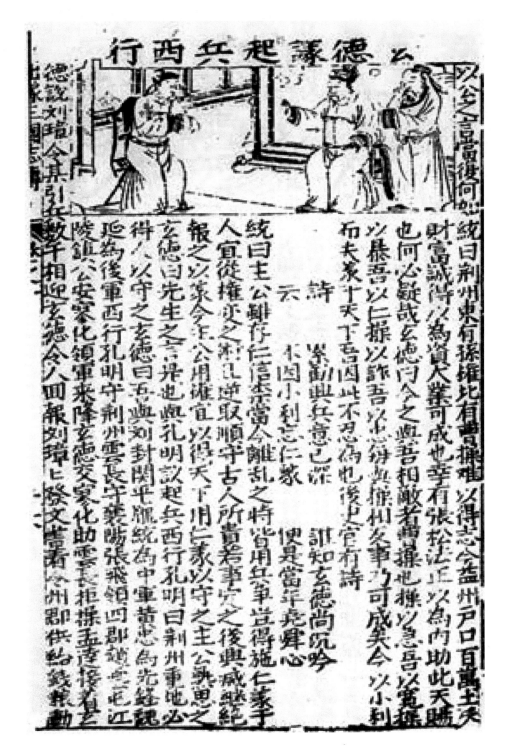

[그림 8]

州益劉諫等臣群

入諫曰玄公此去必被玄德所害共食祿多年不忍主公中他人
之計望乞三思張松曰黃權陳間宗族之衆縱長跪盜之咸哭死
益干主公不可聽之張喝權曰吾意已決汝何逆之權扣頭血流
滿面口嚙劉璋衣禩以諫璋大怒俞元怒于城又諫璋不聽長喪
喝左右推出權大哭而歸聽行怒俞元义去于城又諫璋不聽長喪
而去璋此益州城外人報蒲陵毛孝用繩索吊于城門手挑諫璋
如諫不聽割斷繩索懂怦憚令撥諫帝視云
益州從事兒橫嚖上累泣血上覽曰其學兆立散諫之言莫為
亦非諍少餒食者口之味納忠納忠誠之言并以傳國長父若由能
用言所致也今上公擁臆益州羨之不易正當保納忠言誠傅
求遠可也何倍浅蒿懷益劉備防意劉備防其雄究生突
心眼占可聽嵩千諫關不聽性原之言因于泰邦
共夫筹約資干帛池不納千帛之諫終千越國臣因車駕脅行
胃忠言諫完念劉業殺絆守成不易痒監住事之非祖起迎劉備
之約刖醫中之老切萬干主公之基業可惜惜諱溫咨

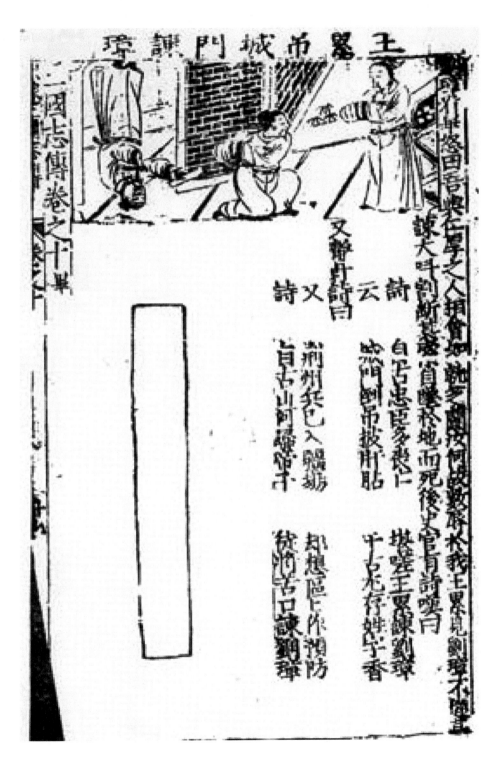

[그림 10]

(9) 朱鼎臣本

書名	出版者·堂號/序文	略稱	卷册·則回/行字	出刊年度	所藏處
新刻音釋旁訓評林演義三國志史傳	朱鼎臣編輯·王泗源刊	[朱鼎臣本]	20卷·240則/14行 24字	萬曆年間	하버드大

[그림 1]

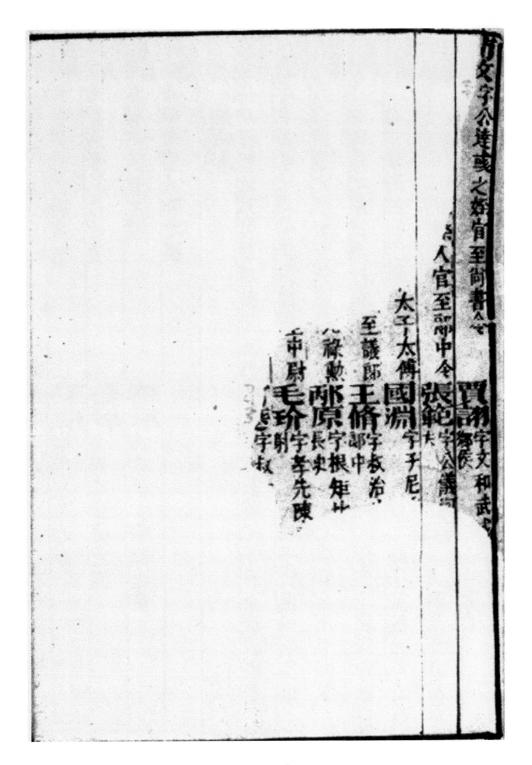

[그림 2]

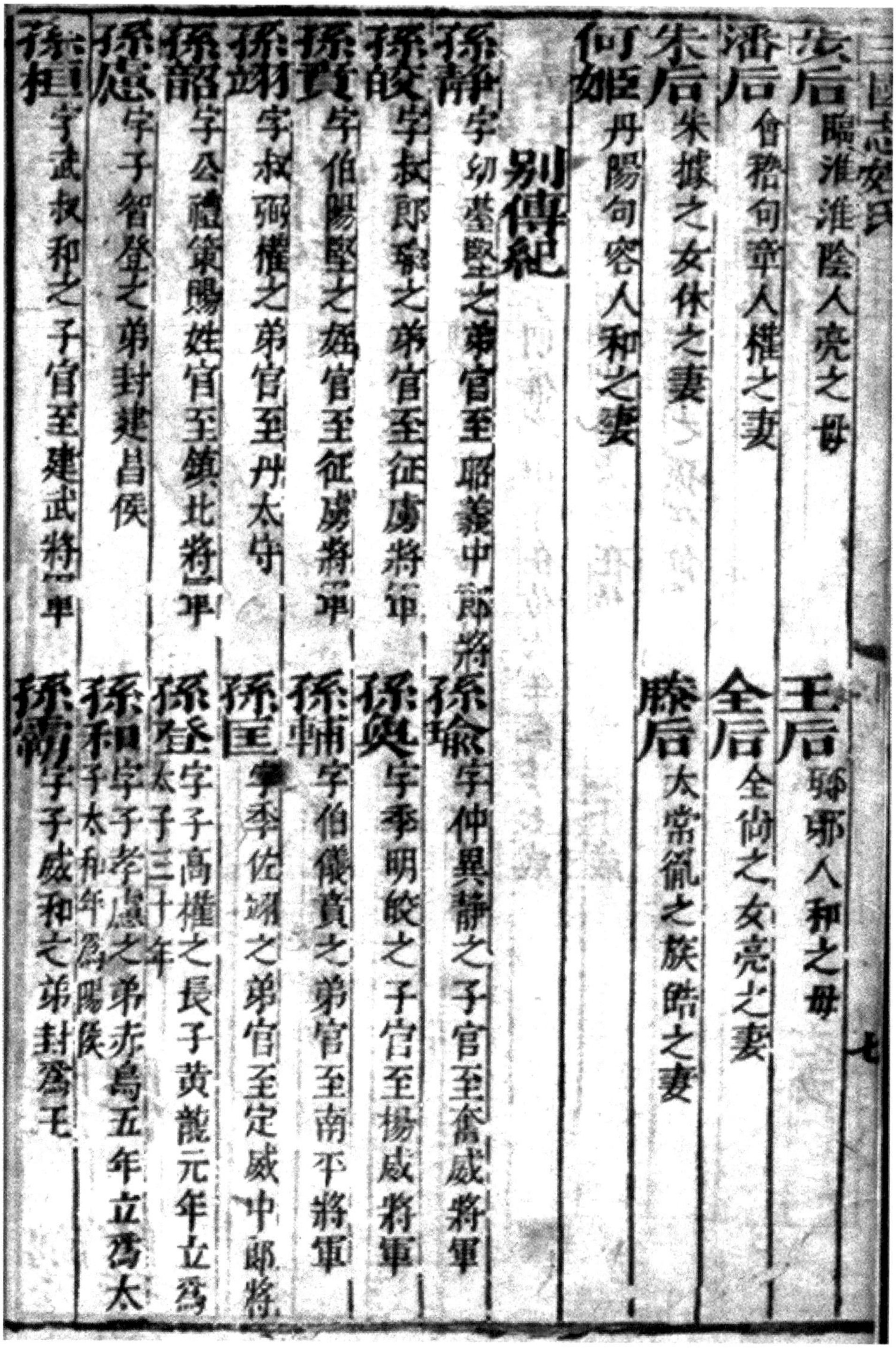

三國志吳氏

吳后　臨淮淮陰人亮之母

潘后　會稽句章人權之妻

朱后　朱據之女休之妻

何姬　丹陽句容人和之妻

別傳紀

孫靜　字幼臺堅之弟官至昭義中郎將

孫賁　字伯陽堅之姪官至征虜將軍

孫皎　字叔朗堅之弟官至征虜將軍

孫韶　字公禮策賜姓官至鎮北將軍

孫慮　字子智登之弟封建昌侯

孫桓　字叔武和之子官至建武將軍

王后　琅邪人和之母

全后　全尚之女亮之妻

滕后　太常胤之族皓之妻

孫瑜　字仲異靜之子官至奮威將軍

孫奐　字季明皎之子官至揚威將軍

孫輔　字伯儀賁之弟官至南平將軍

孫匡　字季佐翊之弟官至定威中郎將

孫登　字子高權之長子黃龍元年立為太子三十年

孫和　字子孝盧之弟赤烏五年立為賜侯

孫霸　字子威和之弟封為毛

[그림 3]

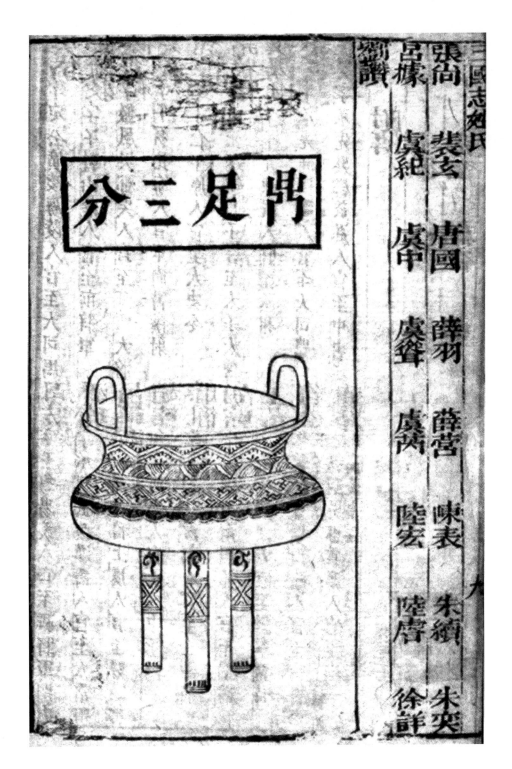

[그림 4]

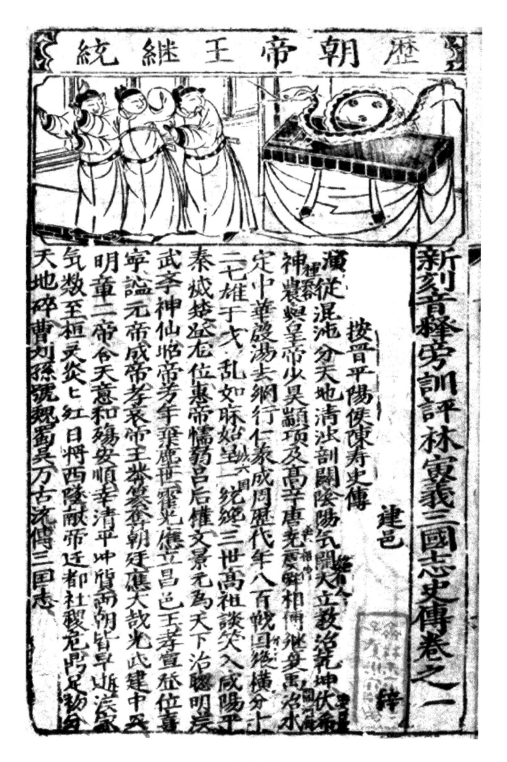

歴朝帝王継統

新刻音釈旁訓評林宴義三國志史傳卷之一

建邑

按晉平陽侯陳寿史傳

漢

從混沌分天地清濁剖闢陰陽气開大立教絡絪坤伏羲

神農與皇帝少昊顓項及高辛唐堯虞舜相何継象馬名水

定中華發湯去網行仁象成周歴代年八百戦国縦横分上

二七雄于戈乱如脉始皇六紀絶三世萬祖談笑入咸陽平

秦城楚跎左位惠帝懦弱昌后惟文景元為天下治聡明炭

武孝神仙炟帝芳午乗鹿世霍光應立昌邑王寿宣柾位堂

寧諡元帝咸帝孝哀帝王莽簒奪朝廷應大哉光武建中兴

明章二帝令天意和殤安順幸清平冲賀両朝皆早斑溪気

天地碎曹刘孫覿親蜀呉万古流傳三国志

気数至桓灵炎七紅日将西隆献帝迁都社稷危鳥足揚母

[그림 5]

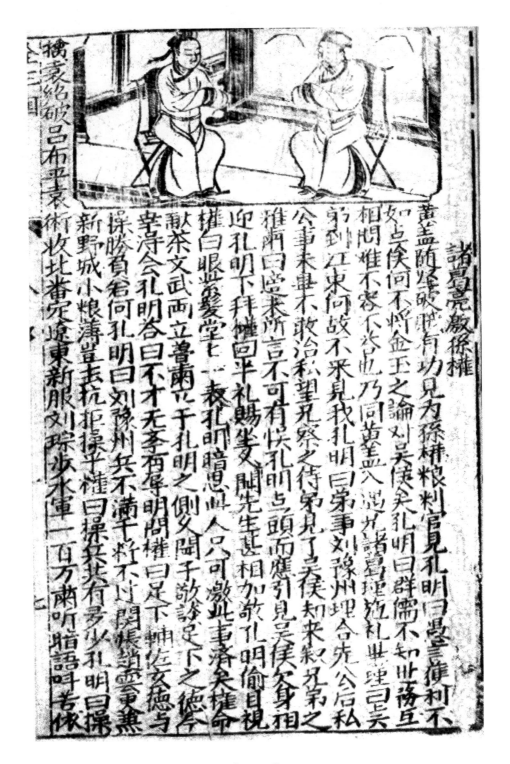

諸葛亮激孫權

盖随坐破壁有功見为孫權粮判官見孔明曰曼言獲利不

如占侯何不忙金玉之論刘吳侯矣孔明曰群儒不知此蕩豆

相問准不客不好也乃同董卓之過刘邊理邊礼世理豆矣

郭到江東何故不来見我孔明曰常事刘豫州理合先公后私

公事未畢不敢治私望兄察之待弟見了夫侯知来如兄弟之

雅両曰當求所言不可有快孔明曰頭而應引見吳侯公身相

迎孔明下拜權回平礼賜笑聞先生近相加敬孔明偷目視

權曰眼坐髮堂七一表孔明暗想此人只可激此事济矣權命

獻茶文武両立聲兩立于孔明之側又聞子敬諫足下之德与

幸済会孔明谷曰不才无孝有年明問權曰足下輙佐玄德与

操勝負奄何孔明曰刘豫州兵不満千将不对閒張翘雲東蕉

新野城小粮薄豈表抗把操平裡曰操兵共有多少孔明曰操

橫蒙絡破呂布平袁術收北番定遼東新服刘琮少水軍一百万兩听暗語吗者依

[그림 6]

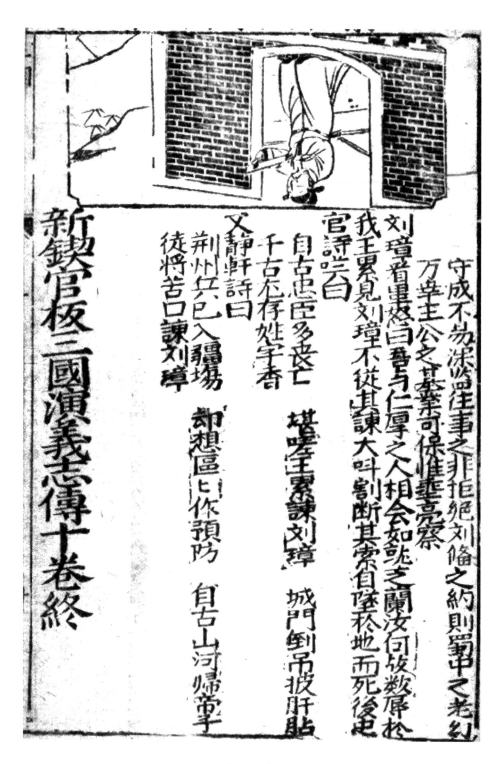

[그림 7]

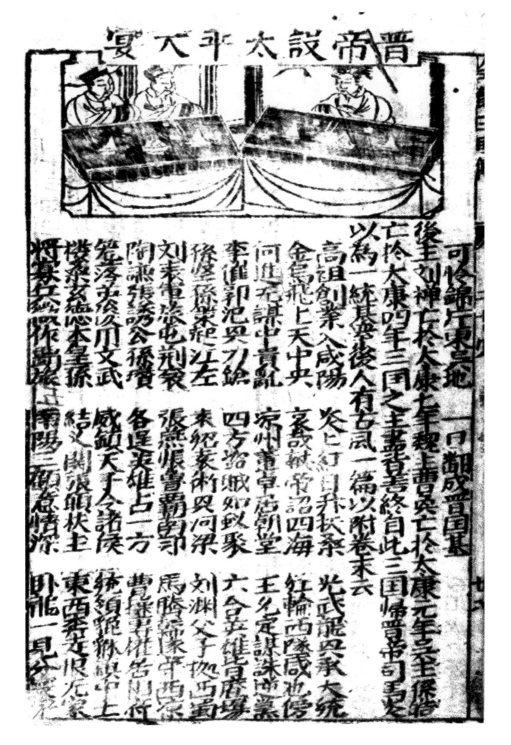

[그림 8]

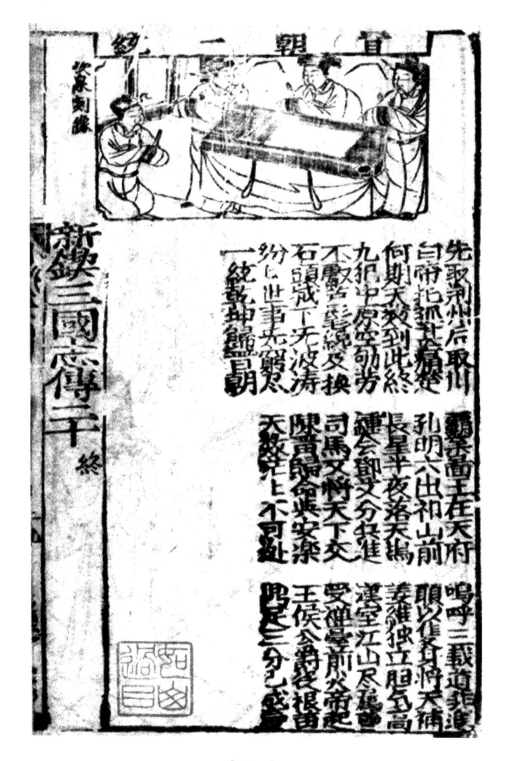

[그림 9]

[그림 10]

(10) 雄飛館本

書名	出版者·堂號/序文	略稱	卷册·則回/行字	出刊年度	所藏處
精鐫合刻三國水滸全傳	雄飛館熊飛刊	[雄飛館本]	20卷·240回/14行 22字	崇禎年間	日本 內閣文庫·京都大

※ 본 版本은 合刻本으로 上部에는 水滸傳, 下部에는 三國演義가 있는 版本이다.

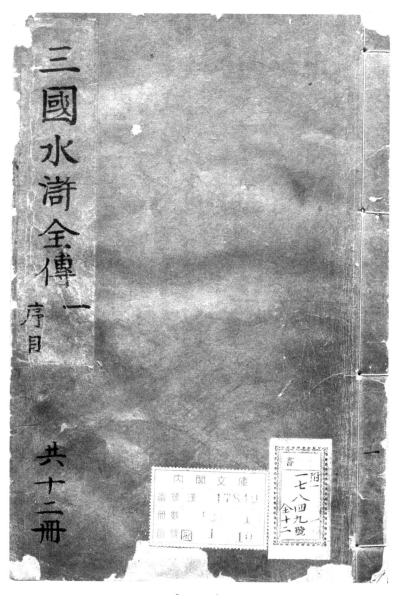

[그림 1]

名公批點合刻三國水滸全傳

英雄譜

語有之四美具二難弁言壁之賞合也三國水滸二傳智勇忠義
迭出不窮而兩刻不合購者恨之本館上下其駟判合其圭回各
爲圖括畫家之妙蒐圖各爲論搜翰苑之大乘較讐情工楷墨緻
潔誠耳目之奇玩軍國之秘寶也識者珍之　雄飛館主人識

[그림 2]

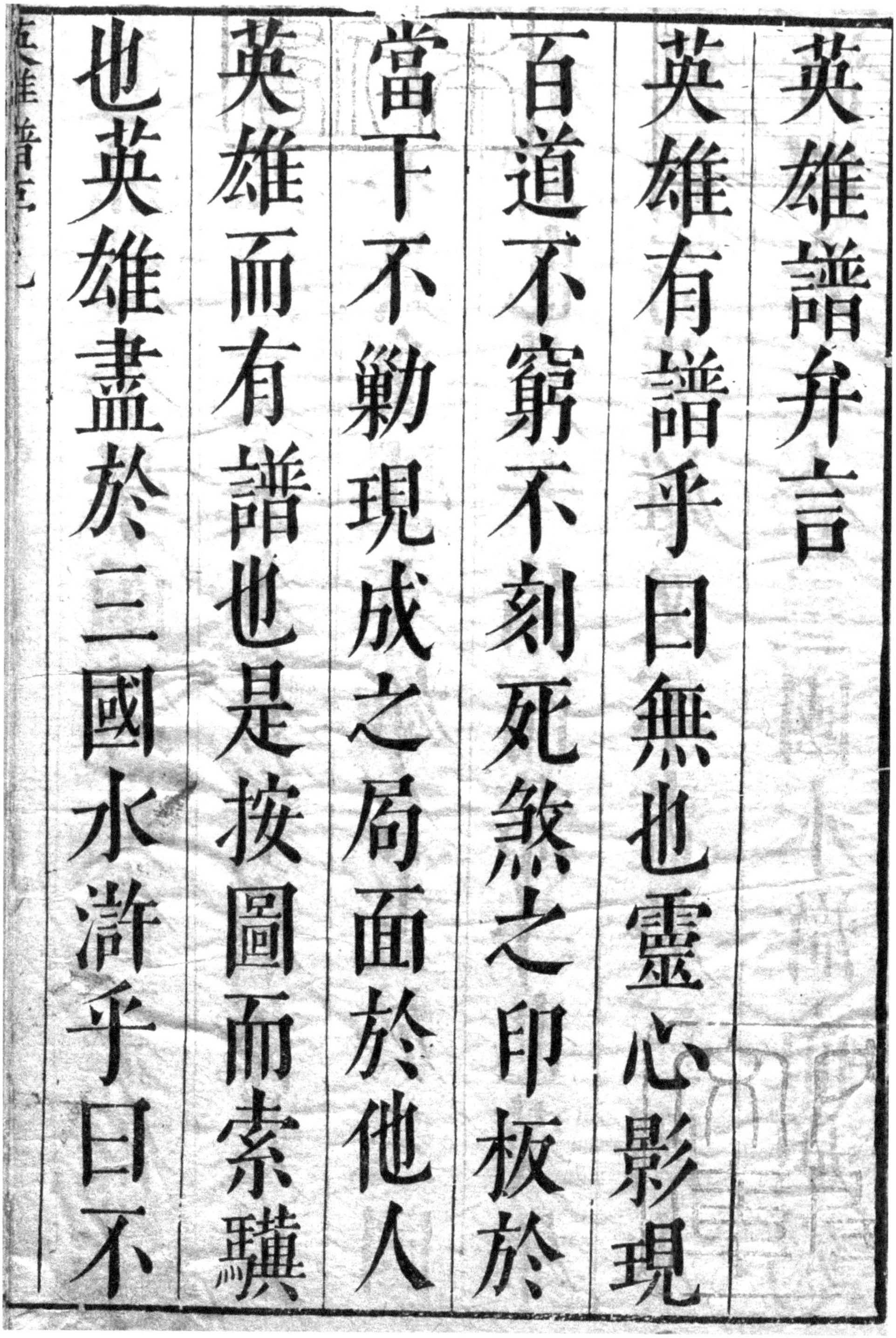

英雄譜弁言

英雄有譜乎曰無也靈心影現

百道不窮不刻死煞之印板於

當下不勤現成之局面於他人

英雄而有譜也是按圖而索驥

也英雄盡於三國水滸乎曰不

[그림 3]

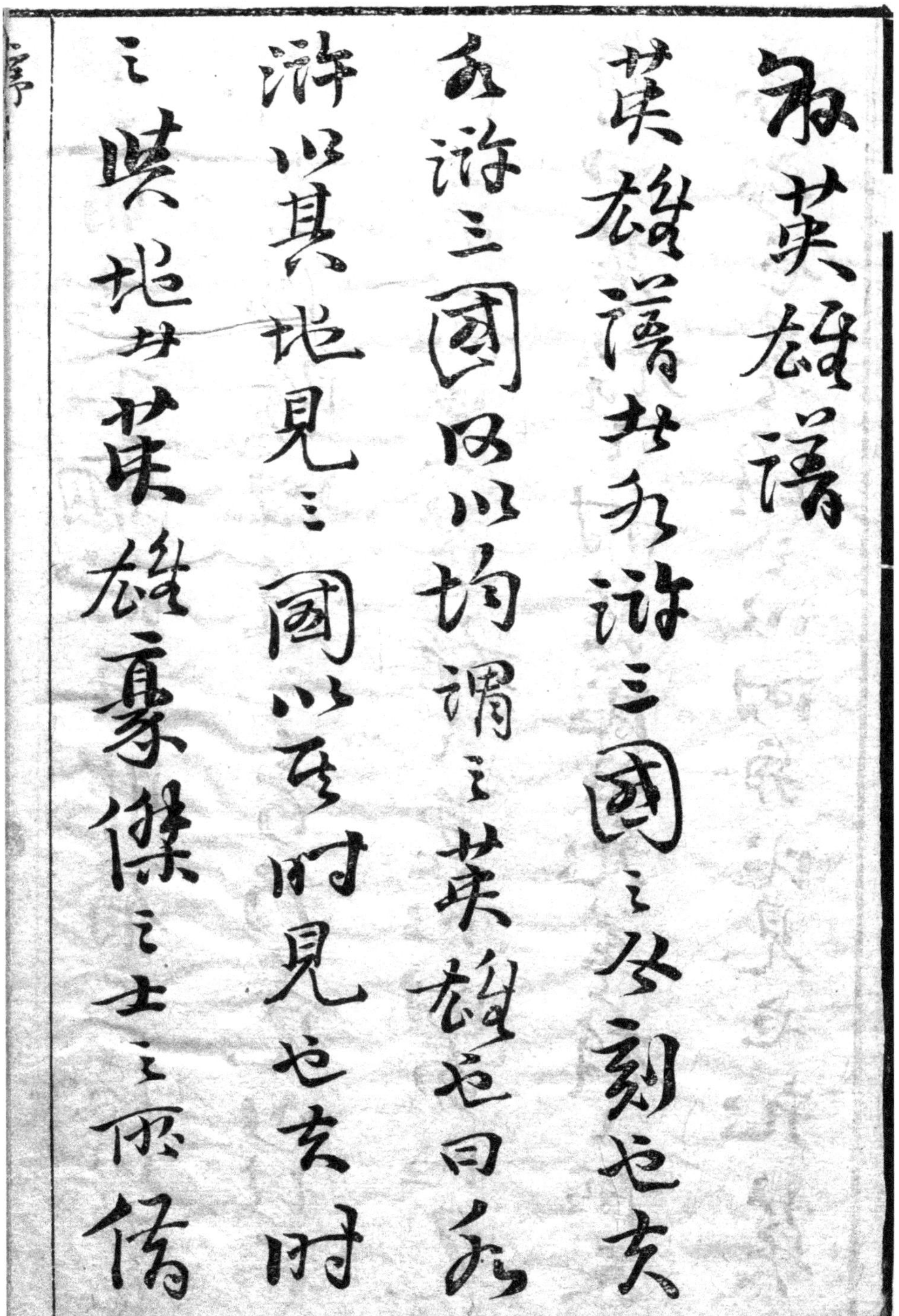

叙英雄譜
英雄譜者水滸三國之合刻也夫
水滸三國何以均謂之英雄也曰水
滸以其地見三國以其時見也夫時
之與地其英雄豪傑之士之所倚

[그림 4]

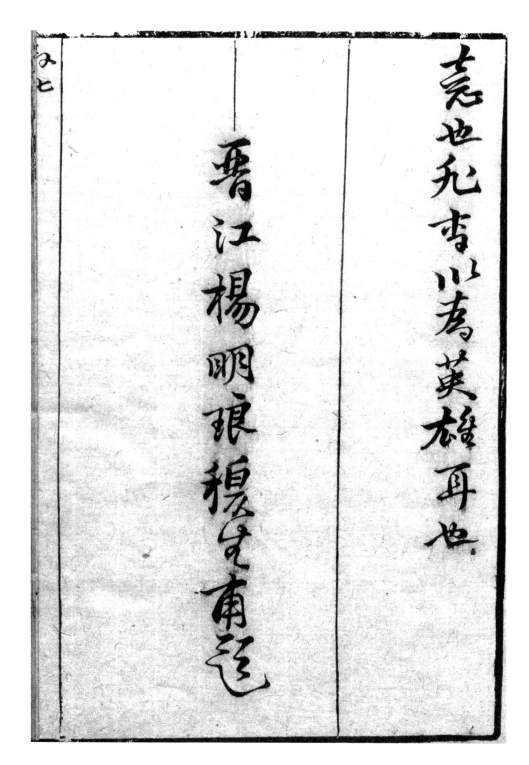

[그림 5]

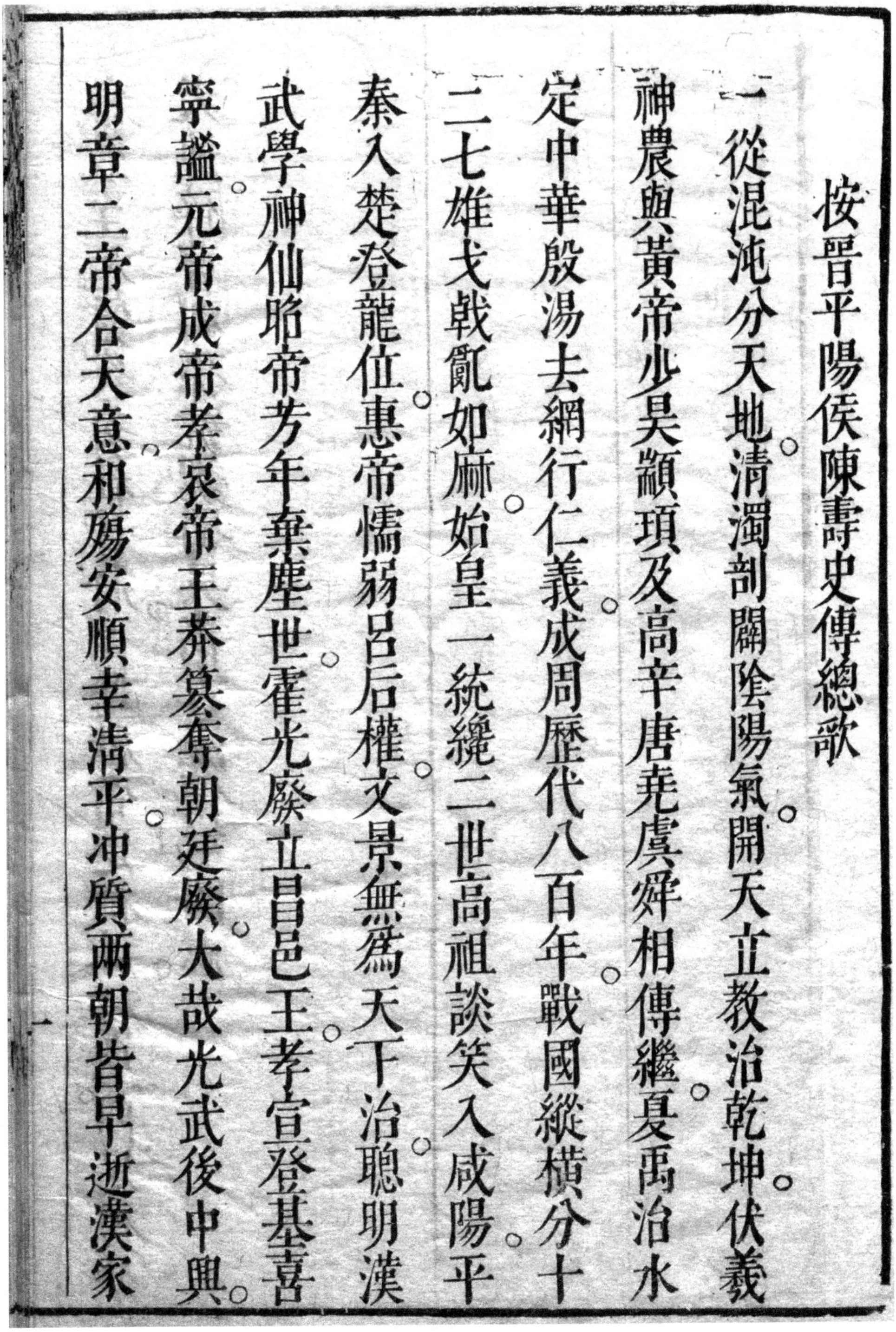

按晉平陽侯陳壽史傳總歌

一從混沌分天地清濁剖闢陰陽氣開天立教治乾坤伏羲
神農與黃帝少昊顓頊及高辛唐堯虞舜相傳繼夏禹治水
定中華殷湯去網行仁義成周歷代八百年戰國縱橫分十
二七雄戈戰亂如麻始皇一統繞二世高祖談笑入咸陽平
秦入楚登龍位惠帝懦弱呂后權文景無爲天下治聰明漢
武學神仙昭帝芳年棄塵世霍光廢立昌邑王孝宣登基喜
寧謐元帝成帝孝哀帝王莽篡奪朝廷廢大哉光武後中興
明章二帝合天意和殤安順幸清平冲質兩朝皆早逝漢家

[그림 6]

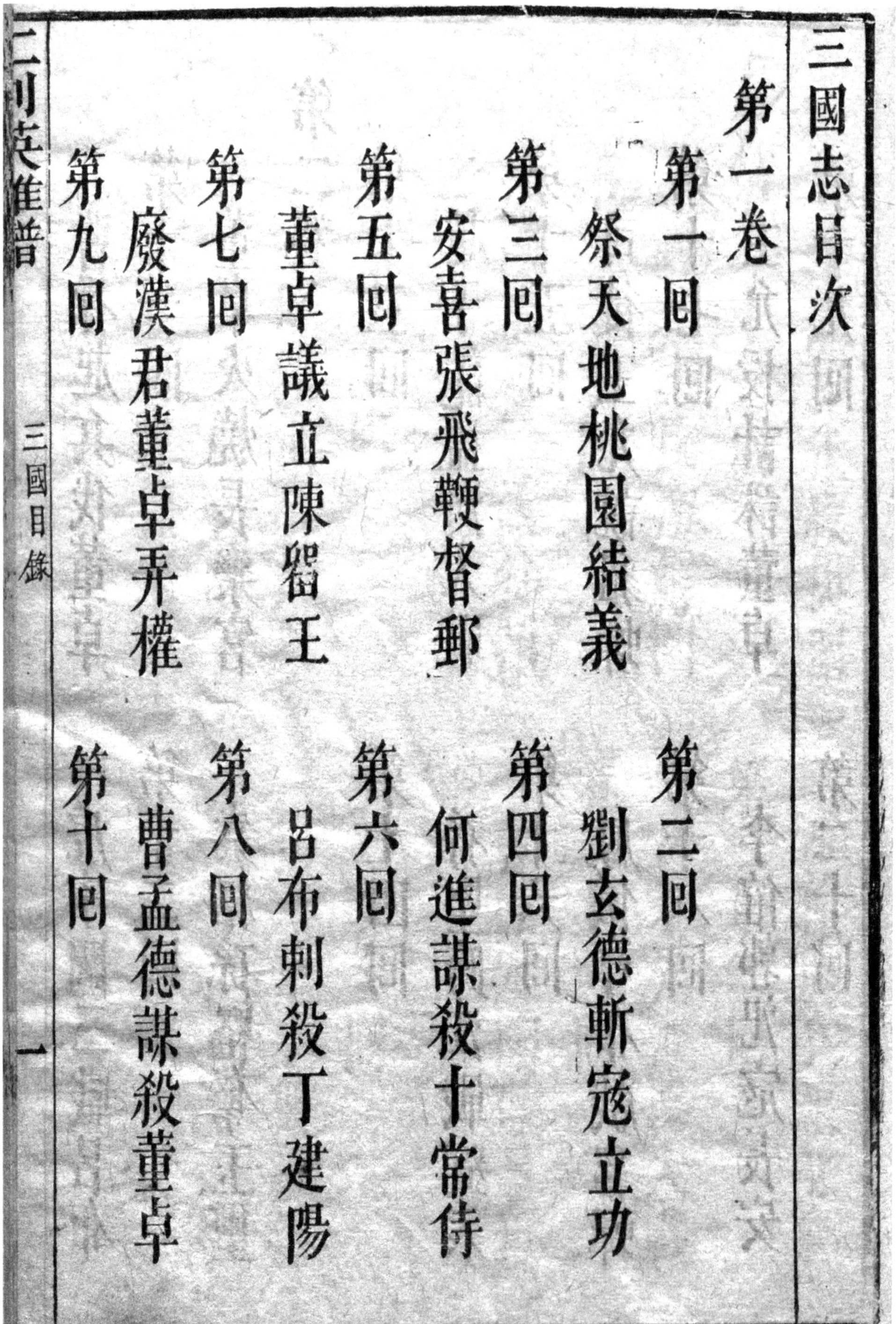

三國志目次

第一卷

第一回 祭天地桃園結義

第二回 劉玄德斬寇立功

第三回 安喜張飛鞭督郵

第四回 何進謀殺十常侍

第五回 董卓議立陳留王

第六回 呂布刺殺丁建陽

第七回 廢漢君董卓弄權

第八回 曹孟德謀殺董卓

第九回

第十回

二刻英雄譜 三國目錄 一

[그림 7]

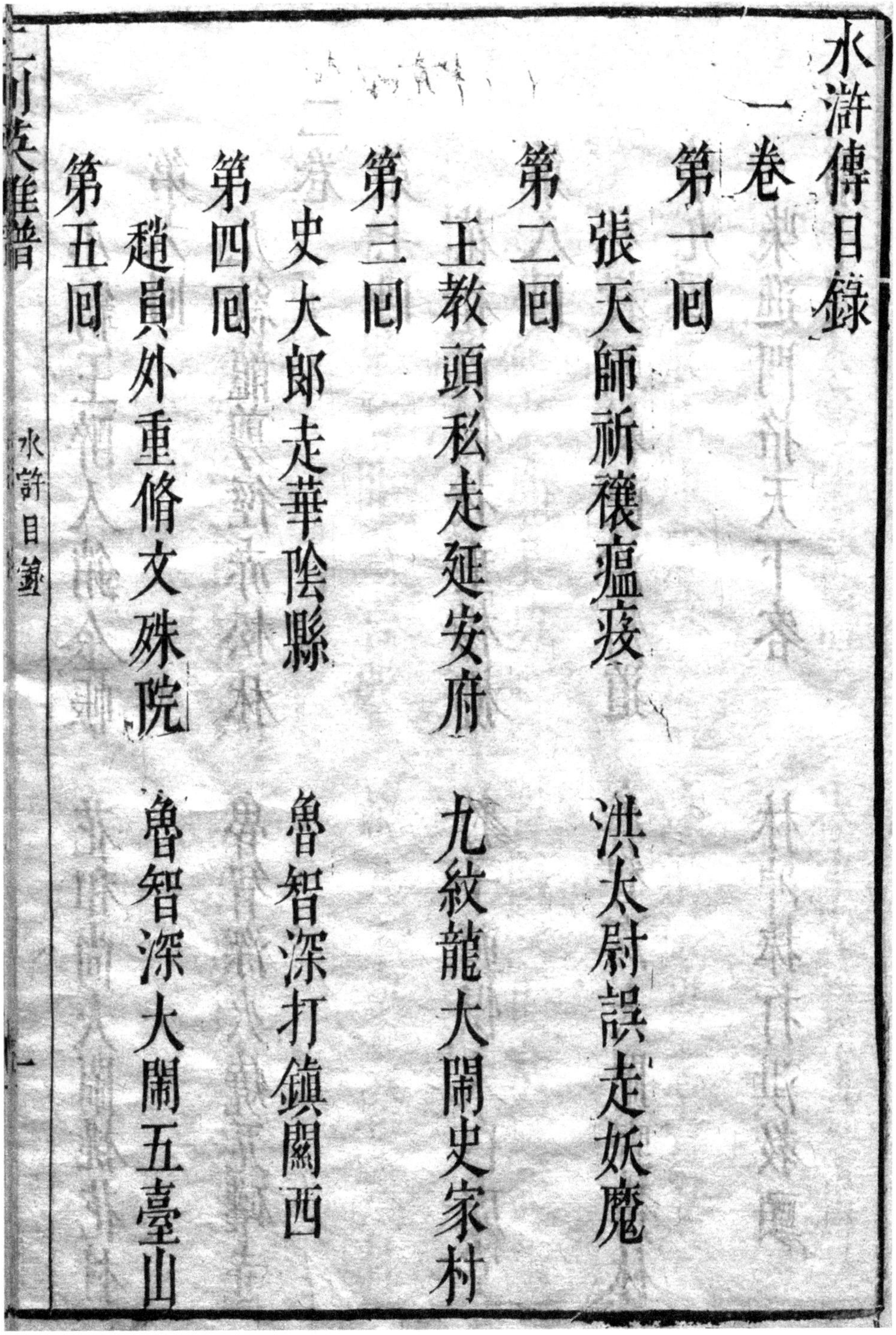

水滸傳目錄

一卷

第一回 張天師祈禳瘟疫 洪太尉誤走妖魔

第二回 王教頭私走延安府 九紋龍大鬧史家村

第三回 史大郎走華陰縣 魯智深打鎮關西

第四回 趙員外重修文殊院 魯智深大鬧五臺山

第五回

三刻英雄譜 水許目錄

[그림 8]

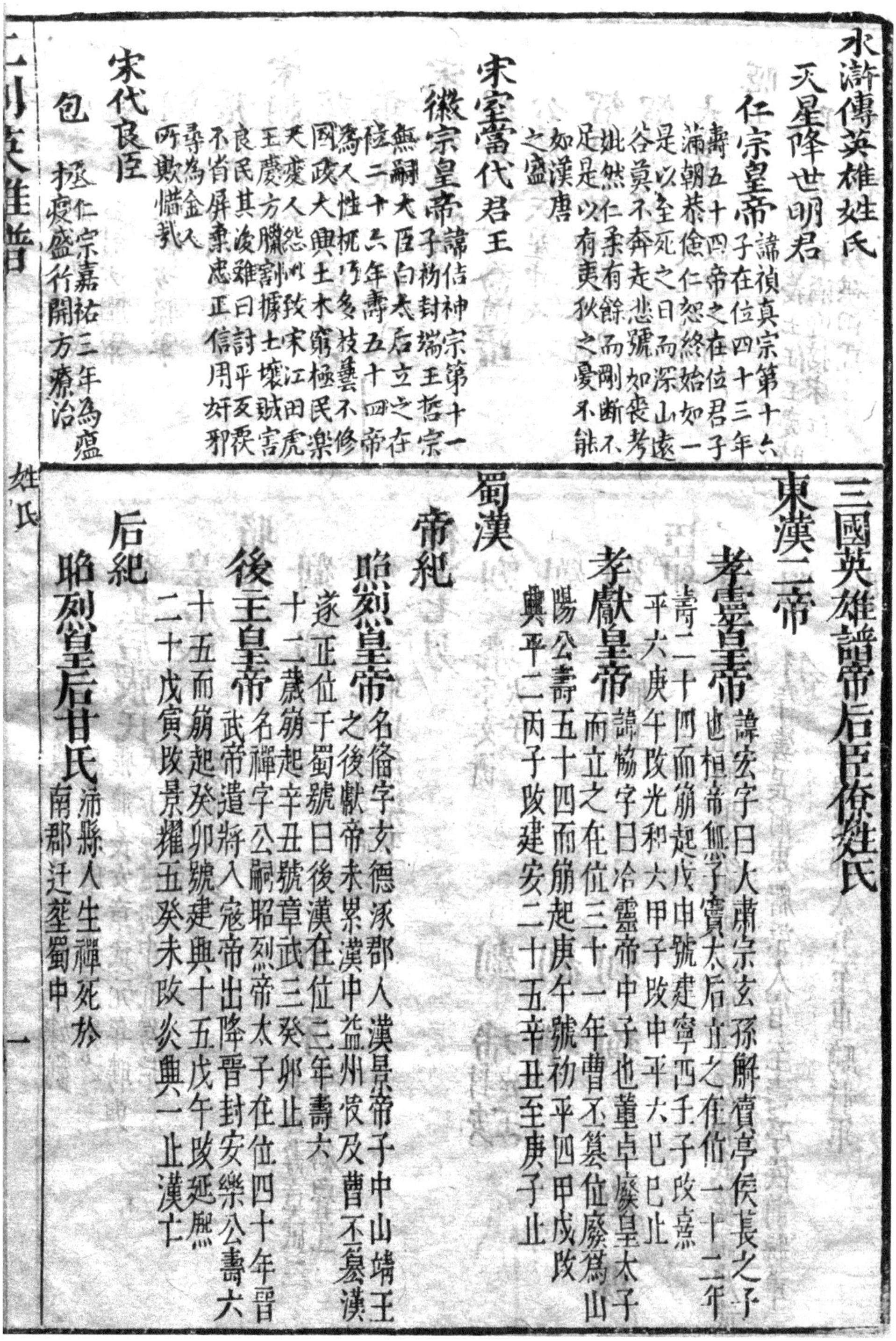

水滸傳英雄姓氏

天星降世明君

仁宗皇帝　諱禎真宗第十六

壽五十四帝在位四十三年滿朝恭儉仁恕終始是以死殛而深谷莫不奔走此然仁柔有餘足是以有剛夷狄之憂不斷不能如漢唐之盛

宋室當代君王

徽宗皇帝　諱佶封端王哲宗無嗣大臣白太后立之徑二十六年壽五十四帝在位國政大興土木技藝極民不樂天性憸佞天變方臨割據我宋窮江田王慶方臘其後不肖民反凌其不肯屏棄忠良反正信用姦邪尋為金人所欺惘乳

宋代良臣

包　拯仁宗嘉祐三年為瘟拯疫盛行開方療治

三國英雄譜帝后臣僚姓氏

東漢二帝

孝靈皇帝　諱宏字曰大肅宗玄孫解瀆亭侯萇之子桓帝無子竇太后立之在位二十二年壽三十四而崩起戊申號建寧西壬子改嘉平六庚午改光和大甲子改中平大巳止

孝獻皇帝　諱協字曰冷靈帝中子也董卓廢皇太子而立之在位三十一年曹丕篡位廢為山陽公壽五十四而崩起庚午號初平四甲戌改政建安二十五辛丑至庚子止

蜀漢

帝紀

昭烈皇帝　名備字玄德涿郡人漢景帝子中山靖王之後獻帝遣將入寇帝未景漢中益州漢在位三年壽六十二歲崩起辛丑號章武三癸卯止

後主皇帝　名禪字公嗣昭烈帝太子在位四十年晉武帝遣將入寇帝出降晉封安樂公壽六十五戊午改景耀五癸未改炎興一止漢亡

后紀

昭烈皇后甘氏　沛縣人生禪死於南郡迁壑蜀中

[그림 9]

精鐫合刻三國水滸全傳卷之一　甲集

錢塘　施耐菴　編輯

晉　平陽　陳　壽　史傳
元　東原　羅貫中　演義
明　溫陵　李載贄　批點

祭天地桃園結義　第一回

詞曰人稟陰陽二氣仁義禮智天成
浩然配于寒暑實可託六尺孤能寄
百里命閱閱水滸全德論天罡地煞
感名逢場何辨偽與真赤心當報國、
忠義實堪欽、

紛紛五代亂離間。一旦雲開浸見
天草木百年新雨露車書萬里舊
江山尋常卷陌陳羅綺幾處樓臺
秦管絃人樂太平與軍日鶯花無
限日高眠、
此詩乃是宋太祖朝中一個名儒姓
邵謊夫道號康節先生所作為五
代殘唐千戈不息朱李石劉郭梁唐
晉漢周都来十五帝播亂五十秋天
二川范雅普

後漢桓帝崩靈帝即位時年十二歲官曰竇武節王甫弄權
大將軍竇武太傅陳蕃謀誅之機謀不密反被曹節王甫
所害宦官自此益橫建寧二年四月十五日約會群臣于
溫德殿中却欲坐忽狂風大作見一條青蛇從梁上飛下
約長二十餘又蟠于椅上靈帝驚倒武士慌忙救起文武
互相推倒于丹墀須臾不見片時大雨大雷降以水雹到
半夜方止東都城中壞却民房數千餘間建寧四年二月
洛陽地震省垣皆倒海水泛溢萊近密州畫被大浪
捲掃居民入海遂改爲熹平自此邊界時有灾者熹平五

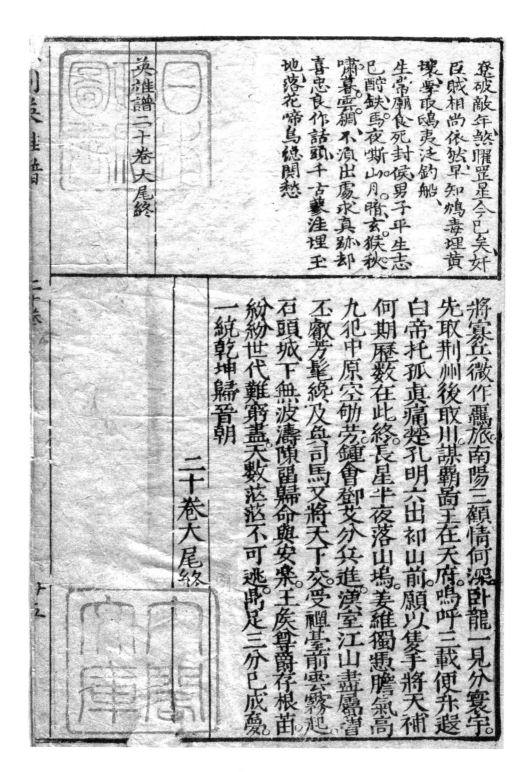

[그림 11]

(11) 費守齋本【與畊堂】

書名	出版者·堂號/序文	略稱	卷册·則回/行字	出刊年度	所藏處
新刻京本全像演義三國志傳	與畊堂·費守齋	[費守齋本]	20卷 240則 /14行 23字(兩側 33字)	1620	日本 東北大

[그림 1]

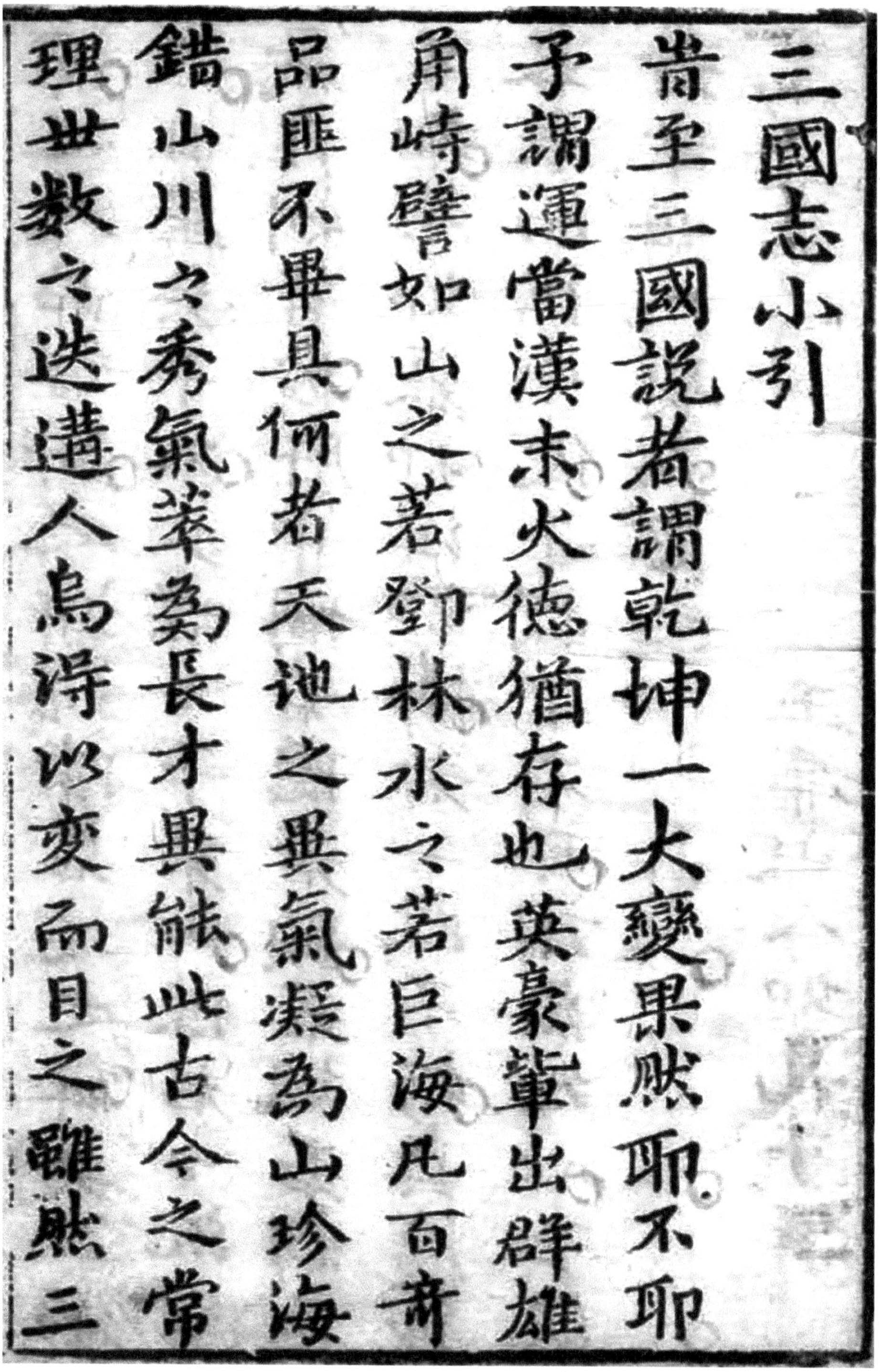

三國志小引

昔至三國說者謂乾坤一大變果然耶不耶
予謂運當漢末火德猶存也英豪輩出群雄
角峙譬如山之若鄧林水之若巨海凡百奇
品匪不畢具何者天地之異氣凝為山珍海
錯山川之秀氣萃為長才異能此古今之常
理世數之迭遘人烏得以变而目之雖然三

[그림 2]

國之人品智術之妍媸陳君述之詳矣且炳
若日星矣予不必喋喋予第以陳君之沉酣
歲月刺苦披肝中間若隱若顯若諷若刺且
又如怨如慕如泣如憐著一段不朽真精神
暑表而出之使千載下不可謂無知心云說
者幸毋以藥而忽之

玉屏山人如見子撰

[그림 3]

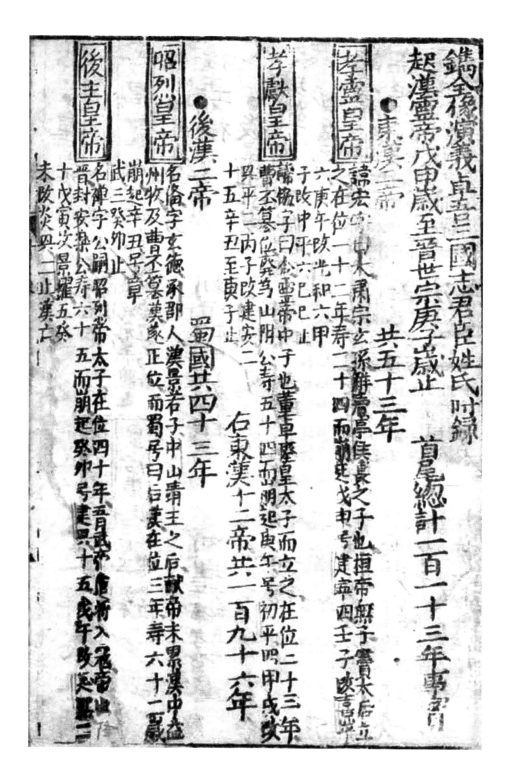

[그림 4]

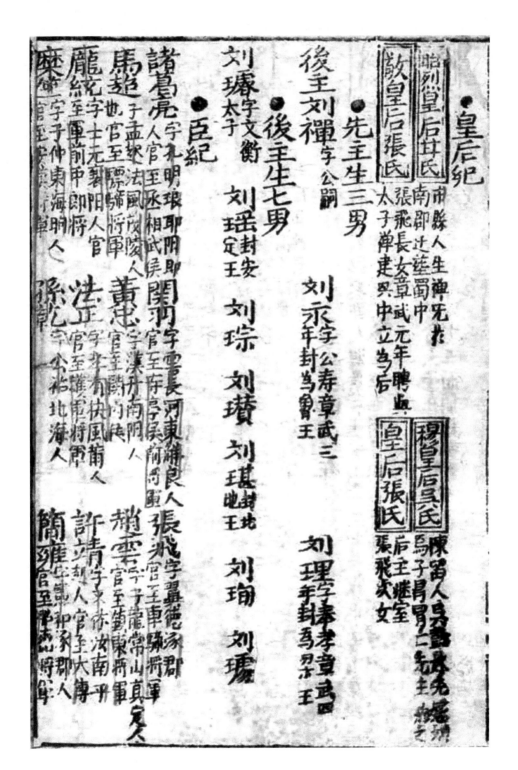

[그림 5]

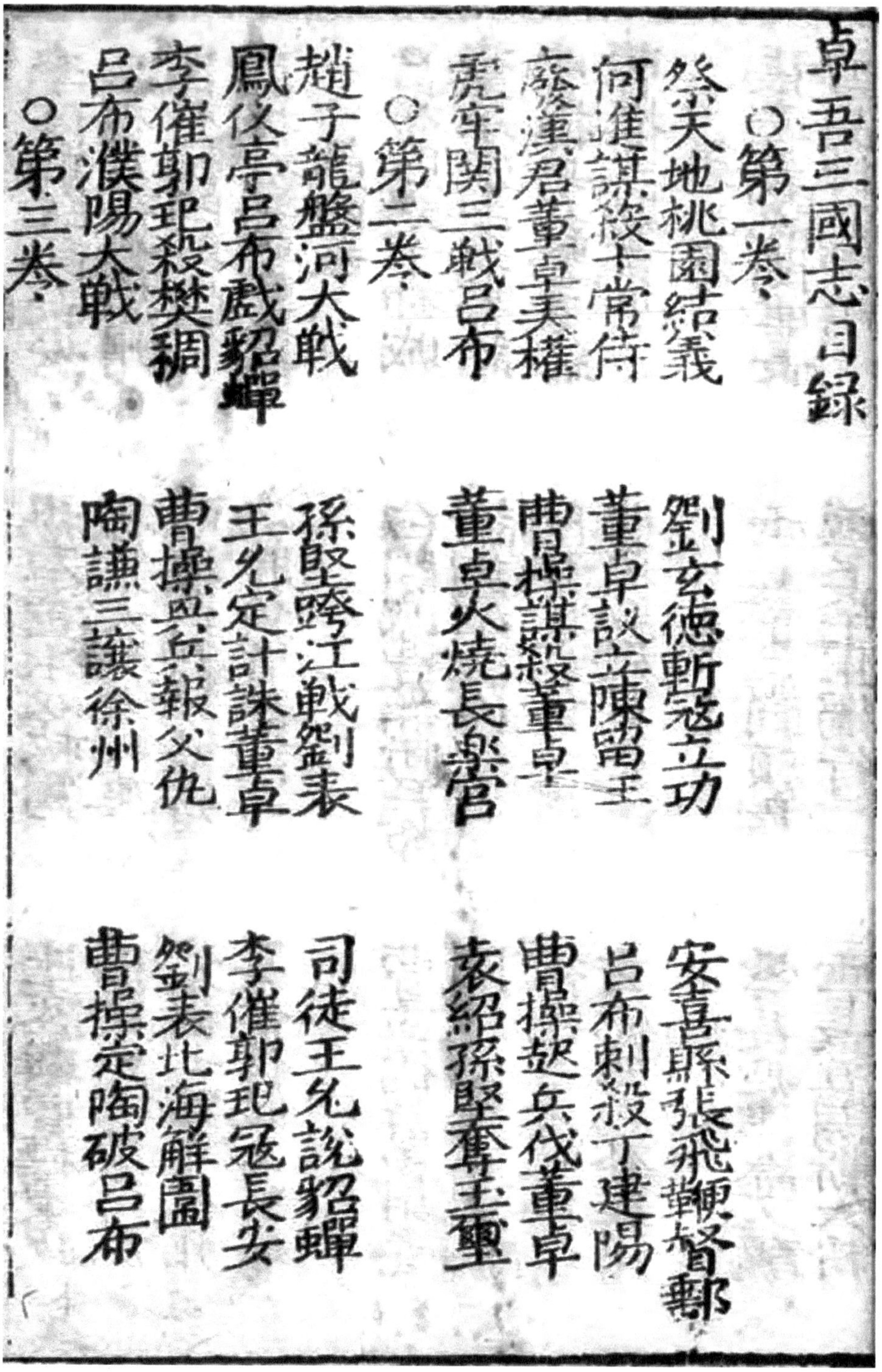

[그림 6]

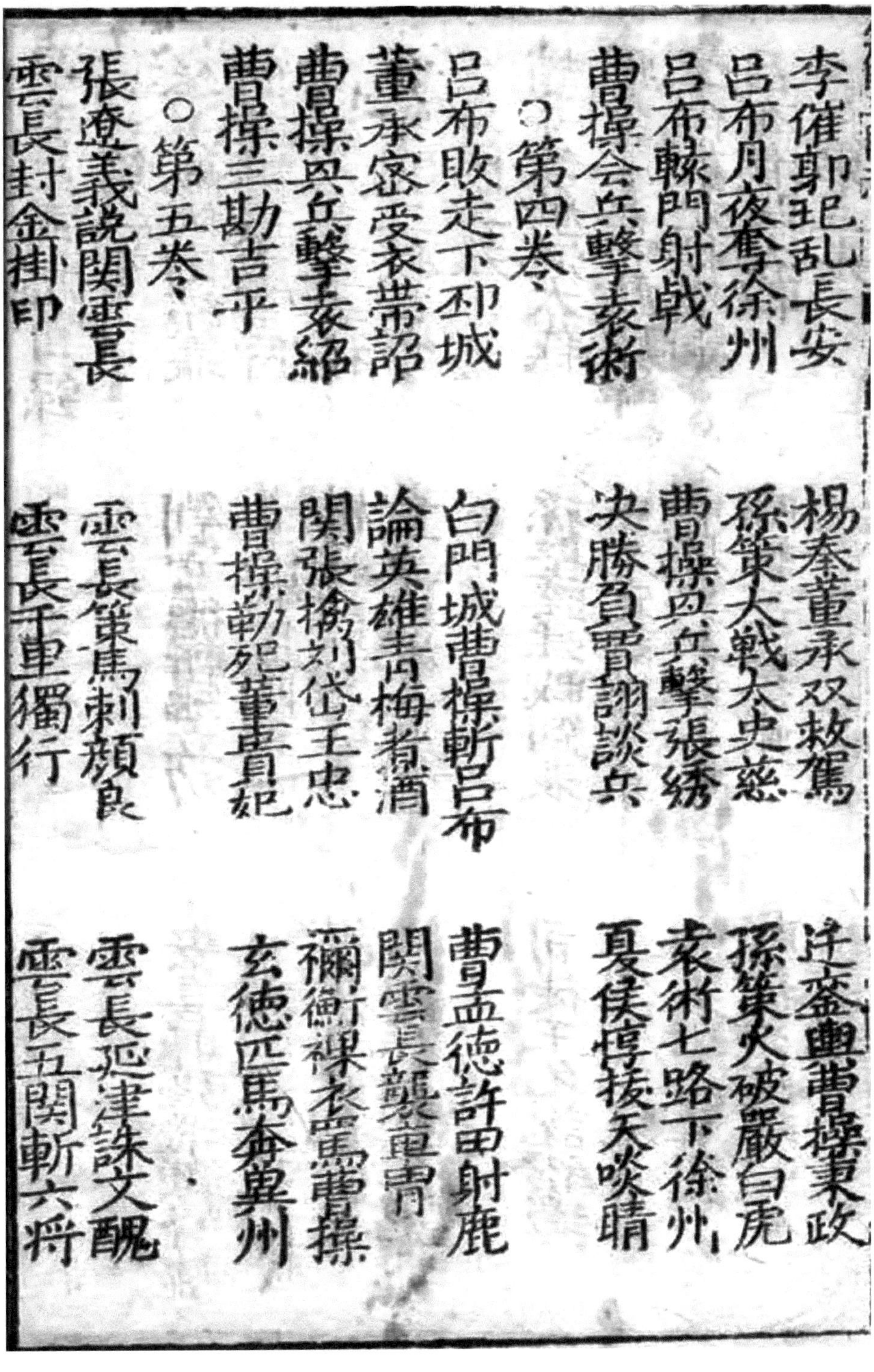

李傕郭汜乱長安
楊奉董承双救駕
迁鑾輿曹操秉政
呂布月夜奪徐州
孫策大戰太史慈
孫策火破嚴白虎
呂布轅門射戟
曹操興兵擊張繡
袁術七路下徐州
曹操会兵擊袁術
決勝負賈詡談兵
夏侯惇拔矢啖睛
○第四卷
呂布敗走下邳城
白門城曹操斬呂布
曹孟德許田射鹿
董承密受衣帶詔
論英雄青梅煮酒
關雲長襲車冑
曹操興兵擊袁紹
關張擒劉岱王忠
禰衡裸衣罵曹操
曹操三勘吉平
曹操勒死董貴妃
玄德匹馬奔冀州
○第五卷
張遼義說關雲長
雲長策馬刺顏良
雲長延津誅文醜
雲長封金掛印
雲長千里獨行
雲長五關斬六將

[그림 7]

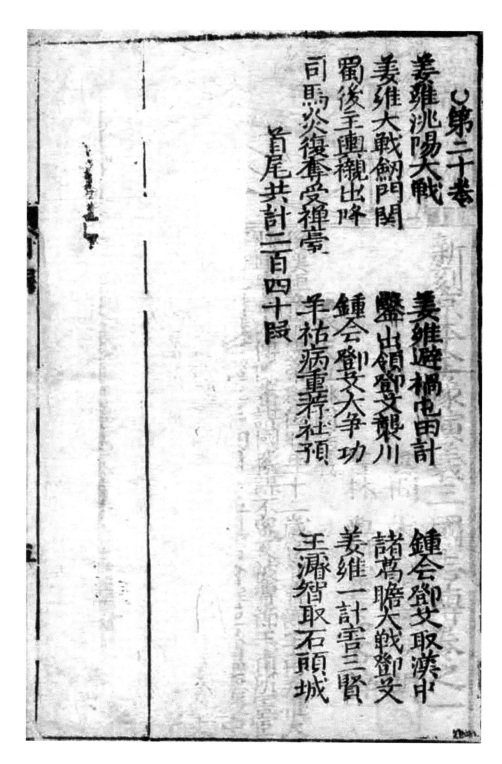

第二十卷

○ 姜維洮陽大戰

姜維大戰鐵門關　　　　姜維避禍屯田計　　鐘会鄧艾取漢中

蜀後主輿櫬出降　　鑿出領鄧文襲川　諸葛瞻大戰鄧艾

司馬炎復奪受禪臺　鐘会鄧艾大爭功　姜維一計害三賢

　　　　　　　羊祜病重薦杜預　王濬智取石頭城

首尾共計二百四十段

[그림 8]

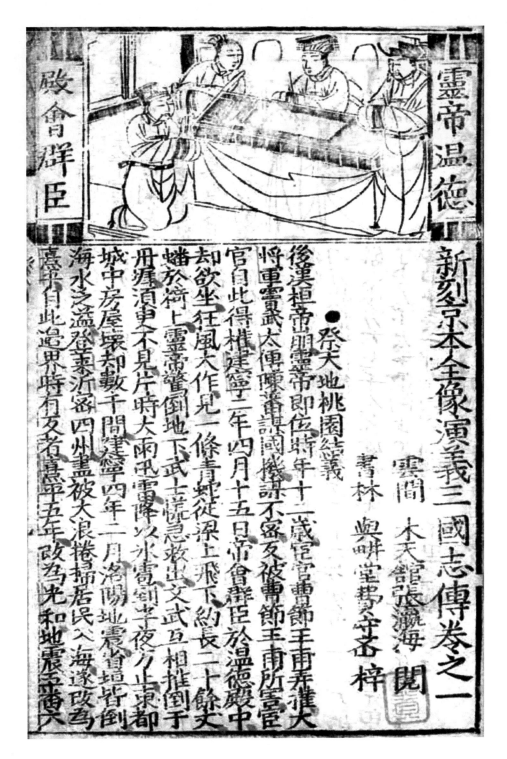

[그림 9]

月朔黑氣十餘丈飛入溫德殿中秋七月有虹見于玉堂五原山岸盡皆崩裂種種不

祥非止一端此時帝宮官十常侍張讓趙忠段珪曹節侯覽蹇碩程曠夏惲郭勝十

人把握朝綱天下官員皆出於十人門下靈帝甚當說張常侍是我父趙常侍是我母

因此宦官出入宮闕全無忌憚朝第依宮院盡造中平元年歲次甲子鐘麗有一人姓

張名角有兄弟張梁張寶三人因往山中採藥遇一老人碧眼童顏手執藜杖喚張角拜

至洞中授書三卷名太平要術嘱付以道為念普救世人若萌惡心必獲惡報張角

求姓名老人曰吾乃南華老仙化陣清風而去因得此書能呼風喚雨號為太平道人

中平元年正月疫毒流行張角散施符水為人治病大賢良師請符

救病者無有不應用懺悔以求福利徒弟五百餘人雲遊

四方救病次後徒弟多角立三十六方分布天下大方萬

餘人小方六七千人各處州郡皆言蒼天歲甲子正是上元甲

子主天下太平取白土至州縣鎮官觀寺院并民家門上皆

書甲子二字青徐幽冀荊揚兗豫十里之間家家侍奉大賢

良師張用呂字用與曹南義曰至誅得者民心也今民已

[그림 10]

3) 비평본계열

(1) 李卓吾本批評本

書名	出版者·堂號/序文	略稱	卷册·則回/行字	出刊年度	所藏處
李卓吾先生批評三國志	明建陽吳觀明刊本	[吳觀明本]	120回 /10行 22字	明末	日本 蓬左文庫. 北京大圖書館

[그림 1]

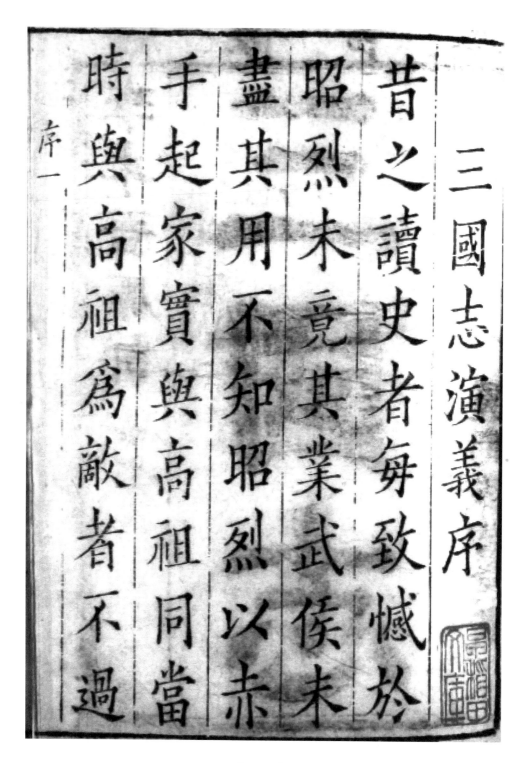

三國志演義序

昔之讀史者每致憾於

昭烈未竟其業武侯未

盡其用不知昭烈以赤

手起家實與高祖同當

時與高祖爲敵者不過

序一

[그림 2]

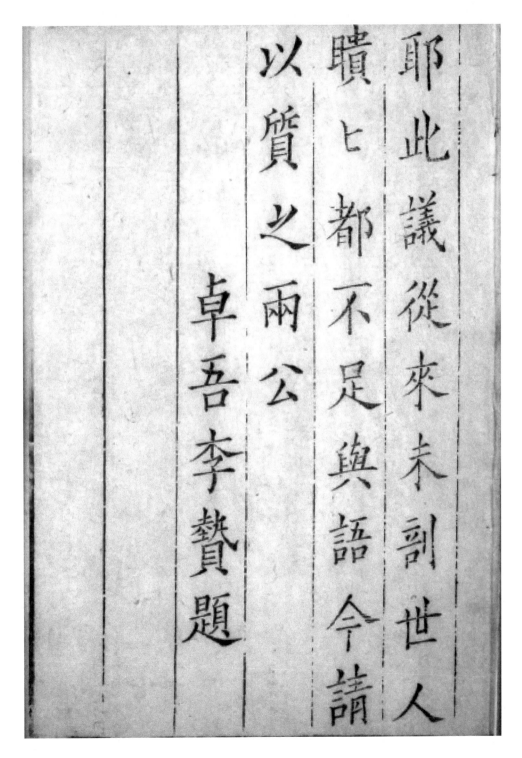

耶此議從來未剖世人
瀆匕都不足與語今讀
以質之兩公
　　　卓吾李贄題

[그림 3]

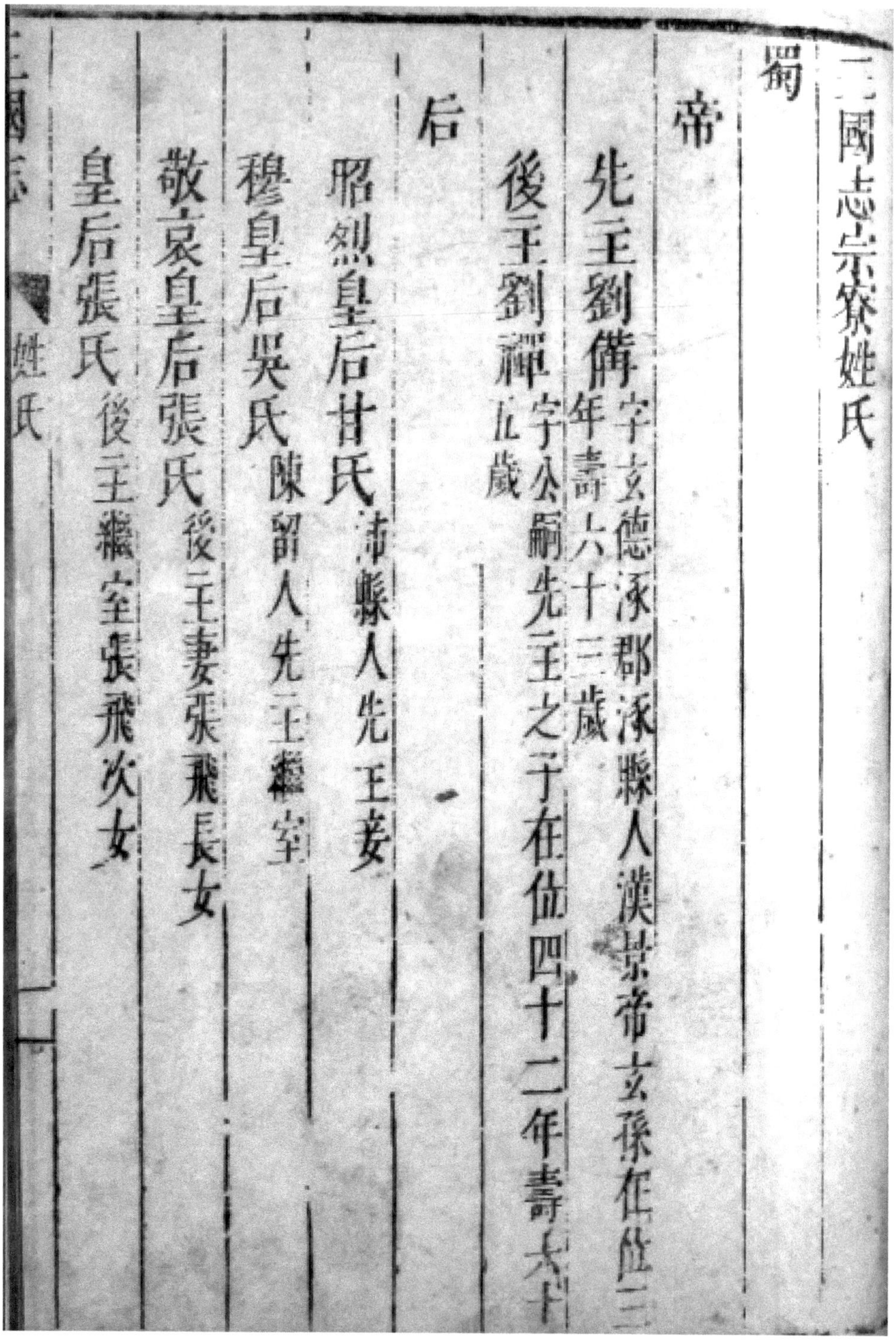

三國志宗寮姓氏

蜀

帝

先主劉備字玄德涿郡涿縣人漢景帝玄孫在位三年壽六十三歲

後主劉禪字公嗣先主之子在位四十二年壽六十五歲

后

昭烈皇后甘氏沛縣人先主妻

穆皇后吳氏陳留人先主繼室

敬哀皇后張氏後主妻張飛長女

皇后張氏後主繼室張飛次女

三國志　姓氏

[그림 4]

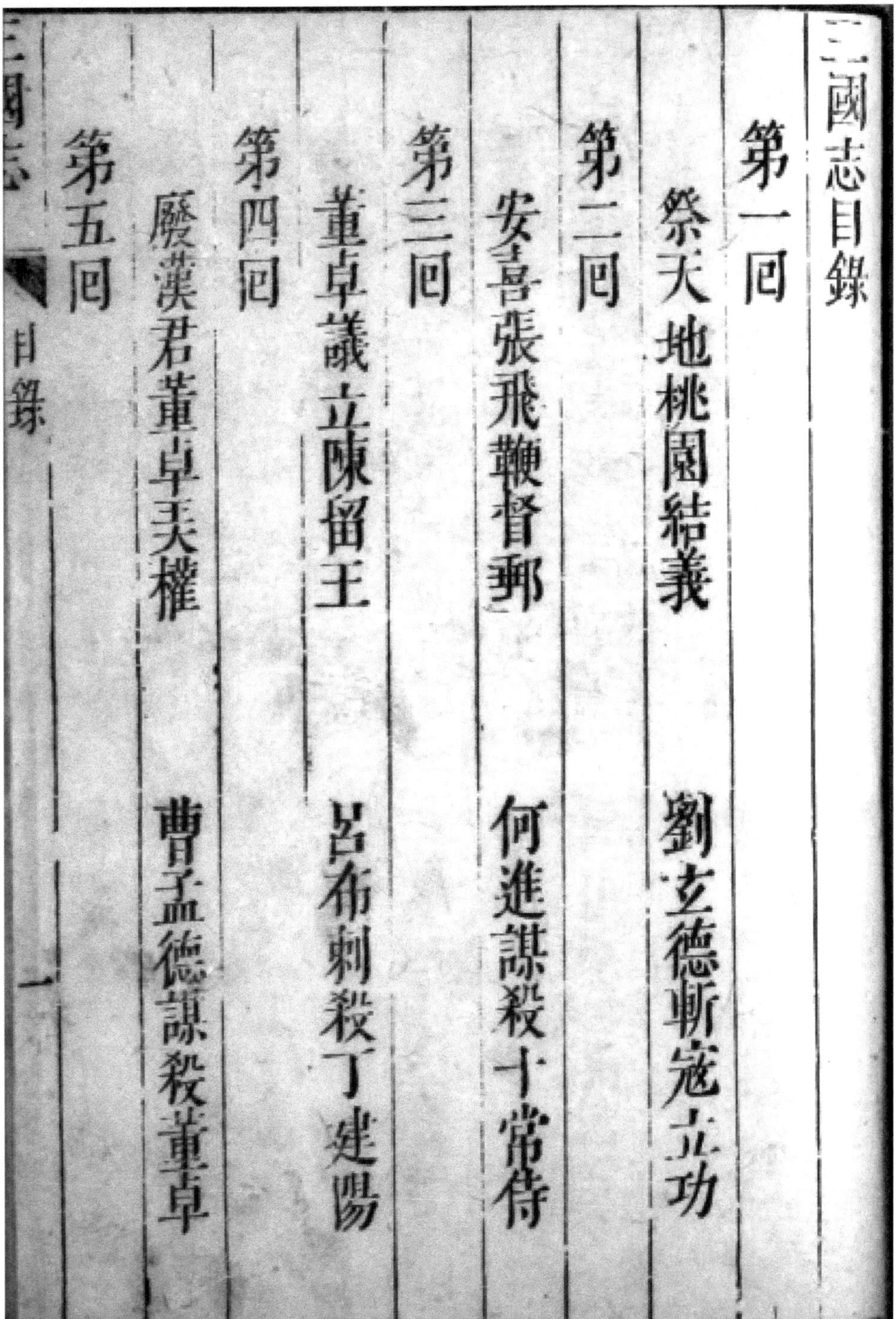

三國志目錄

第一回　祭天地桃園結義　　劉玄德斬寇立功

第二回　安喜張飛鞭督郵　　何進謀殺十常侍

第三回　董卓議立陳留王　　呂布刺殺丁建陽

第四回　廢漢君董卓弄夫權　曹孟德謀殺董卓

第五回

三國志　　　目錄

[그림 5]

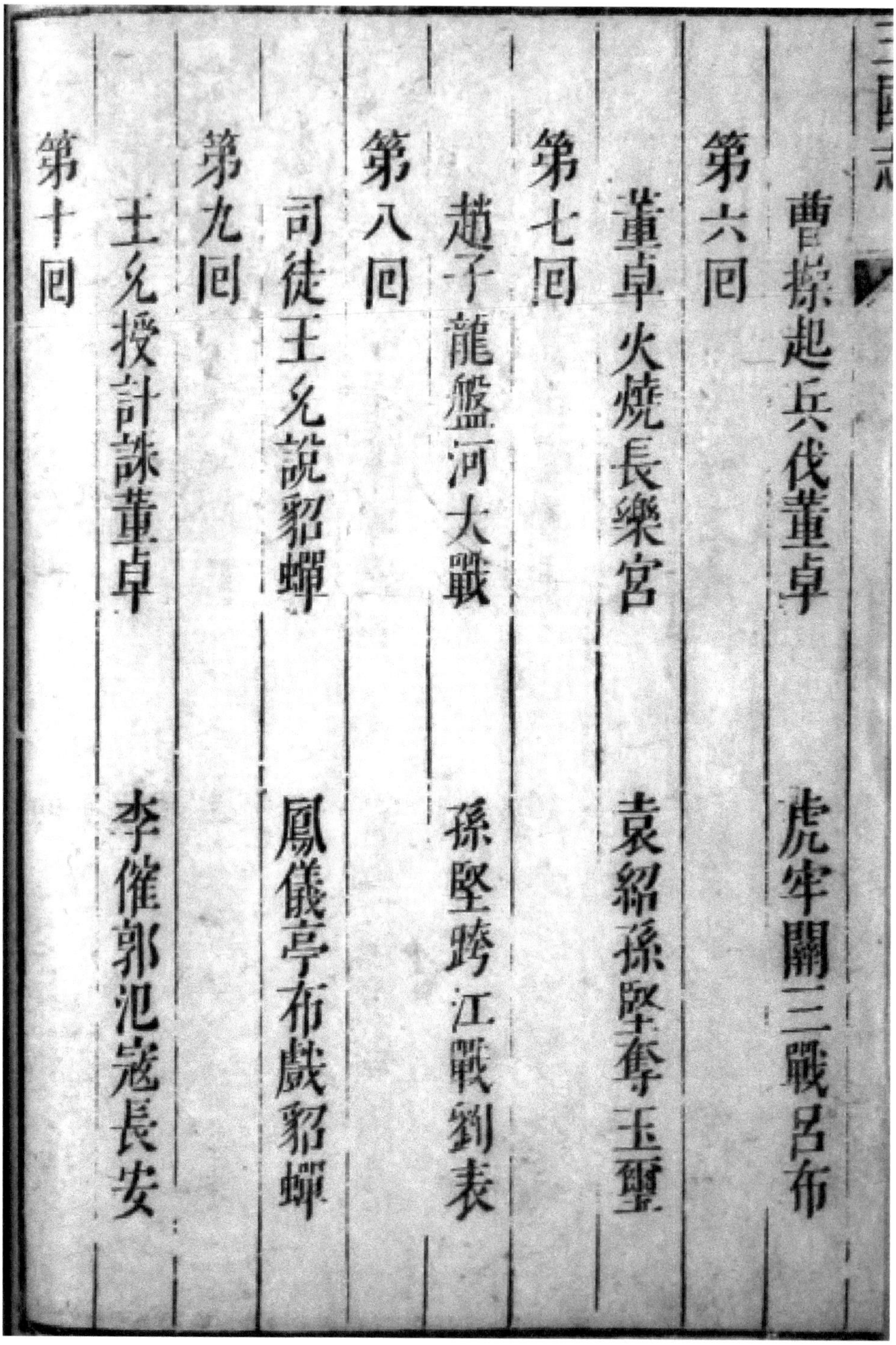

三國志

第六回　曹操起兵伐董卓　　虎牢關三戰呂布

第七回　董卓火燒長樂宮　　袁紹孫堅奪玉璽

第八回　趙子龍盤河大戰　　孫堅跨江戰劉表

第九回　司徒王允說貂蟬　　鳳儀亭布戲貂蟬

第十回　王允授計誅董卓　　李催郭汜寇長安

[그림 6]

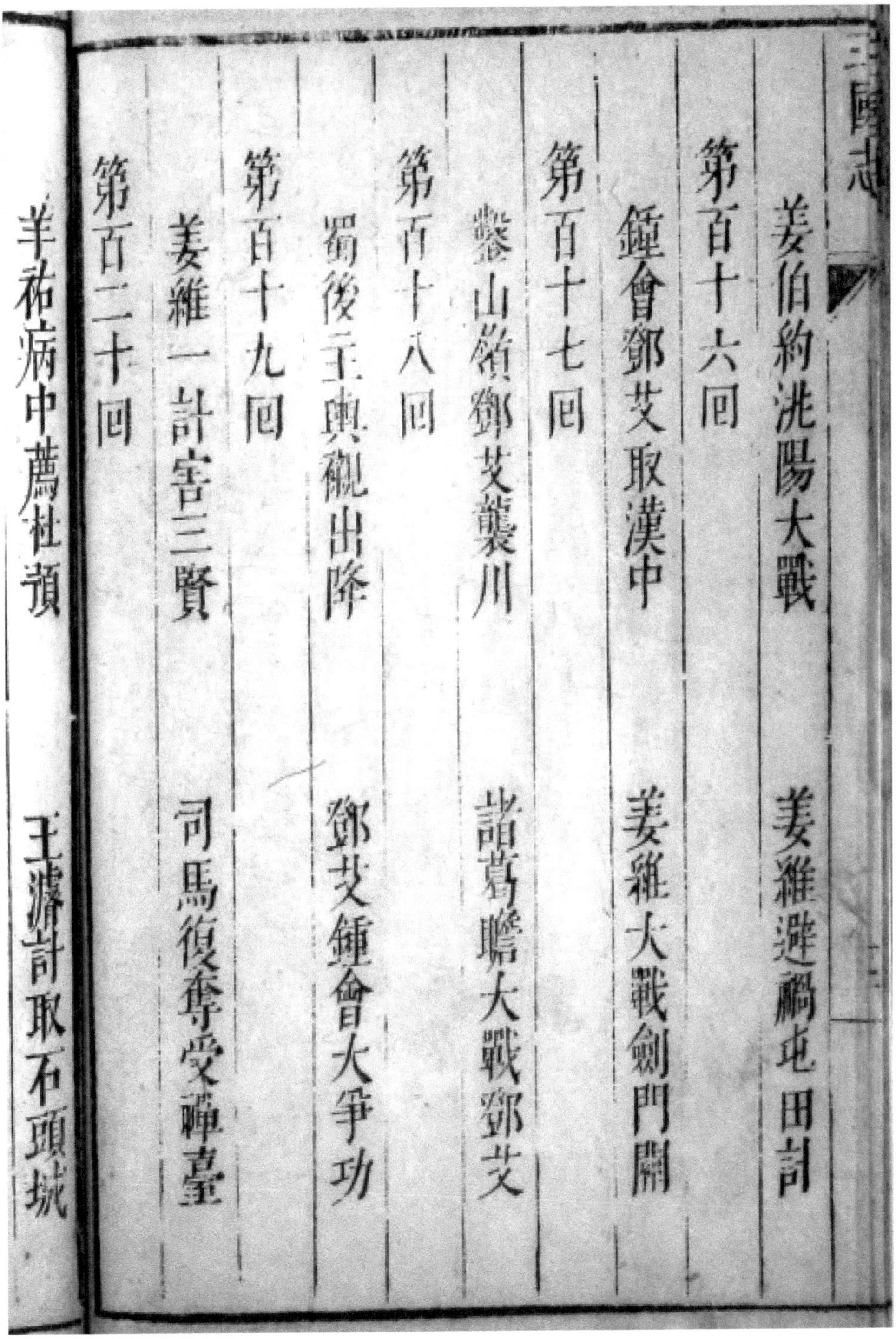

三國志

姜伯約洮陽大戰　姜維避禍屯田計

第百十六回

鍾會鄧艾取漢中　姜維大戰劍門關

第百十七回

鑿山嶺鄧艾襲川　諸葛瞻大戰鄧艾

第百十八回

蜀後主輿櫬出降　鄧艾鍾會大爭功

第百十九回

姜維一計害三賢　司馬復奪受禪臺

第百二十回

羊祜病中薦杜預　王濬計取石頭城

[그림 7]

[그림 8]

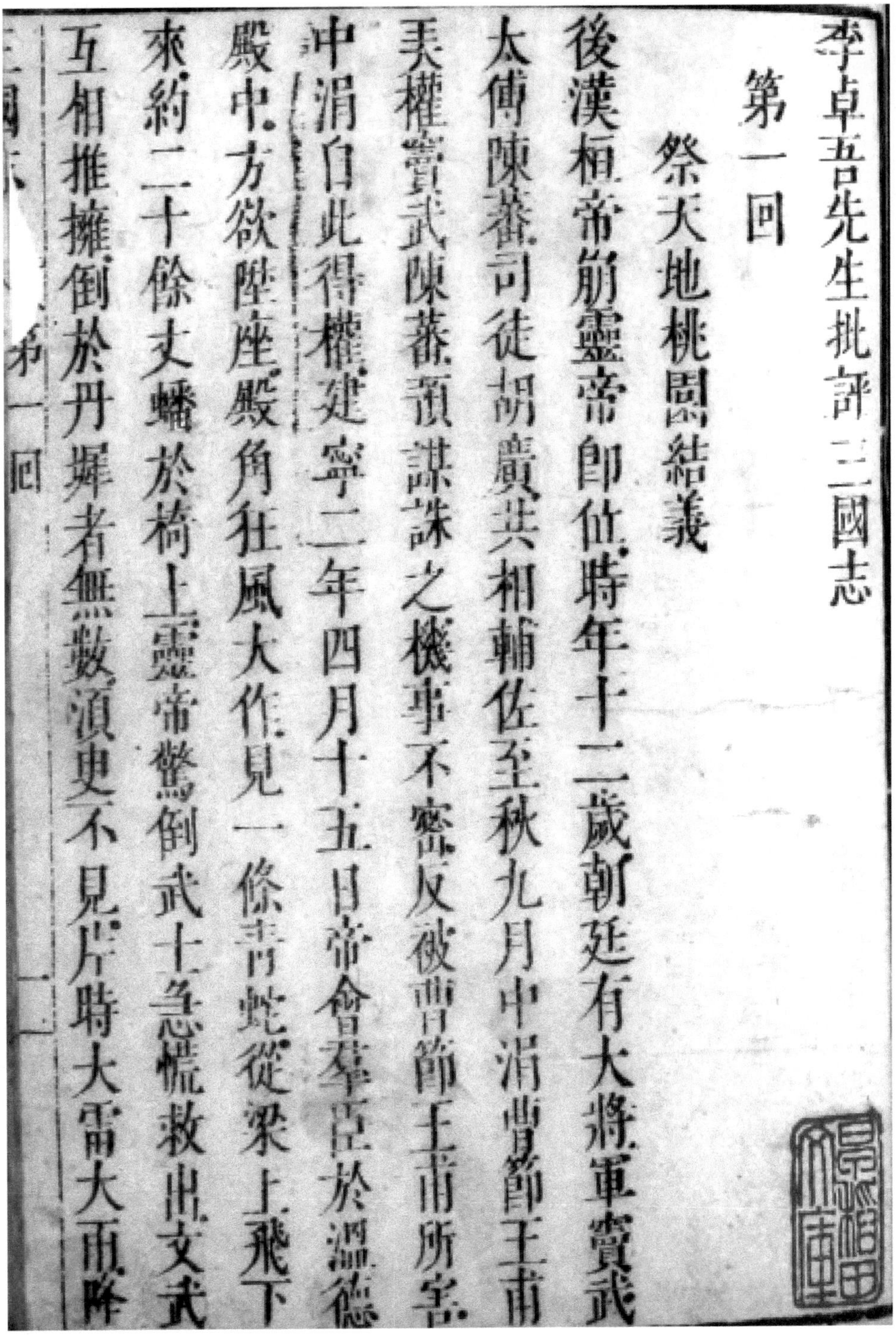

李卓吾先生批評三國志

第一回

祭天地桃園結義

後漢桓帝崩靈帝卽位時年十二歲朝廷有大將軍竇武太傅陳蕃司徒胡廣共相輔佐至秋九月中涓曹節王甫弄權竇武陳蕃預謀誅之機事不密反被曹節王甫所害中涓自此得權建寧二年四月十五日帝會群臣於溫德殿中方欲陞座殿角狂風大作見一條青蛇從梁上飛下來約二十餘丈蟠於椅上靈帝驚倒武士急慌救出文武互相推擁倒於丹墀者無數須臾不見片時大雷大雨降

三國志 第一回 一

[그림 9]

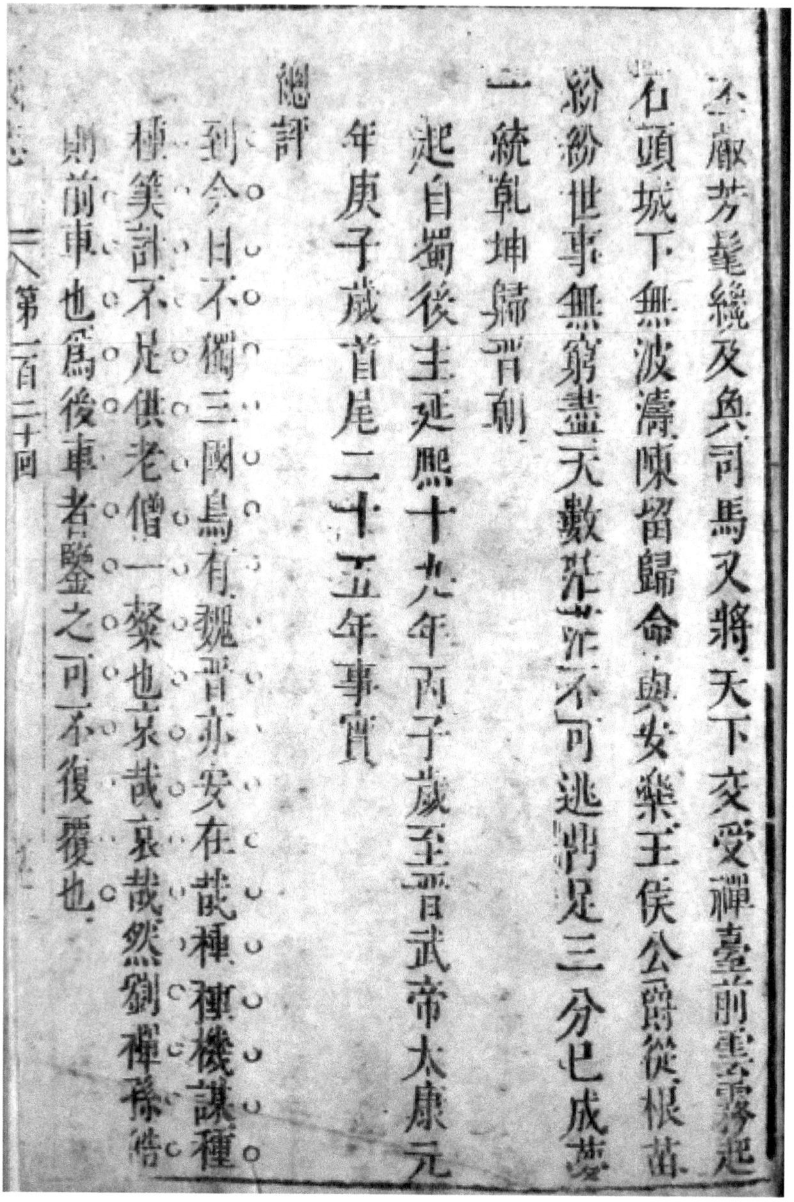

本廠芳髦縱及臭司馬又將天下交受禪臺前雲盖霧起

石頭城下無波濤陳留歸命與安樂王侯公爵從根苗

紛紛世事無窮盡天數茫茫不可逃鼎足三分已成夢

一統乾坤歸晉朝

起自蜀後主延熙十九年丙子歲至晉武帝太康元

年庚子歲首尾二十五年事實

總評〇〇〇

到今日不獨三國為有魏晉亦安在哉種種機謀種

一種笑討不足俱老僧一聚也哀哉然劉禪孫皓

則前車也為後車者鑒之可不復覆也

演義 二八第一百二十回

[그림 10]

書名	出版者·堂號/序文	略稱	卷册·則回/行字	出刊年度	所藏處
李卓吾先生批評 三國志	嘉興九思當藏板	[九思當本]	120回 /10行 22字	明末	日本 九州大附屬圖書館

[그림 1]

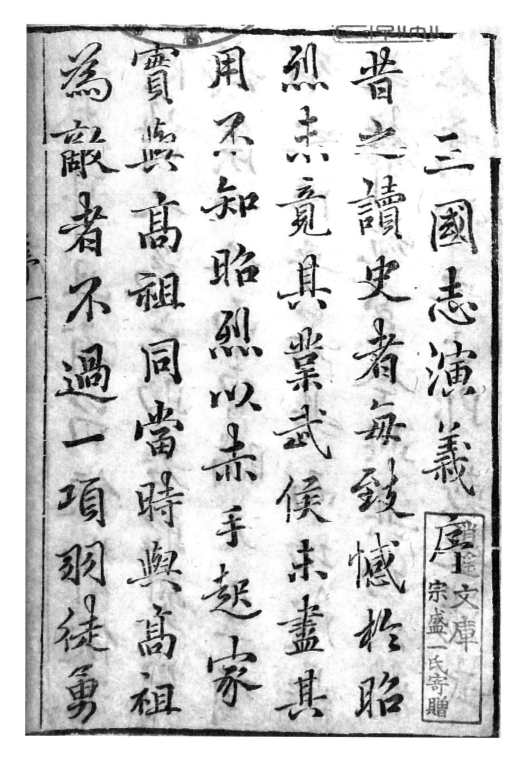

三國志演義

晉之讀史者每致憾於昭
烈未竟其業武侯未盡其
用不知昭烈以赤手起家
實與高祖同當時與高祖
為敵者不過一項羽徒勇

賜　文庫
宗盛一氏寄贈

[그림 2]

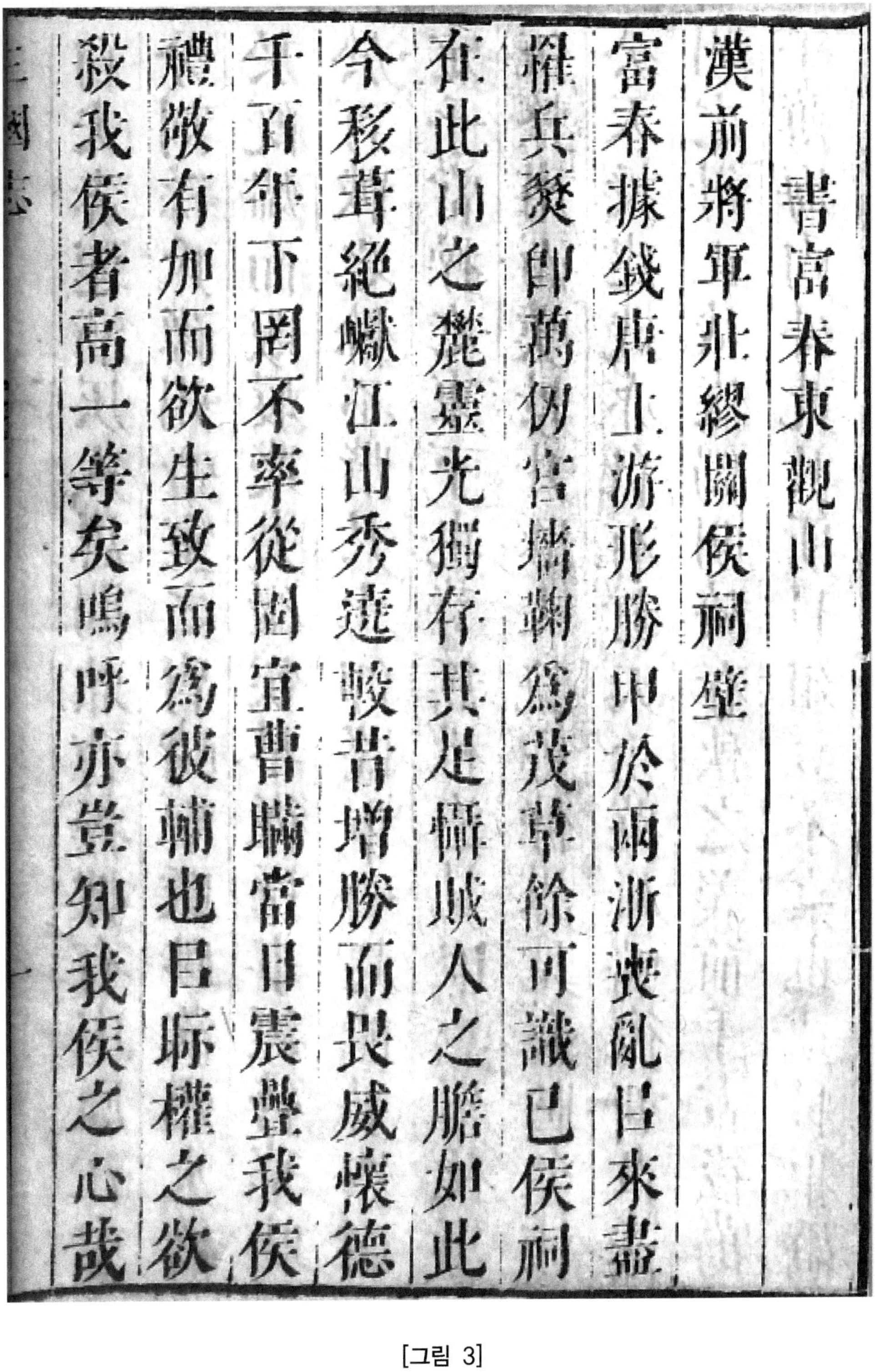

書富春東觀山

漢前將軍壯繆關侯祠壁

富春據錢唐上游形勝甲於兩浙喪亂已來盡

雜兵燹創剏餘官墻鞠為茂草餘可識巳侯祠

在此山之麓靈光獨存其是慚城人之膽如此

今移葺絕巘江山秀遠駿背增勝而畏威懷德

千百年而下罔不率從固宜曹瞞當日震聾我侯

禮敬有加而欲生致而為彼輔也且眎權之欲

殺我侯者高一等矣鳴呼亦豈知我侯之心哉

三國志

[그림 3]

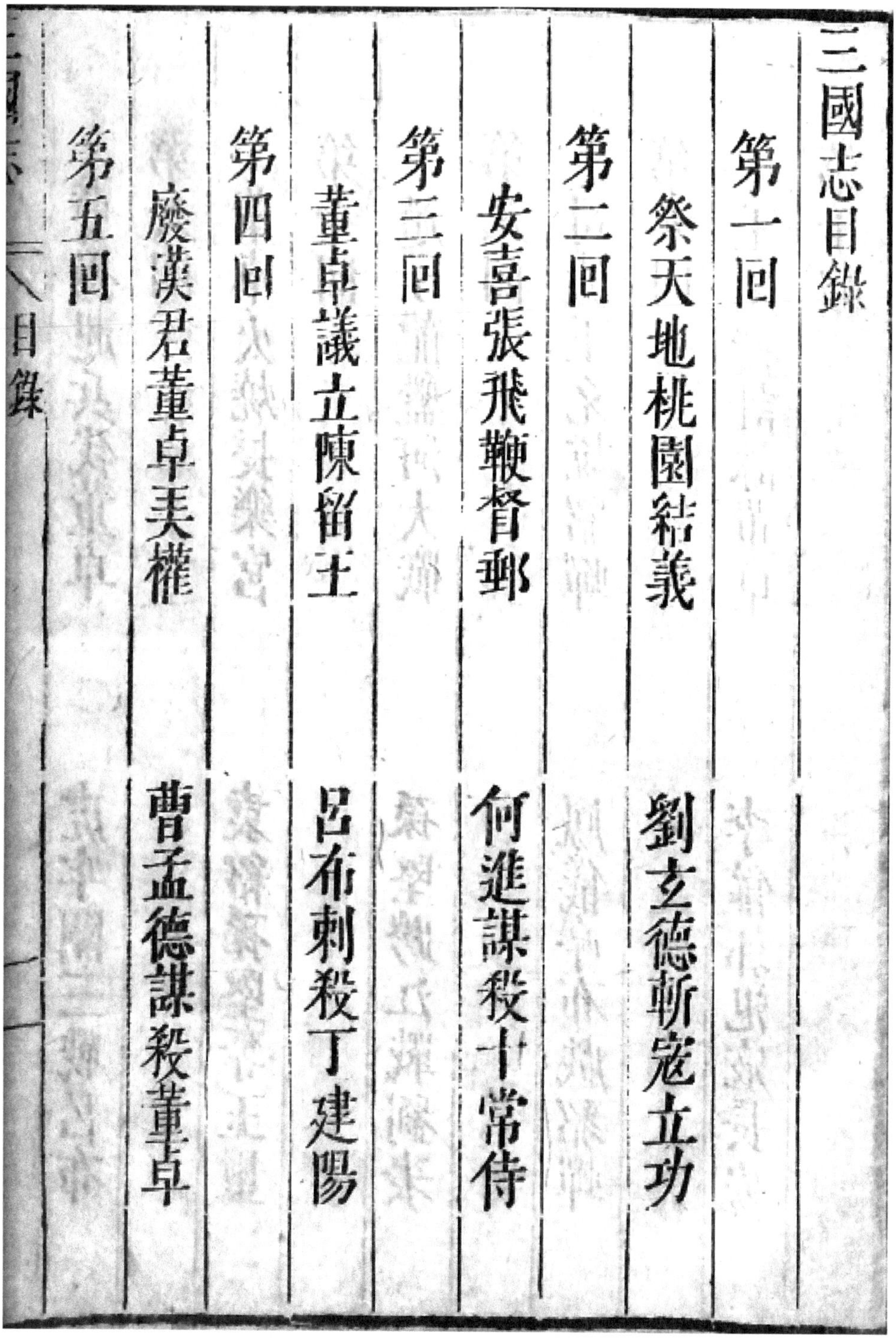

三國志目錄

第一回　祭天地桃園結義　劉玄德斬寇立功

第二回　安喜張飛鞭督郵　何進謀殺十常侍

第三回　董卓議立陳留王　呂布刺殺丁建陽

第四回　廢漢君董卓弄權　曹孟德謀殺董卓

第五回　（目錄）

三國志　（目錄）

[그림 4]

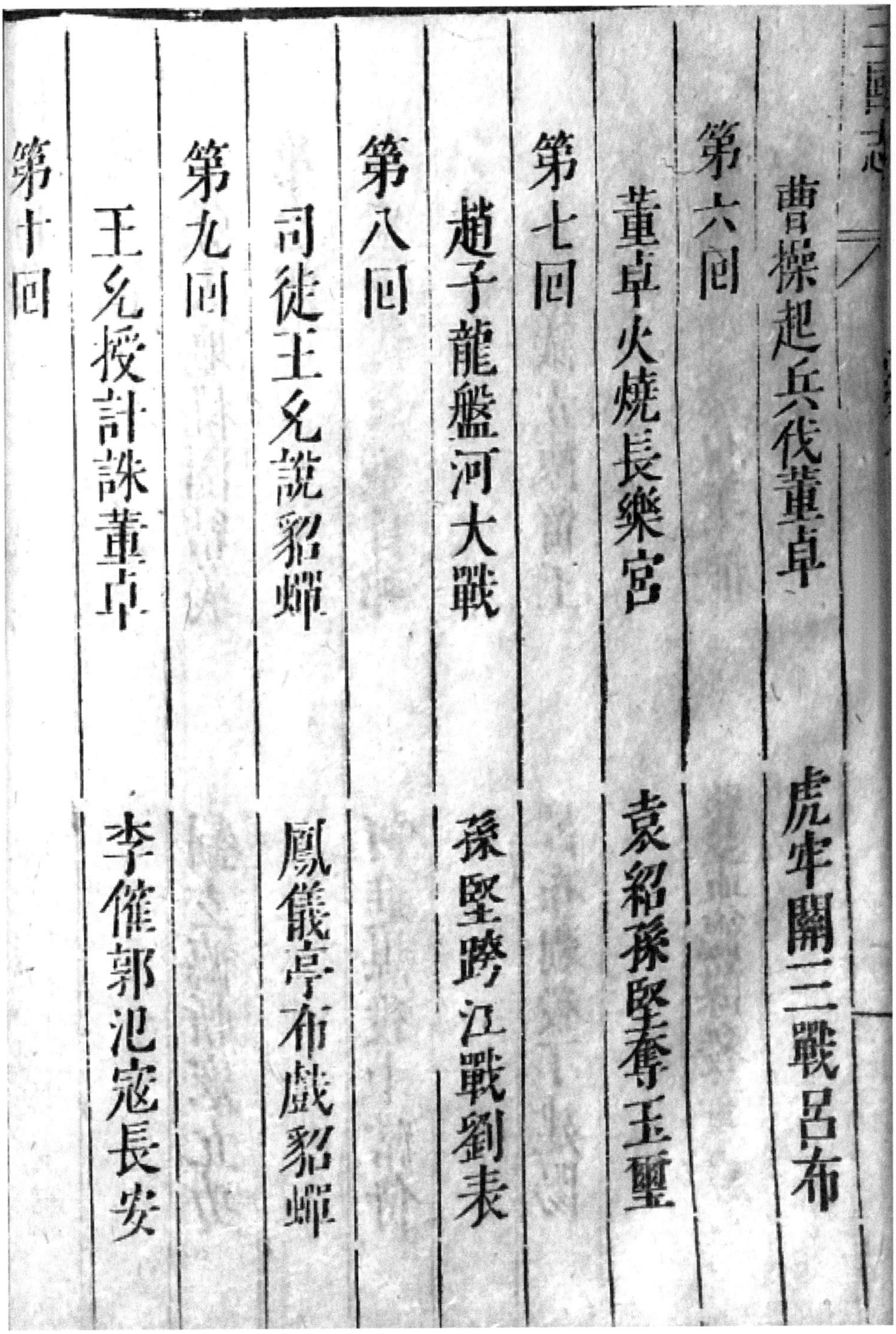

第六囘　曹操起兵伐董卓　虎牢關三戰呂布

第七囘　董卓火燒長樂宮　袁紹孫堅奪玉璽

第八囘　趙子龍盤河大戰　孫堅跨江戰劉表

第九囘　司徒王允説貂蟬　鳳儀亭布戲貂蟬

第十囘　王允授計誅董卓　李傕郭汜寇長安

[그림 5]

[그림 6]

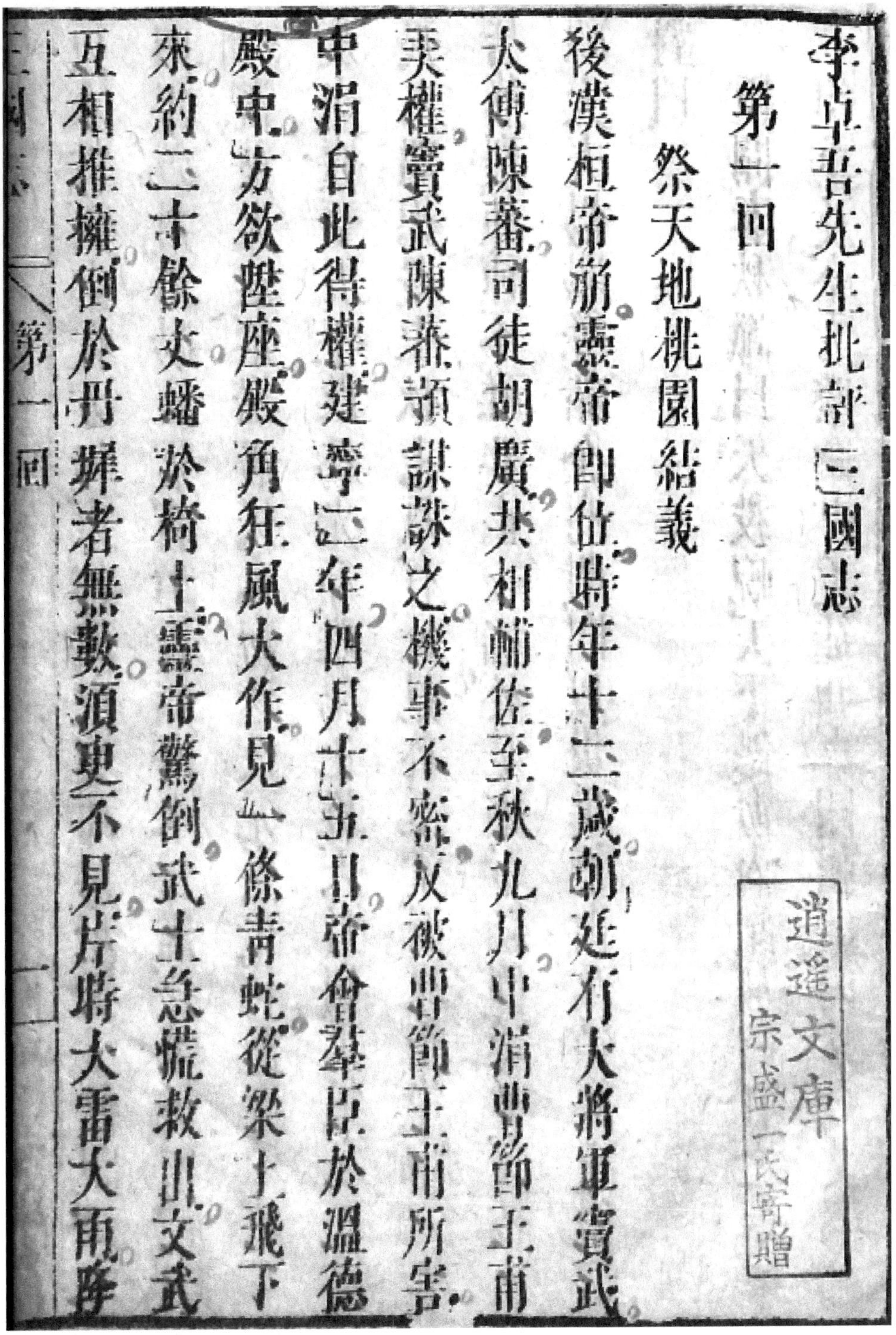
李卓吾先生批評三國志
第一回
祭天地桃園結義
後漢桓帝崩靈帝即位時年十二歲朝廷有大將軍竇武
太傅陳蕃司徒胡廣共相輔佐至秋九月中涓曹節王甫
弄權竇武陳蕃預謀誅之機事不密反被曹節王甫所害
中涓自此得權建寧二年四月十五日帝會羣臣於溫德
殿中方欲陞座殿角狂風大作見一條青蛇從梁上飛下
來約二十餘丈蟠於椅上靈帝驚倒武士急慌救出文武
互相推擁倒於丹墀者無數須臾不見片時大雷大雨降

三國志 第一回 一

逍遙文庫
宗盛一氏寄贈

[그림 7]

三國志

帝司馬昭是爲七廟也大事巳定旨每設朝許議伐吳之
策求知如何且聽下回分解

總評

或言後主喜魏樂不悲蜀樂不思蜀誠如尊命等以
爲庸才余謂此皆種菜失筋之故智也求可知
老瞞奸如鬼蜮濟以曹丕小奸做成受禪之臺彷彿
唐虞故事欲以欺誰天下後世也誰知四十年後乃
爲司馬炎作一榜樣乎山陽陳留毫髮不差謂無天
理否也讀史者至此亦可回頭作奸人炎你想亂臣
逆子有何利益乎哉

[그림 8]

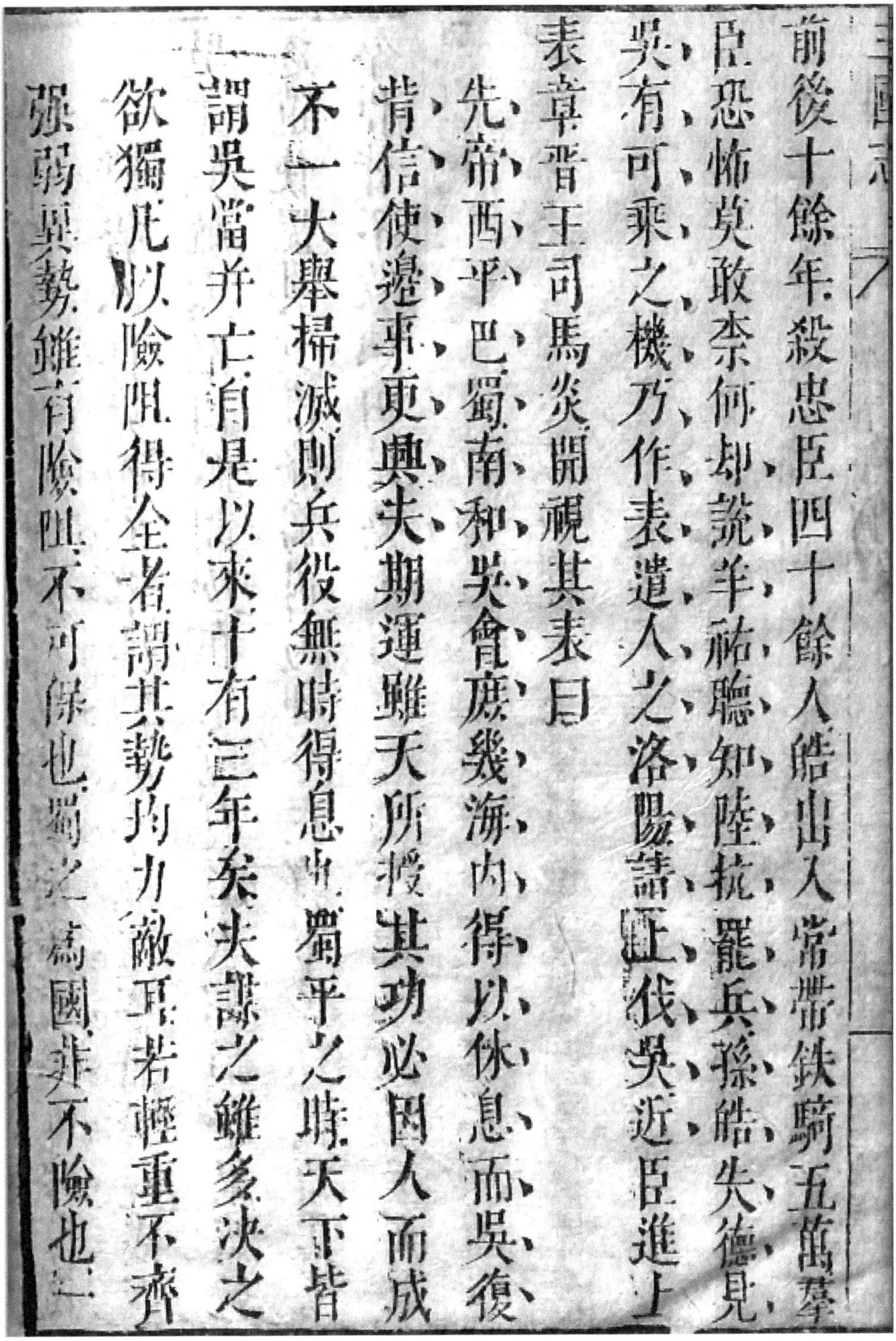

前後十餘年、殺忠臣四十餘人皓出入常帶鐵騎五萬摰
臣恐怖莫敢奈何却說羊祜聽知陸抗罷兵孫皓失德見
吳有可乘之機乃作表遣人之洛陽請伐吳近臣進上
表章晉王司馬炎開視其表曰
先帝西平巴蜀南和吳會庶幾海內得以休息而吳復
背信使邊事更與夫期運雖天所授其功必因人而成
不一大舉掃滅則兵役無時得息也蜀平之時天下皆
謂吳當并亡自是以來十有三年矣夫謀之雖多決之
欲獨尤於險阻得全者謂其勢均力敵耳若輕重不齊
強弱異勢雖有險阻不可保也蜀之為國非不險也

[그림 9]

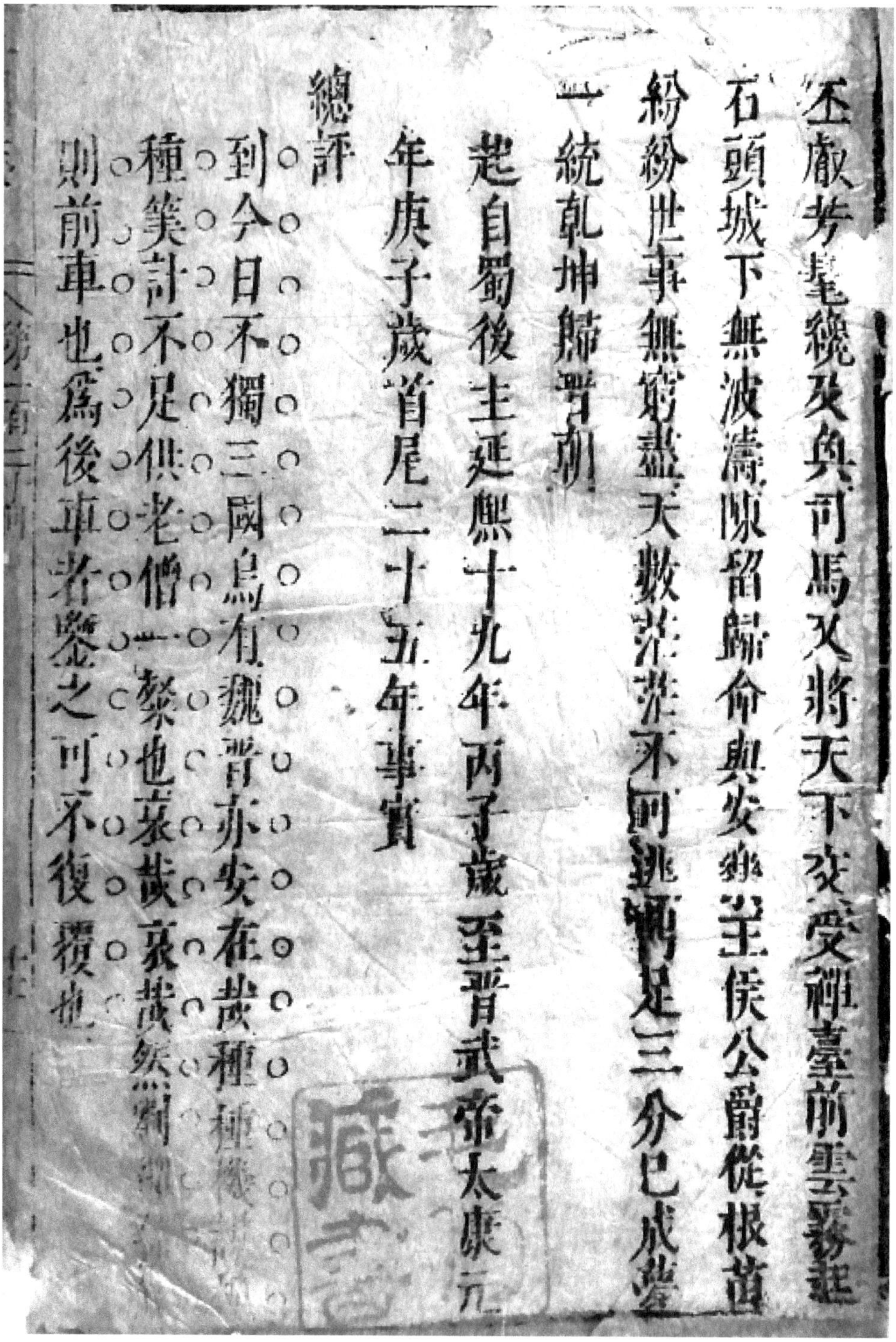

歪廠芳毫纔及奧司馬又將天下交受禪臺前云云勢詎

石頭城下無波濤陳留歸命與安樂壬侯公爵從根苗

紛紛世事無窮盡天數茫茫不可逃鼎足三分巳成夢

一統乾坤歸晉朝

起自蜀後主延熙十九年丙子歲至晉武帝太康元

年庚子歲首尾二十五年事實

總評

○到今日不獨三國烏有魏晉亦安在哉種種種

○種笑討不足供老僧一粲也豪哉豪哉然劉禪

則前車也爲後車者鑒之可不復覆哉

[그림 10]

(2) 鍾伯敬批評本

書名	出版者·堂號/序文	略稱	卷册·則回/行字	出刊年度	所藏處
鍾伯敬先生批評三國志	鍾伯敬先生批評	[鍾伯敬本]	20卷·120回/12行 26字	明末	日本 東京大

[그림 1]

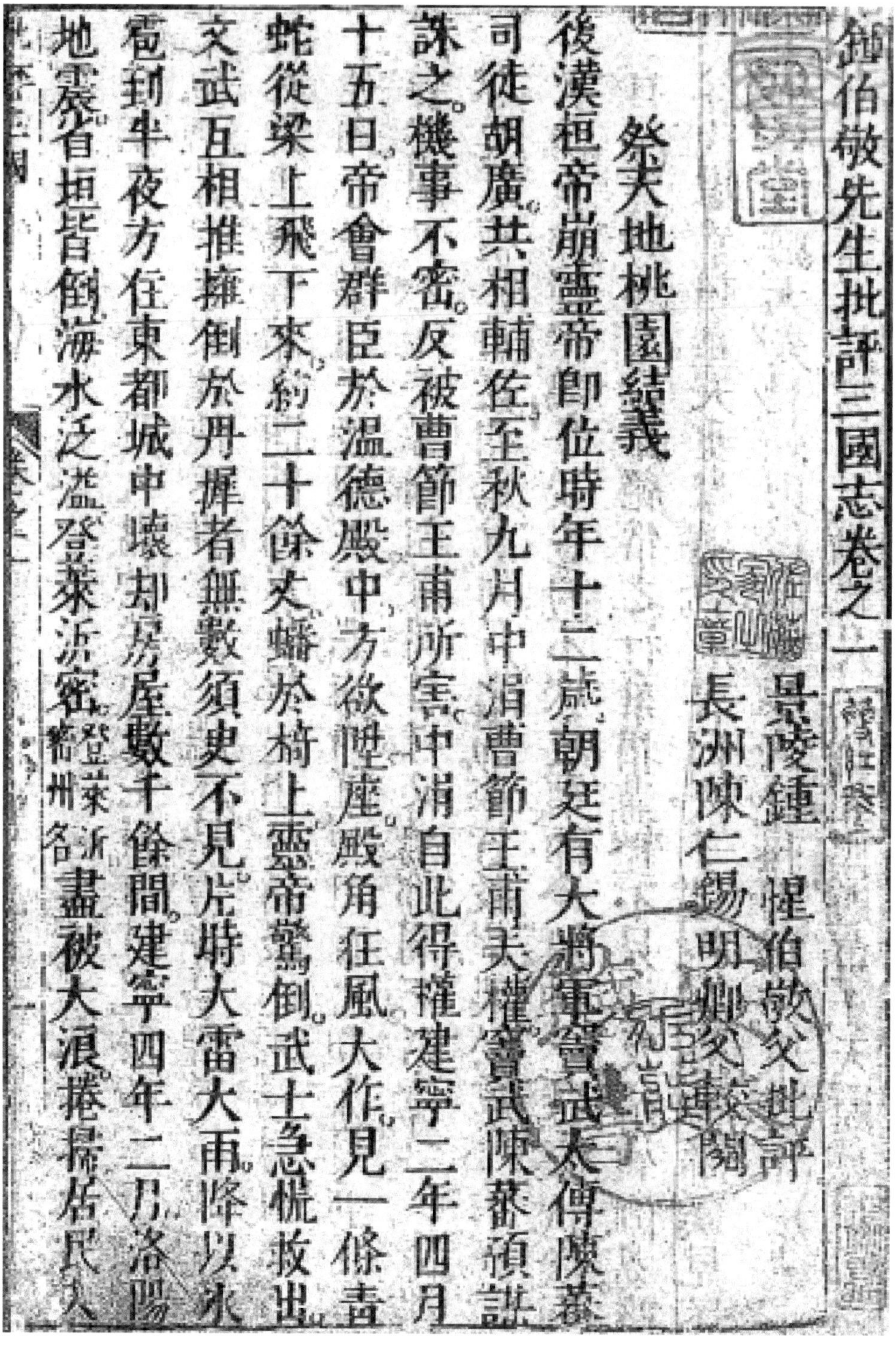

鍾伯敬先生批評三國志卷之一

景陵鍾　惺伯敬父批評
長洲陳仁錫明卿父較閱

祭天地桃園結義

後漢桓帝崩靈帝即位時年十二歲，朝廷有大將軍竇武，太傅陳蕃，
司徒胡廣共相輔佐。至秋九月中涓曹節王甫夫權竇武陳蕃預謀
誅之。機事不密。反被曹節王甫所害。中涓自此得權建寧二年四月
十五日帝會群臣於溫德殿中方欲陞座殿角狂風大作見一條青
蛇從梁上飛下來，約二十餘丈，蟠於椅上靈帝驚倒。武士急慌救出
文武互相推擁倒於丹墀揮者無數須臾不見片時大雷大雨降以冰
雹到半夜方住東都城中壞却房屋數千餘間建寧四年二月洛陽
地震省垣皆倒海水泛溢登萊沂密青州各盡被大浪捲掃居民入

[그림 2]

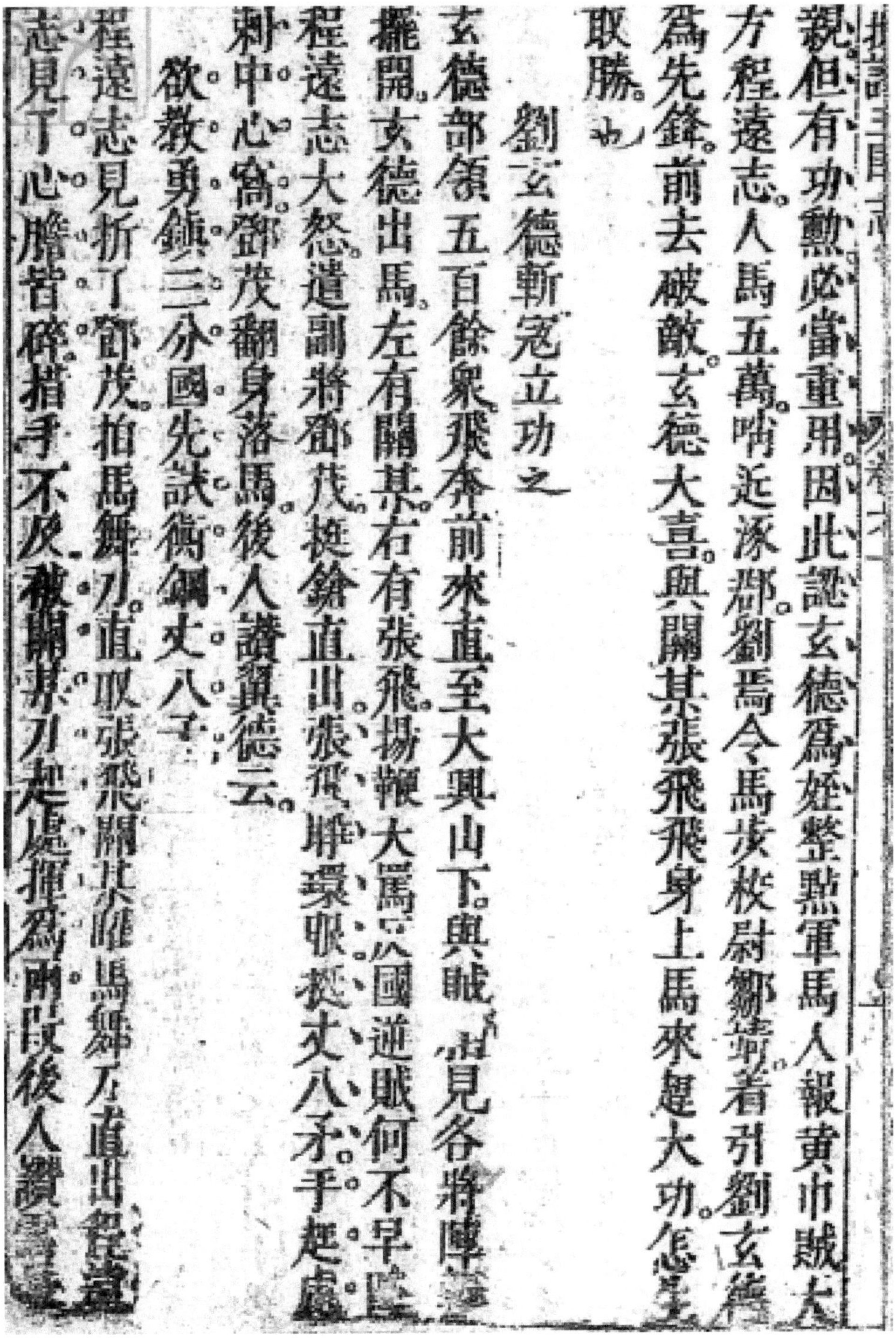

親但有功勳必當重用因此認玄德為姪整點軍馬人報黃巾賊大

方程遠志人馬五萬响近涿郡劉焉令馬茂校尉鄒靖着引劉玄德
為先鋒前去破敵玄德大喜與關其張飛飛身上馬來趙大功怎生
取勝也

劉玄德斬寇立功之

玄德部領五百餘象飛奔前來直至大興山下與賊覺各將博遠
罷開玄德出馬左有關其右有張飛揚鞭大罵以國逆賊何不早降
程遠志大怒遣副將鄧茂挺鎗直出張飛睜環眼挺丈八矛手起處
斬中心窩鄧茂翻身落馬後人讚翼德云

欲教勇鎮三分國先試衡鋼丈八矛

程遠志見折了鄧茂拍馬舞刀直取張飛關其舉馬舞刀直出程遠
志見丁心膽皆碎措手不及被關某刀起處揮為兩段後人讚雲長

[그림 3]

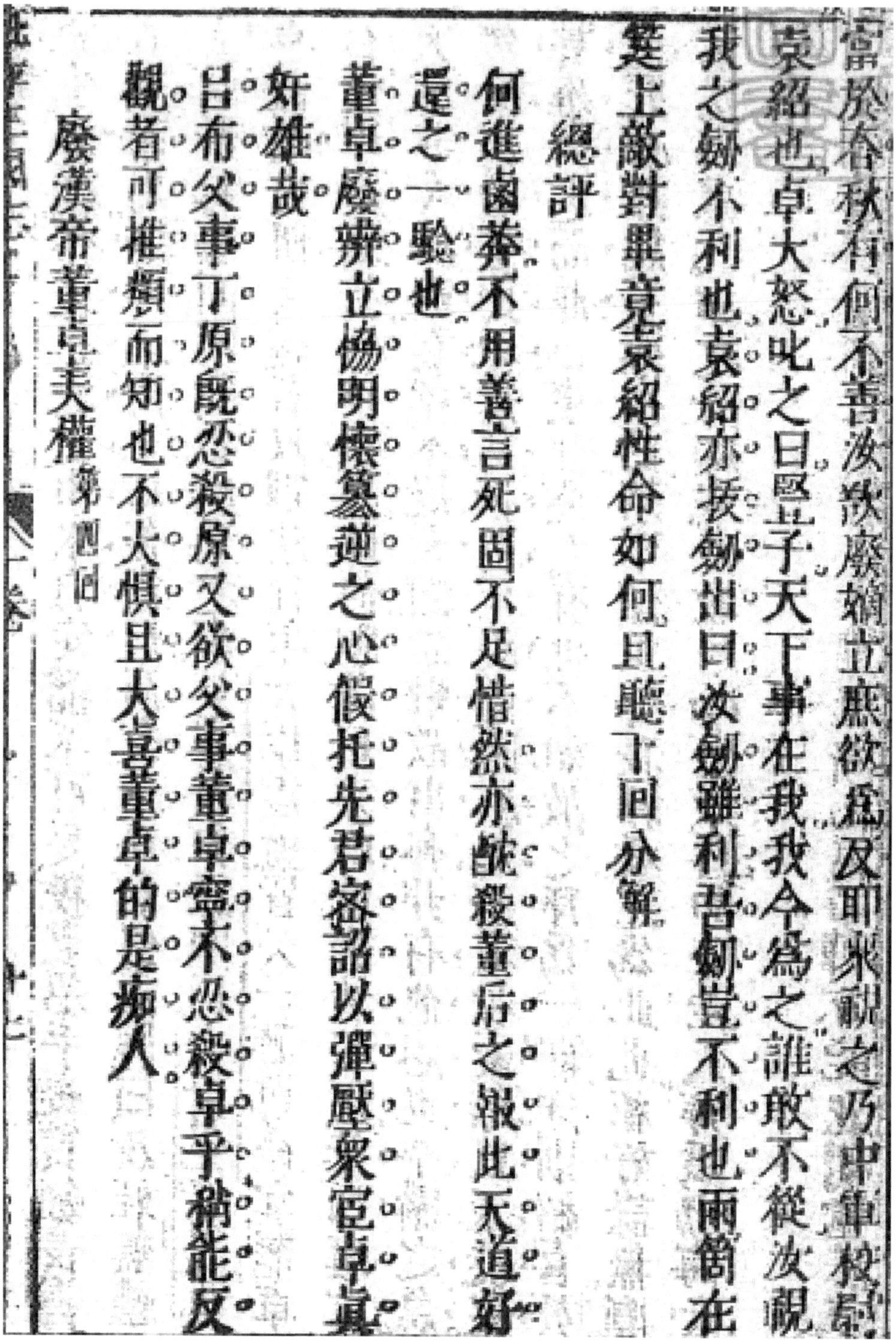

當於春秋有。何不善汝欲廢嫡立庶欲為及耶乘融之乃中軍校尉
袁紹也。卓大怒叱之曰區區一子天下事在我我今為之誰敢不從汝視
我之劍不利也。袁紹亦按劍出曰汝劍雖利吾劍豈不利也兩箇在
篾上歃對畢竟袁紹性命如何且聽下回分解

總評

何進鹵莽不用善言死固不足惜然亦就殺董后之報此天道好
還之一驗也。

董卓廢辨立恊明懷篡逆之心假托先君容詞以彈壓眾官卓真
姦雄哉

呂布父事丁原既恋殺原又欲父事董卓寧不恋殺卓乎豈能反
覩者可權類而知也不大懼且大喜董卓的是痴人。

廢漢帝董卓弄夷權　第四回

[그림 4]

鍾伯敬先生批評三國志卷之二一

趙子龍磐盤河大戰　第七回

孫堅當晚被劉表圍住得程普黃蓋韓當三將左衝右突死戰得脫

折兵大半孫堅連夜引兵回江東劉表回荊州以書報紹自此孫堅

與劉表結寃却說袁紹兵屯河內缺少糧草冀州牧韓馥遣人送糧

以資軍用有客逢紀說紹曰大丈夫縱橫天下何待入送糧為食冀

州乃發糧廣盛之地將軍何不取之紹曰未有良策逢紀曰可暗使

人持書與公孫瓚令瓚進兵取冀州虛言挾攻瓚必興兵韓復無謀

之輩必請將軍領州事就中取事垂手而得紹大喜即發書到瓚處

瓚開讀意云共取冀州平分瓚喜即日興兵紹却使人密報韓馥馥

慌聚荀諶郭圖二謀士商議諶曰公孫瓚將燕代之衆長驅而來其

鋒不可當兼有劉備圍助之冀州指日休矣今袁本初智勇過人

批評三國志卷

[그림 5]

餘吳兵用鎗亂刺不能得進趙雲棄鎗在小船上掣所佩青釭劍在

手。分開鎗搠望吳船踴身一蹤早登大船吳兵盡皆驚倒後人有詩

曰。

昔年救主在當陽今日飛身向大江船上吳兵皆膽落趙雲英勇

世無雙

可愛常山趙子龍當陽救主顯英雄昔時懍懍內藏真命今日江心

立大功。孫氏威權渾姓滅張昭謀畧已成空兩番遇險依洪福四

十餘年旺蜀中。

趙雲上船吳兵盡退於後稍遲雲入倉中見夫人抱阿斗於懷中夫

人唱趙雲何故無禮雲插劍聲喏曰主母何故不令軍師知而便行

人曰。趙雲何故無禮雲挿劍聲喏曰。主母何故不令軍師知而便行

人曰。我母親病在危篤無暇報知。雲曰。主母捍病何故帶小主人。

夫人曰。阿斗是吾子。罪在荊州無人看觀雲曰。主母差矣主人

夫。夫人曰

[그림 6]

焉知天何事絕炎漢行夜聯聯見星兩可帝三家後志不逾噴嘖怒

氣空填膺。

宋陳蘭石先生歎孔明詩曰

亘古英雄世莫儔臣君功業並伊周出師未遠進梁木欲覺天心巳厭劉。

宋楚菊山先生贊孔明詩曰

七星壇上東風急五丈原頭秋月明先生不是無才調天意俄殊欲變更。

宋泰政棄士能贊孔明詩曰

退莫追兮進莫攻來如風雨去無蹤神攜妙算誰能測果是人間一臥龍。

胡會先生有詩曰

[그림 7]

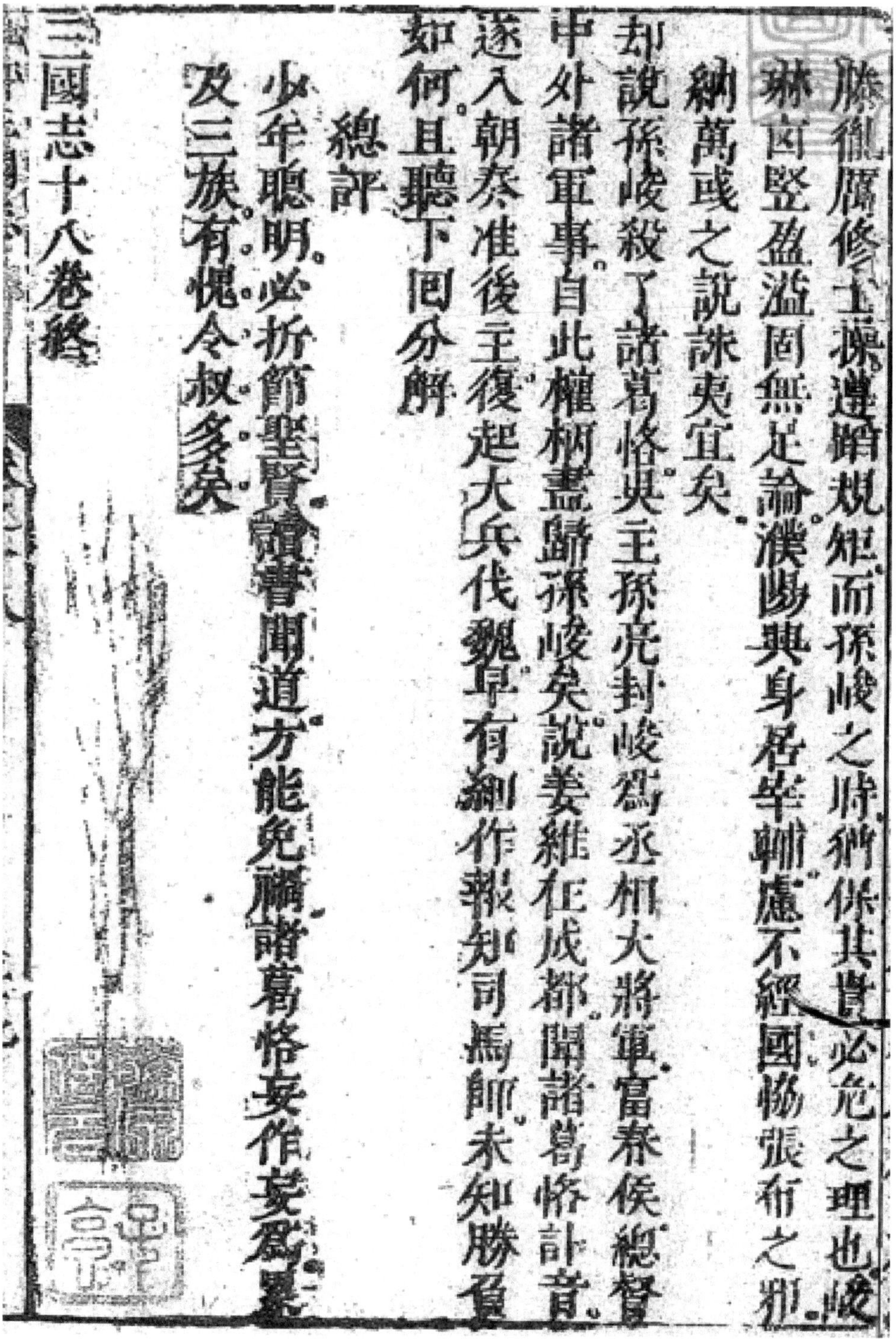

滕亂隳脩士操邊腦規矩而孫峻之時猶係其賢必危之理也峻

琳而竪盈溢固無足論濮陽興身居宰輔應不經國輒張布之邪

綱萬彧之說誅夷宜矣

却說孫峻殺了諸葛恪與主孫亮封峻為丞相大將軍富春侯總督

中外諸軍事自此權柄盡歸孫峻矣說姜維在成都聞諸葛恪計音

遂入朝奏准後主復起大兵伐魏早有細作報知司馬師未知勝負

如何且聽下回分解

　總評

少年聰明必折簡聖賢讀書聞道方能免禍諸葛恪妄作妄為竟

及三族有愧令叔多矣

三國志十八卷終

[그림 8]

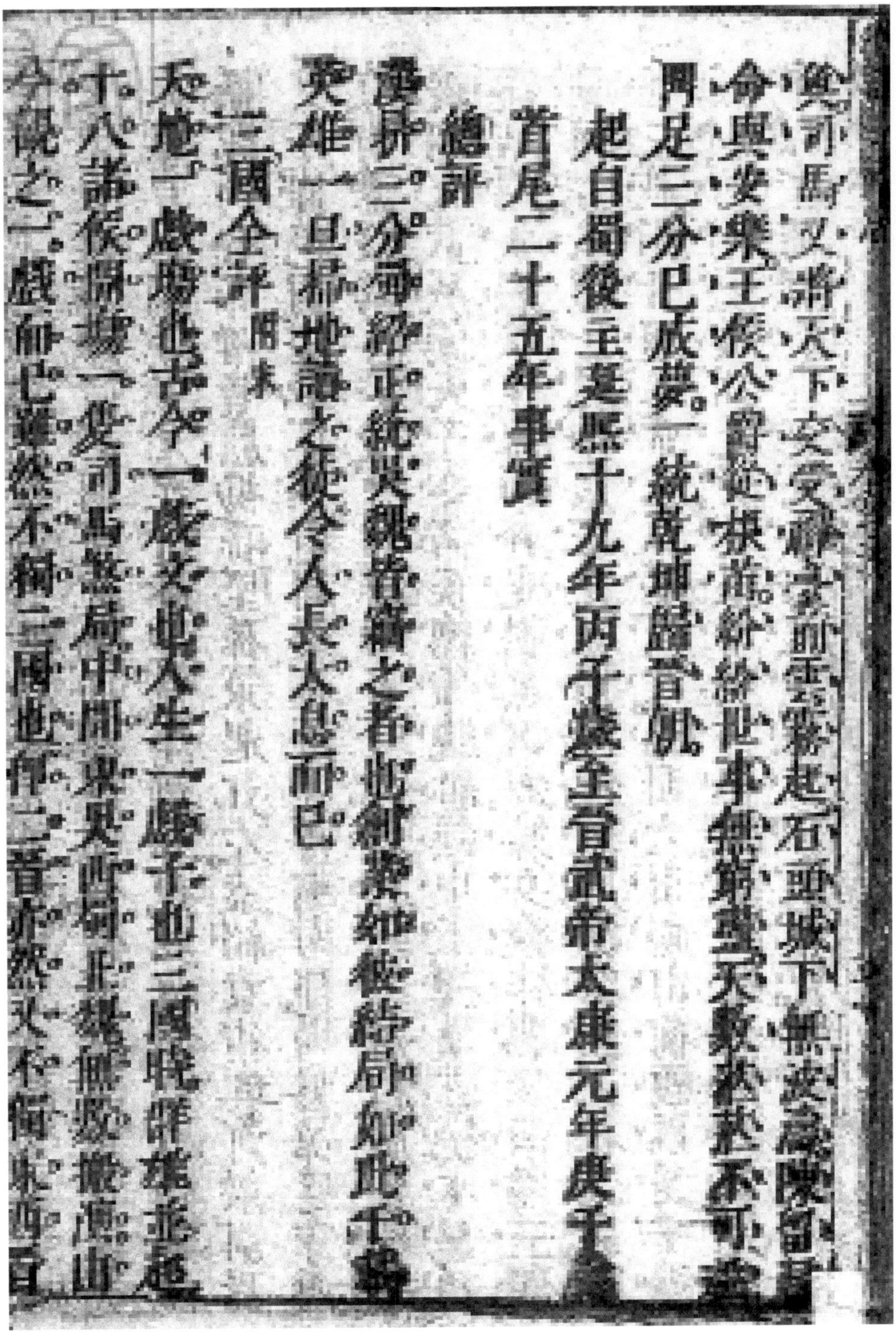

渝司馬氏將天下交受禪玄前鑒霧起石頭城下無交高陳留□

命興安樂王侯公爵處咲苗紗給世事德業靈天數於執不可逃

兩足三分巳辰夢一統乾坤腦眥肌

起自蜀後主延熙十九年兩千襃至晉武帝太康元年庚子

首尾二十五年事實

總評

雲橫三分可紹正統矣魏晉爭衡之者怊創縶如婁待局如此千數

英雄一旦稱地誇之徒令人長太愳而巳

三國全評　用末

天慈二戲勝也方今一廐安吏大生一廐子也三國暁罪雄並起

十八諸侯屏場一隻司馬慈局中間東吳西蜀止魏無啟撤虜山

今戲之二戲而亡蓮松不稠三國也邦二晉亦然火不俱束西百

[그림 9]

[그림 10]

3. 淸版本 三國演義

청대 판본은 약 70여 종이 넘지만, 필자가 수집하여 정리한 목록은 약 10여 종이다. 특히
모종강본 이후에는 가끔씩 淸代의 三余堂에서 明本『新刻按鑒演義京本三國英雄志傳』을
覆刻出刊되기도 하였으나 이러한 경우는 간혹 나타나는 현상이고 대부분은 판권경쟁에서 승
리한 통행본(모종강본)을 그대로 출간하였기 때문에 사실상 청대 중·후기 판본은 서지학적 가
치가 크게 떨어진다. 아래 소개되는 판본은 조선판『四大奇書第一種』이다.

1) 毛宗崗本

書名	出版者·堂號·序文	略稱	卷册·則回/行字	出刊年度	所藏處
毛宗崗評四大奇書第一種	毛宗崗評·三槐堂刊	[毛宗崗本]	60卷 120回/12行 26字	淸初	北京大·日本 東京大·예일대·韓國 규장각 等

[그림 1]

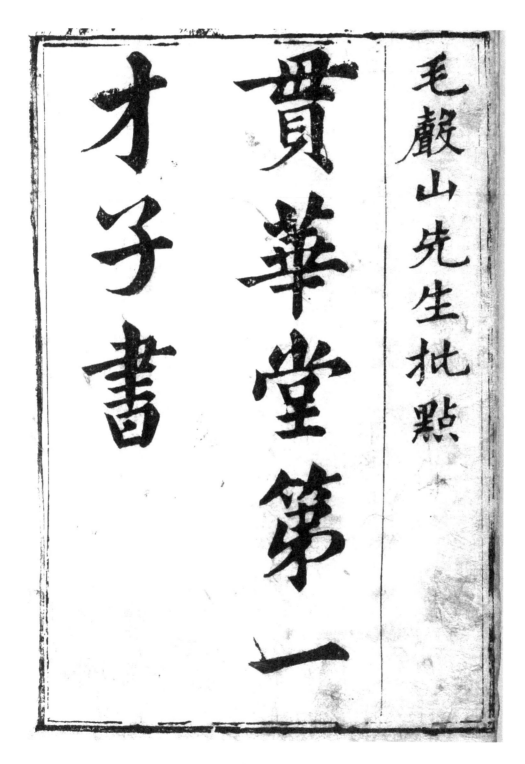

[그림 2]

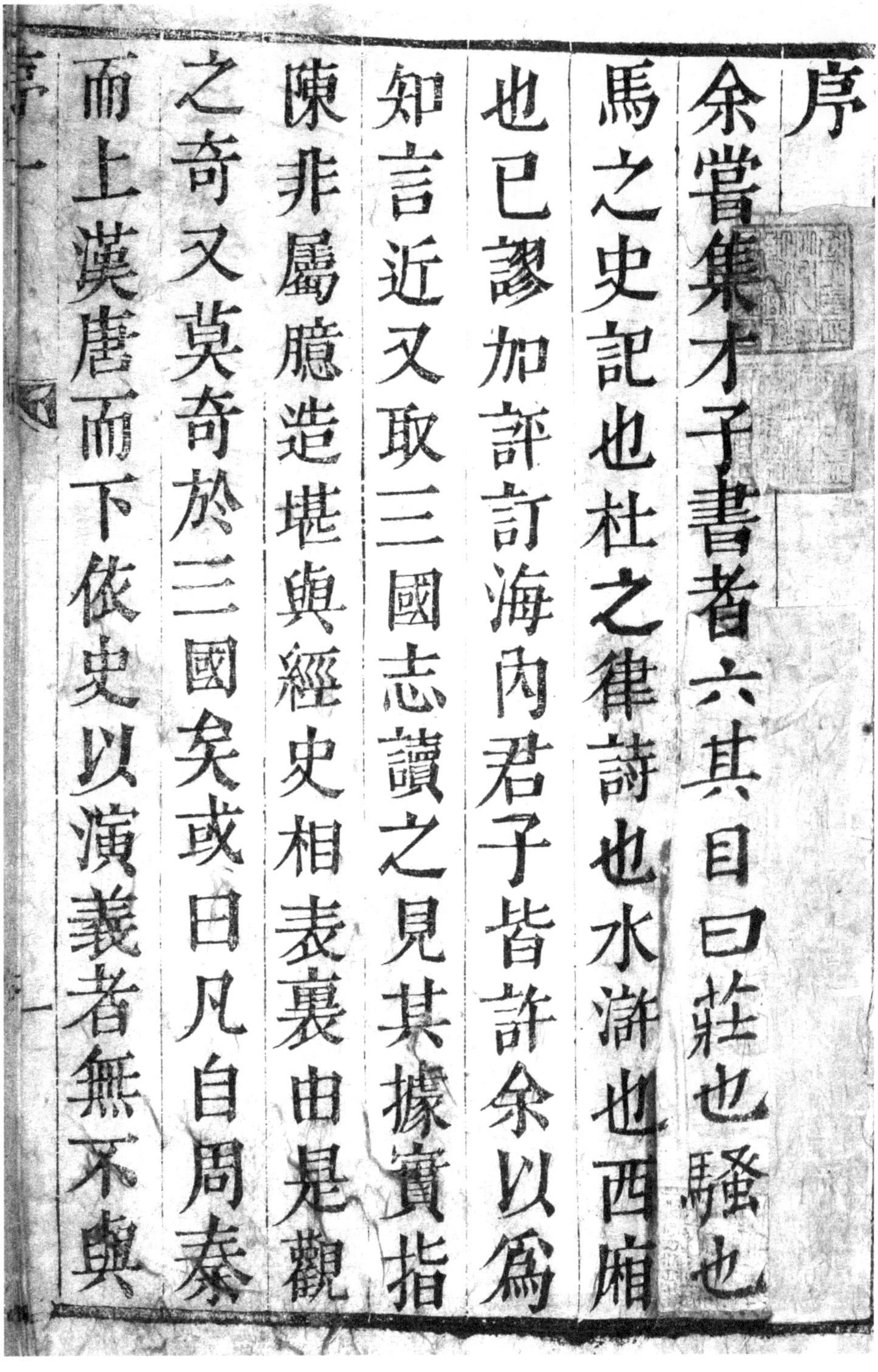

序

余嘗集才子書者六其目曰莊也騷也

馬之史記也杜之律詩也水滸也西廂

也已謬加評訂海內君子皆許余以為

知言近又取三國志讀之見其據實指

陳非屬臆造堪與經史相表裏由是觀

之奇又莫奇於三國矣或曰凡自周秦

而上漢唐而下依史以演義者無不與

[그림 3]

凡例

一俗本之乎者也等字大牛齟齬不通又詞語冗長每多複沓處今
悉依古本改正頗覺直捷痛快

一俗本紀事多訛如昭烈聞雷失筯及馬騰入京遇害關公封漢壽
亭侯之類皆與古本不合又曹后罵曹丕詳于范曄後漢書中而俗
本反誤書其黨惡孫夫人投江而死詳于裴姬傳中而俗本但紀其
歸吳今悉依古本辨定

一事不可闕者如關公秉燭達旦管寧割席分坐曹操分香賣履于
禁陵廟見畫以至武侯夫人之才康成侍見之慧鄧艾鳳兮之對鍾
會不汗之荅杜預左傳之癖俗本皆刪而不錄今悉依古本存之使
讀者得窺全豹

一三國文字之佳其錄于文選中者如孔融薦禰衡表陳琳討曹操

第一十七書　　□□自志凡例

一

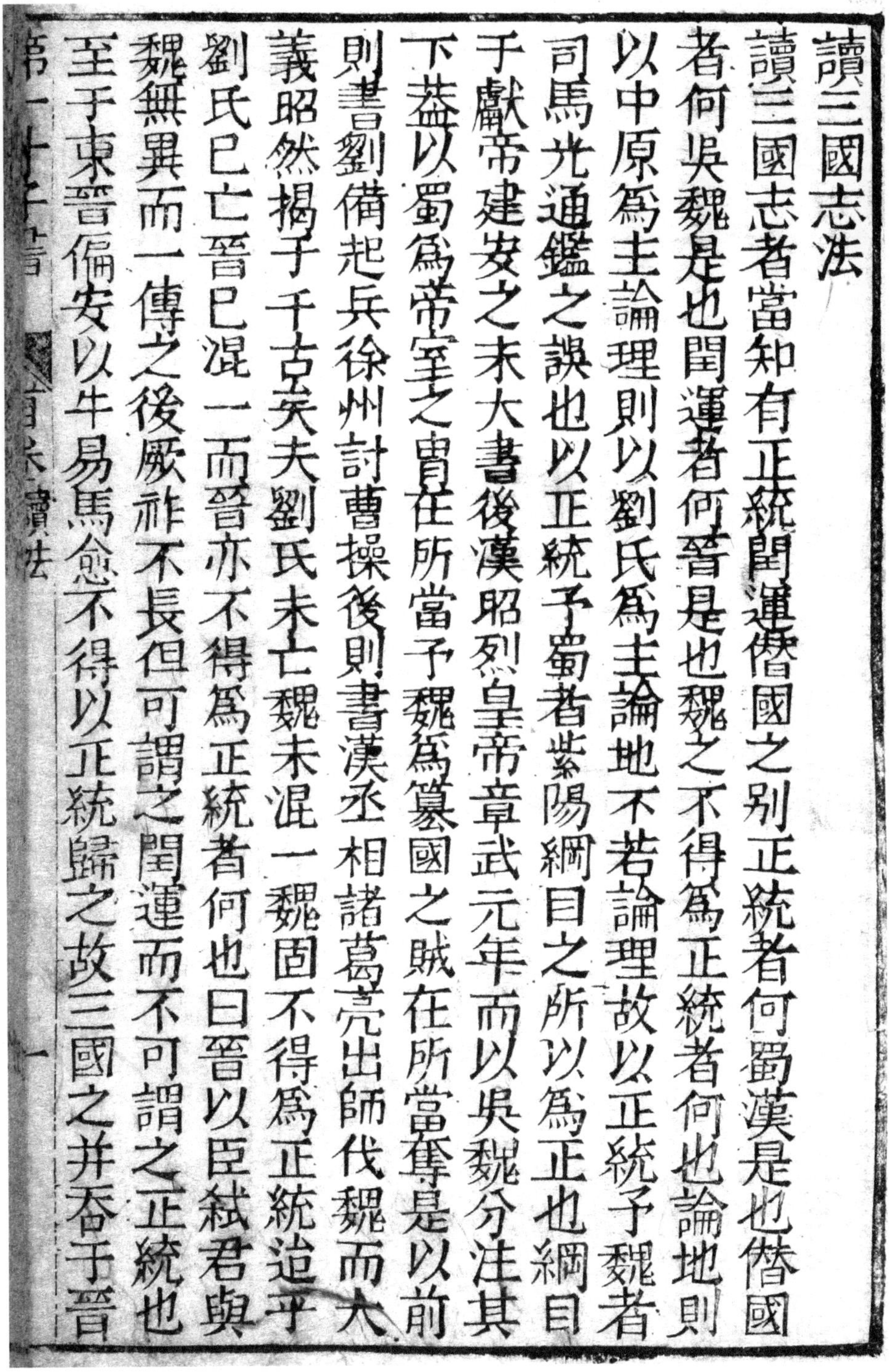

讀三國志法

讀三國志者當知有正統閏運僭國之別正統者何蜀漢是也僭國者何吳魏是也閏運者何晉是也魏之不得爲正統者何也論地則以中原爲主論理則以劉氏爲主論地不若論理故以正統予魏者司馬光通鑑之誤也以正統予蜀者紫陽綱目之所以爲正統也綱目于獻帝建安之末大書後漢昭烈皇帝章武元年而以吳魏分注其下蓋以蜀爲帝室之胄在所當予魏爲篡國之賊在所當奪是以前則書劉備起兵徐州討曹操後則書漢丞相諸葛亮出師伐魏而大義昭然揭于千古矣夫劉氏未亡魏未混一魏固不得爲正統造乎劉氏已亡晉已混一而晉亦不得爲正統者何也曰晉以臣弒君與魏無異而一傳之後厥祚不長但可謂之閏運而不可謂之正統也至于東晉偏安以牛易馬愈不得以正統歸之故三國之并吞于晉

第二十七卷　讀法　一

[그림 5]

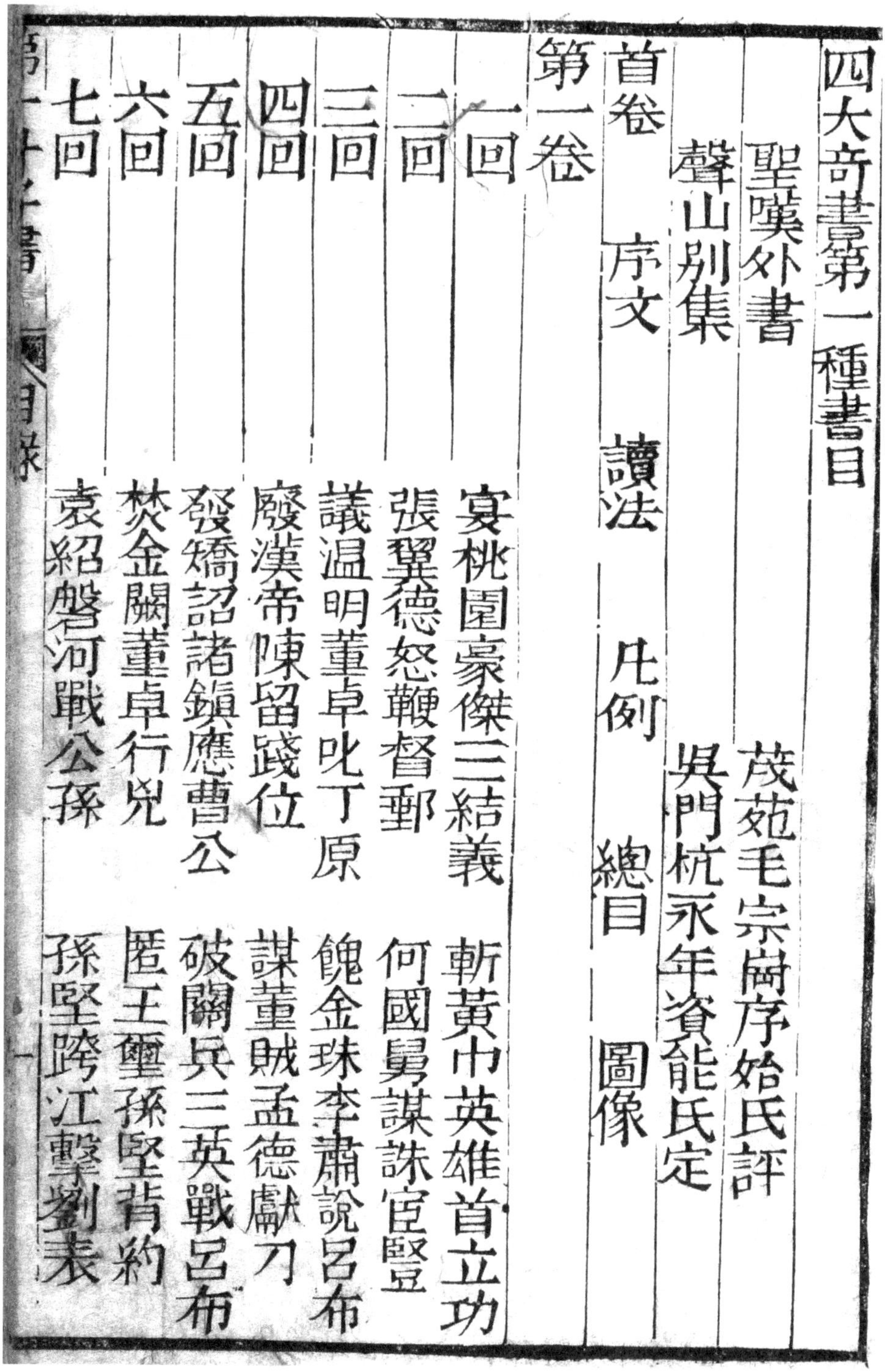
四大奇書第一種書目
聖嘆外書　茂苑毛宗崗序始氏評
聲山別集　吳門杭永年資能氏定
首卷　序文　讀法　凡例　總目　圖像
第一卷
一回　宴桃園豪傑三結義　斬黃巾英雄首立功
二回　張翼德怒鞭督郵　何國舅謀誅宦豎
三回　議溫明董卓叱丁原　餽金珠李肅說呂布
四回　廢漢帝陳留踐位　謀董賊孟德獻刀
五回　發矯詔諸鎮應曹公　破關兵三英戰呂布
六回　焚金闕董卓行兇　匿玉璽孫堅背約
七回　袁紹磐河戰公孫　孫堅跨江擊劉表
第一才子書　目錄　一

[그림 6]

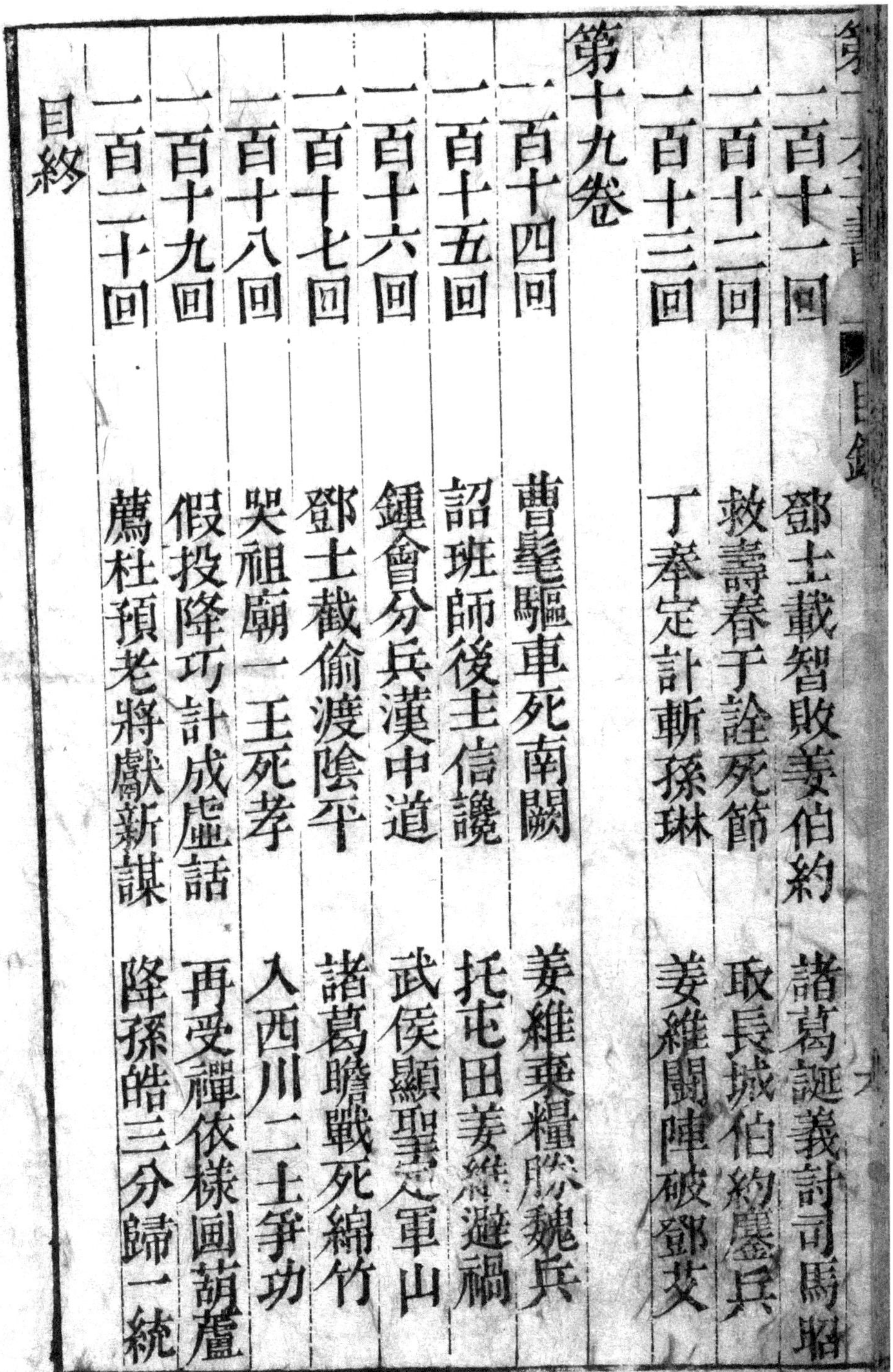

一百十一回 鄧士載智敗姜伯約 諸葛誕義討司馬昭
一百十二回 救壽春于詮死節 取長城伯約鏖兵
一百十三回 丁奉定計斬孫琳 姜維鬪陣破鄧艾
第十九卷
一百十四回 曹髦驅車死南闕 姜維棄糧勝魏兵
一百十五回 詔班師後主信讒 托屯田姜維避禍
一百十六回 鍾會分兵漢中道 武侯顯聖定軍山
一百十七回 鄧士載偷渡陰平 諸葛瞻戰死綿竹
一百十八回 哭祖廟一王死孝 入西川二士爭功
一百十九回 假投降巧計成虛話 再受禪依樣畫葫蘆
一百二十回 薦杜預老將獻新謀 降孫皓三分歸一統
目終

[그림 7]

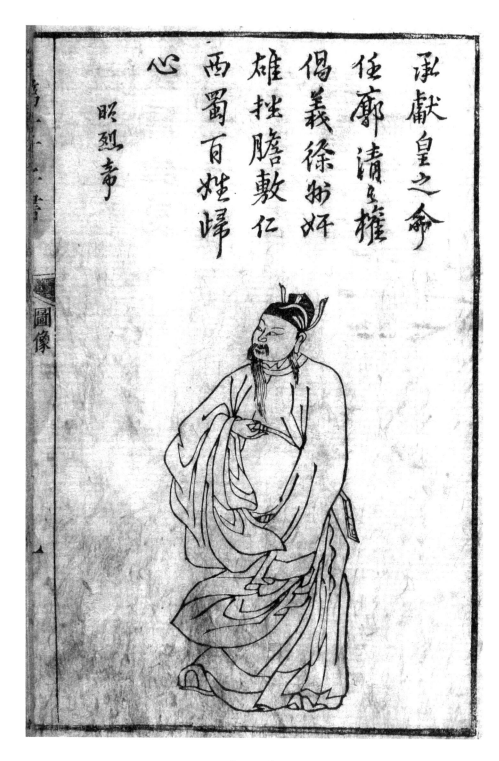

[그림 8]

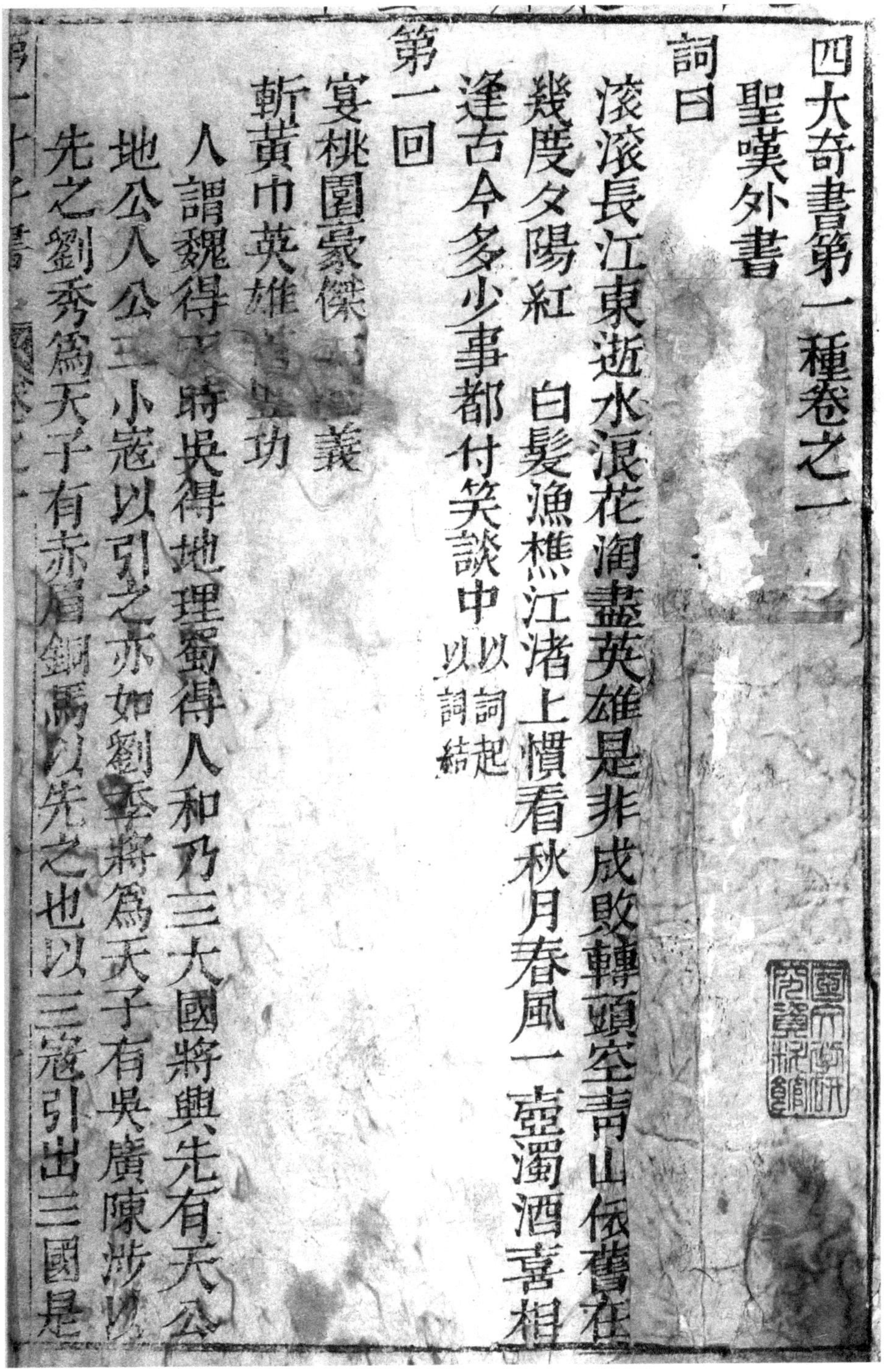

四大奇書第一種卷之一

聖嘆外書

詞曰

滾滾長江東逝水浪花淘盡英雄是非成敗轉頭空青山依舊在

幾度夕陽紅　白髮漁樵江渚上慣看秋月春風一壺濁酒喜相

逢古今多少事都付笑談中　以詞起　以詞結

第一回

宴桃園豪傑三結義

斬黃巾英雄首立功

人謂魏得天時吳得地利蜀得人和乃三大國將興先有天公

地公人公三小寇以引之亦如劉丞將為天子有吳廣陳涉以

先之劉秀為天子有赤眉銅馬以先之也以三寇引出三國是

[그림 9]

父子據巴蜀劉表軍旅屯荊襄張燕張魯霸南鄭馬騰韓遂守西凉陶謙張繡公孫瓚各逞雄才占一方曹操專權居相府牢籠英俊用文武威震天子令諸侯總領貔貅鎮中土樓桑玄德本皇孫義結關張願扶主東西奔走恨無家將寡兵微作羈旅南陽三顧情何深卧龍一見分寰宇先取荊州後取川霸業圖王在天府嗚呼三載逝升遐白帝託孤堪痛楚孔明六出祁山前願以隻手將天補何期曆數到此終長星半夜落山塢姜維獨憑氣力高九伐中原空劬勞鍾會鄧艾分兵進漢室江山盡屬曹丕叡芳髦纔及奐司馬又將天下交受禪臺前雲霧起石頭城下無波濤陳留歸命與安樂王侯公爵從根苗紛紛世事無窮盡天數茫茫不可逃鼎足二分已成夢後人憑弔空牢騷此一篇古風將全部事蹟隱括其中而末二語以一夢字一空字結之正與首卷詞中之意相合一部大書以詞起以詞結絕妙章法

[그림 10]

2) 三國志繡像金批第一才子書

書名	出版者·堂號·序文	略稱	卷册·則回/行字	出刊年度	所藏處
三國志繡像金批 第一才子書	毛宗崗評· 大魁堂刊	金批第一才 子書	4册 240圖	淸初	미국 의회도서관

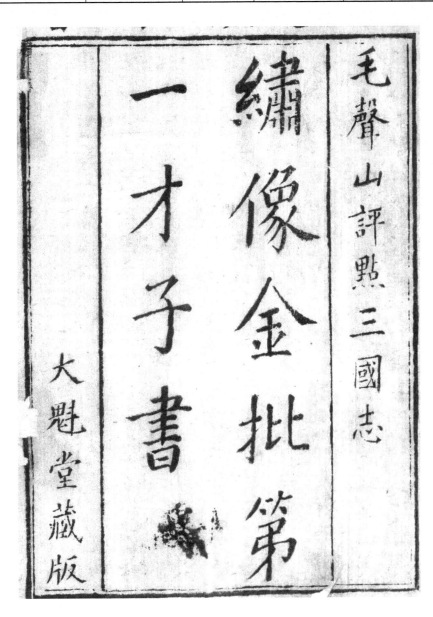

[그림 1]

序

余嘗集才子書者六其目曰莊也騷也馬之史記也杜
之律詩也水滸也西廂也已謬加評訂海內君子皆評
余以爲知言近又取三國志讀之見其據實指陳非屬
贋造與經史相表裏由是觀之奇又莫奇於三國矣
或曰凡自周秦而上漢唐而下依史以演義者無不與
三國相仿何獨奇乎三國曰三國者乃古今爭天下之
一大奇局而演三國者又古今爲小說之一大奇手也
異代之爭天下其〈事〉較平取其事以爲傳其手又戰庸
故迥不得與三國並也吾嘗覽三國爭天下之局而漢

[그림 2]

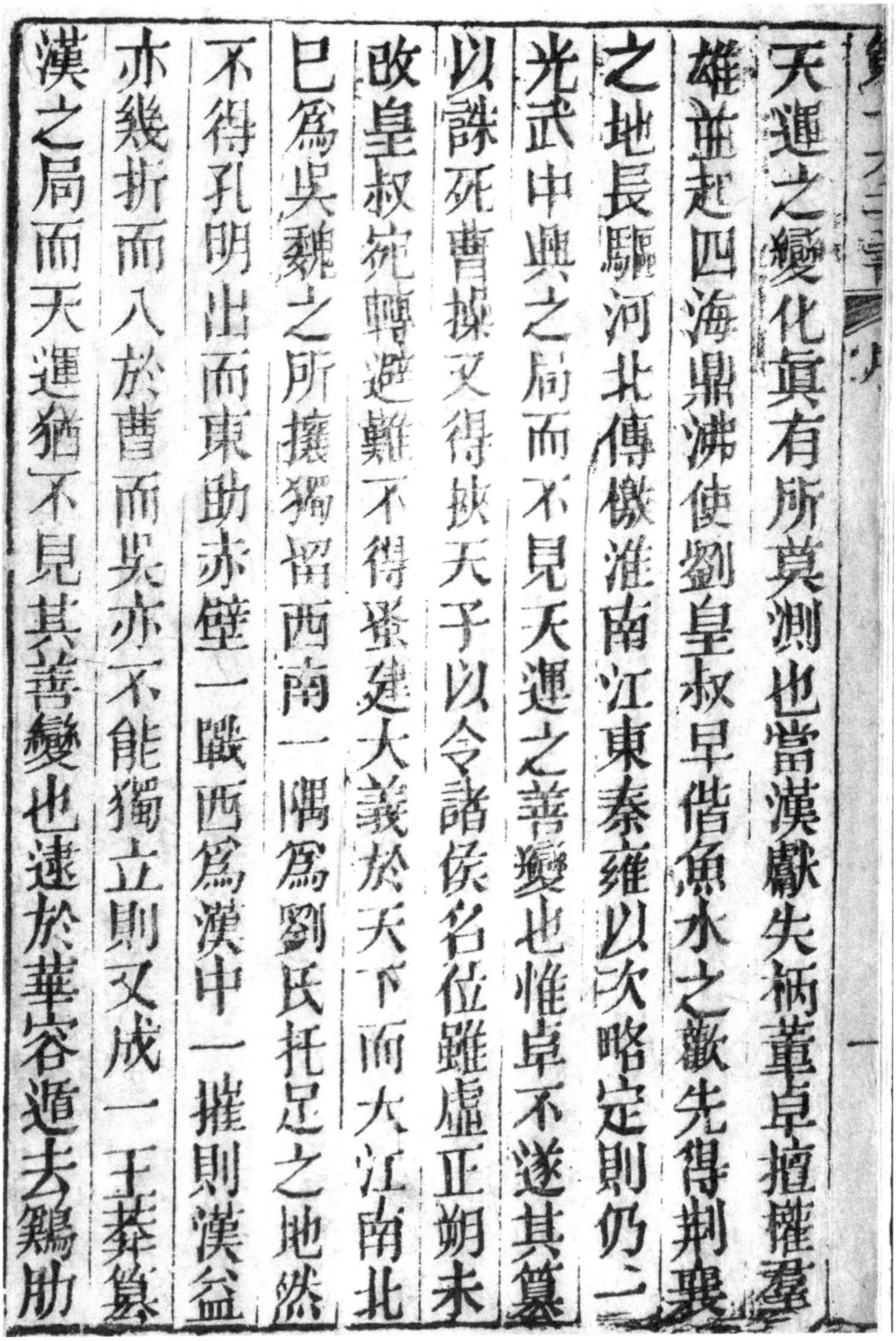

天運之變化真有所莫測也當漢獻失柄董卓擅權羣
雄並起四海鼎沸使劉皇叔早偕魚水之歡先得荊襄
之地長驅河北傳檄淮南江東泰雍以次略定則仍二
光武中興之局而不見天運之善變也惟卓不遂其篡
以誅死曹操又得挾天子以令諸侯名位雖虛正朔未
改皇叔宛轉避難不得蚤建大義於天下而大江南北
巳爲吳魏之所攘獨留西南一隅爲劉氏托足之地然
不得孔明出而東助赤壁一戰西爲漢中一摧則漢益
亦幾折而入於曹而吳亦不能獨立則又成一王莽篡
漢之局而天運猶不見其善變也遠於華容遁去鷄肋

[그림 3]

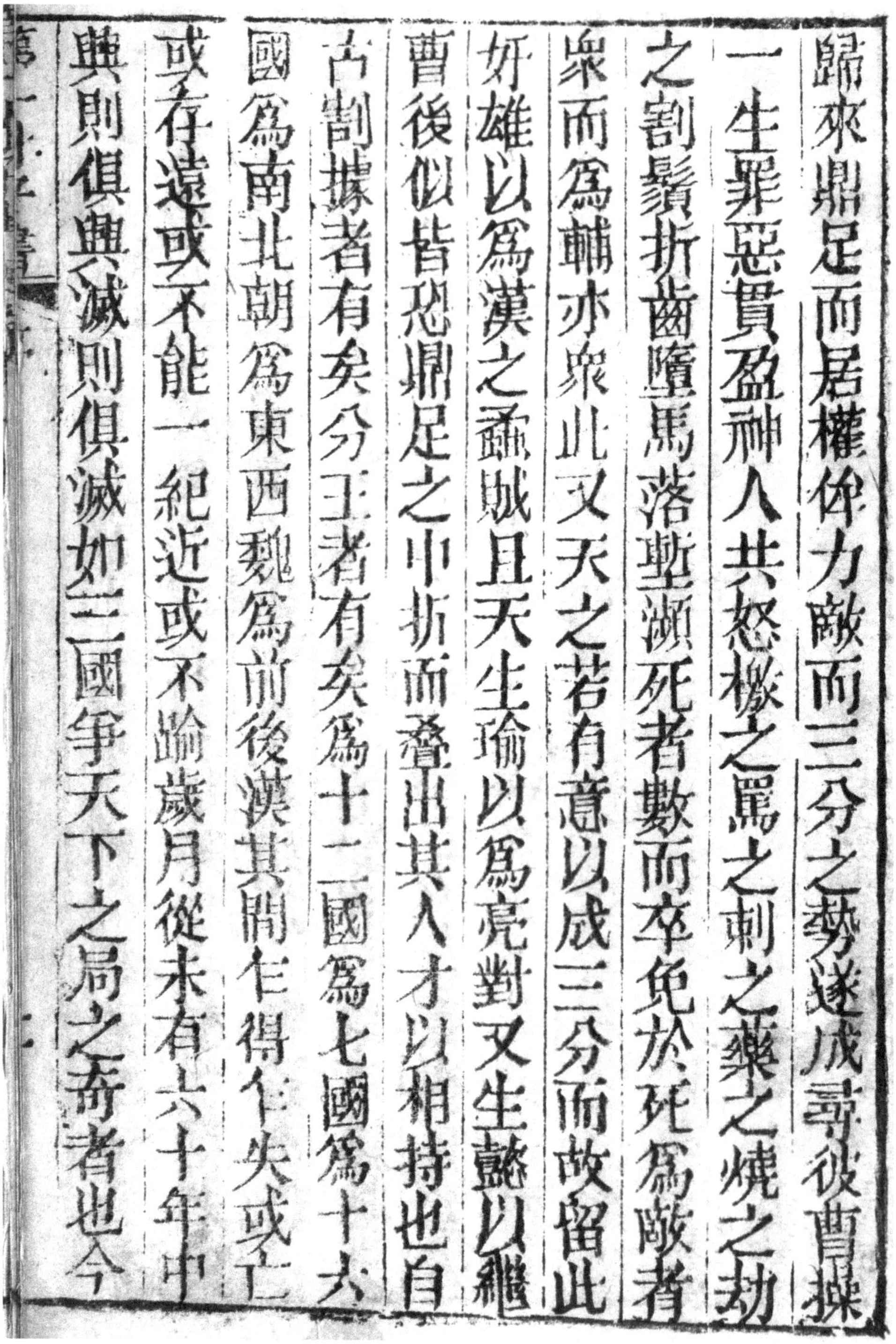

歸來鼎足而居權倖力敵而三分之勢遂成尋彼曹操
一生罪惡貫盈神人共怒檄之罵之刺之藥之燒之劫
之割鬚折齒墮馬落塹瀕死者數而卒免於死爲敵者
眾而爲輔亦眾此又天之若有意以成三分而故留此
妖雄以爲漢之孟城且天生瑜以爲亮對又生懿以繼
曹後似皆恐鼎足之中折而叠出其人才以相持也自
古割據者有矣分王者有矣爲十二國爲七國爲十六
國爲南北朝爲東西魏爲前後漢其間乍得乍失或亡
或存仟遠或不能一紀近或不踰歲月從未有六十年中
興則俱興滅則俱滅如三國爭天下之局之奇者也今

[그림 4]

第一才子書

覽此書之奇足以使學士讀之而快委巷不學之人讀
之而亦快其英雄豪傑讀之而快凡夫俗子讀之而亦快
也昔者刪通之說韓信已有鼎足三分之說其時信已
臣漢義不可背項羽粗暴無謀有一范增而不能用勢
不得不一統於羣策羣力之漢三六分之幾虛光於漢室
方興之時而卒成於漢室衰微之際且高祖以王漢興
而先主以王漢亡一能還定三秦一不能取中原尺寸
若彼蒼之造漢以如是起以如是止垂有其成局於冥
冥之中遂致當世之人之事才謀各別境界獨殊以迥
巽於千古此非天事之最奇者歟作演義者以文章之

[그림 5]

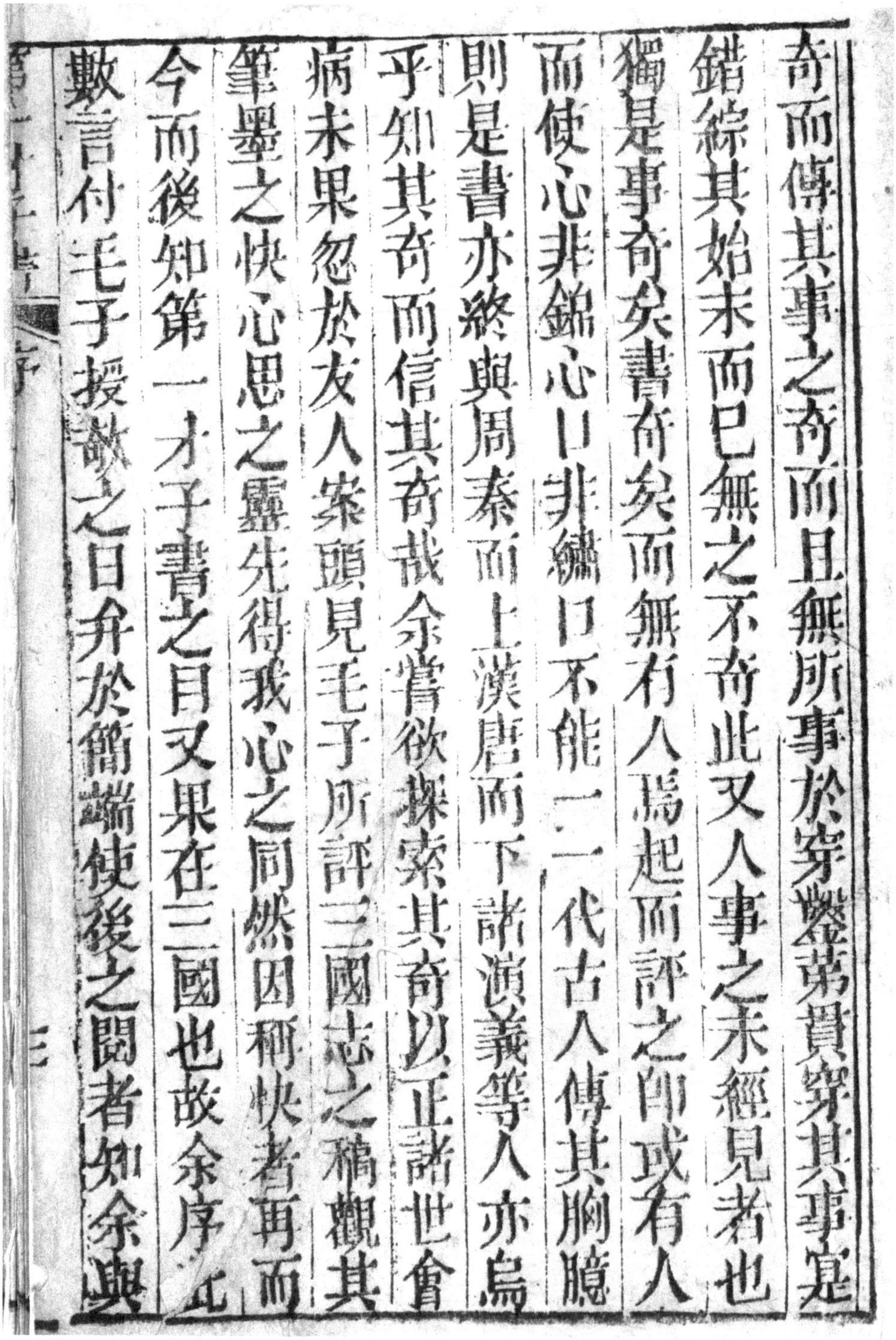

奇而傳其事之奇而目無所事於穿鑿萬貫穿其事定

錯綜其始未而巳無之不奇此又人事之未經見者也

獨是事奇矣書奇矣而無有人焉起而評之卽或有人

而使心非錦心口非繡口不能一二代古人傳其胸臆

則是書亦終與周秦而上漢唐而下諸演義等人亦烏

乎知其奇而信其奇哉余嘗欲探索其奇以正諸世會

病未果忽於友人案頭見毛子所評三國志之稿觀其

筆墨之快心思之靈先得我心之同然因稱快者再而

今而後知第一才子書之目又果在三國也故余序此

數言付毛子援敘之曰弁於簡端使後之閱者如余與

[그림 6]

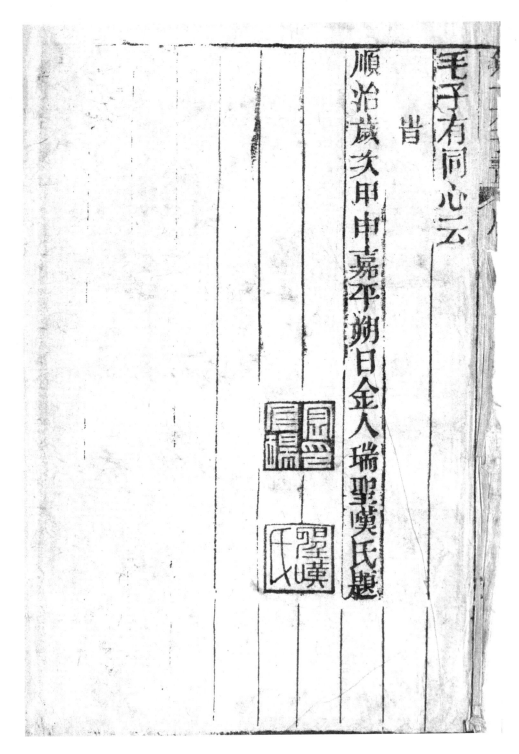

[그림 7]

[그림 8]

[그림 9]

[그림 10]

3) 日本版 繪本通俗三國志

書名	出版者·堂號·序文	略稱	卷册·則回/行字	出刊年度	所藏處
繪本通俗三國志	毛宗崗評·三槐堂刊	[毛宗崗本]	75册/11行 21字	清初	日本早稻田大学 図書館

[그림 1]

[그림 2]

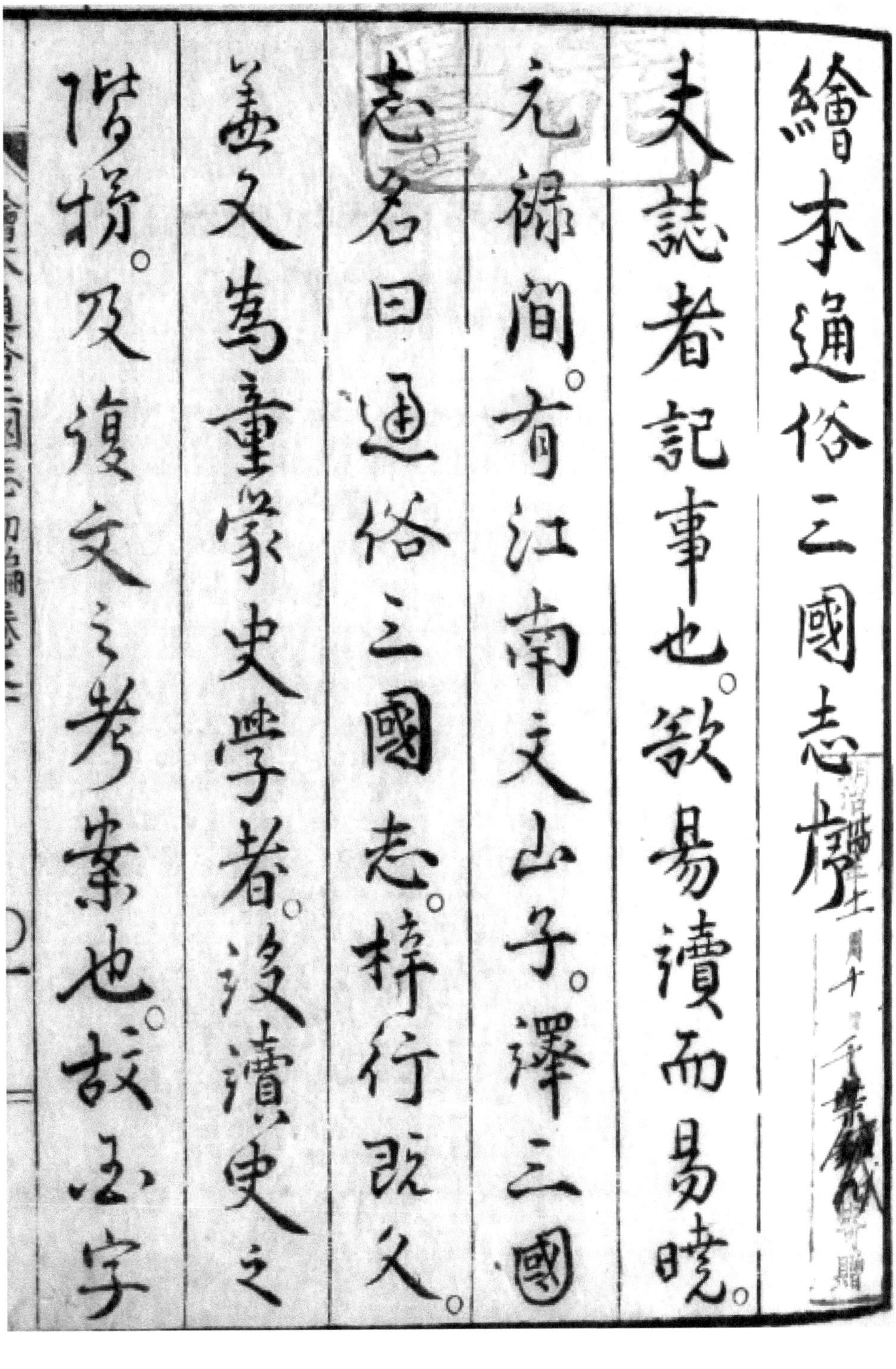

繪本通俗三國志序

夫誌者記事也。欲易讀而易曉。

元祿間。有江南文山子。譯三國

志。名曰通俗三國志。梓行既久。

羨文為童蒙史學者。後讀史之

階梯。及復文之考案也。故必字

[그림 3]

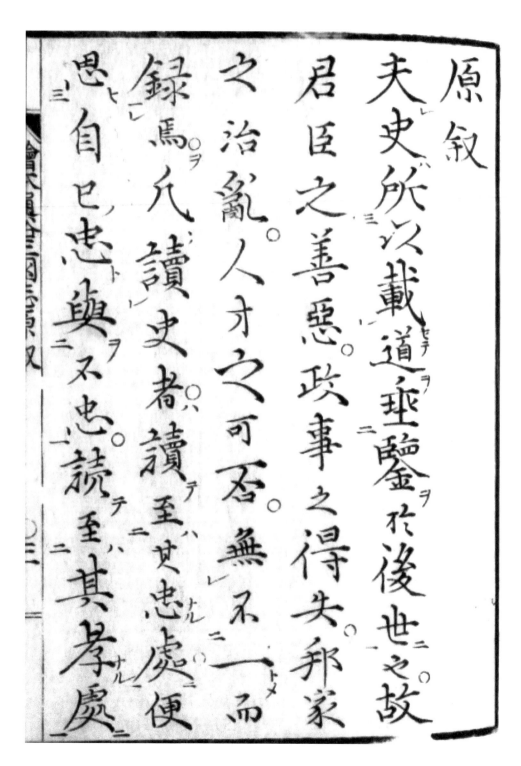

原叙

夫史所以載道垂鑒於後世也故
君臣之善惡政事之得失邦家
之治亂人才之可否無不一而
録焉凡讀史者讀至史忠處便
思自巳忠與不忠讀至其孝處

[그림 4]

[그림 5]

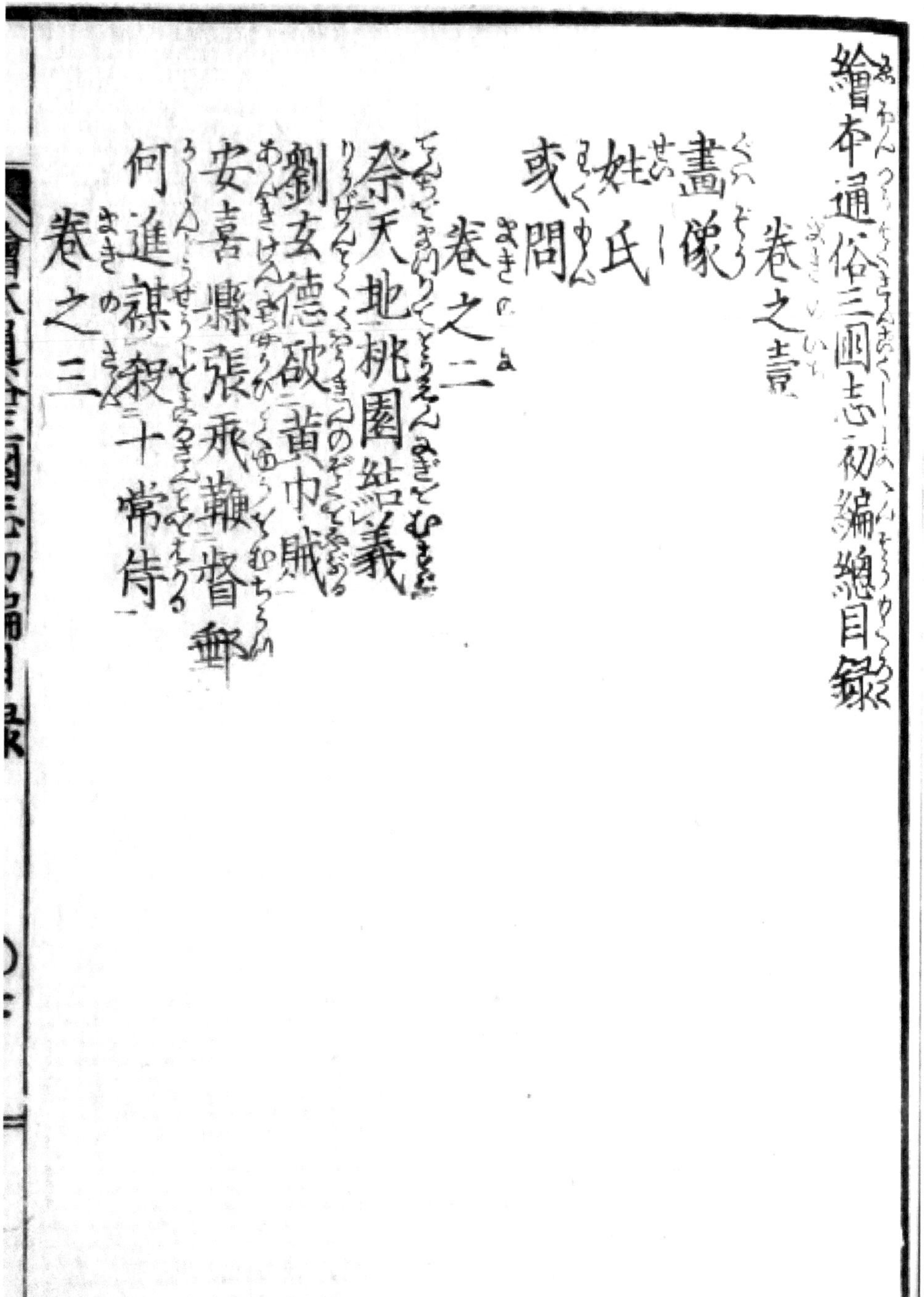
繪本通俗三國志初編總目錄
卷之首
畫像
姓氏
或問
卷之二
祭天地桃園結義
劉玄德破黃巾賊
安喜縣張飛鞭督郵
何進謀殺十常侍
卷之三

[그림 6]

[그림 7]

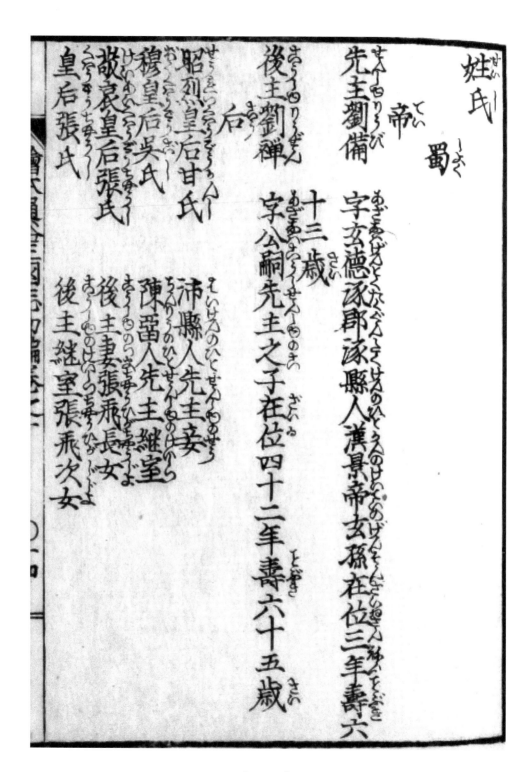

姓氏

帝　蜀

先主劉備　字玄德涿郡涿縣人漢景帝玄孫在位三年壽六

後主劉禪　十三歲　字公嗣先主之子在位四十二年壽六十五歲

昭烈皇后甘氏　沛縣人先主妾

穆皇后吳氏　陳留人先主繼室

敬哀皇后張氏　後主妻張飛長女

皇后張氏　後主繼室張飛次女

[그림 8]

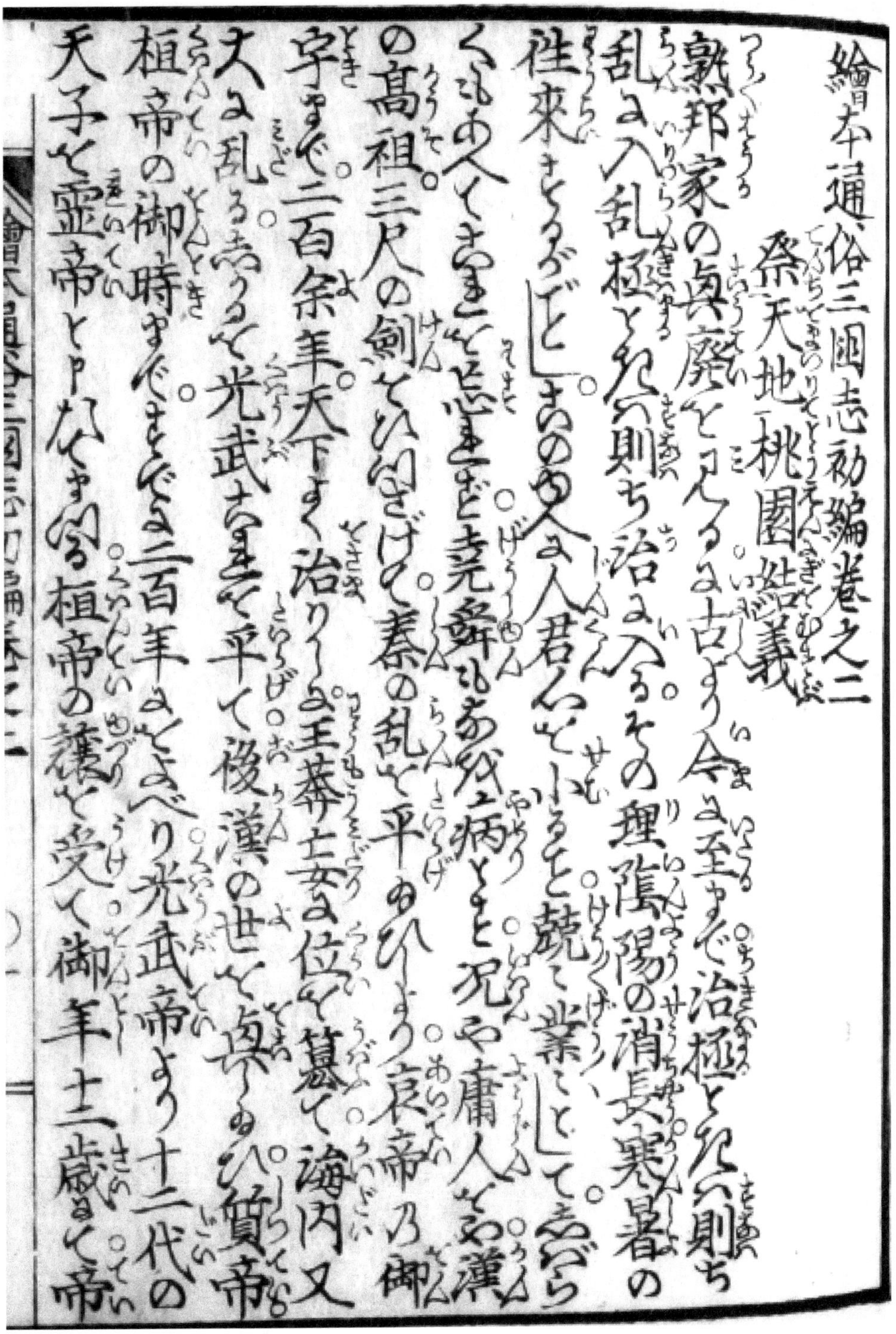

繪本通俗三國志初編巻之二

祭天地桃園結義

嫗邦家の興廃とみるにいにしへより今に至るまで治極て則ち
乱に入乱極て則ち治まり○その理陰陽の消長寒暑の
往来きたるがごとし。○ものゝ人々君んとするを競て業として
くらゐをあらそひ堯舜もあり病をと死や庸人をや漢
の高祖三尺の劍をひつさげて秦の乱を平め哀帝乃御
宇すぐ二百餘年天下を治り○王莽士安の位を簒て海内又
大に乱るゝをもて光武さまて平て後漢の世に真ろ質帝
桓帝の御時すでに二百年めくりて光武帝より十一代の
天子を霊帝とす○桓帝の讓を受て御年十二歳にて帝

[그림 9]

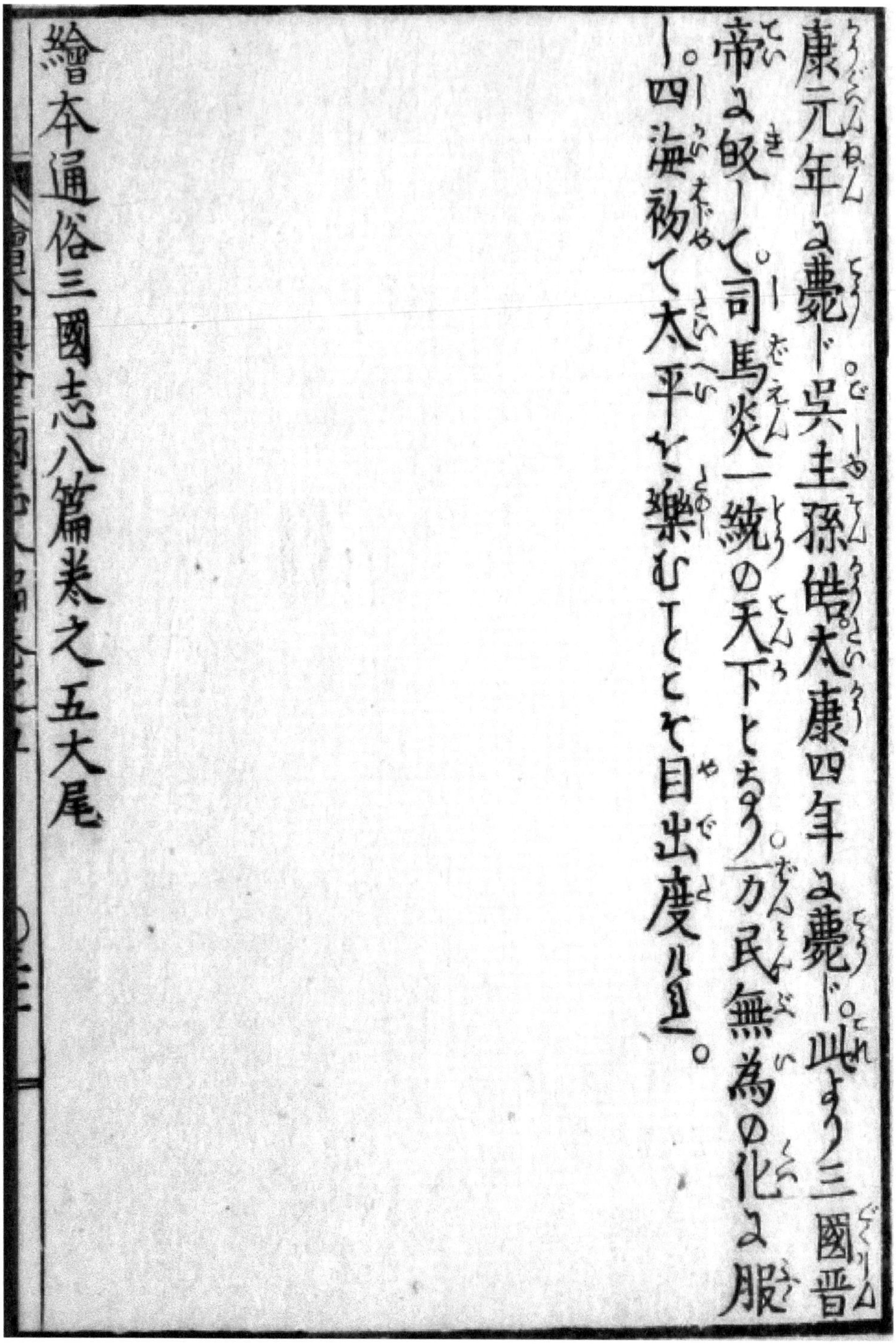
康元年に薨ず吳主孫皓太康四年に薨ず此より三國晋
帝に歸して司馬炎一統の天下となり万民無為の化に服
し四海初て太平を樂むヿとこそ目出度けれ。

繪本通俗三國志八篇巻之五大尾

[그림 10]

第三部

三國演義 回目 資料

[附錄 1]

1. 三國志平話本

2. 嘉靖本
   【則目影印本】

3. 葉逢春本
   【則目影印本】

4. 喬山堂本
   【則目影印本】

5. 李卓吾本
   【回目影印本】

6. 毛宗崗本
   【回目影印本】

※ 아래의 회목은 각 판본의 회목(목차) 부분을 수집 정리한 것이다. 오탈자가 나오는 부분은
   수정하지 않고 그대로 표기하여 원문에 충실하였다.

1. 三國志平話本 則目

古本小說集成編輯委員會 編, 『古本小說集成』, 上海古籍出版社, 1984年.

※ 回目이 따로 없고 총 3권(상[23]·중[24]·하[23]) 70則으로 구성되었다. 먼저 이 판본의
목차를 살펴보면 다음과 같다.

【上卷】

第1則	漢帝賞春	第2則	天差仲相作陰君
第3則	仲相斷陰間公事	第4則	孫學究得天書
第5則	黃巾叛	第6則	桃園結義(一)
第7則	桃園結義(二)	第8則	張飛見黃巾
第9則	破黃巾	第10則	得勝班師
第11則	張飛殺太守	第12則	張飛鞭督郵
第13則	玄德作平原縣丞	第14則	玄德平原德政及民
第15則	董卓弄權	第16則	三戰呂布
第17則	王允獻董卓貂蟬	第18則	呂布刺董卓
第19則	張飛捽袁襄	第20則	張飛三出小沛
第21則	張飛見曹操	第22則	水浸下邳擒呂布
第23則	曹操斬陳宮		

【中卷】

第24則	漢獻帝宣玄德關張	第25則	曹操勘吉平
第26則	關公襲車冑	第27則	趙雲見玄德
第28則	關公刺顏良	第29則	曹公贈雲長袍
第30則	雲長千里獨行	第31則	關公斬蔡陽
第32則	古城聚義	第33則	先主跳澶溪
第34則	三顧孔明	第35則	孔明下山
第36則	玄德哭荊王墓	第37則	趙雲抱太子

第38則　張飛拒橋退卒　　　　　　第39則　孔明殺曹使

第40則　魯肅引孔明說周瑜　　　　第41則　黃蓋詐降蔣幹

第42則　赤壁鏖兵　　　　　　　　第43則　玄德黃鶴樓私遁

第44則　曹璋射周瑜　　　　　　　第45則　孔明班師入荊州

第46則　吳夫人欲殺玄德　　　　　第47則　吳夫人回面

【下卷】

第48則　龐統謁玄德　　　　　　　第49則　張飛刺蔣雄

第50則　孔明引衆現玄德　　　　　第51則　曹操殺馬騰

第52則　馬超敗曹公　　　　　　　第53則　玄德符江會劉璋

第54則　落城龐統中箭　　　　　　第55則　孔明說降張益

第56則　封五虎將　　　　　　　　第57則　關公單刀會

第58則　黃忠斬夏侯淵　　　　　　第59則　張飛捉于昶

第60則　關公斬龐德佐　　　　　　第61則　關公水淹於禁軍

第62則　先主托孔明佐太子　　　　第63則　劉禪即位

第64則　孔明七縱七擒　　　　　　第65則　孔明木牛流馬

第66則　孔明斬馬謖　　　　　　　第67則　孔明百箭射張郃

第68則　孔明出師　　　　　　　　第69則　秋風五丈原

第70則　將星墜孔明營[1]

---

1) 臺灣桂冠圖書公司 출판(1993年) 『삼국지평화』와 中國 文聯出版公司(1990년)의 『中國通俗小說總目提要』에는 총 69則으로 되어 있으나, 中國 上海古籍出版社(1984年)의 『古本小說集成』과 정원기 역주(도서출판 청양, 2000년) 『三國志平話』에는 3권(상[23]·중[24]·하[23]) 70則으로 되어 있다. 이는 중권에 끼어있는 반쪽짜리 關公襲車胄(26)를 하나의 則으로 독립시킨 결과이다. 원판을 대조한 결과 필자도 이 판본에 근거하여 분류하였다.

2. 嘉靖本 三國志通俗演義 則目

第1卷 :

第1則	祭天地桃園結義	第2則	劉玄德斬寇立功
第3則	安喜張飛鞭督郵	第4則	何進謀殺十常侍
第5則	董卓議立陳留王	第6則	呂布刺殺丁建陽
第7則	廢漢君董卓弄權	第8則	曹孟德謀殺董卓
第9則	曹操起兵伐董卓	第10則	虎牢關三戰呂布

第2卷 :

第11則	董卓火燒長樂宮	第12則	袁紹孫堅奪玉璽
第13則	趙子龍磐河大戰	第14則	孫堅跨江戰劉表
第15則	司徒王允說貂蟬	第16則	鳳儀亭布戲貂蟬
第17則	王允授計誅董卓	第18則	李傕郭汜寇長安
第19則	李傕郭汜殺樊稠	第20則	曹操興兵報父讐

第3卷 :

第21則	劉玄德北海解圍	第22則	呂溫侯濮陽大戰
第23則	陶恭祖三讓徐州	第24則	曹操定陶破呂布
第25則	李傕郭汜亂長安	第26則	楊奉董承雙救駕
第27則	遷鑾輿曹操秉政	第28則	呂布夜月奪徐州
第29則	孫策大戰太史慈	第30則	孫策大戰嚴白虎

第4卷 :

第31則	呂奉先轅門射戟	第32則	曹操興兵擊張繡
第33則	袁術七路下徐州	第34則	曹操會兵擊袁術
第35則	決勝負賈詡談兵	第36則	夏侯惇拔矢啖睛
第37則	呂布敗走下邳城	第38則	白門曹操斬呂布
第39則	曹孟德許田射鹿	第40則	董承密受衣帶詔

第5卷：

第41則	青梅煮酒論英雄	第42則	關雲長襲斬車冑
第43則	曹操分兵拒袁紹	第44則	關張擒劉岱王忠
第45則	禰衡裸衣罵曹操	第46則	曹孟德三勘吉平
第47則	曹操勒死董貴妃	第48則	玄德匹馬奔冀州
第49則	張遼義說關雲長	第50則	雲長策馬刺顏良

第6卷：

第51則	雲長延津誅文醜	第52則	關雲長封金掛印
第53則	關雲長千里獨行	第54則	關雲長五關斬將
第55則	雲長擂鼓斬蔡陽	第56則	劉玄德古城聚義
第57則	孫策怒斬于神仙	第58則	孫權領眾據江東
第59則	曹操官渡戰袁紹	第60則	曹操烏巢燒糧草

第7卷：

第61則	曹操倉亭破袁紹	第62則	劉玄德敗走荊州
第63則	袁譚袁尚爭冀州	第64則	曹操決水淹冀州
第65則	曹操引兵取壺關	第66則	郭嘉遺計定遼東
第67則	劉玄德襄陽赴會	第68則	玄德躍馬跳檀溪
第69則	劉玄德遇司馬徽	第70則	玄德新野遇徐庶

第8卷：

第71則	徐庶定計取樊城	第72則	徐庶走薦諸葛亮
第73則	劉玄德三顧茅廬	第74則	玄德風雪訪孔明
第75則	定三分亮出茅廬	第76則	孫權跨江破黃祖
第77則	孔明遺計救劉琦	第78則	諸葛亮博望燒屯
第79則	獻荊州粲說劉琮	第80則	諸葛亮火燒新野

第9卷：

| 第81則 | 劉玄德敗走江陵 | 第82則 | 長阪坡趙雲救主 |

第83則　張益德據水斷橋　　　　第84則　劉玄德敗走夏口
第85則　諸葛亮舌戰群儒　　　　第86則　諸葛亮智激孫權
第87則　諸葛亮智說周瑜　　　　第88則　周瑜定計破曹操
第89則　周瑜三江戰曹操　　　　第90則　群英會瑜智蔣幹

第10卷：

第91則　諸葛亮計伏周瑜　　　　第92則　黃蓋獻計破曹操
第93則　闞澤密獻詐降書　　　　第94則　龐統進獻連環計
第95則　曹孟德橫槊賦詩　　　　第96則　曹操三江調水軍
第97則　七星壇諸葛祭風　　　　第98則　周公瑾赤壁鏖兵
第99則　曹操敗走華容道　　　　第100則　關雲長義釋曹操

第11卷：

第101則　周瑜南郡戰曹仁　　　　第102則　諸葛亮一氣周瑜
第103則　諸葛亮傍略四郡　　　　第104則　趙子龍智取桂陽
第105則　黃忠魏延獻長沙　　　　第106則　孫仲謀合淝大戰
第107則　周瑜定計取荊州　　　　第108則　劉玄德娶孫夫人
第109則　錦囊計趙雲救主　　　　第110則　諸葛亮二氣周瑜

第12卷：

第111則　曹操大宴銅雀臺　　　　第112則　諸葛亮三氣周瑜
第113則　諸葛亮大哭周瑜　　　　第114則　耒陽張飛薦鳳雛
第115則　馬超興兵取潼關　　　　第116則　馬孟起渭河大戰
第117則　許褚大戰馬孟起　　　　第118則　馬孟起步戰五將
第119則　張永年返難楊修　　　　第120則　龐統獻策取西川

第13卷：

第121則　趙雲截江奪幼主　　　　第122則　曹操興兵下江南
第123則　玄德斬楊懷高沛　　　　第124則　黃忠魏延大爭功
第125則　落鳳坡箭射龐統　　　　第126則　張益德義釋嚴顏

【則目影印本】

嘉靖本『三國志通俗演義』(北京大學 所藏本)

3. 葉逢春本 三國志傳 則目

* 본 내용은 회목을 근거로 작성하였다. 그러나 본문이 회목과 다른 경우에는 괄호로 표기하
였다. 단 卷3과 卷10은 내용이 逸失되어 회목만을 근거로 작성하였다.

第一卷 :

第1則	祭天地桃園結義	第2則	劉玄德斬寇立功
第3則	安喜縣張飛鞭督郵	第4則	何進謀殺十常自(侍)
第5則	董卓議立陳留王	第6則	呂布刺殺丁建陽
第7則	廢漢君董卓弄權	第8則	曹操謀殺董卓
第9則	曹操起兵伐董卓	第10則	虎牢關三戰呂布
第11則	董卓火燒長樂宮	第12則	袁紹孫堅奪玉璽
第13則	趙子龍磐河大戰	第14則	孫堅誇(跨)江戰劉表
第15則	司徒王允說貂蟬	第16則	鳳儀亭布戲貂蟬
第17則	王允定計誅董卓	第18則	李催郭汜寇長安
第19則	李催郭汜殺樊稠	第20則	曹操興兵報父仇
第21則	劉表北海解圍	第22則	呂布濮陽大戰
第23則	陶謙三讓徐州	第24則	曹操定陶破呂布

第二卷 :

第25則	李催郭汜乱長安	第26則	楊奉董承雙救駕
第27則	遷鑾興曹操秉政	第28則	呂布月夜奪徐州
第29則	孫策大戰太史慈	第30則	孫策火破嚴白虎
第31則	呂布轅門射戟	第32則	曹操興兵擊張綉
第33則	袁術七路下徐州	第34則	曹操會兵擊袁紹
第35則	決勝負賈詡談兵	第36則	夏侯惇拔矢啖睛
第37則	呂布敗走下邳城	第38則	白門樓曹操斬呂布
第39則	曹孟德許田射鹿	第40則	董承密受衣帶詔
第41則	論英雄靑梅煮酒會	第42則	關雲長襲車冑
第43則	曹操興兵拒袁紹	第44則	關張擒劉岱王忠

第45則　禰衡裸衣罵曹操　　　　　第46則　曹操三勘吉平

第47則　曹操勒死董貴妃　　　　　第48則　玄德匹馬奔冀州

第三卷：

第49則　張遼義說關雲長　　　　　第50則　關雲長策馬刺顏良

第51則　關雲長延津誅文醜　　　　第52則　關雲長封金掛印

第53則　_關雲長千里獨行　　　　　第54則　關雲長五關斬將

第55則　關雲長拊鼓斬蔡陽　　　　第56則　劉玄德古城聚義

第57則　孫策怒殺于神仙　　　　　第58則　孫權領眾據江東

第59則　曹操官渡戰袁紹　　　　　第60則　曹操烏巢燒糧草

第61則　曹操倉亭破袁紹　　　　　第62則　劉玄德走荊州

第63則　袁譚袁尚爭冀州　　　　　第64則　曹操決水淹冀州

第65則　曹操引兵渡壺關　　　　　第66則　郭嘉定計定遼東

第67則　劉玄德赴襄陽會　　　　　第68則　劉玄德躍馬跳檀溪

第69則　玄德遇司馬德操　　　　　第70則　玄德新野遇徐庶

第71則　徐庶定計取樊城　　　　　第72則　徐庶走薦孔明

第四卷：

第73則　玄德三顧諸葛亮　　　　　第74則　玄德風雪訪孔明

第75則　定三分諸葛出茅廬　　　　第76則　孫權跨江黃祖

第77則　孔明遺計救劉琦　　　　　第78則　孔明博望燒屯

第79則　獻荊州王粲說劉琮　　　　第80則　孔明(諸葛亮)火燒新野

第81則　劉玄德走江陵　　　　　　第82則　長坂坡趙雲救主

第83則　張飛(張翼德)渭(拒)水斷橋　第84則　劉玄德走(江)夏口

第85則　孔明舌戰群儒　　　　　　第86則　孔明(諸葛亮)檄孫權

第87則　孔明(諸葛亮)說周瑜　　　第88則　周瑜定計破曹操

第89則　周瑜三江戰曹操　　　　　第90則　群英會周瑜智蔣幹

第91則　孔明(諸葛亮)計伏周瑜　　第92則　黃蓋獻計破曹操

第93則　闞澤密獻詐降書　　　　　第94則　龐統智進連環策

第95則　曹孟(德)橫槊賦詩　　　　第96則　曹操三江調水軍

第五卷：

第六卷：

第七卷：

【則目影印本】

葉逢春本『新刊通俗演義三國志史傳』(Real Palacio del El Escorial 所藏本)

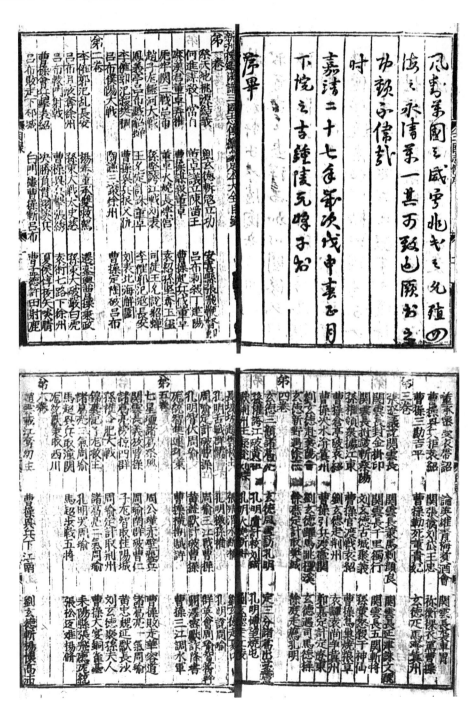

4. 喬山堂本(20卷 240則)의 則目

* 일련번호는 필자가 순서대로 부여한 것이다. 또 밑줄 친 부분은 가정본과 미세하게 다른 부분을 표시한 것이다2)

第一卷 :

第1則	祭天地桃園結義	第2則	劉玄德斬寇立功
第3則	安喜縣張飛鞭督郵	第4則	何進謀殺十常侍
第5則	董卓議立陳留王	第6則	呂布刺殺丁建陽
第7則	廢漢君董卓弄權	第8則	曹操謀殺董卓
第9則	曹操起兵伐董卓	第10則	虎牢關三戰呂布
第11則	董卓火燒長樂宮	第12則	袁紹孫堅奪玉璽

第二卷 :

第13則	趙子龍盤河大戰	第14則	孫堅跨江戰劉表
第15則	司徒王允說貂蟬	第16則	鳳儀亭呂布戲貂蟬
第17則	王允定計誅董卓	第18則	李催郭汜寇長安
第19則	李催郭汜殺樊稠	第20則	曹操興兵報父仇
第21則	劉表北海解圍	第22則	呂布濮陽大戰
第23則	陶謙三讓徐州	第24則	曹操定陶破呂布

第三卷 :

第25則	李催郭汜乱長安	第26則	楊奉董承双救駕
第27則	遷鑾輿曹操秉政	第28則	呂布月夜奪徐州
第29則	孫策大戰太史慈	第30則	孫策火破嚴白虎
第31則	呂布轅門射戟	第32則	曹操興兵擊張綉
第33則	袁術七路下徐州	第34則	曹操會兵擊袁術
第35則	決勝負賈詡談兵	第36則	夏侯惇拔矢啖睛

---

2) 영남대 소장본은 殘本이기에 권1과 권2만 존재한다. 나머지 부분은 이 책의 앞부분에 있는 목차를 인용하여 목차를 재구성하였다.

第四卷：

第37則 呂布敗走下邳城　　　第38則 白門城曹操斬呂布
第39則 曹孟德許田射鹿　　　第40則 董承密受衣帶詔
第41則 論英雄靑梅煮酒　　　第42則 關雲長襲車冑
第43則 曹操興兵擊袁紹　　　第44則 關張擒劉岱王忠
第45則 禰衡裸衣罵曹操　　　第46則 曹操三勘吉平
第47則 曹操勒死董貴妃　　　第48則 玄德匹馬奔冀州

第五卷：

第49則 張遼義說關雲長　　　第50則 雲長策馬刺顏良
第51則 雲長延津誅文醜　　　第52則 雲長封金掛印
第53則 雲長千里獨行　　　　第54則 雲長五關斬六將
第55則 雲長三鼓斬蔡陽　　　第56則 劉玄德古城聚義
第57則 孫策怒斬于神仙　　　第58則 孫權領兵據江東
第59則 曹操官渡戰袁紹　　　第60則 曹操烏巢燒糧草

第六卷：

第61則 曹操倉亭破袁紹　　　第62則 劉玄德敗走荆州
第63則 袁譚袁尚爭冀州　　　第64則 曹操決水淹冀州
第65則 曹操引兵渡壺關　　　第66則 郭嘉遺計定遼東
第67則 劉玄德赴襄陽會　　　第68則 玄德躍馬跳檀溪
第69則 玄德遇司馬德操　　　第70則 玄德新野遇徐庶
第71則 徐庶定計取樊城　　　第72則 徐庶走薦諸葛亮

第七卷：

第73則 玄德三顧諸葛亮　　　第74則 玄德風雪訪孔明
第75則 定三分亮出茅廬　　　第76則 孫權跨江戰黃祖
第77則 孔明遺計救劉琦　　　第78則 諸葛亮博望燒屯
第79則 王粲說劉琮獻荆州　　第80則 諸葛亮火燒野
第81則 劉玄德敗走江陵　　　第82則 長坂坡趙雲救主
第83則 張翼德拒水斷橋　　　第84則 劉玄德走夏口

第219則　文鴦單騎退雄兵	第220則　姜維洮西敗魏兵
第221則　鄧艾叚谷破姜維	第222則　司馬昭破諸葛誕
第223則　忠義士于銓死節	第224則　姜維長城戰鄧艾
第225則　孫琳廢主立孫休	第226則　姜維祁山戰鄧艾
第227則　司馬昭南闕弒曹髦	第228則　姜維棄車大戰

第二十卷：

第229則　姜維洮陽大戰	第230則　姜維避禍屯田計
第231則　鍾會鄧艾取漢中	第232則　姜維大戰劍門關
第233則　鑿山嶺鄧艾襲川	第234則　諸葛瞻大戰鄧艾
第235則　蜀後主輿櫬出降	第236則　鍾會鄧艾大爭功
第237則　姜維一計害三賢	第238則　司馬炎復奪受禪臺
第239則　羊祜病重荐杜預	第240則　王濬智取石頭城

※ 명대 판본 가운데 卷別 樣相을 분류해 보면 다음과 같다.

演義系列 - 24卷　240則本：嘉靖本·夷白堂本 등

　　　　　　12卷　240則本：周曰校本·鄭以楨本·夏振宇本 등

志傳系列 - 20卷　240則本：喬山堂本·雙峯堂本·黃正甫本·忠正堂本·忠賢本·朱鼎臣本·
　　　　　　　　　　　　　　誠德堂本·美玉堂本·種德堂本·評林本·聯輝堂本·楊閩齋本·
　　　　　　　　　　　　　　湯賓尹本·黎光堂本·笈郵齋本·楊美生本·九州本 등

　　　　　　10卷　240則本：葉逢春本 등

【則目影印本】

劉龍田本『新鋟全像大字通俗演義三國志傳』(嶺南大 所藏本)

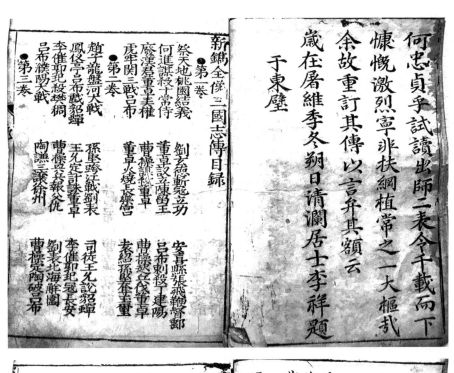

5. 李卓吾先生批評三國志 回目

一百二十回 寶翰樓刊本

第一回	祭天地桃園結義	劉玄德斬寇立功
第二回	安喜張飛鞭督郵	何進謀殺十常侍
第三回	董卓議立陳留王	呂布刺殺丁建陽
第四回	廢漢君董卓美權	曹孟德謀殺董卓
第五回	曹操起兵伐董卓	虎牢關三戰呂布
第六回	董卓火燒長樂宮	袁貂孫堅奪玉璽
第七回	趙子龍䃈河大戰	孫堅跨江戰劉表
第八回	司徒王允說貂蟬	鳳儀亭布戲貂蟬
第九回	王允授計誅董卓	李催郭汜寇長安
第十回	李催郭汜殺樊稠	曹操興兵報父讐
第十一回	劉玄德北海解圍	呂溫侯濮陽大戰
第十二回	陶恭祖三讓徐州	曹操定陶破呂布
第十三回	李催郭汜亂長安	楊奉董承雙救駕
第十四回	遷鑾輿曹操秉政	呂布月下奪徐州
第十五回	孫策大戰太史慈	孫策大戰嚴白虎
第十六回	呂奉先轅門射戟	曹操興兵擊張繡
第十七回	袁術七路下徐州	曹操會兵擊袁術
第十八回	決膵負賈詡談兵	夏侯惇拔矢啖睛
第十九回	呂布敗走下邳城	白門樓操漸呂布
第二十回	曹孟德許田射鹿	董承密受表帶詔
第二十一回	青梅煮酒論英雄	關雲長襲斬車冑
第二十二回	曹操分兵拒袁招	關張擒劉岱王忠
第二十三回	彌衡裸衣罵曹操	曹孟德三勘吉平
第二十四回	曹操勒死董貴妃	玄德匹馬奔冀州
第二十五回	張遼義說關雲長	雲長策馬刺顏良
第二十六回	雲長延津誅文醜	關雲長封金掛印

第二十七回　關雲長千里獨行　關雲長五關斬將
第二十八回　雲長撾鼓斬蔡陽　劉玄德古城聚義
第二十九回　孫策怒斬于神仙　孫權領衆據江東
第三十回　　曹操官渡戰袁紹　曹操烏巢燒糧草
第三十一回　曹操倉亭破袁紹　劉玄德敗走荊州
第三十二回　袁譚袁尚爭冀州　曹操決水淹冀州
第三十三回　曹操引兵取壺關　郭嘉遺計定遼東
第三十四回　劉玄德襄陽赴會　玄德躍馬跳檀溪
第三十五回　劉玄標遇司馬徽　玄德新野遇徐庶
第三十六回　徐庶定計取樊城　徐庶走薦諸葛亮
第三十七回　劉玄德三顧茅廬　玄德風雪請孔明
第三十八回　定三分亮出艸廬　孫權跨江戰黃祖
第三十九回　孔明遺計救劉琦　諸葛亮博望燒屯
第四十回　　獻荊州粲說劉琮　諸葛亮火燒新野
第四十一回　劉玄德敗走江陵　長阪坡趙雲救主
第四十二回　張翼德據水斷橋　劉玄德敗走夏口
第四十三回　諸葛亮舌戰羣儒　諸葛亮智激孫權
第四十四回　諸葛亮智說周瑜　周瑜定計破曹操
第四十五回　周瑜三江戰曹操　群英會瑜智蔣幹
第四十六回　諸葛亮計伏周瑜　黃蓋獻計破曹操
第四十七回　闞澤密獻詐降書　龐統進獻連環計
第四十八回　曹孟德橫槊賦詩　曹操三江調水軍
第四十九回　七星壇諸葛祭風　周公瑾赤壁鏖兵
第五十回　　曹操敗走華容道　關雲長義釋曹操
第五十一回　周瑜南郡戰曹仁　諸葛亮一氣周瑜
第五十二回　諸葛亮傍畧四郡　趙子龍智取桂陽
第五十三回　黃忠魏延獻長沙　孫仲謀合淝大戰
第五十四回　周瑜定計取荊州　劉玄德娶孫夫人
第五十五回　錦囊計趙雲救主　諸葛亮二氣周瑜
第五十六回　曹操大宴銅雀臺　諸葛亮三氣周瑜
第五十七回　諸葛亮大哭周瑜　耒陽縣張飛薦統
第五十八回　馬超興兵取潼關　馬孟起渭橋大戰

第五十九回　　許褚大戰馬孟超　　馬孟起步戰五將

第六十回　　　張永年反難楊修　　龐統獻策取西川

第六十一回　　趙雲截江奪幼主　　曹操興兵下江南

第六十二回　　玄德斬楊懷高沛　　黃忠魏延大爭功

第六十三回　　落鳳坡箭射龐統　　張翼德義釋嚴顏

第六十四回　　孔明定計捉張任　　楊阜借兵破馬超

第六十五回　　葭萌張飛戰馬超　　劉玄德平定益州

第六十六回　　關雲長單刀赴會　　曹操杖殺伏皇後

第六十七回　　曹操漢中破張魯　　張遼大戰逍遙津

第六十八回　　甘寧百騎劫曹營　　魏王宮左慈擲盃

第六十九回　　曹操試神卜管輅　　耿紀韋晃計曹操

第七十回　　　瓦口張飛戰張郃　　黃忠嚴顏雙立功

第七十一回　　黃忠馘斬夏侯淵　　趙子龍漢水大戰

第七十二回　　劉玄德智取漢中　　曹孟德忌殺楊修

第七十三回　　劉備進位漢中王　　關雲長威震華夏

第七十四回　　龐德擡櫬戰關公　　關雲長水淹七軍

第七十五回　　關雲長刮骨蓼毒　　呂子明智取荊州

第七十六回　　關雲長大戰徐晃　　關雲長夜走麥城

第七十七回　　玉泉山關公顯聖　　漢中王痛哭關公

第七十八回　　曹操殺神醫華陀　　魏太子曹丕秉政

第七十九回　　曹子建七步成章　　漢中王怒殺劉封

第八十回　　　廢獻帝曹丕篡漢　　漢中王成都稱帝

第八十一回　　范彊張達刺張飛　　劉先主興兵伐吳

第八十二回　　吳臣趙咨說曹丕　　關興斬將救張苞

第八十三回　　劉先主猇亭大戰　　陸遜定計破蜀兵

第八十四回　　先主夜走白帝城　　八陣圖石伏陸遜

第八十五回　　白帝城先主託孤　　曹丕五路下西川

第八十六回　　難張溫秦宓論天　　泛龍舟魏王伐吳

第八十七回　　孔明興兵征孟獲　　諸葛亮一擒孟獲

第八十八回　　諸葛亮二擒孟獲　　諸葛亮三擒孟獲

第八十九回　　諸葛亮四擒孟獲　　諸葛亮五擒孟獲

第九十回　　　諸葛亮六擒孟獲　　諸葛亮七擒孟獲

第九十一回　孔明秋夜祭瀘水　　孔明初上出師表
第九十二回　趙子龍大破魏兵　　諸葛亮智取三郡
第九十三回　孔明以智伏姜維　　孔明祁山破曹真
第九十四回　孔明大戰鐵車兵　　司馬懿智擒孟達
第九十五回　司馬懿計取街亭　　孔明智退司馬懿
第九十六回　孔明揮淚斬馬謖　　陸遜石亭破曹休
第九十七回　孔明再上出師表　　諸葛亮二出祁山
第九十八回　孔明遺計斬王雙　　諸葛亮三出祁山
第九十九回　孔明智敗司馬懿　　仲達興兵冦漢中
第一百回　　諸葛亮四出祁山　　孔明祁山布八陣
第百一回　　諸葛亮五出祁山　　木門道弩射張郃
第百二回　　諸葛亮六出祁山　　孔明造木牛流馬
第百三回　　孔明火燒木柵寨　　孔明秋夜祭北鬥
第百四回　　孔明秋風五丈原　　死諸葛走生仲達
第百五回　　武侯遺計斬魏延　　魏折長安承露盤
第百六回　　司馬懿破公孫淵　　司馬懿謀殺曹爽
第百七回　　司馬懿父子秉政　　姜維大戰牛頭山
第百八回　　戰徐塘吳魏交兵　　孫峻謀殺諸葛恪
第百九回　　姜維計困司馬昭　　司馬師廢主立君
第百十回　　文鴦單騎退雄兵　　姜維洮西敗魏兵
第百十一回　鄧艾叚谷破姜維　　司馬昭破諸葛誕
第百十二回　忠義士于詮死節　　姜維長城戰鄧艾
第百十三回　孫琳廢吳主孫亮　　姜維祁山戰鄧艾
第百十四回　司馬昭弒殺曹髦　　姜伯約棄車大戰
第百十五回　姜伯約洮陽大戰　　姜維避禍屯田計
第百十六回　鍾會鄧艾取漢中　　姜維大戰劍門關
第百十七回　鑿山嶺鄧艾襲川　　諸葛瞻大戰鄧艾
第百十八回　蜀後主輿櫬出降　　鄧艾鍾會大爭功
第百十九回　姜維一計害三賢　　司馬復奪受禪臺
第百二十回　羊祐病中薦杜預　　王濬計取石頭城

【回目影印本】

李卓吾本『李卓吾先生批評三國志』(日本 早稻田大学圖書館 所藏本)

三國志　目錄（七）

錦囊計趙雲救主　諸葛亮二氣周瑜
第五十六回　曹操大宴銅雀臺　諸葛亮三氣周瑜
第五十七回　諸葛亮大哭周瑜　耒陽縣張飛薦統
第五十八回　馬超興兵取潼關　馬孟起渭橋大戰
第五十九回　許褚大戰馬超　　馬孟起步戰五將
第六十回　　張永年反難楊修　龐統獻策取西川
第六十一回　趙雲截江奪幼主　曹操興兵下江南
第六十二回　玄德斬楊懷高沛　黃忠魏延大爭功
第六十三回　落鳳坡箭射龐統　張翼德義釋嚴顏
第六十四回　孔明定計捉張任　楊阜借兵破馬超
第六十五回　葭萌張飛戰馬超　劉玄德平定益州

七

三國志　目錄（八）

第六十六回　關雲長單刀赴會　曹操杖殺伏皇后
第六十七回　曹操漢中破張魯　張遼大戰逍遙津
第六十八回　甘寧百騎劫曹營　魏王宮左慈擲盃
第六十九回　曹操試神卜管輅　耿紀韋晃討曹操
第七十回　　瓦口張飛戰張郃　黃忠嚴顏雙立功
第七十一回　黃忠計斬夏侯淵　趙子龍漢水大戰
第七十二回　劉玄德智取漢中　曹孟德忌殺楊修
第七十三回　劉備進位漢中王　關雲長威震華夏
第七十四回　龐德擡櫬戰關公　關雲長水淹七軍
第七十五回　關雲長刮骨療毒　呂子明白衣渡江

八一

6. 毛宗崗評本 三國演義 回目

第一回	宴桃園豪傑三結義	斬黃巾英雄首立功
第二回	張翼德怒鞭督郵	何國舅謀誅宦豎
第三回	議溫明董卓叱丁原	饋金珠李肅說呂布
第四回	廢漢帝陳留踐位	謀董賊孟德獻刀
第五回	發矯詔諸鎮應曹公	破關兵三英戰呂布
第六回	焚金闕董卓行凶	匿玉璽孫堅背約
第七回	袁紹磐河戰公孫	孫堅跨江擊劉表
第八回	王司徒巧使連環計	董太師大鬧鳳儀亭
第九回	除凶暴呂布助司徒	犯長安李傕聽賈詡
第十回	勤王室馬騰舉義	報父讐曹操興師
第十一回	劉皇叔北海救孔融	呂溫侯濮陽破曹操
第十二回	陶恭祖三讓徐州	曹孟德大戰呂布
第十三回	李傕郭汜大交兵	楊奉董承雙救駕
第十四回	曹孟德移駕幸許都	呂奉先乘夜襲徐郡
第十五回	太史慈酣鬪小霸王	孫伯符大戰嚴白虎
第十六回	呂奉先射戟轅門	曹孟德敗師淯水
第十七回	袁公路大起七軍	曹孟德會合三將
第十八回	賈文和料敵決勝	夏侯惇拔矢啖睛
第十九回	下邳城曹操鏖兵	白門樓呂布殞命
第二十回	曹阿瞞許田打圍	董國舅內閣受詔
第二十一回	曹操煮酒論英雄	關公賺城斬車冑
第二十二回	袁曹各起馬步三軍	關張共擒王劉二將
第二十三回	禰正平裸衣罵賊	吉太醫下毒遭刑
第二十四回	國賊行凶殺貴妃	皇叔敗走投袁紹
第二十五回	屯土山關公約三事	救白馬曹操解重圍
第二十六回	袁本初損兵折將	關雲長掛印封金
第二十七回	美髯公千里走單騎	漢壽侯五關斬六將
第二十八回	斬蔡陽兄弟釋疑	會古城主臣聚義

第六十一回	趙雲截江奪阿斗	孫權遺書退老瞞
第六十二回	取涪關楊高授首	攻雒城黃魏爭功
第六十三回	諸葛亮痛哭龐統	張翼德義釋嚴顏
第六十四回	孔明定計捉張任	楊阜借兵破馬超
第六十五回	馬超大戰葭萌關	劉備自領益州牧
第六十六回	關雲長單刀赴會	伏皇後爲國捐生
第六十七回	曹操平定漢中地	張遼威震逍遙津
第六十八回	甘寧百騎劫魏營	左慈擲杯戲曹操
第六十九回	卜周易管輅知機	討漢賊五臣死節
第七十回	猛張飛智取瓦口隘	老黃忠計奪天蕩山
第七十一回	占對山黃忠逸待勞	據漢水趙雲寡勝眾
第七十二回	諸葛亮智取漢中	曹阿瞞兵退斜谷
第七十三回	玄德進位漢中王	雲長攻拔襄陽郡
第七十四回	龐令明擡櫬決死戰	關雲長放水淹七軍
第七十五回	關雲長刮骨療毒	呂子明白衣渡江
第七十六回	徐公明大戰沔水	關雲長敗走麥城
第七十七回	玉泉山關公顯聖	洛陽城曹操感神
第七十八回	治風疾神醫身死	傳遺命奸雄數終
第七十九回	兄逼弟曹植賦詩	姪陷叔劉封伏法
第八十回	曹丕廢帝篡炎劉	漢王正位續大統
第八十一回	急兄讎張飛遇害	雪弟恨先主興兵
第八十二回	孫權降魏受九錫	先主征吳賞六軍
第八十三回	戰猇亭先主得讎人	守江口書生拜大將
第八十四回	陸遜營燒七百里	孔明巧布八陣圖
第八十五回	劉先主遺詔托孤兒	諸葛亮安居平五路
第八十六回	難張溫秦宓逞天辯	破曹丕徐盛用火攻
第八十七回	征南寇丞相大興師	抗天兵蠻王初受執
第八十八回	渡瀘水再縛番王	識詐降三擒孟獲
第八十九回	武鄉侯四番用計	南蠻王五次遭擒
第九十回	驅巨獸六破蠻兵	燒藤甲七擒孟獲
第九十一回	祭瀘水漢相班師	伐中原武侯上表
第九十二回	趙子龍力斬五將	諸葛亮智取三城

第九十三回	姜伯約歸降孔明	武鄉侯罵死王朗
第九十四回	諸葛亮乘雪破羌兵	司馬懿剋日擒孟達
第九十五回	馬謖拒諫失街亭	武侯彈琴退仲達
第九十六回	孔明揮淚斬馬謖	周魴斷髮賺曹休
第九十七回	討魏國武侯再上表	破曹兵姜維詐獻書
第九十八回	追漢軍王雙受誅	襲陳倉武侯取勝
第九十九回	諸葛亮大破魏兵	司馬懿入寇西蜀
第一百回	漢兵劫寨破曹真	武侯鬥陣辱仲達
第一百一回	出隴上諸葛粧神	奔劍閣張郃中計
第一百二回	司馬懿戰北原渭橋	諸葛亮造木牛流馬
第一百三回	上方谷司馬受困	五丈原諸葛禳星
第一百四回	隕大星漢丞相歸天	見木像魏都督喪膽
第一百五回	武侯預伏錦囊計	魏主拆取承露盤
第一百六回	公孫淵兵敗死襄平	司馬懿詐病賺曹爽
第一百七回	魏主政歸司馬氏	姜維兵敗牛頭山
第一百八回	丁奉雪中奮短兵	孫峻席間施密計
第一百九回	困司馬漢將奇謀	廢曹芳魏家果報
第一百十回	文鴦單騎退雄兵	姜維背水破大敵
第一百十一回	鄧士載智敗姜伯約	諸葛誕義討司馬昭
第一百十二回	救壽春于詮死節	取長城伯約鏖兵
第一百十三回	丁奉定計斬孫綝	姜維鬥陣破鄧艾
第一百十四回	曹髦驅車死南闕	姜維棄糧勝魏兵
第一百十五回	詔班師後主信讒	托屯田姜維避禍
第一百十六回	鍾會分兵漢中道	武侯顯聖定軍山
第一百十七回	鄧士載偷度陰平	諸葛瞻戰死綿竹
第一百十八回	哭祖廟一王死孝	入西川二士爭功
第一百十九回	假投降巧計成虛話	再受禪依樣畫葫蘆
第一百二十回	薦杜預老將獻新謀	降孫皓三分歸一統

【回目影印本】

毛宗崗本『四大奇書第一種』(日本　國文學研究資料館　所藏本)

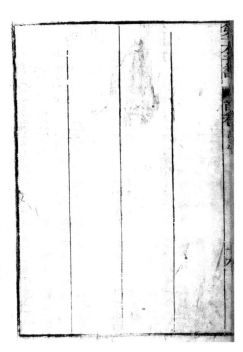

承獻皇之命
佐廊清之權
倡義徐猶奸
雄挫膽敷仁
西蜀百姓歸
心

昭烈帝

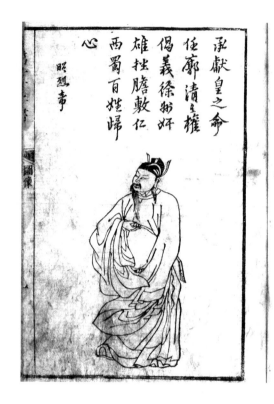

| 저자 소개 |

민관동(閔寬東, kdmin@khu.ac.kr)

• 忠南 天安 出生.
• 慶熙大 중국어학과 졸업.
• 대만 文化大學 文學博士.
• 前 : 경희대학교 외국어대 학장. 韓國中國小說學會 會長. 경희대 比較文化研究所 所長.
• 現 : 慶熙大 중국어학과 教授. 경희대 동아시아 서지문헌연구소 소장

著作
• 《中國古典小說在韓國之傳播》, 中國 上海學林出版社, 1998年.
• 《中國古典小說史料叢考》, 亞細亞文化社, 2001年.
• 《中國古典小說批評資料叢考》(共著), 學古房, 2003年.
• 《中國古典小說의 傳播와 受容》, 亞細亞文化社, 2007年.
• 《中國古典小說의 出版과 研究資料 集成》, 亞細亞文化社, 2008年.
• 《中國古典小說在韓國的研究》, 中國 上海學林出版社, 2010年.
• 《韓國所見中國古代小說史料》(共著), 中國 武漢大學校出版社, 2011年.
• 《中國古典小說 및 戲曲研究資料總集》(共著), 학고방, 2011年.
• 《中國古典小說의 國內出版本 整理 및 解題》(共著), 학고방, 2012年.
• 《韓國 所藏 中國古典戲曲(彈詞・鼓詞) 版本과 解題》(共著), 학고방, 2013年.
• 《韓國 所藏 中國文言小說 版本과 解題》(共著), 학고방, 2013年.
• 《韓國 所藏 中國通俗小說 版本과 解題》(共著), 학고방, 2013年.
• 《韓國 所藏 中國古典小說 版本目錄》(共著), 학고방, 2013年.
• 《朝鮮時代 中國古典小說 出版本과 飜譯本 研究》(共著), 학고방, 2013年.
• 《국내 소장 희귀본 중국문언소설 소개와 연구》(共著), 학고방, 2014年.
• 《중국 통속소설의 유입과 수용》(共著), 학고방, 2014年.
• 《중국 희곡의 유입과 수용》(共著), 학고방, 2014年.
• 《韓國 所藏 中國文言小說 版本目錄》(共著), 中國 武漢大學出版社, 2015年.
• 《韓國 所藏 中國通俗小說 版本目錄》(共著), 中國 武漢大學出版社, 2015年.
• 《中國古代小說在韓國研究之綜考》, 中國 武漢大學出版社, 2016年.
• 《삼국지 인문학》, 학고방, 2018年 외 다수.

翻譯
• 《中国通俗小说总目提要》(第4卷-第5卷) (共譯), 蔚山大出版部, 1999年.

論文
• 〈在韓國的中國古典小說翻譯情況研究〉, 《明清小說研究》(中國) 2009年 4期, 總第94期.
• 〈中國古典小說의 出版文化 研究〉, 《中國語文論譯叢刊》第30輯, 2012.1.

- 〈朝鮮出版本 中國古典小說의 서지학적 考察〉,《中國小說論叢》第39輯, 2013.
- 〈한·일 양국 중국고전소설 및 문화특징〉,《河北學刊》, 중국 하북성 사회과학원, 2016.
- 〈小說《三國志》의 書名 研究〉,《중국학논총》제68집, 2020. 외 다수

옥주(玉珠, hiya486ju@khu.ac.kr)
- 慶熙大學校 文學博士
- 前 : 서강대학교 강사
        안성시청 통역사
        경희대학교 공자학원 직원
- 現 : 경희대학교 중국어학과 강사
        동아시아 서지문헌 연구소 학술연구원
        평택항만공사 외 기업체 공개채용 심사위원

論文
- 〈《平山冷燕》의 作品研究와 飜譯樣相 研究〉, 경희대학원 석사학위논문, 2014.
- 〈小說 三國志의 變化樣相 研究 - 回目과 內容의 變化를 중심으로〉, 경희대학원 박사학위논문, 2022.
- 〈小說『三國志』의 回目變化에 대한 고찰〉,《중국학보》제92집, 2020.
- 〈小說『三國志』의 한글 번역본에 대한 고찰―樂善齋本『삼국지통쇽연의』를 중심으로〉,《중국어문학지》
    제72집, 2020.
- 〈『三國志演義』와 關索故事의 영향 관계 고찰〉,《中國學》제75집, 2021.
- 〈『三國演義』의 揷入句 研究〉,《奎章閣》62집, 2023.

경희대학교 동아시아 서지문헌 연구소 서지문헌 연구총서 08

三國演義 版本資料 集成

초판 인쇄 2023년 12월 20일
초판 발행 2023년 12월 30일

저   자 | 閔寬東·玉珠
펴 낸 이 | 하운근
펴 낸 곳 | 學古房

주   소 | 경기도 고양시 덕양구 통일로 140 삼송테크노밸리 A동 B224
전   화 | (02)353-9908 편집부(02)356-9903
팩   스 | (02)6959-8234
홈페이지 | www.hakgobang.co.kr
전자우편 | hakgobang@naver.com, hakgobang@chol.com
등록번호 | 제311-1994-000001호

ISBN 979-11-6995-395-5 94820
       978-89-6071-904-0(세트)

값 : 35,000원